STIGMATE

Les Voies de l'ombre, 2

Jérôme Camut et Nathalie Hug, respectivement nés en 1968 et 1970, se rencontrent fin 2004 à travers « Malhorne » de J. Camut, la série culte qui a renouvelé le fantastique. La magie opère immédiatement. Depuis, ils se sont mariés et consacrent leur vie à l'écriture à quatre mains.

Jérôme Camut et Nathalie Hug
dans Le Livre de Poche :

3 FOIS PLUS LOIN

LES ÉVEILLÉS

LES VOIES DE L'OMBRE
1. Prédation
2. Stigmate
3. Instinct

Jérôme Camut dans Le Livre de Poche :

MALHORNE
1. Le Trait d'union des mondes
2. Les Eaux d'Aratta
3. Anasdahala
4. La Matière des songes

JÉRÔME CAMUT et NATHALIE HUG

Stigmate

Les Voies de l'ombre, 2

ÉDITIONS SW-TÉLÉMAQUE

ISBN : 978-2-253-12334-7 – 1re publication LGF

Ils sont partout les passeurs de textes : Claudia, Réjane, Fréderic et Muriel, Virginie et Laurent, Marie-Odile, Xavier et Stéphane, Alexis et Vincent... Nous leur devons en partie d'être là.

Préface

« Copernic, Freud, Einstein, Hawking et moi.

Sans oublier Joseph Conrad, bien sûr.

Conrad et moi.

Conrad et Kurtz. Kurtz et Conrad.

Kurtz.

Les visionnaires, les révolutionnaires, les incontournables.

Il en aura fallu du talent à l'espèce humaine pour converger vers nous, nous autres les modeleurs d'univers.

Du talent et du temps. De la pugnacité et une telle part de chance ! Qu'autant d'individus sans importance aient pu accoucher de si brillants cerveaux me laisse perplexe. Il y a un facteur non maîtrisable dans tout ça et c'est justement ce petit rien qui fait la beauté de l'ensemble. C'est pour cette raison que nous ne serons jamais programmables, remplaçables.

Le temps est venu de me présenter, d'offrir ma réflexion à la multitude.

Il ne faut surtout pas que le lien s'efface. Ne pas laisser à la presse le seul vecteur du témoignage. Ne pas laisser la gangrène des pisse-petit et des mesquins venir entacher mon œuvre. Ne pas abandonner à la grande putain de ce siècle le pouvoir de me pervertir.

C'est donc à moi que revient la charge de témoigner pour moi-même.

Qui d'autre que le créateur peut au mieux parler de sa création ? Qui ?

De la manière la plus précise ? La plus aboutie, la plus authentique ?

Moi.

Car le moment privilégié est enfin arrivé.

Aujourd'hui, après des années de labeur, parfois de tâtonnements et d'insuccès, de brillantes réussites et de traits de génie, il est temps de conserver pour la postérité une trace durable de mon passage.

Les pages qui suivent ne sont pas une autobiographie. Elles sont bien plus que ça. Je laisse la tâche de me disséquer aux besogneux, aux universitaires.

Les pages qui suivent sont un exposé non exhaustif de ma vision du monde, d'un monde dans lequel j'ai déjà entraîné certains de mes contemporains. Une vision qui ne s'arrêtera pas là, qui enflera avec les années, s'exposera à la face critique et misérable de vos esprits étriqués.

Mais les mots ont leur limite. Le langage oral n'est qu'un aperçu pauvre de la pensée et de sa fulgurance. De ma fulgurance.

Une édulcoration qui seule ravit les faibles.

Ces pages sont un hommage à l'art de la fuite et aux bienfaits de laisser des traces.

Un pavé de base ou une pierre faîtière dans l'histoire de la criminalité.

D'abord.

Avec le temps, elles passeront dans l'histoire inachevée de la philosophie.

Ensuite.

Le monde selon Kurtz. »

Prologue

Station Boissière.

Vendredi 10 novembre, 9 h 15.

Martin Delafosse attend. Il sait que le prochain train sera le bon.

Ligne 6, direction Nation, voiture de tête. D'ailleurs, voilà la rame. Il peut distinguer les phares sur sa gauche, au bout du tunnel.

Il s'avance jusqu'à la ligne blanche qui longe le quai, tout près de la bordure. La pointe de ses chaussures dépasse de deux bons centimètres dans le vide. Il pourrait sauter, là, et personne ne l'en empêcherait.

Il pourrait. Les gens ne semblent pas se soucier de lui. C'est tout juste si on ne le pousse pas sur les rails.

La meute est stressée, impatiente d'aller au boulot ou ailleurs. La vague humaine enfle et se presse contre le bord.

Le train arrive, alors il faut monter, se tasser, s'écraser les uns contre les autres, quitte à en piétiner certains.

Martin regarde le métro s'approcher.

Derrière lui, un groupe de quinquagénaires en jupon papote en avançant imperceptiblement. Le corps de Martin se raidit. À l'instant où le train n'est plus qu'à quelques mètres de lui, il s'appuie sur les talons, bascule son torse en arrière et laisse peser tout son poids sur les rombières, provoquant cris de surprise et bousculade.

Les portes de la rame s'ouvrent, libérant leur flot de voyageurs.

Satisfait de sa bonne blague, Martin pénètre dans la voiture, un sourire accroché au bord des lèvres.

Elle est là, comme prévu, adossée dans l'angle, entre la porte opposée et la paroi, enveloppée dans un manteau de laine claire.

Sa femme. Myriam.

Leurs yeux se croisent.

Il joue des épaules pour se rapprocher d'elle. Il peut déjà sentir son parfum, malgré le mélange d'odeurs tenaces qui émane des corps environnants.

Leurs regards sont rivés l'un à l'autre.

Martin l'embrasse à pleine bouche et se glisse derrière elle pour l'enlacer. De sa position, il peut voir tout le wagon. Il imagine, amusé, ce qui pourrait se passer s'il sortait un flingue, là, tout de suite et s'il tirait dans le tas. Myriam pourrait choisir les cibles. Mais il commencerait par tous les types qui osent porter un regard salace sur elle. Et tous ceux, trop près, qui la touchent dans la cohue.

Station Trocadéro.

Les portes s'ouvrent et se ferment. La voiture a craché une bonne vingtaine de somnambules. L'atmosphère devient respirable.

Martin passe sa main droite sous les pans du manteau de Myriam, puis il la glisse contre sa peau, sous l'épaisseur du pantalon.

Ses doigts rencontrent immédiatement la chaleur moite du pubis. Ils caressent le léger renflement et s'introduisent dans le sillon humide.

Myriam pousse un petit cri.

Martin relève les yeux. Personne ne semble avoir remarqué son émoi, sauf peut-être une jeune femme à quelques pas, qui observe leur reflet dans la vitre.

Je te souhaite que Myriam ne le remarque pas ! pense-t-il. *Elle se ferait un malin plaisir de t'arracher les yeux...*

Tout en fixant l'inconnue, Martin imprime de sa main une légère pression sur la chair de sa femme. Myriam respire un peu plus vite. Ses jambes se tendent et ses muscles se raidissent.

Station Passy.

La jeune femme qui les observe ébauche un sourire.

Myriam a les joues rosies par l'émotion, ses yeux sont brillants. Soudain, elle pivote, faisant face à son mari.

– Merci, souffle-t-elle, et maintenant ?

– Allons-y. C'est là.

Il a un léger accent de l'Est, assez indéfinissable.

Station Bir Hakeim.

Les portes s'ouvrent.

Ils bondissent sur le quai, main dans la main, et s'élancent dans les escaliers vers la sortie.

Martin et Myriam laissent la tour Eiffel derrière eux et suivent le cours de la Seine d'un pas rapide pendant quelques minutes. Puis ils bifurquent subitement à gauche, traversent une contre-allée bordée d'arbres et s'engouffrent dans le hall d'un grand hôtel parisien.

Il est dix heures quand ils pénètrent dans une chambre du trentième étage, aménagée en salle de réunion. Le soleil, encore bas à cette époque de l'année, s'invite ici presque toute la journée. Alors, les stores sont baissés. La pièce baigne dans une semi-pénombre.

Un vidéoprojecteur relié à un ordinateur ronronne doucement. Sur un écran géant, le logo Windows XP effectue des mouvements aléatoires sur la matière granuleuse.

Myriam ôte son manteau, s'installe devant le PC et ouvre une session de messagerie instantanée.

Pendant ce temps, Martin reste posté devant la porte, un automatique à la main, les yeux rivés sur l'écran.

– Ça y est. J'ai le contact avec Cyke. Quels sont les ordres ? demande Myriam.

– Le comptable et des documents. Pas de dégâts collatéraux. Dossier à l'endroit habituel avec la moitié de la somme. Solde à réception.

Les directives sont transmises par Myriam en quelques secondes.

Elle ferme la session et en ouvre immédiatement une autre.

– J'ai recruté Minos et EspylaCopa. Ils viennent de Serbie. Ils seront là demain. Inconnus des services de police européens.

– Pas de tir à distance. Je veux qu'ils se débarrassent du corps.

– C'est prévu.

Myriam prend un CD dans son sac, active le disque et ouvre l'unique fichier symbolisé sur le bureau.

La photographie d'un homme chauve, un peu gras, les yeux rieurs, apparaît sur l'écran.

Martin s'approche jusqu'à le toucher, puis tend la main et suit de son index la courbure figée des lèvres épaisses.

Il trouve son expression chaleureuse et humaine.

– C'est ça, riez, cher monsieur Kurtz, murmure-t-il

dans un souffle, riez donc tant que vous le pouvez encore. Mais où que vous soyez, vous ne nous échapperez pas… Vous êtes devenu beaucoup trop dangereux et, surtout, totalement inutile.

I

Tout le monde a le droit de disparaître.

1

La maison plongée dans la pénombre aurait dû être vide. Charles ne devait pas rentrer avant 20 heures. C'est le halo de la lampe torche zigzagant sur les rayonnages de la bibliothèque qui l'a immédiatement alarmée.

Il fait froid. Son sang se glace. Sa gorge est nouée par l'angoisse et ses paumes sont moites.

La police n'a rien pu faire contre eux. Je dois y aller et régler ça moi-même, comme Charles me l'a dit.

Michèle Marieck a fait le tour du jardin et est entrée par l'arrière, tout doucement. Elle est certaine que l'intrus ne l'a pas entendue.

Ce parcours, elle l'a répété des dizaines de fois.

Courage ma vieille, sois forte.

Ouvrir la porte-fenêtre qui dessert la terrasse, contourner la table de la cuisine, longer le mur du couloir sans toucher les cadres ni bouger le guéridon dans l'entrée, passer devant la buanderie derrière l'escalier, la chambre d'amis à droite, le petit salon télé et, au bout, le bureau.

Les répétitions étaient simples. Elle avait l'esprit tranquille, son cœur ne s'emballait pas, elle ne subissait aucun stress.

Mais là, c'est différent.

Michèle tente de respirer calmement pour garder les idées claires. D'abord aller voir ce qui se passe. Aviser ensuite.

Tu dois le faire, s'encourage-t-elle. *Montre que tu n'as pas peur.*

Dans cette situation, n'importe quelle autre femme aurait fait demi-tour. N'importe qui aurait prévenu la police. Mais pas elle. Pas Michèle Marieck. Pas après ce qu'elle a subi.

Elle avance prudemment, jusqu'à un angle d'où elle peut observer sans être vue une partie de la bibliothèque.

Un homme est occupé à fouiller la pièce. Un homme qui n'a rien à faire là. Un homme qu'elle n'a jamais vu, elle en est certaine, même si elle ne l'aperçoit que de trois quarts. Il est vêtu d'un jean et d'un pull sombre. Il a des cheveux châtains, légèrement bouclés.

Sur le petit meuble vert à côté de la fenêtre, il a posé une trousse en cuir remplie de flacons de verre et de seringues.

Michèle recule.

Respirer. Évaluer la situation. Agir la première.

Charles le lui a toujours dit.

– Tu prends le flingue et tu tires. Sans sommation. S'il revient ici, ou s'il envoie un sbire, ce ne sera pas pour nous faire la causette. T'as compris ?

Et il lui glissait l'arme entre les doigts. Chaque jour un peu plus longtemps, jusqu'à ce qu'elle l'apprivoise, puis accepte de le charger et enfin de tirer.

– C'est de la légitime défense, chérie. Sois sans

crainte. Plus jamais nous ne retournerons là-bas. Je te le promets.

Michèle recule sans quitter l'homme des yeux. Elle longe le mur puis pousse la porte de la buanderie, juste derrière elle. La serrure claque légèrement en se refermant. La jeune femme suspend sa respiration.

Un, deux, trois…

Le rectangle de bois luit à peine dans la pénombre.

Vingt, vingt et un, vingt-deux.

Rien n'a bougé.

Elle saisit son téléphone et compose le numéro de Charles.

Ses gestes sont saccadés.

Tut. Tut. Tut.

Pas de réseau.

Michèle serre les dents. Elle tente de capter un signal, en dirigeant l'appareil vers l'œil-de-bœuf qui donne sur le jardin, mais l'écran s'obstine.

Pas de réseau.

Le cœur de Michèle se serre.

Reste calme. Tout va bien. Tu essayeras plus tard.

Profitant du maigre éclairage de son portable, elle s'approche d'une étagère et, d'une main tremblante, tâtonne dans la pénombre. Ses doigts rencontrent un bidon de lessive, un paquet d'éponges… Là, la boîte à chaussures.

Elle saisit le carton, s'agenouille et le pose devant elle. Des tubes de cirage et une brosse recouvrent un chiffon doux. Elle dépose délicatement le tout à côté d'elle et déballe l'arme. Elle est chargée. Armée. Il suffit de pousser le cran de sécurité. Le pistolet lui semble à présent terriblement lourd.

Ne pas craquer.

Michèle doit garder des gestes précis. L'arme est prête à tuer.

Elle sort de la buanderie lentement et remonte le couloir, les yeux rivés sur l'entrée du bureau. Elle retourne se poster dans l'angle, d'où elle peut apercevoir l'homme qui continue de fouiller la pièce avec un acharnement méthodique. Il met littéralement le bureau à sac, devient nerveux et lance des jurons à chaque dossier qu'il rejette.

Michèle garde un œil sur l'écran de son portable.

Réseau disponible.

Ça y est, elle peut joindre Charles.

Elle compose rapidement le numéro préenregistré.

« Salut, c'est moi. Je ne suis pas là… »

Une vague de désespoir envahit Michèle. Elle se sent terriblement seule.

La police. Je dois joindre la police. Charles a tort, on ne peut pas régler ça nous-mêmes.

Elle recule pour sortir de la maison, quand l'homme se dirige vers une armoire dans un coin de la pièce.

Michèle réprime un hurlement. Ses dents s'enfoncent dans la pulpe de ses lèvres. Ses jambes la soutiennent à peine. De grosses larmes coulent sur ses joues.

Charles.

Elle distingue maintenant la silhouette de son mari, immobile, assis sur le fauteuil en cuir, derrière son bureau. Sa tête est penchée en avant.

Malgré la faible luminosité qui vient de la rue, Michèle peut voir le sang séché qui macule sa face et poisse ses cheveux. Elle peut voir ses traits tirés, figés dans une expression de douleur.

Elle reste tétanisée, incapable de faire le moindre geste, les yeux rivés sur le corps. Il a les paupières closes. Une main serrée sur le 22 long rifle qu'il gardait dans le tiroir de droite, celui qui ferme à clé.

Le cœur de Michèle bat si fort. Elle a la sensation

que l'intrus pourrait l'entendre à tout moment et se retourner pour se jeter sur elle.

Charles.

Il n'a plus rien de commun avec cet homme qu'elle aime follement. Il ressemble à un mannequin de cire, avachi dans une posture grotesque. Une vague de colère l'ébranle alors, mêlée à un puissant sentiment d'injustice.

Tu vas crever salopard. Tu vas crever !

Ses muscles deviennent brûlants. Cette douleur bienvenue l'aide à sortir de cette dangereuse torpeur dans laquelle elle sombrait peu à peu.

Michèle ravale ses larmes et entre dans la pièce, le canon du pistolet pointé sur la nuque de l'homme.

Absorbé par sa fouille obsessionnelle des lieux, il ne l'entend pas venir.

– Qui êtes-vous ? hurle-t-elle.

L'individu fait volte-face en tendant les mains dans un geste d'apaisement.

– Tout doux, madame Marieck, pas de panique. Je suis des services secrets. Lâchez cette arme !

– Levez les mains !

La voix de Michèle se brise sur un sanglot. Sa gorge est douloureuse.

L'homme avance lentement vers elle.

Alors Michèle tire.

Une seule balle.

En pleine tête.

2

« Ils appelleront ça un tueur en série. Une association de mots vulgaires pour qualifier ce que j'ai entrepris. La presse et les médias pourrissent tout. Rien n'est assez juteux pour ces charognards. À moins que j'en choisisse un. Il suffirait de ça pour que les choses changent. Choisir un journaliste, réputé de préférence, et lui adresser mon œuvre, faire de lui un témoin. Il ne saura pas dire non. Il pensera, sans doute avec justesse, que c'est là une chance inestimable pour sa carrière. Et il portera mon génie au-devant du peuple.

Car tout est là pour qu'il ne tombe pas dans cette caricature grotesque que j'imagine sans mal. Dix années de tests, de tentatives souvent stériles, parfois d'atermoiements. J'ai même dû achever certains cobayes dont je ne savais plus quoi faire.

Et j'ai tout noté avec soin.

Comment disent-ils, les gens de la faculté ? Les criminologues ? C'est ça, des criminologues. Il ne faut pas qu'ils découvrent mon œuvre les premiers. Je serais taxé de folie sanguinaire, d'amoralité.

Et de quelle amoralité s'agit-il ? Suis-je plus amoral qu'un général envoyant ses hommes au casse-pipe ? Tous les deux, nous agissons au mieux de nos intérêts. Sans nous soucier de la vie de nos troupes. Et encore. La survie des miennes m'implique davantage que le général en question. Chacun des éléments qui les constitue me demande du temps, de l'énergie, de la patience pour arriver à mes fins. Ils ne sont pas remplaçables à volonté. Peut-être que je les aime, au fond. Oui, c'est ça. J'ai de l'amour pour mes chiens d'attaque.

Je m'en suis occupé comme s'ils étaient miens. J'ai consacré l'essentiel de mon temps à leur mise en conformité. Si le moule paraît globalement coller à tout le monde, les réglages sont pourtant individuels et demandent une parfaite connaissance de la personnalité des uns et des autres.

À certains, il m'a fallu donner beaucoup de preuves de la survie de leur compagne. À d'autres, non.

Certains, il a fallu les tabasser, d'autres pas. Il n'y a pas de règles. Pas de carcan. Juste des groupes dans lesquels entrent les uns et les autres. Il y en a même qui peuvent appartenir à plusieurs catégories à la fois.

C'est ça l'extraordinaire complexité de la chimie humaine.

C'est passionnant.

Parfois, il semble qu'un automatisme s'installe. Bien conditionné, un homme peut accomplir le travail demandé sans se poser plus de question qu'un bœuf. Mais l'expérience m'a montré que ces hommes-là ne sont rapidement plus bons à rien.

Ils sombrent dans une sorte d'apathie dont seule une balle en pleine tête peut les sortir.

Les centaines de pages qui suivent sont le témoin impartial de la mise en application du Système.

Approche-toi, ami voyeur. Et n'aie pas honte de ton vice.

Viens pénétrer le monde d'un artiste du crime. »

Kurtz lâche son stylo.

Un petit sourire illumine son visage.

Ça y est, il vient d'achever la préface de son œuvre, alors il se relit, raye un ou deux mots qu'il juge inutiles et pose les deux feuillets dans une chemise vide.

Le meilleur de sa vie s'empilera là, le grand œuvre pour lequel il s'est terré dix années de suite, ses privations personnelles, son abnégation pour huiler au mieux un système qu'il juge génial.

Kurtz n'a aucun doute. Il sera publié. Il a contacté trois éditeurs parmi les plus putassiers de la place parisienne. Ceux qui sont prêts à tout mettre sous presse, pourvu que ce soit juteux. Et ils ont tous accroché à sa proposition. Bien sûr, ils ont douté de sa véritable identité, ils ont voulu organiser une rencontre secrète. Mais Kurtz a couché sur le papier des détails qu'il est le seul à pouvoir connaître. L'éditeur retenu jugera sur pièces. Et il pourra se frotter les mains.

Kurtz sait que là encore la populace se jettera sur ses écrits, comme elle l'a fait sur la presse quotidienne, lorsque Baudenuit est enfin remonté jusqu'à sa tanière. Le peuple est avide de sang. Il est admiratif du comportement de ceux qu'il nomme déviants, parce que sans doute ses contemporains ont tous ça en eux, blotti quelque part, inavoué et pourtant bien là, mais incapables de l'exprimer au grand jour, par peur, veulerie et lâcheté.

Alors Kurtz donne, pour la multitude, pour sa gloire personnelle.

Et dans sa magnanimité, il fait d'ores et déjà don de ses droits d'auteur aux orphelins de la police.

Il ne manque plus qu'un titre. Pour le coup, Kurtz est encore dubitatif. C'est important un titre, quel que soit le sujet. Depuis des semaines, il hésite entre deux, sans parvenir à trancher. Il trouve des qualités à chacun.

« Alors, mon grand, se lance-t-il à voix haute. On ne va pas rester comme ça, le cul entre deux chaises. C'est pas bon pour le trou de balle, ça ! Alors, *Le système K* ou *Les voies de l'ombre* ? »

Kurtz se lance. Il a déjà préparé la feuille, inscrit le genre, le nom de l'auteur. Il ne reste plus qu'à noircir le haut de la page.

Il reprend son stylo et tranche pour la seconde proposition.

« Ça a de la gueule ! s'exclame-t-il en tendant le résultat devant lui. Avec ça, si je n'obtiens pas un prix. »

3

Thomas Davron écrase sa cigarette avec application.

Elle fait un doux grésillement.

Avant, il détachait le tabac incandescent du mégot et le laissait fumer dans le cendrier. Maintenant, c'est différent. Il aime ce petit bruit particulier. Il n'y a que les américaines qui grésillent comme ça en mourant. Les roulées qu'il a fumées en prison se sont toutes éteintes dans le silence. Ou peut-être n'a-t-il pas entendu leur bruissement parce que le silence, justement, n'existe pas là-bas. Dans cet univers déshumanisant, il y a toujours un cri, un rire, une dispute, le claquement des pas, le hurlement du poste de télévision. Souvent les pleurs, les ronflements de son codétenu ou son verbiage incessant. Dans la cour, lors de la promenade, la nuit, au parloir, au réfectoire, dans les douches, jamais un moment de calme. Jamais un instant de paix.

Pendant cinq ans, il n'a aspiré qu'à ça.

Ne plus rien entendre.

Pour justement tout entendre.

Le vent, l'eau couler goutte à goutte sur le café, les

lardons griller dans la poêle, une bûche tomber dans la cheminée. Rester des heures dans le noir, dans le confort d'un lit douillet, la solitude pour seule compagne. Pouvoir se lever, marcher dehors la nuit, changer de pièce pieds nus, se doucher dans l'intimité, manger des fruits, cuisiner des légumes frais, boire un bon bordeaux, jusqu'à l'ivresse, jusqu'au plaisir.

Et oublier pourquoi, il y a cinq ans, il est sorti d'une geôle et entré dans une autre, condamné par douze jurés à vingt ans de prison pour le meurtre de sa femme.

Solange. Massacrée par un fou pendant qu'il tentait l'impossible pour la sauver.

Obéir à ses geôliers, accepter les règles du dressage, braquer des magasins, transporter des colis suspects. Humiliation, chantage, drogue, tout était bon pour le faire plier. Et, à chaque fois, il retournait de plein gré dans sa cage afin qu'elle soit épargnée.

Alors qu'elle était déjà morte.

Solange a été exécutée avec une arme qui portait ses empreintes à lui. On l'a retrouvée dans la cave de leur maison de campagne, le crâne rasé, décharnée à force de privation.

À présent, il reste d'elle quelques souvenirs. Elle est comme un fantôme qui accompagne chacun de ses pas dans le chagrin. À l'insoutenable douleur de l'avoir perdue s'est ajouté le regard des autres, celui qu'on lance aux maniaques, aux assassins de la pire espèce. Thomas Davron a été abandonné par ses proches, calomnié, trahi. Laissé seul pour hurler son innocence et dépossédé des moyens de le faire.

C'est un homme brisé.

Un homme brisé, mais libre. Un homme libre de remercier celui qui a cru en lui, ce flic qui a débarqué un beau jour au parloir. Rufus Baudenuit lui a dit qu'il savait. Que d'autres hommes et femmes étaient dans sa situation. Enfermés par un monstre et traités comme des esclaves. Qu'il ne lui promettait rien. Mais que le vent allait tourner.

Et le vent a fini par tourner.

Thomas Davron est sorti de prison en septembre. Quelques semaines se sont écoulées. Juste le temps de réapprendre à vivre dehors, retrouver des repères, chercher une petite maison dans la région parisienne, loin de la Bourgogne qui l'a condamné, loin des restes de Solange.

Le temps de réapprendre à ouvrir une porte, de supporter le cliquetis du trousseau de clés sans tressaillir. Juste mettre la main sur la clenche et pousser. Ne pas rester devant le panneau de bois et attendre qu'il bouge tout seul ou que quelqu'un vienne l'ouvrir à sa place. Circuler librement et sans contrainte.

Maintenant, il est prêt. Finalement, ce réapprentissage n'a pas été si long, pas autant qu'il le pensait. Thomas Davron est prêt à revoir Rufus et lui témoigner sa gratitude. Lui dire comme le silence est bon, comme il aime le petit grésillement des cigarettes dans le cendrier, le bout goût d'un espresso dans les bars de Paris. Maintenant qu'il a reçu la vie des mains de cet homme, maintenant qu'il a accepté ce don en se tournant vers l'avenir, il a ce besoin viscéral de l'avoir en face de lui, de plonger ses yeux dans les siens, il a besoin de lui offrir sa reconnaissance. Tout simplement.

Thomas Davron sait qu'il ne pourra pas se regarder dans un miroir et supporter son image tant qu'il n'aura pas revu cet homme. C'est une obsession qui l'habite depuis son acquittement. Une folie personnelle, une dernière barrière avant la liberté totale.

Il est sorti sans y penser, a remonté l'allée bordée de haies qui mène à sa maison – cinquante mètres carrés de paix derrière de grands jardins – a poussé le portillon en bois bleu qui donne sur la rue ombrée de marronniers, à Saint-Maur-des-Fossés.

Une heure dans la voiture, pare-chocs contre pare-chocs, un plaisir presque jubilatoire qu'il n'aurait même pas imaginé pouvoir éprouver un jour. Le ronronnement du moteur diesel, les coups de klaxon, le visage fermé des Parisiens au volant. Tout ce qu'il n'espérait plus voir. Tout ce qu'il détestait avant et qui le rend vivant maintenant. Il a juste un problème avec la foule, la proximité des autres corps, c'est pourquoi il ne prend pas les transports en commun. Peut-être un jour y arrivera-t-il.

Un stationnement guetté quelques minutes le long du quai de Valmy – il fuit les parkings souterrains – et ses pas l'ont mené devant le commissariat du 10e, rue Louis-Blanc.

La façade en verre renvoie vaguement le reflet de l'immeuble en face. Un rapide coup d'œil alentour, l'endroit a l'air calme. Il gravit la volée de marches qui mène à la guérite où il présente ses papiers à une jeune femme en uniforme.

– Où puis-je trouver l'inspecteur Baudenuit s'il vous plaît ?

– 3e gauche, vous demandez à l'accueil.

– Merci, madame.

Le hall est immense et vieillot. Il contraste avec l'extérieur du bâtiment.

Les voix et les pas résonnent. Quelques flics en uniforme traînent devant une machine à café.

C'est donc ici votre univers, inspecteur Baudenuit.

Thomas Davron prend les escaliers en courant presque. Il se retrouve sur le palier, juste devant un policier. Ils échangent quelques mots – les questions d'usage – et l'homme le conduit au bout d'un long couloir. Il y a comme une activité fébrile dans les bureaux, de l'autre côté des parois en verre. Le planton ouvre la porte sur une salle éclairée d'une fenêtre grillagée. Une table, deux chaises installées face à face. Davron s'assied avec un frisson, sans un mot.

– On va s'occuper de vous. Merci de patienter quelques minutes.

Thomas Davron acquiesce, les yeux fixés sur la porte.

– Un café ?

– Non, merci.

Le policier s'éloigne vers le couloir quand Thomas Davron lui lance d'une voix mal assurée.

– Vous pouvez laisser ouvert ? S'il vous plaît ?

L'autre le regarde d'un air entendu, avec un demi-sourire et sort en laissant la porte entrebâillée.

Une chape de plomb tombe sur les épaules de Davron. Il garde les yeux fixés sur ses mains, posées à plat sur la table en bois compressé. Elles tremblent légèrement. Les minutes s'écoulent lentement. Il peut les entendre s'allonger en secondes hésitantes sur la grande horloge murale.

Tic.

Tac.

Tic. Tac.

Regarde pas cette foutue pendule. L'écoute pas. Tout va bien, tout va bien…

Des gouttes de sueur perlent sur sa lèvre supérieure. Son rythme cardiaque s'accélère. Ses yeux sont brûlants.

Thomas Davron prend une grande inspiration et s'applique à respirer avec les muscles du ventre, lentement, calmement.

Il utilise régulièrement cette technique, quand l'angoisse s'invite et lui propose de passer une nuit blanche.

Il s'allonge alors sur le dos, les bras en croix, les paumes ouvertes vers le plafond. Puis il se concentre sur sa respiration. Il donne d'amples mouvements à son abdomen, remplit ses poumons et les vide, sur un rythme régulier. Enfin, il dirige son imagination sur un point précis de son corps, le plexus, la poitrine ou la gorge. Il visualise comme un fluide coloré l'oxygène qui le pénètre, puissant et chaud. Puis il le laisse circuler en lui et s'accumuler sur son mal. Très rapidement, le bien-être l'envahit et il s'endort sans même s'en apercevoir. Des mois de travail et de patience lui ont été nécessaires pour maîtriser la technique et évacuer l'anxiété dans l'exiguïté de sa cellule, dompter son esprit et lui épargner les contrées abstruses où il se laissait sombrer.

– Monsieur Davron ?

Le regard de Davron est trouble. Dérangé dans sa méditation, il sursaute et relève la tête.

– Thomas Davron ?

Un homme s'approche de lui. Sa vision est floue, mais il croit le reconnaître.

– Inspecteur ? Inspecteur Baudenuit ?

– Bonjour, monsieur Davron, commissaire Eliah Daza. Que puis-je faire pour vous ?

4

La rue grouille de monde et Andréas Darblay ne supporte plus la foule.

Des dizaines de femmes s'agglutinent devant les grilles, dans le maigre espace situé entre l'enceinte de l'école et la chaussée. Cette concentration humaine bigarrée, hétéroclite et bruyante, lui fait peur.

Alors il reste un peu à l'écart, attendant le dernier moment pour s'approcher. Il en profite pour observer minutieusement chaque personne, comme il le fait tous les jours. Il les range dans son cerveau un peu malade et les classe par genre. Il a plus de facilité ainsi à les compter, à les repérer, à les reconnaître et à débusquer un intrus ou le moindre individu suspect.

Dans la catégorie femme, il y a la mal coiffée de service, celle dont le peigne ne s'occupe que de la devanture et dont le sommet du crâne est visible derrière, celle qui sort en charentaises, sous prétexte qu'elle n'a que la rue à traverser. Il y a aussi la *pas réveillée* qui émerge de la sieste l'œil glauque et la cigarette au coin des lèvres. Il y a les écartelées, en équilibre entre deux petits monstres qui tirent sur chaque bras, un pied sur le frein de la poussette. Et il y a la fausse blonde au volant de son 4 × 4, toujours occupée à se repoudrer, chaque jour, comme une sorte de rituel.

Enfin, il y a les hommes. Généralement, ils sont quatre ou cinq, guère plus. Celui qui reste à l'écart, le regard pointé sur ses chaussures, celui qui fait les cent pas en costume cravate, le type obèse avec son tee-shirt ringard et son blouson en peau à franges. Et les deux autres qui devisent joyeusement avec les mères de famille et les nourrices, fiers d'appartenir à cette catégorie de pères qui prennent part à la vie de leurs enfants et ne rechignent pas devant un plein panier de repassage ou une liste de courses à rallonge.

Andréas s'approche, lentement, prudemment. Cet homme d'une trentaine d'années est là tous les jours pour chercher son enfant. Il est discret, silencieux, tout juste poli, et très beau garçon. Alors il excite les convoitises. Trois femmes, toujours les mêmes, le regardent, assemblées en grappe, avec un petit sourire en coin. Elles tentent parfois une approche, le mettent mal à l'aise. Il les repousse d'un seul regard sans équivoque.

Il n'est pas là pour ça. Chaque pas lui demande un effort. Et se glisser au contact de ces femelles gloussantes lui coûte plus qu'il veut bien se l'avouer.

Mais il n'a pas le choix. Sa fille de onze ans va bientôt sortir par le porche central.

Et Clara ne supporte pas qu'il ne soit pas là.

Plus depuis qu'Andréas et elle ont été séparés. Plus depuis l'été dernier…

Andréas accélère la cadence. La cloche vient de retentir. Clara apparaîtra dans quelques minutes.

Il fond sur les grilles de la cour en jouant des coudes

et s'y accroche, le cœur battant. Maintenant, la foule est proche, si proche. Andréas en fait partie, elle l'encercle, le frôle, le bouscule. Il peut même en sentir l'odeur. Un mélange d'effluves divers, âcres ou sucrés, parfois agréables et l'instant d'après abjects. Il sent son pouls qui s'emballe. Sous ses aisselles, ses poils se sont collés et sa transpiration est devenue nettement acide.

Un sentiment de peur vient serrer son estomac. Il doit se maîtriser pour ne pas hurler, pour ne pas piétiner ces humains agglutinés entre eux.

Calme-toi, Andréas. Calme-toi.

Mais ce n'est pas aussi simple. Andréas et Clara ont connu l'enfer de la séquestration, ils ont pensé l'un comme l'autre qu'ils ne se reverraient plus, alors, depuis qu'ils s'en sont sortis, chaque jour passé ensemble est un cadeau. Un cadeau au goût amer.

Les portes de l'école s'ouvrent. La marée de gamins va déferler.

D'abord les petits, ceux qui fréquentent les classes du primaire au cours moyen. Puis ce sera au tour des sixièmes et de Clara.

Andréas est inquiet. C'est devenu une habitude. Il scrute la rue, s'attarde sur certains visages, ceux qu'il ne connaît pas. Qui est ce type, là ? Jamais vu.

Andréas le dévisage. Non, ce ne peut pas être *lui*. Avec son jogging, et sa vue basse…

Et cet autre ? Il fait le beau avec quelques jeunes mamans autour d'une poussette. Pas de problème de ce côté-là non plus.

Une vague de petits braillards de cinq à dix ans arrive droit sur Andréas, puis se coupe en deux juste devant lui. Il peut apercevoir Clara qui attend avec sa classe, sous le préau. Ses cheveux blonds forment une tache claire au-dessus de son anorak rouge. Elle lui envoie un baiser du bout des doigts.

Le cœur d'Andréas se serre et ses mains se mettent à trembler. Il n'a pas bougé d'un millimètre, les yeux rivés sur sa fille. Elle est en sécurité, pour l'instant. Mais le moment délicat va bientôt arriver. Les collégiens commencent à s'avancer.

Andréas cherche alors du regard les deux policiers chargés de surveiller la sortie de l'école.

Ils sont bien là, en pleine conversation, indifférents à ce qui se passe autour.

– Feignasses ! maugrée-t-il à voix basse.

Très rapidement, le naissain de mères de famille commence à se disloquer. Petit à petit, la foule s'étiole, la concentration humaine se raréfie. Andréas recommence à respirer normalement. C'est plus facile de maîtriser la situation quand il y a moins de monde.

Andréas et Clara ont établi ensemble un protocole de sortie de l'école. Clara ne doit pas quitter l'espace protégé de son collège tout de suite. Elle doit d'abord attendre que l'attroupement à l'extérieur se soit clairsemé, puis sortir de la cour seulement lorsque son père est à côté de la porte.

Le danger peut venir de partout. Les *autres* sont forcément hostiles, eux qui n'ont rien fait quand Andréas et elle en avaient besoin. Alors il faut se méfier, prendre de nouvelles habitudes, éviter de les côtoyer. Pour que tout ça ne finisse pas mal.

Le regard d'Andréas passe de Clara aux alentours. Il vient d'apercevoir une tête franchement peu honnête. Le type assis là-bas sur ce banc. Qui est-ce ?

Il porte des lunettes de soleil et un chapeau racorni. Drôle d'idée. Il ne fait même pas beau.

Je suis ton ombre, Andy. Ton autre moi. Au moment où tu ne t'y attendras plus, Kurtz apparaîtra. Est-ce que ce sera le marchand de glace un été sur la plage ? Ou alors le moniteur de ski dans cette petite station où vous aimez tant aller, Clara et toi ?

Ou alors un type assis sur un banc, là, devant l'école ?

Andréas doute. Ce type est peut-être envoyé par Kurtz. Et il attend de les voir ensemble pour agir.

Andréas décide alors de prendre les choses en main.

La menace toute proche l'électrise.

Il quitte sa position près de la porte et s'éloigne un peu dans la rue. Puis il traverse et revient vers l'homme au chapeau en contournant le banc.

Il ne semble pas s'intéresser à lui, mais de temps à autre, l'individu jette un regard vers l'entrée de l'école.

Un regard suspect.

Un regard de trop.

Dans l'esprit d'Andréas, il n'y a plus aucun doute. Ce type est un salopard de la pire espèce. Il vient pour les tuer tous les deux.

L'homme au chapeau ne voit pas Andréas approcher.

Le soleil vient de percer les nuages, alors il tourne la tête, quand son ombre vient se mêler à la sienne, naturellement. Et tout aussi naturellement, il propose un demi-sourire à cet humain qui vient vers lui. Un sourire de situation banale, comme il s'en pratique tous les jours un peu partout sur la planète.

Mais pour Andréas, ce sourire se transforme aussitôt en rictus. Il ne voit pas des lèvres s'étirer. Il voit des babines. Et ces dents…

Andréas se jette sur lui sans un mot.

Les coups claquent à chaque impact.

L'arcade d'abord, puis la mâchoire.

Andréas est un animal. Un animal qui ne réfléchit plus.

Une bête dont Kurtz serait fier…

Il cogne, avec les poings, avec les pieds.

La rapidité de l'action a pris de court les deux policiers, mais ils rappliquent vite. Andréas est immédiatement maîtrisé et menotté, sous les yeux de Clara, qui a assisté à toute la scène depuis le perron de l'école.

Elle est immobile, bouche bée, les bras ballants. Elle ne comprend pas pourquoi son père s'est jeté sur Tom, un SDF qui fait souvent halte dans le quartier, pour se reposer de vendre ses journaux à des Parisiens au porte-monnaie grippé. Prise de tremblements, elle a lâché son cartable. Elle n'a que lui. Il ne doit pas la laisser là. Que va-t-elle devenir ?

– Papa ! Papa !

Mais Andréas ne la voit pas.

Il hurle vers les policiers parce qu'ils n'ont pas su reconnaître dans cet homme tranquille un assassin à la solde de Kurtz. Andréas se débat comme un fauve lorsqu'ils le poussent vers leur véhicule.

Puis ses yeux croisent enfin ceux de sa fille. Des yeux qui brillent beaucoup plus que d'ordinaire.

Aussitôt, l'animal quitte Andréas, le père réintègre sa place.

– Clara ! Laissez-moi. Je dois m'occuper d'elle !

Mais rien n'y fait.

Avec les malfaisants, la police est intraitable. D'autant plus que le malheureux homme au chapeau est plutôt mal en point, si l'on en croit le sang qui macule son visage.

5

Les doigts passent du ventre au pot de baume hydratant, où ils emportent une noix de matière blanche, puis ils retournent vers l'épiderme étaler une nouvelle couche bienfaisante. La crème ne pénètre plus très bien. La peau doit être saturée à l'extrême.

La main poursuit néanmoins son travail. Elle suit les contours impeccables d'un tatouage noir, centré autour du nombril.

Il y a de la douceur dans les gestes, une douceur infinie, presque maternelle. Pourtant, ces doigts un peu courts appartiennent à un homme. Un homme qui vient de reculer de deux pas pour se contempler dans une psyché piquée de taches brunâtres.

Kurtz détaille son anatomie avec un zèle appliqué.

Personne ne lui a jamais dit qu'il était beau. Peut-être sa mère l'a-t-elle fait, mais il ne garde aucun souvenir de sa génitrice, sa porteuse comme il la nomme, les rares fois où ses pensées se tournent vers les racines de sa déviance.

Lui, par contre, se pâmerait presque devant son propre reflet.

Il essuie soigneusement ses mains et monte à fond le variateur de lumière. Il se tourne sur le côté, se contorsionne, fait jouer ses abdominaux. En bientôt six semaines il a perdu dix-huit kilos et aucune vergeture n'est encore venue entacher sa perfection naturelle. Qu'un tel volume de sa chère masse pondérale ait pu fondre le fascine au plus haut point.

Dix-huit kilos de lui-même, ça n'est pas rien.

Son reflet le flatte de plus en plus.

La chair est encore un peu grasse, mais elle commence à ressembler à l'image qu'il projette. Depuis peu, Kurtz s'est essayé au sport. Au début, l'effort demandait tant de volonté, tant d'énergie, qu'il a presque abandonné. Mais Kurtz est un pugnace. Si une idée le séduit, alors il la mène à son terme, quoi qu'il lui en coûte.

Toutes les polices de France recherchent un homme d'un mètre soixante-dix un peu rond, au crâne chauve, au ventre rebondi. Il est en train de devenir l'antithèse de cette description. Bien sûr, il ne se fera pas grandir, mais pour le reste, le résultat est grandiose.

Son portrait-robot doit aussi le définir comme un homme au visage tuméfié. Après la raclée qu'il s'est lui-même infligée, c'est normal. Mais tout passe avec le temps. C'est à peine si l'on distingue encore des cernes gris. Kurtz possède une excellente constitution, qu'il s'est attaché à ne pas abîmer depuis des années. Il s'est économisé, a patiemment tissé sa toile et l'heure de disparaître définitivement approche à grands pas.

Pour la énième fois de la journée, Kurtz décide de se poster à la fenêtre. Son sens de l'hospitalité est un peu particulier. Quiconque franchira le seuil de sa demeure n'en ressortira jamais. Mais encore faut-il que Kurtz en soit informé. C'est un hôte de choix, il entend que l'accueil soit à la hauteur de sa réputation.

Il traverse le salon et passe dans la bibliothèque, où il a installé son nécessaire à maquillage. Là, sur une table façon loge de cinéma, sont étalés des postiches, des crèmes, différents fards, tout ce qu'il faut pour le transformer en honnête homme.

Il positionne la perruque auburn sur son crâne où pointent quelques cheveux bruns, efface d'un coup de fond de teint les marques de son évasion, ajuste ses lunettes et vérifie la bonne tenue de son dentier.

L'habitude aidant, cette transformation ne lui demande plus qu'une minute. Une minuscule petite minute qui abusera le monde entier, il en est certain.

Il se lève alors et se laisse tomber dans un fauteuil roulant. Il en a assez de jouer cette comédie. Les postiches, passe encore, avec le temps, il s'y est habitué, mais ce fauteuil est une vraie plaie. On ne l'y reprendra pas.

Pourtant, la comédie a parfaitement fonctionné. On ne se méfie jamais assez d'un infirme… surtout qu'il avait inventé un joli bobard ! Commercial pour le compte de gros éditeurs. Ça lui était venu comme ça, sans préméditation. Il n'était même pas certain qu'un tel métier existait vraiment. Mais son locataire n'y a vu que du feu. Il est venu de lui-même, tranquillement, se loger dans sa cellule, une cave préparée pour lui seul. Son ultime demeure.

Un dernier coup d'œil vers le miroir lui confirme la perfection de son travestissement. Kurtz jubile. Virgile Craven est prêt à apparaître au grand jour.

Il fait rouler son fauteuil vers la fenêtre et l'immobilise à dix centimètres d'un gros radiateur en fonte.

Avant de soulever le tulle, il grimace ce sourire

presque niais qui ne quitte plus le visage de son personnage. On ne sait jamais, quelqu'un du quartier pourrait passer. Virgile Craven est un voisin avenant, apprécié. Et Kurtz est pointilleux, paranoïaque. Chaque détail qu'il a créé doit en permanence jouer son rôle.

Voilà, c'est fait ! Le masque est en place. Le rideau peut s'ouvrir.

La rue est calme. Un samedi ordinaire.

D'un coup d'œil, il vérifie la bonne disposition des contacteurs placés sur la grille d'enceinte et la porte du jardinet. Tout est parfait.

Plus loin, l'asphalte est mouillé, mais ne brille pas. La lumière décline chaque jour un peu plus, le soir descend vers le solstice d'hiver.

Craven sourit de plus belle. Dans quelques dizaines d'heures, toute cette grisaille sera oubliée. Le psychopathe décrié dans la presse aura tiré sa révérence pour de plus radieux horizons. Bientôt, très bientôt, il aura rejoint ce qu'il prépare depuis des années dans le plus grand secret.

La pensée se sera incarnée. Sa pensée…

Le bruit d'un moteur monte vers la maison. Craven se penche sur le côté et découvre une patrouille de police.

« Allez-y mes agneaux, dit-il à haute voix. Il faut bien protéger les citoyens. Le mal est dehors, pas dedans. »

La voiture sérigraphiée passe lentement sous sa fenêtre, puis disparaît dans la rue.

Virgile Craven est radieux. Puisque les autorités aussi s'occupent de sa sécurité, il ne voit rien à redire au monde merveilleux dans lequel il vit.

Satisfait de sa petite inspection, il relâche le rideau et fait rouler son fauteuil jusqu'à son secrétaire.

Une dizaine de passeports y sont empilés. Il enfile

des gants, les ouvre un par un et les pose devant lui. Les photos d'identité le montrent toutes sous des faciès différents. Le travail est soigné. Les papiers ont l'air officiel, certains sont usés, portent des visas magnifiquement reproduits. Il faut dire qu'ils lui ont coûté un bon prix. Craven n'a pas lésiné, Kurtz non plus et leur association réunie dans un seul cerveau n'ouvre pas la porte à l'à-peu-près.

D'autant plus que ces passeports font eux aussi partie de son plan.

Dans la pièce voisine, une pendule sonne. Craven compte… quatre coups, et se délecte aussitôt.

« Mais c'est l'heure du goûter ! se réjouit-il en se levant du fauteuil roulant. Qui c'est qui va être content d'entendre son papa Kurtz ? »

Virgile Craven repasse dans la bibliothèque. Il défait les attributs de son personnage et les jette sur la table à maquillage. Puis il ouvre une porte au fond du couloir et disparaît dans une cage d'escalier sombre.

6

Lorsque Eliah Daza fait entrer Thomas Davron dans son bureau, il y flotte encore une odeur de peinture fraîche. La décoration vient d'être entièrement refaite sur demande du commissaire. Il faut dire que l'ancien propriétaire des lieux, Adrien Béranger, mis à la retraite un mois plus tôt, fumait bien ses deux paquets par jour, voire plus en cas de coup dur. Alors les murs s'étaient couverts au fil des ans d'une teinte jaunâtre. Le montant des portes et des fenêtres était passé du blanc au brun et il y régnait une atmosphère de vieux cendrier.

Insupportable pour Daza, ancien fumeur repenti depuis une dizaine d'années, qui ne tolère plus ces odeurs malsaines. Intolérant, c'est bien le terme qui convient au nouveau patron de la brigade du 10e arrondissement de Paris. Pas une cigarette n'est admise allumée dans son département. Il mène une guerre sans merci à tous les goudronneurs de poumons. Et quand Thomas Davron s'approche pour lui serrer la main, il ne peut s'empêcher de lui faire remarquer qu'il sent le tabac et qu'il devrait arrêter, que c'est quand même meilleur pour la santé.

Une entrée en matière qui met aussitôt Thomas Davron d'humeur taciturne. Il s'enfonce dans le fauteuil avec une folle envie d'allumer une cigarette, là, tout de suite, rien que pour voir blêmir la tête du flic… ou rougir, au choix. Il n'aime pas, d'emblée, ce grand type aux allures de dandy, aux cheveux et aux yeux noirs, au nez aquilin. D'ailleurs, c'est avec un malin plaisir que Davron lui lance sur un ton volontairement monocordc :

– Fraîchement promu ?

– C'est ça, lance Daza d'une voix sèche, que nous vaut donc le plaisir, monsieur Davron ?

– Je voudrais voir l'inspecteur Baudenuit.

– Puis-je savoir pour quelle raison ? J'ai pris la responsabilité de l'enquête qui vous concerne.

– Ce n'est pas pour ça. Je voudrais le voir, c'est tout. Je ne savais pas où le joindre en dehors d'ici. Il ne répond pas au téléphone.

– Rufus Baudenuit a quitté la police. Définitivement. Aux dernières nouvelles, il s'est retiré à la campagne.

Thomas Davron lance un regard incrédule à Daza, qui hausse les épaules.

– Écoutez, monsieur Davron, les choses ont changé ici, après l'affaire Kurtz/Lavergne. Tout ce que je peux vous dire, c'est que l'inspecteur Baudenuit a été blanchi par l'enquête interne, mais que pour diverses raisons, il ne pouvait plus faire partie de nos services, voilà tout.

– Vous lâchez l'homme qui a résolu l'affaire en perdant au passage sa femme et sa coéquipière, celui qui a sauvé les pauvres types que ce malade gardait enfermés, le seul qui ait cru en mon histoire ! C'est beau ça… Et, alors que ce taré vous a filé entre les pattes, vous allez me faire croire que Rufus Baudenuit est parti se mettre au vert ! Mais vous vous foutez de moi, inspecteur !

– Commissaire.

– Pardon ?

– Commissaire, monsieur Davron, pas inspecteur.

Thomas Davron secoue la tête avec un air goguenard, tentant de cacher un malaise grandissant. Il reste silencieux quelques instants, les yeux dans le vague, comme si l'homme en face de lui était devenu entièrement transparent.

Garde-la pour les journalistes, ta langue de bois. Et dis-moi où est Rufus Baudenuit. Sale con !

L'angoisse qui monte à la gorge de Davron est perceptible. Elle envahit la pièce et frappe la poitrine d'Eliah Daza de plein fouet. Il s'adoucit subitement, lui qui était prêt à le mettre à la porte quelques secondes plus tôt. Il se lève et vient s'asseoir sur le fauteuil à côté de lui.

Davron est marqué par les années de prison, les mois de torture. À quarante ans, il en paraît dix de plus. Pourtant, ses yeux brillent d'une volonté sans limite.

– Je vous apporte un café ? demande le commissaire.

– Si je peux fumer une cigarette, sinon c'est pas la peine.

Daza sort et revient presque aussitôt avec deux cafés. Il ferme la porte à clé, descend les stores qui donnent sur le couloir, ouvre la fenêtre et retourne à son bureau.

– Allez-y, mais dehors, je ne tiens pas à avoir tout le service sur le dos.

Thomas Davron se lève, ignore le sucre et la cuiller, prend le gobelet et se penche légèrement à la fenêtre. Il allume une cigarette, aspire une longue bouffée, puis une deuxième et boit son café d'un trait.

– J'apprécie.

– Je vois ! Comment vous sentez-vous depuis votre acquittement ?

– Mieux, beaucoup mieux. Je ne pensais pas ressentir à nouveau une telle envie de profiter de la vie. Avez-vous eu des nouvelles de ceux que vous avez libérés lors de l'assaut des entrepôts Lavergne ?

– Il y avait cinq hommes et trois femmes, mal en point mais vivants. Ils ont été remis entre les mains des médecins et d'une équipe de psy du centre d'aide aux victimes. Je suis certain qu'ils ont été bien pris en charge.

– Vous êtes certain ?

Daza n'aime pas le tour que prend la conversation. L'impression que chacun de ses mots pourrait lui revenir au visage grandit en lui. Il n'a pourtant pas de comptes à rendre à cet homme. Il n'a pas non plus vocation à suivre l'état psychologique de chaque pauvre type qu'il trouvera sur sa route. Son boulot, c'est traquer les criminels, les mettre hors d'état de nuire. Et Dieu sait qu'ils sont nombreux. Sa récente promotion lui met un poids supplémentaire sur les épaules. Certes, il n'a pas rechigné lorsque le préfet lui a proposé le poste laissé vacant par Béranger. Mais il sait que sa principale tâche est d'arrêter Lavergne, l'homme aux deux visages. Et mobiliser ses troupes autour de cette mission. Chose difficile, après le fiasco total de la première enquête, la mort de Cécile Herzog, la mise à pied de Rufus Baudenuit et la retraite anticipée d'Adrien Béranger. Trop de pertes dans les rangs, trop de pertes civiles et un psychopathe en liberté. Daza reprend, ignorant la dernière question de Thomas Davron.

– Dites-moi donc pourquoi vous voulez tant voir Rufus Baudenuit, si vous n'avez pas de nouveaux éléments à apporter à notre enquête ?

– C'est difficile à comprendre ? Je lui dois tout. Sans lui, je serais encore derrière les barreaux, accusé d'avoir tué ma femme. Alors je veux lui dire merci. Je n'en ai pas eu l'occasion. À ma sortie, le procureur Gillet a fait son cirque. Lamentable. Il y avait les journalistes, les ex-amis, les traîtres repentis, les vautours, les voyeurs en quête de sensationnel. Mais il n'y avait pas Rufus Baudenuit, la seule personne que je souhaitais voir. Alors, j'ai tenté de lui téléphoner. Lors de sa visite au pénitencier, il m'avait donné de quoi le joindre en cas d'urgence. Mais rien. Juste un répondeur. Je vous demande seulement de m'indiquer son adresse. C'est tout.

– C'est tout ! Mais ce n'est pas rien. Je ne peux pas vous donner les coordonnées d'un ancien flic sans son accord. Vous comprendrez.

Thomas Davron se retourne, s'approche de Daza, lâche sa cigarette dans le fond de son café et lui dit lentement en se penchant vers lui :

– Non, je ne comprends pas.

Il contourne le bureau, déverrouille la porte et sort sans un mot, laissant Daza perplexe. Le commissaire trouve Davron culotté, mais ne lui en veut pas vraiment. C'est vrai qu'il n'a pas pris de nouvelles, ni des victimes, ni de ses anciens collègues. Si eux ne se manifestent pas, alors tant pis. Il a bien d'autres chats à fouetter.

Adrien Béranger lui téléphone régulièrement, lui distille de précieux conseils, trop heureux de se sentir encore un peu utile, entre deux paris sur les champs de course hippique.

Quant à Rufus Baudenuit, il n'a jamais appelé. Daza ne saurait dire s'il l'appréciait vraiment ou non. Il a travaillé quelques jours avec lui sur l'affaire Lavergne. L'expérience était agréable. Mais Daza doit l'avouer, en arrivant comme un joker, avec des effectifs et une brigade spéciale entraînée à la lutte antiterroriste, des bases de données impressionnantes et des moyens quasi illimités, c'était peut-être plus facile. À présent, il sait qu'il doit réussir là où Baudenuit a échoué.

Eliah Daza est un homme ambitieux. Juste, mais très orgueilleux. Cette affaire difficile, il aurait pu la mener à bien lui-même. C'est certain. D'ailleurs, lorsqu'il a repris l'enquête, les choses se sont précipitées et la planque de Lavergne a rapidement été découverte.

Eliah n'a rien contre Rufus, mais il pense sincèrement qu'il était de toute façon bon pour la touche et ce depuis longtemps. Jamais Béranger n'aurait dû lui confier cette délicate affaire d'enlèvements. Après sa rencontre avec Davron et la mort de Cécile, sa coéquipière, Baudenuit en a fait une affaire personnelle. La disparition de sa femme Anna et la fuite de Lavergne au nez et à la barbe de la police l'ont anéanti. Daza n'est d'ailleurs pas très étonné qu'il soit parti à la campagne et ne serait guère surpris qu'on lui annonce un jour que Rufus se balance au bout d'une corde qu'il se serait lui-même passée autour du cou.

La sonnerie stridente du téléphone le fait sursauter.

– Commissaire Daza.

– Un cadavre a été découvert au domicile des Marieck. Une équipe a bouclé le secteur. Ils vous attendent sur place.

Daza raccroche, enfile sa veste et prend son arme dans le tiroir.

« Eh bien ! Davron et maintenant Marieck. Lavergne ? Pointerais-tu enfin le bout de ton nez ? »

7

« Je m'appelle Michèle Marieck et j'ai tué un homme. Je m'appelle Michèle Marieck et j'ai tué un homme. »

Michèle redresse la tête. Elle vient d'entendre un rire. Un rire hystérique. Puis le silence retombe dans la chambre.

Les néons de la façade sont juste sous ses fenêtres. Elle peut parfaitement distinguer la pièce. Presque comme en plein jour. Un jour de novembre, gris et pluvieux à souhait.

Le plaid jeté en travers du lit est piqué en losanges, dans un tissu matelassé mauve et jaune un peu vieillot. La lampe de chevet, avec son abat-jour de guingois, décoré d'antiques automobiles, le papier peint fleuri et les trois petits cadres champêtres achèvent de donner au décor un air minable.

La jeune femme est assise en tailleur sur le matelas, posé sur une carcasse grinçante en tubes d'acier à la peinture écaillée.

Elle se balance lentement d'avant en arrière.

Un miroir piqué, encadré de plâtre doré, lui renvoie son reflet.

« Je m'appelle Michèle, Michèle. »

Et ce rire. Inquiétant, éraillé.

Michèle se regarde. Ses yeux sont vides. Un rire fou la secoue à nouveau des pieds à la tête. Elle rit. Et son rire se termine dans un cri.

« Michèle, Michèle Marieck. »

Des coups de protestation heurtent le mur derrière elle et une voix d'homme la rappelle à l'ordre.

– La ferme ! Je dors, bordel !

– Oups !

Elle rit de nouveau, mais dans ses mains.

Ses cheveux courts sont en bataille. Son regard est cerné, ses paupières gonflées. Elle pince ses joues du bout de ses doigts et lance un clin d'œil à son reflet.

« Ça devient un peu flasque tout ça ! »

Elle tend la peau de ses joues vers la racine de ses cheveux.

Voilà la solution ma vieille. Un bon vieux lifting. Pour ressembler à toutes ces greluches qui ont l'air de sortir de chez Madame Tussaud.

« Je m'appelle Michèle, j'ai trente-six ans. J'ai tué un homme. Zigouillé. Mort. Terminé. Un beau salopard. Tiens, tu veux savoir son nom ? Attends, bouge pas. »

Michèle se penche vers le bord du lit, attrape la bouteille de vodka qui l'attend sur la table de nuit devant la lampe. Elle boit une longue rasade puis secoue la tête en grimaçant.

Putain, c'que c'est bon.

Elle ramasse son sac et sort pêle-mêle des vêtements, de la lingerie, une trousse de toilette, un épais dossier, une lettre chiffonnée et enfin un passeport. Elle repousse les affaires et ne garde devant elle que les papiers.

« Emmanuel Simon. Feu Emmanuel Simon, né le 24/01/1967. Une balle dans la tête. Pan ! »

Michèle repart dans un fou rire. Tous ses membres tremblent.

Elle pose devant elle le cendrier Ricard en verre et commence à déchirer les pages du passeport une par une.

« Disparu, monsieur Simon, né à Reims. Envolé ! Parti en fumée ! Tu vois, Charles ! Tu vois ! Je l'ai fait pour toi ! »

Joignant le geste à la parole, elle brûle toutes les feuilles, les tenant du bout des doigts, ignorant la morsure du feu. Puis elle regarde les cendres un long moment, les paumes noircies par la combustion.

Elle relève de nouveau la tête et passe ses mains sur son visage.

« Peinture de guerre pour une femme qui part à la guerre ! Gare à toi, Kurtz ! »

De larges marques noires barrent ses pommettes. Les larmes étirent le charbon, jusqu'à maculer son chemisier.

Puis elle trinque encore. À la vie, à la mort. Surtout à la mort.

« Tu sais, mon amour, c'était bon de tirer. Tu as vu, j'ai fait comme tu m'as dit. Charles, t'es content ? Tu m'aimes toujours ? Charles !! Réponds-moi ! »

Michèle s'effondre. La bouteille s'échappe de ses doigts et roule sur la moquette marron, tachée et usée par les ans. La vodka s'écoule, assombrissant les fibres élimées qui absorbent le liquide.

C'est un bruit de chaîne.

Il fait si noir.

Si froid.

Elle est éveillée, pourtant c'est impossible. Ses paupières sont si lourdes.

Et cette odeur de moisi, cette humidité.

La main cherche l'oreiller moelleux, la couette en plume d'oie, gainée de coton doux.

Les jambes sont lourdes, douloureuses. Les chevilles meurtries.

Et ce cliquetis sinistre qui accompagne ses gestes.

Il fait si froid.

Ses doigts sur son visage.

Où sont ses joues ? Les pommettes sont saillantes, les lèvres desséchées. Ses doigts sur son crâne. C'est piquant, comme la barbe de Charles.

Non !!!!

Michèle se redresse d'un bond, le cœur battant.

Son air hagard dans le miroir lui fait peur.

Ses cheveux et ses joues sont là.

Elle a dû rêver.

Le vide qui pèse dans son esprit et dans son cœur l'apaise quelques instants. Puis les souvenirs affluent. Avec une douleur inimaginable qui la transperce de part en part.

Charles.

Ce n'est pas la maison. C'est cette chambre d'hôtel miteux. Dans le 15e.

Charles n'est plus.

Michèle se lève. Elle chancelle au pied du lit, puis entre dans la salle de bains. Le rideau de douche pendouille lamentablement sur une tringle rouillée. Les robinets grincent comme dans un film d'horreur de série B. Trop chaud ou trop froid, au choix.

Mais elle s'en fout. C'est probablement sa dernière douche.

La vie sans Charles est inenvisageable. Chaque geste est un calvaire. Alors, imaginer demain est inaccessible, bien au-delà de ses forces.

Elle a délicatement retiré le revolver des mains de Charles, nettoyé la crosse et le canon et a enserré les doigts du salopard autour de l'arme.

Sans émotion.

Elle a déposé le 38 près de son homme.

Emporté les seringues, les flacons et l'automatique que l'assassin avait planqué dans sa ceinture.

Puis elle a ramassé la lettre d'adieu de Charles.

Elle a posé un baiser sur les lèvres de son époux.

Elle a rassemblé quelques affaires, vidé *la cache aux billets doux*, où il lui laissait toujours des messages, puis est sortie de sa maison.

Pour ne jamais y revenir.

8

– Je n'aime pas trop ce qui s'est passé ici ! lance Sergueï Obolansky au commissaire Daza, lorsqu'il entre dans le bureau de Charles Marieck.

Eliah Daza est immédiatement saisi par une odeur douceâtre qui lui donne la nausée. Mais il n'en fait pas état. Il ne tient pas à subir les railleries déplaisantes du légiste.

– Bonjour, docteur ! Alors quoi de neuf ?

Sergueï, penché sur le cadavre de l'homme effondré sur le bureau, se retourne vers Daza, lui fait un bref signe de tête et revient à ses occupations.

– Une minute. Je dois vérifier quelque chose avant qu'on emmène le corps.

Le soleil pénètre dans la pièce par des persiennes mi-closes. Ses rayons illuminent de vieux livres aux reliures dorées, sur les plus hautes étagères de la bibliothèque. Des ouvrages du milieu du siècle dernier pour la plupart, des collections entières écrites en vieil allemand. On peut voir Tolstoï et Marlitt trôner à côté de Dickens, Balzac traduit, le *Shakespeare Werke* dans une édition rare et *Mein Kampf* dans le proche voisinage de livres de cuisine et de stratégie pour jeux d'échec.

– Eh bien, il faut se les farcir ces bouquins en teuton ! commente Daza.

Plus bas, toute la série des bandes dessinées de Reiser, celles de Wolinski, et une bonne centaine de livres de poche soigneusement empilés.

– Des BD de cul et des romans à l'eau de rose, des recettes de cuisine à côté du livre d'Hitler. Ça fait froid dans le dos.

– Vous dites ça parce que vous êtes juif ? Ou parce que vous répugnez à mélanger les genres ?

– Je vous emmerde, lance Daza en passant devant un petit meuble vert.

Il n'en dit pas plus et s'éloigne vers des étagères où sont disposés quelques bougeoirs et des bâtons d'encens. Peu de bibelots, une décoration chaude et sobre à la fois. Des meubles de bonne facture en acajou, un plancher en chêne clair, des murs peints à la chaux couleur pierre. Il termine son inspection des lieux et s'approche du légiste penché sur le cadavre, dans l'angle opposé de la pièce.

– Charles Marieck ?

– Oui. Sans aucun doute.

– Suicide ?

Sergueï Obolansky se redresse, ôte ses gants et s'approche de Daza pour l'entraîner hors de la pièce.

– Venez, sortons d'ici. Ils ont encore du boulot.

Puis il s'adresse aux policiers de l'identité judiciaire postés dans l'entrée :

– Vous pouvez finir et emmener le macchab'.

Les deux hommes sortent sur le perron, font quelques pas dans le jardin, petit et bien entretenu. Les arbres sont nus et l'herbe rase est d'un vert pâle. La sécheresse qui a sévi l'été précédent a vidé les nappes phréatiques et l'automne a achevé de racornir la végétation. Un tas de feuilles et de branches coupées gît près du portail, dans une brouette verte abandonnée là par le jardinier. Ce dernier, assis un peu plus loin sur un banc en teck, attend d'être interrogé par le commissaire.

– C'est lui qui a découvert le corps ?

Daza surplombe Sergueï d'une vingtaine de centimètres. Le légiste déteste devoir lever la tête vers ce grand zigue pour lui répondre, mais il n'envisage pas non plus ne pas le regarder dans les yeux.

– Jacques Bourdon. Rien vu, rien entendu. Il passe deux fois par mois. Je ne pense pas qu'il vous sera utile pour l'enquête.

– Alors, qu'avez-vous ?

Décidément, Sergueï ne l'aime pas, même s'il sait que c'est un type bien, qui tente de faire son boulot le mieux possible. Il le trouve maladroit, un peu trop dédaigneux. Et la présence de Daza, sa promotion au sein du commissariat du 10e, lui rappellent trop l'absence de Béranger, de Rufus et de Cécile. La fine équipe qu'ils formaient tous les quatre depuis des années lui manque. Rufus était un bon flic. Le meilleur sans doute. Et un ami de longue date. Depuis la scène de crime sur laquelle ils avaient travaillé ensemble et où Sergueï avait ri de voir Rufus devenir vert devant sa première autopsie. Certes, c'est la réaction de presque tous les jeunes flics devant un tas de viande froide découpée en morceau comme sur l'étal d'un boucher. Ce qui avait particulièrement plu à Sergueï, c'était la mauvaise foi évidente de Rufus, refusant d'admettre son incapacité à supporter la vue et l'odeur du cadavre. Il faut dire qu'il n'avait pas été gâté. Il s'agissait d'un noyé que les eaux de la Seine avaient gonflé et qui se vidait de ses fluides par la bouche, les yeux et les oreilles. Une merveilleuse vision d'horreur à laquelle on ne s'habitue qu'après de longues années d'expérience. Si tant est qu'on puisse s'habituer à ce genre de choses.

– Sergueï ?

– Oui.

– Vous faites de la rétention d'informations ou quoi ?

Le légiste ne peut s'empêcher de lever les yeux au ciel.

– Franchement commissaire, on peut dire que vous faites dans la finesse, vous. Heureusement que je sais comprendre les remarques au second degré. Sinon, je pourrais me vexer et vous planter là, en vous disant d'attendre mon rapport.

– Surtout n'essayez pas, docteur Obolansky. Je n'ai vraiment pas de temps à perdre et là, ça fait déjà trop longtemps à mon goût que j'attends vos premières conclusions. Alors suicide ?

Sergueï hausse les sourcils et fait une grimace. Il se plante devant Daza en se frottant le visage avec ses mains.

– À première vue, oui.

– À première vue ?

– Tout fait penser à un suicide, c'est exact. Et vu le passé de notre client, ce qu'il a vécu avec sa femme, ce ne serait pas très étonnant.

– Mais ?

Daza s'impatiente. Sergueï le sent, mais il ne se précipite pas pour autant. Il a un doute. Et il ne peut se permettre de balancer des informations sans preuves réelles.

– L'arme trouvée dans sa main est bien celle qui a porté le coup fatal. L'angle de tir correspond, il a des traces de poudre sur la paume. Je dirais qu'il a mis quelques minutes à mourir. Le 22 est un petit calibre.

Ce n'est pas ce que j'utiliserais si je voulais me faire sauter le caisson du premier coup, c'est sûr.

– Alors, qu'est-ce qui vous fait douter ?

– Eh bien… d'abord, une trace de piqûre très récente dans la veine sous-clavière. Je vais faire des analyses toxicologiques complètes. Ensuite… je ne sais pas, un drôle de sentiment. J'ai la nette impression que l'arme a été replacée dans sa main, qu'il y a eu du ménage de fait. C'est trop net. Il n'y a pas d'empreintes, sauf celles qui nous intéressent, pas de poussière non plus. Charles Marieck est mort depuis au moins quarante-huit heures, voire plus. Même si on imagine que Michèle Marieck est une fée du logis et qu'elle a briqué la maison le jour de sa mort, pas plus de poussière en deux jours… bof.

– Vous voulez dire meurtre ?

– Je ne peux pas m'avancer. Attendons les résultats de l'équipe de l'IJ [1] sur les lieux. Avec ça et l'autopsie, on devrait y voir plus clair.

– Et sa femme, des nouvelles ?

– C'est pas votre boulot ça ?

Daza lance un regard furieux au légiste, qui le provoque avec un demi-sourire. Il va pour lui répondre quand son téléphone mobile sonne au fond de sa poche. Eliah Daza s'éloigne de quelques pas. Sergueï l'observe, les bras croisés, s'agiter dans la conversation. Daza tourne en rond, faisant crisser les graviers de l'allée. Ses joues rougissent sous l'effet de l'excitation. Il fait de grands gestes, aboyant des ordres sur un ton probablement très déplaisant pour son interlocuteur.

– Putain, Rufus, tu fais chier, marmonne Sergueï, sans quitter le commissaire du regard. Si t'avais pas

1. L'Identité judiciaire.

déconné comme ça, on n'aurait pas ce foutu con entre les pattes.

Le commissaire raccroche, visiblement très énervé et revient vers Sergueï en levant les bras au ciel.

– Arrête d'en faire des caisses, murmure le légiste entre ses dents.

– Pardon ?

– Non rien. Qu'est-ce qui vous arrive ?

– C'est Darblay ! Ils ont arrêté Darblay en train de bastonner un type devant une école hier et je l'apprends que maintenant. Et ils ne sont même pas foutus de joindre Michèle Marieck pour l'interroger ! Il faut leur faire un dessin pour qu'ils pensent à lancer un avis de recherche ! C'est pas vrai ! Quelle bande de nœuds !

– Un peu trop de pression peut-être ? Le poids du… commissariat ?

– Oh ! Vous, ça va ! Je veux votre putain de rapport demain au plus tard sur mon bureau. C'est clair ?

– Allez vous faire foutre, commissaire. Vous l'aurez quand il sera terminé.

Sergueï tourne les talons et s'engouffre dans sa voiture, laissant Daza interdit, planté comme un imbécile pour la deuxième fois de la journée.

– Connard ! lance-t-il devant le jardiner médusé.

Puis il se tourne vers lui.

– Vous, je vous vois demain à 10 heures au poste. J'ai plus urgent, désolé.

Eliah Daza n'attend pas la réaction du pauvre type, qui poireaute là probablement depuis un sacré bout de temps. Andréas Darblay est dans les locaux de la brigade. Il n'a pas une minute à perdre.

Davron, Marieck et maintenant Darblay. Trois victimes de Lavergne qui ressurgissent le même jour.

Hasard ? Coïncidence ?

Daza ne veut pas y croire.

9

« J'ai passé ma vie à vous observer et je le ferai jusqu'à ce que le repos éternel me prenne, s'il est digne de moi.

Tout ce temps, je vous ai disséqués, analysés, classés, catégoriés. Dans mes cellules, j'ai identifié six types de cobayes qui, à mon sens, résument l'humain.

En dix ans d'expérimentations, j'ai eu de tout.

Des prédateurs, mais ceux-ci sont difficilement contrôlables.

Des décérébrés, ceux-là font de bons soldats, mais il faut rapidement les envoyer à la boucherie.

Des affectifs, ceux qu'on tient par les couilles très longtemps.

Des égoïstes, prêts à lâcher père et mère à la moindre occasion.

Des contemplatifs, les meilleurs à mon avis.

Et, pour finir, les peureux absolus, ceux que je n'ai même pas réussi à envoyer en tests d'aptitude.

Six, c'est peu pour cadrer six milliards de

pseudo-individus. Un par milliard, c'est une coïncidence.

Et pourtant, je n'en ai pas découvert davantage.

Placé devant une situation de stress intense, un homme se résume à sa plus simple expression, seul son caractère dominant trouve son chemin.

Seul son véritable visage survit.

Par moi, avec moi et en moi.

L'homme révélé par Kurtz ! »

Texte tiré des *Voies de l'ombre* par Olivier Lavergne.

10

Le vaste entresol est quasiment vide. Il n'y a qu'un congélateur, une table et une chaise. Au centre de la pièce, une margelle rectangulaire d'un mètre de hauteur émerge de la dalle en béton. C'est tout.

Kurtz s'en approche et se penche au-dessus.

– Petit, petit, petit ! C'est l'heure de la becquée !

Comme il ne se passe rien dans le puits béant, il traverse l'entresol et actionne un interrupteur. Puis il retourne s'appuyer contre le court mur en briques.

– Comment va ma petite cerise ? Elle dort ? Non, elle fait semblant. Je suis sûr qu'elle fait semblant. Ils font tous ça, au bout d'un moment. Mais Kurtz est un roublard. On ne la lui fait pas. Ah non, ça non !

Dans la lumière blafarde d'un néon palpitant, un homme gît à même le sol, quatre mètres en contrebas, sur une surface en terre battue détrempée. Il est presque nu. Seul un caleçon crasseux protège encore son intimité. Son corps est partiellement recouvert de cette même boue marronnasse qui constitue le sol et son visage disparaît sous une barbe épaisse. Mais ce qui frappe dans cette silhouette humaine étendue comme morte, c'est sa maigreur. La maigreur d'un fantôme sorti des années sombres, l'ombre d'un homme. De ce qui fut un homme.

– Rufus ! s'impatiente Kurtz. On ne fait pas attendre le maître si l'on ne veut pas qu'il se fâche.

Kurtz redresse la tête et commence à rire doucement.

– Mon meilleur ennemi ne va pas gâcher la fête, dit-il un ton plus haut. Non, pas aujourd'hui. C'est la fête et il faut que tu y participes.

Mais Rufus Baudenuit ne bouge toujours pas. C'est à peine si, à cette distance, Kurtz parvient à deviner le mouvement de sa cage thoracique. Elle se soulève pourtant, sur un rythme lent mais régulier.

– Rufus ! crie Kurtz, qui commence à perdre son calme.

Il s'apprête à ajouter quelque chose, mais les mots se perdent dans sa gorge. Il retraverse la salle, ouvre un petit placard mural et actionne l'ouverture d'un robinet.

Aussitôt, un bruit de douche résonne depuis la cave, suivi du mouvement d'un corps.

Kurtz retourne à sa place à petits pas rapides. Il aime assister aux réveils mouillés de ses victimes et, puisque Rufus est son dernier locataire, il ne veut pas en perdre une miette.

Son prisonnier a certes bougé, mais c'est pour se terrer sous son lit. Il ne voit de lui qu'une épaule et le bord supérieur de sa tête.

– Tu ne veux pas entendre ce que Kurtz a à te dire ? Tu ne veux pas savoir comment toute cette histoire va se terminer pour toi ?

Pas un mouvement.

– Retrouve tes réflexes de flic ! Je suis un témoin clé dans une affaire biscornue, tout de même.

Sous le sommier, il y a un mouvement. La tête dépasse de l'encadrement du lit.

Rufus ne dit rien. Il ouvre bien la bouche, sans qu'aucun son n'en sorte.

– Tu es au bout du rouleau, mon vieux camarade, commente Kurtz sur un ton faussement plaintif. Je t'aurais cru plus coriace que ça ! Six semaines seulement et te voilà brisé, écrasé par tes jérémiades comme un étron. Je mérite un meilleur adversaire, tu ne crois pas ?

Les lèvres du malheureux articulent deux syllabes, toujours les mêmes.

– Qu'est-ce que tu dis ? Je ne comprends rien, parle plus fort ! Tu veux me parler de ta petite Anna ? Il ne faut pas que tu t'en fasses pour elle. Les femmes sont toutes des traînées. Toutes des catins ! Et puis, elle n'a plus besoin de toi à présent. Crois-moi. C'est mieux comme ça.

Le visage de Rufus se tord. Ses yeux se ferment un long moment. Sa pomme d'Adam monte et descend le long de sa gorge plusieurs fois. Lorsqu'ils se rouvrent, ses cristallins brillent davantage. À présent, un regard tinté d'intelligence éclaire cette face ternie, cernée par la douleur.

– Trêves de balivernes, reprend le tortionnaire sur un ton badin. Kurtz va partir faire un petit voyage, mais il a pensé à son ami Rufus. Nous avons inventé un nouveau jeu pour égayer la solitude du gentil policier. Tu vois la petite trappe au-dessus de la porte ?

Rufus reste inerte. Kurtz tend alors sa main à l'intérieur de la margelle.

– Eh bien, tu recevras par là ton pain quotidien pendant mon absence. Une fois par jour. Une seule fois, tu m'entends ? Il ne faudra pas tout manger d'un coup, parce qu'après, que dalle jusqu'au lendemain. Tu es déjà assez mal en point. Il va falloir te ménager. Compris ?

Kurtz observe quelques secondes de silence. Il espère une réaction de Rufus. Il l'attend, mais le policier ne réagit pas.

– Tu as perdu goût à la vie, mon canard ? C'est moche, tout de même. On commençait juste à se découvrir. Bon, je vais régler le distributeur pour cobaye sur…

Kurtz jette un coup d'œil sur sa montre.

– Maintenant. Quatre heures quinze. Ça te convient, ça, quatre heures quinze, pour recevoir ton colis ?

Rufus l'observe d'un œil morne. Kurtz est visiblement déçu. Il aurait aimé une réaction de sa victime. Mais il connaît les hommes. Il sait par expérience que celui-là a baissé les bras.

– Et puis, finalement, le moment de partir arrive à point nommé. Je trouve que ta fiancée pue comme un troupeau de porcs. C'est innommable ce qu'une jolie femme peut sentir mauvais sitôt qu'on la prive du minimum de confort. Mais réfléchis, après tout, ça se comprend. C'est quoi une femme, sinon soixante kilos de sang et de merde. Hasta la vista, el commandante ! Ou à jamais.

11

L'eau chaude rougit sa peau.

Michèle tourne le robinet et se tend pour recevoir le jet glacé.

C'est ce que Charles subissait chaque jour, là-bas, dans les fours, pendant ces semaines de séquestration.

Chaud. Froid. Chaud.

Charles se sentait coupable, il se croyait responsable de ce qui leur était arrivé.

Michèle se retient de hurler, accrochée à la plomberie qui déverse sur elle un torrent d'eau froide.

Elle reste ainsi de longues minutes. Jusqu'à ce que sa peau insensibilisée se durcisse.

Puis elle coupe l'eau, se dirige dans la chambre et s'assied tremblante sur le bord du lit, une serviette-éponge sur les genoux.

J'ai même pas envie de m'essuyer. Plus envie de rien. M'en fous.

L'eau coule de ses cheveux sur ses épaules, le long de sa colonne vertébrale, entre ses seins. Sa peau se couvre de frissons. Son regard se perd dans le vide.

Elle reste ainsi à grelotter, immobile. Le temps passe, les souvenirs se bousculent.

À quoi bon, Charles n'est plus là ?...

C'est si facile. Elle a tout ce qu'il faut. De l'alcool, un tube de somnifères et la volonté d'en finir. Personne ne l'attend, ou espère sa survie.

Mes parents ?

Sa mère, morte alors qu'elle avait vingt ans et son père, un absent volontaire au portefeuille bien rempli qu'elle a dû croiser trois fois, malgré le fait qu'il était l'employeur de son époux.

Des amis ?

Depuis le drame, Charles et elle vivaient reclus. Il ne la quittait guère que pour travailler. Et pendant qu'il allait perdre son temps loin d'elle, Michèle passait ses journées affalée sur le divan, très occupée à se gaver de séries télé imbéciles. Quand il fallait sortir, ils le faisaient ensemble, de préférence en dehors des heures de grande affluence.

On ne voulait rien d'autre que réaliser ce rêve de n'être plus jamais séparés.

Charles travaillait dur pour leur permettre de se retirer un jour, loin de la ville, dans une ferme en Charente où ils pourraient vivre de leurs économies et se consacrer pleinement l'un à l'autre. Pour oublier l'enfer des fours et des geôles de Kurtz.

Une bouffée de haine envahit le cœur de Michèle. Puis le désespoir reprend sa place, la jetant à genoux, secouée de sanglots, la tête entre les mains.

La porte s'ouvre en grinçant.

Un puissant éclairage cru l'aveugle.

Cela fait des jours qu'elle n'a pas vu la lumière.

Un bruit de métal, une voix sèche, puis le noir.

Un seau a roulé à ses pieds.

À l'intérieur, un morceau de pain. Il a presque le goût du paradis.

Elle a dû ramper pour boire l'eau qui coule goutte à goutte dans une vieille casserole.

Ses muscles sont atrophiés et douloureux. Sa bouche est sèche.

Sa voix, cassée à force de hurler.

Ses ongles et la pulpe de ses doigts arrachés sur les chaînes qui l'entravent.

Le visage d'Olivier Lavergne est un peu gras. Ses yeux se plissent dans un sourire narquois, ses lèvres sont épaisses. Il a le crâne rasé. Une bonne tête de gars sympathique et avenant.

Michèle frissonne de dégoût. Elle ne l'a jamais rencontré, mais ce qu'elle en sait lui suffit. Après les avoir torturés et séquestrés tous les deux, il est revenu pour les séparer.

Définitivement.

> *Olivier Lavergne, surnommé le colonel Kurtz, échappe à la police.*
> *L'ennemi public numéro 1 se volatilise.*
> *Esclavage en plein Paris.*
> *Des femmes et des enfants séquestrés, des hommes dressés comme des chiens.*

Une dizaine d'articles découpés par Charles sont étalés devant la jeune femme assise en tailleur sur le lit. Tout en chantonnant, elle s'applique à lacérer toutes les photos de Lavergne avec une paire de petits ciseaux.

« On ira tous au paradis. On ira ! »

Michèle n'est même pas certaine que sa propre mort

lui rendra son Charles. Si seulement elle avait l'assurance de le retrouver là-haut, elle aurait déjà pris sa décision. Si seulement elle pouvait avoir une quelconque croyance, la Foi, tout serait si simple. Alcool, médicaments, ou mieux encore, vol plané du *cinquième étage sans ascenseur* où elle s'est réfugiée depuis l'avant-veille, rien de plus facile.

Mais quand l'envie n'est plus là, le moindre mouvement se transforme en épreuve. Où trouver la volonté pour sauter par la fenêtre ou se gaver de pilules jusqu'à la nausée ?

Où ?

Et encore un coup de lame dans l'œil du monstre, sur ses joues, dans son cou, dans son cœur.

« On ira tous au paradis. On ira ! »

La vodka brûle son estomac.

« Qu'on soit bénits, qu'on soit maudits, on ira ! »

Un fou rire la secoue à nouveau. Finalement, elle a l'alcool gai, c'est déjà ça.

« Et si je ne retrouve pas Charles et que mon chagrin me ronge pour l'éternité ? Attention, Kurtz, je viendrai te chatouiller les orteils ! »

La phrase de Michèle s'achève dans un cri. Elle bondit sur ses pieds et brise le vieux miroir avec ses poings.

« Espèce de salopard ! Tu as pris mon homme, tu as pris ma vie ! Tu vas me le payer ! Tu vas regretter d'être né ! »

En quelques secondes, la chambre est à sac. Les trois petits cadres gisent en morceaux sur le sol, le dessus-de-lit recouvre le poste de télévision, les dossiers emportés à la va-vite sont éparpillés sur la moquette, la lampe de chevet écrasée, la vitre brisée.

Michèle, toujours nue, se précipite à la fenêtre et ferme les volets. Elle halète, son front est couvert de fines perles de sueur. Elle tourne l'interrupteur pour allumer le plafonnier, puis entre dans la salle de bains.

Ses cheveux ont séché. Elle asperge son visage d'eau fraîche, enfile des vêtements pris au hasard dans le fouillis et pousse à terre tout ce qui reste sur le lit. Puis elle pose côte à côte le pistolet pris à Emmanuel Simon, les dossiers retrouvés dans la *cache aux billets doux,* la *lettre d'adieux* de Charles et une grosse enveloppe contenant 50 000 euros en coupures de 500.

Action, réaction. C'est le seul moyen dont elle dispose pour s'en sortir. Charles est mort, elle a tué son assassin et elle ne trouve pas la paix pour autant.

Parce que le responsable de leur malheur, le psychopathe qui a gâché leur vie, court toujours. Et il est hors de question qu'il s'en sorte aussi facilement.

À quoi servira-t-elle, morte ? Michèle ne veut pas faire le sale boulot de Kurtz à sa place. Elle sait qu'il viendra la chercher ou qu'il enverra un de ses sbires pour la tuer. Alors elle sera prête pour la riposte.

De toute façon, c'est vivre ou mourir tout de suite. Vivre en préparant sa revanche, vivre pour venger la mort de Charles, elle en aura le courage, elle en sera capable.

Après, elle pourra partir.

« Mais pas avant d'avoir réglé son sort à cette pourriture. »

Elle ne craint plus la mort, et elle ne craint pas d'avoir à tuer. Elle a déjà appuyé sur la détente. Elle pourra recommencer, autant de fois que nécessaire.

« On ira tous au paradis, on ira ! Qu'on soit bénits qu'on soit maudits, on ira ! »

Michèle se verse un grand verre d'eau et croque quelques gâteaux secs oubliés dans son sac.

Il faut étudier les éléments un par un. Procéder par

ordre. Elle doit localiser cette ordure. Ou trouver de quoi le faire sortir de son trou.

D'abord, la lettre de Charles. « *Michèle, je ne supporte plus cette vie-là. Pardonne-moi. Je t'aime. Charles* »

Elle est fausse. Bien sûr, elle est écrite de sa main, mais jamais il ne l'aurait abandonnée et surtout, jamais il n'aurait utilisé ces mots-là : *je t'aime*. Il lui disait, il lui écrivait depuis toujours : *idem*. C'était un secret d'amoureux, emprunté à un film des années quatre-vingt-dix qu'ils avaient regardé une dizaine de fois, enlacés sur le canapé, armés de tablettes de chocolat et de bon café.

La jeune femme froisse la lettre et la jette dans un coin de la pièce. Puis elle se ravise et la brûle dans le cendrier.

« Saloperie. »

Adrénaline, digitaline. Les flacons retrouvés sur place avec les seringues et les aiguilles écartent la thèse du suicide et constituent la preuve que Charles a bien été torturé et assassiné.

« Ça pourra toujours me servir. On ne sait jamais. Les flics vont bientôt retrouver Charles, si ce n'est pas déjà fait. Et si l'autre connard était bien des services secrets, ils vont me traquer comme un tueur de flic, même si j'ai agi en état de légitime défense. De toute façon, j'ai déconné avec les flingues. J'aurais dû tout laisser tel quel. Jamais ils ne goberont que Charles et ce type se sont entretués. »

Michèle emballe le tout avec précaution, en évitant cette fois d'ajouter des empreintes supplémentaires.

« Voilà. Si je me fais choper, j'aurai de quoi négocier. »

Michèle soupire et prend sa tête entre ses mains. De grosses larmes roulent sur ses joues.

« C'est si dur, Charles. Pourquoi t'ont-ils fait tant de mal ? Que pouvais-tu savoir de si important pour qu'on t'inflige un tel supplice ? »

À moins que... tout doit être là !

Michèle attrape fébrilement la pochette de papiers retrouvée dans la *cache aux billets doux*, ôte l'élastique qui la maintient fermée et dispose les documents devant elle.

« Oh, mon amour, tu savais que je la viderais en cas de malheur. Tu le savais. C'est ça qu'il cherchait, ce pourri. On les a bien eus, hein ? Charles ! On les a bien eus ! »

La cachette, judicieusement choisie et masquée aux regards, avait été conçue par Charles. Il était très adroit de ses mains et aimait beaucoup travailler le bois. Il avait fabriqué un guéridon, qu'il avait installé dans le salon. Le pied représentait trois hommes debout se donnant la main et supportant une plaque de verre. Il suffisait de retirer le plateau et de dévisser la tête d'un des trois personnages, entièrement creux. C'est là qu'il lui laissait des petits mots, des surprises, tantôt une invitation pour un week-end, tantôt une babiole.

Michèle étudie attentivement les feuilles imprimées. Elles semblent toutes identiques, à première vue. Des relevés de compte, semblables à ceux qu'elle reçoit chaque quinzaine par la poste. Mais là, il n'y a pas de nom de titulaire, ni d'adresse. Simplement des numéros, et des noms abrégés de sociétés.

« Qu'est-ce que c'est que ce truc ? s'exclame-t-elle. 250 000 € ! 65 000 $! 1 000 000 de francs suisses ! C'est du délire ! Et il y en a des pages entières ! »

Michèle est restauratrice d'œuvres d'art et elle ne comprend rien aux chiffres, mais ces documents sont des preuves. Preuves qu'il y a eu transactions, mouvements de fonds, versements de sommes colossales sur des comptes numérotés. Donc secrets. Donc malodorants.

C'est comme dans les films ! Pas besoin d'être banquier pour piger ça !

Charles avait apparemment des documents que Kurtz convoitait puisqu'il est allé jusqu'à l'assassiner pour les récupérer. Des documents importants. Ou le moyen de le débusquer dans sa planque ! Il avait dû préparer sa retraite en cas de pépin. Comme tous les salauds dans ce genre. Une petite cabane au soleil ? Un chalet à la montagne ?

« Où que tu sois, je te trouverai. »

Michèle rassemble les documents, l'argent et les flacons et les range dans une pochette plastique, qu'elle glisse dans une grande enveloppe à bulle sur laquelle elle a inscrit son nom et l'adresse d'une poste parisienne.

Comme ça au moins, personne ne les trouvera.

Elle regarde son reflet, démultiplié par les éclats du miroir brisé.

« Je dois faire quoi, Charles ? Me rendre à la police ? Leur donner les papiers ? »

Elle secoue la tête.

« Non, je ne peux pas faire ça. Tu avais raison. Je ne peux faire confiance à personne. Qui me dit qu'il n'y a pas des traîtres dans la police ? Oh ! Charles, dis-moi quoi faire ? »

Michèle avale sa salive avec difficulté. Sa gorge est nouée par l'angoisse.

« Et surtout Charles, explique-moi. Où diable as-tu trouvé ces documents ? »

12

« Putain de journée. »

Eliah Daza s'engouffre dans le hall du commissariat avec une irrépressible envie de fumer. Cela fait bien deux ans que ça ne lui était plus arrivé et là, c'est pire qu'aux premiers jours de sevrage. Un besoin impérieux, qui se colle au front et serre le crâne comme une énorme pince. Il n'a qu'une obsession : en griller une vite fait, en tirant dessus à pleins poumons. Des bonnes raisons, il y en a toujours une quand on cherche un peu.

Aujourd'hui, il en a à la pelle.

Les événements ont l'air de se précipiter d'un coup et cela ne présage rien de bon. L'ombre de Lavergne grandit. Mais où est-il ? Après le démantèlement de son organisation, tous les aéroports et toutes les gares ont été bouclés, les frontières surveillées, Interpol mise sur le coup, des signalements de *l'ennemi public numéro 1* diffusés partout. Et rien. Pas une trace de ce cinglé. Pas même un début de piste. Il s'est tout bonnement volatilisé dans la nature, probablement déjà loin du pays et hors de toute atteinte.

Alors quoi ?

Daza n'aime pas trop ce côté fataliste qu'il sent monter en lui, mais il n'y peut rien. Il n'arrêtera pas Lavergne aujourd'hui d'un coup de baguette magique.

Pour l'heure, il doit se concentrer sur les priorités. Il lui reste à résoudre l'affaire Marieck, mais pour cela, les conclusions du légiste et le témoignage de sa femme seront indispensables. Il lui faut également prendre Darblay en charge, tout faire pour qu'il ne se comporte plus comme un forcené à la sortie des classes et lui éviter de croupir dans une nouvelle cage, quelle qu'elle soit. Lourde tâche, qui requiert du tact, du doigté et il n'est pas vraiment doué pour ça.

Une chose est certaine, fumer ne l'avancera à rien.

Les cellules de garde à vue sont au sous-sol et le commissaire Daza décide de s'y rendre directement. Il se dirige droit sur Pierre, qui fait ses mots-croisés depuis près de dix ans, dans un petit bureau au fond du couloir.

– Bonjour, Pierre. Les affaires d'Andréas Darblay, s'il vous plaît.

– Ah ? C'est pas ce que m'ont dit les autres…

– Je suis le responsable de cette brigade. Je ne sais pas qui sont les autres et je m'en fous. Les affaires de Darblay, s'il vous plaît, Pierre.

Daza serre les dents pour garder son calme. Il commence à en avoir assez de devoir se justifier tout le temps. Béranger dirigeait le commissariat depuis des années. L'équipe avait l'habitude de ses méthodes de travail.

Mais un changement de patron n'a jamais tué personne, les habitudes se perdent aussi vite qu'elles se prennent, pour peu qu'on ait la volonté d'avancer. Eliah

Daza est bien placé pour le savoir, lui qui vient d'une unité de terrain et qui a été parachuté à la direction d'un commissariat où, hormis l'affaire Lavergne, tout lui semble un peu plan-plan. Ici, les flics ont leurs petites manies, ils sont de très mauvaise foi avec leur nouveau patron et ne lui facilitent pas vraiment la tâche.

Daza doit reprendre l'équipe en main, les re-motiver. Il devra y parvenir rapidement, sinon il se retrouvera très vite au placard. Et ça, il ne le supportera pas. Il a presque tout sacrifié à sa vie de flic. Ce n'est pas pour finir aux archives.

Pas de femme ou de petite amie, pas d'enfants, pas de famille. C'est aussi pour cette raison, en plus de sa connaissance du terrain et des dossiers, qu'il a été nommé par le préfet. Sur cette affaire, il valait mieux ne pas avoir de proches. Paul Herzog, le mari de Cécile, et Rufus en ont fait la triste expérience.

– Un trousseau de clés, un paquet de Marlboro, une carte d'identité. C'est tout. Voilà, monsieur le commissaire. C'est à l'autre bout, à la 7. C'est la moins pire, dit Pierre en posant les affaires du prévenu devant Daza.

– Merci, Pierre.

Daza tourne les talons et se dirige vers la porte grisâtre que lui a indiquée le vieux flic. La 7. Celle où Rufus Baudenuit avait passé 24 heures, enfermé par les gars de l'IGS, après la mort de sa coéquipière. Drôle de coïncidence.

Il ouvre la porte.

Andréas Darblay est prostré sur le banc de la cellule. Daza s'agenouille près de lui.

– Venez, monsieur Darblay, sortons d'ici.

Le prisonnier lève la tête vers cet homme qui lui parle si gentiment. Il n'a pas l'air de comprendre.

– Levez-vous, Andréas, nous allons prendre l'air. C'est terminé.

Andréas ne peut que hocher la tête, l'air misérable. Aucun mot ne sort de sa gorge nouée. Il se redresse, essuie ses joues et ses yeux du revers de la main et suit Daza hors de la brigade.

Quelques minutes après, ils se retrouvent dans un petit bar au coin de la rue, un express fumant posé devant eux. Une chance, à cette heure, l'établissement est presque désert. Deux habitués prennent leur bière au comptoir en plaisantant avec la barmaid.

Eliah Daza observe Andréas boire à petites gorgées et lorgne sur le paquet de Marlboro posé sur la table. C'est lui qui va rompre en premier le silence.

– Comment va Clara ?

– Elle est chez Sami, un copain d'enfance. Le seul type en qui j'ai encore confiance.

– Qu'est-ce qui vous est arrivé ?

Andréas se penche vers le commissaire Daza en baissant le ton de sa voix.

– Il a dit qu'il serait mon ombre, qu'il me retrouverait n'importe où. Je suis sûr qu'il est tout près. Je le sens.

Ses mains tremblent. Il s'allume une cigarette et pousse le paquet vers Daza.

– Vous fumez ?

– Non, j'ai…

Après une courte hésitation, le commissaire s'empare du paquet, l'ouvre et en respire l'odeur.

– Et merde…

Il en sort une cigarette, la tape sur la table pour tasser le tabac et l'allume d'une main tremblante. La première bouffée le fait presque défaillir.

– Dix ans. Ça aurait fait dix ans le mois prochain. On n'est jamais guéri, n'est-ce pas ?

– Non. Il y a des choses dont on ne guérit jamais, dit Andréas avec un petit sourire triste.

– Je suis désolé… pour la garde à vue.

– C'est moi qui suis désolé, commissaire. Je crois que j'ai vraiment déconné. Comment va l'homme que j'ai agressé ?

– Il a une arcade sourcilière pétée. Ce genre de blessure, ça pisse le sang, mais ça se répare bien. Quatre points de suture et il était assez en forme pour porter plainte contre vous. Vous passerez en jugement, en correctionnelle. Je ne devrais pas vous parler ainsi mais, vu ce qui vous est arrivé, je ne vois aucun magistrat demander une peine de prison pour ça. Vous en serez quitte pour une amende, au pire quelques mois avec sursis. Ce qu'il vous faudrait, c'est plutôt…

– Un psy. Je sais.

Andréas ne peut s'empêcher de jeter des coups d'œil autour de lui.

– Mais il est là, j'en suis certain.

– Non, Andréas. Lavergne est loin. Il ne peut pas prendre le risque de se balader en ville, ou alors il est complètement inconscient. Mais ses agissements passés ne nous poussent pas dans cette direction. Son signalement est partout, entre les mains de tous les services de police, de gendarmerie. S'il lève le petit doigt, on le pince. Croyez-moi, tous les moyens ont été mis en œuvre pour retrouver sa trace.

– Il est bien plus malin que vous, sinon vous l'auriez déjà eu. Il est là je vous dis, pourquoi vous ne voulez pas me croire ? Il a dit : « Kurtz est insaisissable, Andy. Et Kurtz est pour toujours dans ta vie. » Il a dit aussi : « Je vais revenir. Toi et ta petite famille, vous allez vieillir avec moi. »

La voix d'Andréas fait frémir Daza. Elle est passée d'une tonalité douce et grave à un timbre haut perché et désagréable. Il a changé, en quelques secondes. Il a paru différent. Puis son visage s'est immédiatement décrispé et détendu à la fin de sa phrase.

Darblay a besoin d'aide, pour le commissaire, c'est évident. Le plus difficile va être de lui en faire prendre conscience, car il n'a pas d'obligation de soin. Certes, il pourrait y être contraint par un juge, surtout après l'agression de la veille, agression qui prouve à quel point il est fragile. Mais cela ne servirait à rien. Daza le sait. On ne peut pas obliger quelqu'un à s'en sortir. Cette démarche est personnelle, volontaire, sans quoi elle est vouée à l'échec.

Mais d'ici à ce qu'il passe au tribunal, il pourrait faire des dégâts. Se faire du mal. Et faire du mal aux autres.

– Vous me prenez pour un fou ?

Daza a un sourire.

– Je peux vous en piquer une deuxième ?

Andréas opine et lance :

– Payez-moi encore un express alors.

Daza commande une nouvelle tournée de café et allume sa seconde cigarette de la journée avec un plaisir non dissimulé. Il se sent bien. La concentration revient, ainsi que le calme. Plus aucune sensation de stress. Il a vraiment l'impression de gérer la situation. Peut-être pour la première fois de la journée.

– Monsieur Darblay…

– Commissaire ?

– C'était chaud hier. Vous auriez pu tuer ce type, rien que parce qu'il avait une tête qui ne vous plaisait pas. Et ce devant une école, devant votre propre fille.

Eliah Daza déteste ce qu'il est en train de faire. Il a

en horreur ce ton moralisateur qu'il vient de prendre. Mais il ne voit pas d'autre solution. Il ne peut pas laisser partir Darblay sans lui donner un minimum de conseils. Il ne peut pas non plus lui prendre la main pour l'emmener chez un psychiatre.

– Je sais. Mais…

– Laissez-moi finir, Andréas, l'interrompt Daza. Vous voulez la protéger et vous la mettez en danger. Vous vous mettez en danger. Qu'arrivera-t-il si vous pétez un câble et que vous vous retrouvez en taule ? Qu'allez-vous devenir ? Que va devenir Clara ?

Andréas secoue la tête. Des larmes lui montent aux yeux. Il a l'air tellement désemparé que Daza regrette presque de lui avoir parlé d'une manière aussi directe.

– Mais il est là…

– Andréas, vous ne risquez rien. Je vais coller une équipe de deux hommes à vos basques jour et nuit si vous voulez. S'il est encore dans les parages, ce que je refuse de croire, il ne pourra pas vous approcher. Mais vous devez me promettre d'aller consulter un médecin. Vous ne voyez plus personne, n'est-ce pas ?

– Non.

– Alors ?

– Je vais essayer.

– Si vous cassez encore la gueule à un pauvre type demain dans la rue, je ne pourrai plus rien pour vous. Pensez-y, Andréas. Maintenant. Après, il sera trop tard.

– Mais qu'est-ce que vous croyez… que j'ai choisi de me retrouver dans cette galère ? Vous croyez que j'ai choisi de ne plus dormir la nuit, de craindre chaque minute pour la vie de ma fille et pour la mienne ? Pensez-vous sincèrement que j'invente tout ça, que j'affabule ? Pensez-vous vraiment que je suis un malade paranoïaque, un fou furieux bon à être enfermé ?

– Je n'ai pas dit ça. Mais, après de tels événements, on a besoin de se faire aider. Il y a à votre disposition des cellules d'aide. Essayez-les ! J'ai longtemps travaillé à la brigade antiterroriste et croyez-moi, ces structures sont indispensables pour aider les blessés, les familles et même les témoins. Essayez, je vous en prie. Vous avez entre les mains de quoi reprendre une vie à peu près normale.

– Vous vous doutez bien qu'après, rien n'est plus pareil. Tant que ce… tant qu'il sera en vie, tant que je ne l'aurai pas vu mort ou en cage de mes propres yeux, je ne pourrai pas ne pas avoir peur. Vous comprenez ?

Petit à petit, le bar se remplit. Le brouhaha devient plus présent. Andréas montre de plus en plus de signes de nervosité. Il évite soigneusement le regard de Daza, tord ses mains l'une contre l'autre comme un enfant pris en faute. Puis il se lève brusquement.

– Je vais devoir vous laisser, dit-il. Je dois retrouver ma fille. Et prendre un peu de repos. Merci pour tout.

Il quitte précipitamment le café, sans laisser à son interlocuteur le temps de réagir.

Et de trois !

Daza décide qu'il est temps de rentrer chez lui. Il reste quatre cigarettes dans le paquet que Darblay a oublié sur la table. Il va toutes les fumer ce soir, devant *Gladiator,* son film favori. Et il oubliera cette petite incartade.

Demain, une dure journée s'annonce. Il doit rencontrer Yann Chopelle, son divisionnaire, pour faire un premier point de l'enquête avec lui. Et il n'a pas grand-chose. Ensuite, il devra interroger le jardinier des Marieck. Avant cela, il passera dire un mot aux deux flics qui ont mis Darblay en garde à vue alors qu'ils connaissaient son dossier.

« Je vais me les farcir, ces imbéciles. Je vous le jure, Andréas, marmonne-t-il en jetant un billet de dix euros sur le comptoir. Oh, oui ! Je vais me les farcir ! »

13

« S'il fallait insister sur un des manquements de ce siècle...

S'il était possible de faire machine arrière et si l'on me donnait carte blanche pour corriger mes contemporains, rééduquer ceux de mon espèce...

Je me suis longtemps questionné sur ce point.

Le bonheur des uns, le malheur des autres, tout cela m'indiffère. Et quitte à choisir, je préfère encore des niais confits à profusion.

Ils sont plus faciles à attraper et ils ont beaucoup à perdre, ce qui, dans ma branche, est loin d'être négligeable.

Mais, si j'avais ce pouvoir, si je pouvais en un clin d'œil changer une infime partie de votre comportement, je sais où j'agirais.

Je vous réapprendrais à attendre.

L'Homo sapiens équipé d'une carte bancaire ne connaît plus l'art de l'attente. La patience, la jouissance d'obtenir ce qu'on a longuement convoité.

Tout cela s'est envolé, écrasé, anéanti sous le rouleau compresseur du mass market.

Et pourtant...

À quelles divines émotions avez-vous fermé la porte !

Le « tout, tout de suite », vous a privé de l'extase.

À vaincre sans péril, on triomphe sans gloire...

À vivre sans attente, on se prive de l'excellence. »

Texte tiré des *Voies de l'ombre* par Olivier Lavergne.

14

Rufus Baudenuit est assis sur le bord de son lit. Son visage est livide, ses traits creusés à l'extrême. Dans son regard, qu'il braque loin devant lui, au-delà des murs de sa geôle, il ne reste plus grand-chose qui le relie à l'humanité. Par la volonté impitoyable de Kurtz, Rufus est devenu une bête privée d'intelligence. Une bête tout juste bonne pour l'abattoir.

Une de ses mains est agitée de tremblements. Un fragment de conscience passe dans ses yeux, manque s'éloigner, puis s'installe durablement. Rufus est en train de revenir d'un de ses voyages obscurs. Et avec ses sens, d'autres images reprennent leur place.

Une place qu'il voudrait voir disparaître pour toujours.

Mais la réalité est là, sous ses yeux, de l'autre côté d'une vitre blindée qu'il a tant et tant de fois essayé de briser, jusqu'à s'en rompre plusieurs os des mains. Anna est toujours assise, avachie par son propre poids, dans l'exacte position où la mort est venue la délivrer.

Cette vision manque de faire basculer de nouveau sa raison.

Anna est morte. Toute pensée s'arrête là.

Elle n'a pas supporté les privations, la folie de l'emprisonnement, l'impossibilité de comprendre le pourquoi de sa présence, la vitre qui les séparait. Elle a tout de suite rendu les armes, les facultés cognitives perdues dans les vapeurs médicamenteuses distillées par Kurtz.

Elle est morte comme ça, sans rien dire, sans vraiment reprendre conscience, sans pouvoir exprimer ce qu'elle pouvait avoir sur le cœur.

Un matin, ou peut-être était-ce une nuit, Rufus l'a trouvée ainsi prostrée, de l'autre côté de la vitre, dans cette position où elle se ratatine à présent peu à peu.

Les jours passant, son corps dénudé s'est teinté des couleurs de la putréfaction. Bientôt, Rufus le sait, son ventre se mettra à bouger, apparemment tout seul. Les gaz créés par le pourrissement d'abord, puis la vermine, fabriqueront un semblant d'image de la vie, avant de faire éclater la peau. Anna se déversera alors sur le matelas où la vie l'a quittée.

Il le sait, les morts ont tous la même tête, prennent tous le même chemin.

Et il regardera. Il ne pourra pas s'empêcher de le faire. Tout comme il ne parvient pas à détourner son regard, à cet instant précis.

Ne pas baisser les yeux. Ne plus jamais quitter Anna. Même morte. Cette femme qu'il a tant aimée. Qu'il aime toujours. Et qu'il ne reprendra plus jamais dans ses bras.

Rufus n'a même plus d'amertume. Son âme est animée à longueur de temps de curieuses volutes très loin du raisonnement. Il ne réfléchit plus, il ressent. Et dans ce lieu sans nom, il n'y a pas grand-chose à ressentir. Depuis quelque temps, il ne se passe plus rien.

Sauf…

Un son bref vient de retentir dans la région du plafond.

Rufus ne lève même pas la tête. Cela fait plusieurs jours que ce bruit lui indique que dans quelques minutes, un paquet tombera sur le sol de sa cellule.

Et rien de plus. Kurtz lui a fait ses adieux et il est parti. Rufus ne l'a pas revu. Il n'y a plus que ce claquement et cette ration militaire qui tombe près de lui et à laquelle il touche à peine.

Rufus a perdu l'appétit, Rufus a perdu le goût des choses, des gens, de la vie. Rufus se sait enfermé à tout jamais, par l'inconcevable perversité d'un homme animé d'une monstrueuse envie de dominer ses semblables.

Pourtant, malgré tout ce qu'il endure, Rufus tient le coup.

Ses pensées vagabondent la plupart du temps vers des contrées sans rapport avec sa situation. À quoi bon ?

Au début, il a voulu s'enfuir, comme les autres. Mais le système mis au point par Kurtz est extrêmement bien rodé. Il n'existe aucune échappatoire, aucun subterfuge, aucune idée qui puisse permettre à la victime de projeter un plan d'évasion.

Andréas Darblay a été le seul à trouver la faille. Mais il pouvait sortir, régulièrement. Or, pour Rufus, il n'y a même pas cet espoir de respirer à l'air libre. L'espoir s'est éteint au moment où Anna rendait son dernier soupir. Il n'a plus qu'à attendre de mourir ou d'être délivré. En revanche, s'extirper de ce lieu par ses propres moyens n'est pas envisageable. Rufus a renoncé après avoir réussi à gratter suffisamment la porte de sa geôle pour découvrir que son tortionnaire avait coulé derrière une chape de béton.

S'il sort jamais un jour, ce sera par la trappe.

Quelque chose glisse le long du conduit. Rufus attend ce bruit chaque jour, s'y accroche comme à une lumière ténue au fond d'un couloir enténébré.

C'est le moment. Il lève les yeux, juste à l'instant où une boîte en carton apparaît par une trappe située sous le plafond, à quatre mètres du sol. Elle chute sur la terre imbibée d'eau avec un bruit désagréable de vase éventrée.

Rufus ne se redresse pas aussitôt. Il sait qu'il va s'obliger à manger, mais il veut profiter de son ultime liberté. Il peut encore différer ses actes vitaux. Manger, uriner, déféquer et dormir, voilà ses seules activités. Il n'y en a pas d'autres. Il est comme un cochon à l'engrais, un animal de boucherie qui attend le fil d'un couteau.

Alors il veut savourer cette dernière latitude qui le différencie d'un futur porc. L'animal se rue sur sa nourriture avant même qu'elle ait atteint la mangeoire.

Lui peut attendre.

Il porte son regard sur Anna. Bien sûr, elle n'a pas bougé, mais Rufus croit voir quelque chose de nouveau. La couleur de sa peau peut-être, s'est ternie un peu plus. Ou alors est-ce la lumière du plafonnier qui a baissé d'intensité. Il ne sait pas, il ne sait plus rien. Et pour ne pas devenir totalement cinglé, il doit arrêter de la fixer.

Alors il se lève, rejoint en deux enjambées la boîte qui s'imbibe peu à peu de boue et la ramasse.

C'est le seul moment de distraction de ses journées.

Que va contenir la ration militaire estampillée TTA ?

Le carton se déchire sans difficulté.

Rufus soulève le couvercle et découvre les différents mets étroitement imbriqués.

Des conserves, du pain de guerre, de la marmelade, du café lyophilisé, du sucre en morceaux, des serviettes en papier, deux morceaux emballés de pétrole solidifié, une boîte d'allumettes et la sempiternelle boîte de corned-beef.

Largement de quoi se taillader les veines. C'est simple, tellement tentant, et tellement hors de sa portée en même temps.

Rufus repousse cette idée. Elle lui vient pourtant à chaque fois.

Il étale les conserves sur son matelas détrempé et en choisit une. Du bœuf aux pommes de terre. Il l'ouvre, commence à manger. La viande est grasse, entourée d'une gelée écœurante. Ça a un vague goût de savon de Marseille. Rufus s'en moque. Il n'a pas faim et, de toute façon, quel que soit l'intitulé sur l'étiquette, les préparations ont la même odeur, la même fadeur.

À croire que les militaires n'ont pas de palais.

Il mange sans respirer, avec les doigts, comme un animal, la volonté fixée sur l'unique étincelle qui l'anime encore. Ses mâchoires, occupées à mastiquer cette nourriture immangeable, lui permettent de se projeter mentalement. Et ce qu'il voit, quand ses yeux vont et viennent de sa main à la bouillie contenue dans la conserve, est la plus agréable des visions. Un geste habituel laisse le champ libre à la pensée. Rufus voit Kurtz, ou plutôt ce qui en restera, quand il l'abandonnera sans l'achever. Pour le jour béni où il mettra la main dessus, Rufus imagine tous les scénarios possibles et la plus agréable façon de faire souffrir Kurtz.

Le plus longtemps possible…

15

Par la fenêtre de la brasserie du parc des Buttes-Chaumont, Adrien Béranger regarde le grand saule s'effeuiller sous l'action du vent. La terrasse, vidée de ses tables et de ses chaises, n'a plus le charme de ce fameux dimanche, lorsqu'il avait pris un café avec Cécile et Rufus, juste avant d'aller parier à Vincennes.

Ce matin, la pelouse qui descend vers le lac est déserte. Les promeneurs si nombreux en été se raréfient dès les premiers froids. Il faut dire que l'automne est triste, venteux et, après la chaleur du mois d'août et la douceur de septembre, il y a peu de téméraires pour affronter les éléments.

Rufus aurait aimé ce vent. Il aurait fait tournoyer son cerf-volant dans le ciel gris, avec pour seuls spectateurs les derniers oiseaux migrateurs. Mais Rufus n'est pas là, Cécile est morte et bien des choses ont changé.

Adrien Béranger est nostalgique du temps passé à coffrer les malfrats en tout genre. Nostalgique de ces instants simples où l'harmonie d'une poignée de caractères bien trempés suffisait à faire avancer une enquête et à remplir une vie. Tous les trois étaient complémentaires, bien organisés. Et redoutablement efficaces.

Jusqu'à ce que cette foutue affaire, la dernière, scelle la fin de leur collaboration, aussi brutalement qu'irréversiblement.

Rufus viré.

Cécile assassinée.

Et lui-même, mis à la retraite.

Assassinée. Viré. Retraité.

Combien de fois Béranger a-t-il entendu ces mots raisonner dans son crâne, tourner en boucle comme un vieux disque rayé ? Combien de fois a-t-il cru devenir fou ?

Le fiasco total, le cauchemar.

Retraité. Viré. Assassinée. M.O.R.T.E.

Passé le choc, le constat est amer. Il ne peut rien changer. En aurait-il eu seulement le pouvoir ? Il n'a jamais pensé que tout pouvait s'arrêter comme ça, en quelques secondes, en quelques jours. Bien sûr, le danger, il vivait avec. Mais c'était comme un vieux copain de lycée. Assez proche pour ressurgir de temps à autre et suffisamment lointain pour ne pas faire partie du quotidien. Il n'aurait jamais pu se lever le matin, embrasser sa femme, ses enfants et partir travailler la peur au ventre. La peur, il l'a rencontrée justement avec l'épilogue dramatique de l'affaire Lavergne. Une peur viscérale qui lui a fait craindre pour la sécurité et la vie de Rufus.

Les premières vérifications et l'enquête de voisinage ont prouvé une activité, certes rare, mais régulière dans l'appartement de Rufus. La quittance de loyer a été signée de sa main et payée. Deux plantons mis en planque devant chez lui pendant trois semaines. Tout avait l'air normal.

Voilà.

Ce qui a été fait.

On a donc laissé Rufus mener sa barque. Après tout, doit-on materner un flic quinquagénaire, qui n'a jamais eu besoin de l'aide de personne ? N'était-ce pas faire preuve de défiance à son égard ? N'était-ce pas prendre le risque de le blesser encore plus ?

C'est ce que craignait le plus Béranger. Laisser Rufus partir à la dérive jusqu'à un point de non-retour.

Bien sûr, après une pareille affaire, l'administration n'est pas censée laisser ses flics disparaître dans la nature, mais si la théorie est claire, la pratique l'est beaucoup moins. Nombre de policiers, abandonnés à leurs problèmes familiaux, leur déprime, la difficulté de leur boulot attentent à leurs jours. Tous les ans, les chiffres sont éloquents.

Et près de deux mois après les faits, toujours pas de nouvelles de l'ex-inspecteur Baudenuit. Pour Adrien, cela commence à faire long.

Que fabriques-tu, Rufus ? Pourquoi ne donnes-tu pas signe de vie ? Tu dois ruminer et te saouler. C'est ça, hein ? C'est tout à fait ton style.

Béranger s'en veut de ne pas avoir réagi plus tôt. Englué dans son incapacité à accepter son échec et sa mise à la retraite anticipée, il a, dans un premier temps, décidé de faire bonne figure auprès de son épouse, trop heureuse de le récupérer en vie après tant d'années passées au service de la loi.

Jardinage, week-ends à la campagne, théâtre, tournée des amis. Toutes ces choses auxquelles Adrien Béranger a échappé durant sa carrière et qui lui sont à présent impossibles de refuser à sa femme. Plus de planque, plus de garde, plus de priorités.

Alors le jeu est devenu une nouvelle excuse pour sortir, se retrouver seul, ne pas faire semblant et se sentir libre. Le tourbillon des paris, l'odeur du suint des chevaux, la fébrilité des parieurs l'ont entraîné dans une nouvelle activité. De champs de courses en PMU, il en a presque oublié Rufus et les regrets de son passé.

Pourtant, chaque jour, le vieux Pierre lui a téléphoné en secret pour lui demander des nouvelles, parler du bon vieux temps et cancaner sur les nouveaux de la brigade. Et, chaque jour, Béranger s'est senti de plus en plus largué, de plus en plus loin de ce qui avait fait sa vie de flic pendant plus de trois décennies.

Daza a été nommé à sa place, il a fait repeindre son bureau, interdit de fumer dans les locaux. Il a établi de nouvelles règles, effacé petit à petit toute trace de son prédécesseur.

Et même si la plupart des flics qui étaient sous ses ordres sont durs avec lui et font un peu de résistance, ce n'est pas une consolation.

C'est Eliah Daza maintenant qui a les responsabilités, lui qui prend les décisions et à lui que les hommes obéissent. Le commissaire Béranger n'est plus qu'un souvenir, chaque jour un peu plus lointain.

Toute trace effacée.

Béranger ne sait pas ce qui est le plus difficile à supporter. Admettre qu'il n'est indispensable à personne, savoir qu'un autre peut le remplacer ? Ou que la terre poursuit son implacable révolution et que la vie continuera, avec ou sans lui, à égrener sa succession de printemps avec une ponctuelle insolence ?

La vie.

Les morts n'y ont pas leur place, pas plus que les vivants mis au rencard.

C'est hier qu'Adrien s'est souvenu de Rufus.

Il a, grâce au coup de fil journalier de Pierre, envisagé une nouvelle possibilité de le faire sortir de son trou.

Parce qu'une fois dans sa tanière, ce dernier est indélogeable ! Pas la peine de téléphoner. Sauf si on apprécie les répondeurs…

Béranger connaît l'oiseau pour l'avoir vu faire pendant des années. Cet ours en hibernation a toujours décidé lui-même de la température de sa caverne et de la date du printemps.

Bien malin celui qui pourrait se targuer de l'en avoir fait sortir ne serait-ce qu'une seule fois.

Béranger sera peut-être celui-là.

Andréas Darblay et Thomas Davron seront le sésame. Deux hommes pour lesquels Rufus a pris des risques, mettant sa carrière et sa vie en jeu, reviennent sur le devant de la scène dans des circonstances plutôt surprenantes. Le même jour.

De quoi titiller le flic et sa curiosité, ou bien mieux, l'instinct du chasseur.

– Adrien Béranger ?

Ce dernier lève la tête et reste un instant saisi par la beauté du regard qui l'examine.

Deux iris d'un bleu gris clair, reflets acier, d'une intensité à couper le souffle. L'homme dégage une assurance et un calme imposant qui le submergent littéralement.

Béranger sort de sa contemplation au bout de quelques secondes et parvient à se lever pour saluer Thomas Davron en grommelant son nom.

Il ne l'avait jamais vu auparavant.

16

– Anthony Rinaldi, Eliah Daza.

D'un bref signe de tête, le commissaire divisionnaire Yann Chopelle désigne les fauteuils aux deux hommes debout face à lui et s'assied sur le coin du bureau de Daza. Ce dernier le regarde quelques secondes d'un air interrogateur, avant d'obtempérer en soupirant.

Yann Chopelle a tout du roquet. Petit, maigre, une voix éraillée et désagréable, le crâne dégarni, il aboie plus qu'il ne parle, quand il daigne faire une phrase. C'est lui qui a poussé le préfet à nommer Daza patron de la brigade, et c'est à lui que le commissaire fraîchement promu doit rendre des comptes. Ils ont travaillé pendant quelques années ensemble et s'entendent assez bien. Mais Eliah a toujours eu du mal à s'accommoder du style de communication minimaliste de son supérieur. Il déteste devoir lire entre les lignes. Pour lui, les ordres doivent être clairs. Nets et sans interprétation possible. Sinon, la bavure est vite arrivée. Mais il a beau tenter de le faire parler davantage, lui demander d'être un peu plus explicite, Daza se heurte invariablement à un mur.

Cette fois encore, l'avare en paroles attend la réaction des deux hommes, dans un mutisme quasi maladif.

– On dirait que ça t'écorche les couilles de parler ! murmure Daza entre ses dents.

Yann Chopelle lui lance un regard noir, puis se tourne vers l'autre homme qui se redresse immédiatement, se penche vers Daza et lui tend la main. La communication non verbale a l'air de bien fonctionner entre ces deux-là.

– Bonjour, commissaire Daza. Je m'appelle Anthony Rinaldi. Commandant Rinaldi. OCPRF [1]. Je suis ravi de faire votre connaissance.

L'Italien sourit de toutes ses dents blanches. Il est vêtu comme pour aller draguer au bar d'un palace, costume impeccable, chaussures vernies, chemise à col cassé. Ses mains sont longues, racées et manucurées, mais un peu moites. Il a tout du parfait bellâtre, ce qui a le don d'agacer Daza. Mais il ne saurait trop dire pourquoi. L'insolente beauté de cet homme ne le rend pas moins attirant, lui, le géant niçois, juif par son père, chrétien orthodoxe par sa mère. Et pour ce qu'il en a à faire des gonzesses ! Non, c'est plutôt qu'un type comme ça, ça sent les emmerdes à plein nez. Oui, c'est certainement pour cette raison qu'il voit déjà poindre une légère animosité à son égard.

– Que me vaut le plaisir ? demande Daza avec une touche d'ironie dans la voix.

– Il est sur l'affaire Marieck/Lavergne avec vous, lance Chopelle en se levant. Bon travail, messieurs.

– Quoi !

Le divisionnaire prend congé des deux hommes, un

1. Office central chargé des personnes recherchées ou en fuite.

sourire satisfait sur le visage. Il faut dire que sa petite phrase a eu l'effet escompté. Daza a crié et toute ironie a disparu de son timbre.

Chopelle lui lance un clin d'œil et claque la porte en sortant. S'il ne parle pas beaucoup, il est en revanche assez bruyant dans ses déplacements. Ses talons ferrés claquent dans le couloir jusqu'à s'éteindre progressivement dans la cage d'escalier.

– Je suppose que je n'ai pas le choix. Un café ?

Eliah Daza se dirige vers la porte, Rinaldi sur les talons. Ils suivent le couloir jusqu'au distributeur de boissons et se rendent dans la salle de réunion où ils s'enferment. Le tableau sur lequel Rufus Baudenuit avait punaisé la photo des disparus est toujours là. Avec le plan du quartier de l'entreprise Lavergne où les hommes et les femmes, les victimes de Kurtz, étaient enfermés. Une pile de dossiers trône au milieu de la table, ainsi que des petits carnets emballés dans des sachets en plastique transparent. L'un d'eux est ouvert près d'un bloc dont les pages ont été noircies de notes au crayon mine.

– Asseyez-vous, Rinaldi.

Daza avale son café et se dirige vers un tableau effaçable, un feutre à la main.

– Je ne vous cache pas que votre présence ici ne me plaît pas beaucoup. Cette affaire m'appartient et je n'ai besoin de l'aide de personne. Mais si Chopelle pense le contraire alors… Je suis prêt à collaborer. En revanche, vous êtes ici chez moi, donc sous mes ordres, c'est clair ?

– Cela ne m'amuse pas plus que vous.

– Je vous propose de faire le point sur l'état de nos connaissances et de les mettre en commun. Si vous avez des questions pendant mon exposé, n'hésitez pas.

– Faites donc, commissaire, lance Rinaldi en se tortillant sur sa chaise.

– Bien. Tout d'abord, l'affaire Marieck. J'attends le rapport du légiste. Je suis certain qu'on ne peut pas conclure formellement à un suicide.

– J'ai lu ça. Quand aurons-nous les résultats de l'autopsie ?

– Au plus tard demain. En attendant, nous avons lancé un avis de recherche sur Michèle Marieck. Sa disparition nous semble suspecte.

– Vous pensez à un enlèvement ?

– Pas nécessairement. Un des voisins dit l'avoir vue quitter précipitamment son domicile aux environs de 21 heures, le jour du drame.

– Elle l'aurait tué ? Pourquoi ?

– Non, je ne crois pas à cette théorie non plus. Je cherche plutôt du côté de l'affaire Lavergne. Après vérification, tous les hommes étaient recrutés sur les mêmes critères. Les jeunes mariés dans les mairies, les veufs avec enfant dans les rubriques nécrologiques. On a même retrouvé des Belges, c'est pourquoi nous n'avions pas l'identité de la plupart des survivants retrouvés sur place ! Tous choisis selon un profil précis, tous sauf un couple : Charles et Michèle Marieck. Mariés depuis des années, sans enfant. Alors pourquoi faisaient-ils partie de la liste ? Je l'ignore, mais je pense qu'avec cette réponse, on aura un début de piste.

Rinaldi semble vouloir dire quelque chose, puis il se ravise.

Eliah Daza l'a remarqué, mais ne s'en préoccupe pas. Finalement, il n'a pas besoin de ses commentaires.

– Ce qui nous amène directement à nous intéresser à Olivier Lavergne. Avec deux complices, il enlevait des hommes et les faisait travailler sur le terrain – trafic de drogue, malversations en tout genre, braquages –

en gardant leur femme ou leurs enfants en otage. Il s'est même offert un attentat au Stade de France. Cinquante-six victimes, dont Rémy Cholet, le porteur de la bombe. C'est le père de Louis, le gamin qui s'est échappé avec la fille Darblay.

– Je connais le dossier, je l'ai étudié avant de venir. Qu'avez-vous trouvé de plus ?

Daza tente de garder son calme.

– Après l'évasion de Lavergne, j'ai décidé de reprendre l'enquête à zéro pour ne négliger aucune piste. Il notait tout dans des carnets retrouvés sur place. Ces derniers ne mentionnaient que les trafics non importants, mais nous ont permis de remonter certaines filières qui travaillaient avec lui. Grâce à notre collaboration avec les stups, nous avons pu procéder à une vingtaine d'arrestations dans le Milieu. Et ce n'est pas terminé. Les gros poissons sont encore en cavale mais nous avons bon espoir.

– Bon espoir ?

– Écoutez Rinaldi, ça n'est pas si simple. Toutes les actions étaient répertoriées et cryptées. Et à chaque opération correspondait un type de code bien précis. Malgré tous les efforts des gars du décryptage, nous n'avons pu lire qu'environ 20 % des données totales. De plus, leur système d'appel d'offres par petite annonce interposée était ingénieux. Aucun contact direct, aucune rencontre avec les commanditaires. Alors vous imaginez… et cela fait deux mois que nous bossons dessus d'arrache-pied.

– Lavergne saurait…

– Certainement, mais je ne suis pas sûr qu'il parlerait. Grâce à ses notes, nous avons pu également comprendre ce qu'il advenait des enfants et des femmes enlevés. Les gosses étaient séquestrés en Bavière, dans un château perché sur un piton rocheux.

Ceux dont les pères n'étaient plus opérationnels étaient vendus à des filières de l'Est. Nos collègues de Prague sont intervenus sur place pour démanteler le réseau. Nous n'avons malheureusement pu récupérer aucun petit. Les femmes, quant à elles, étaient purement et simplement éliminées quand elles n'étaient plus utiles. Leurs corps incinérés sur place dans un four. Nous pensons que c'est ainsi qu'a disparu Anna, la femme de l'inspecteur Rufus Baudenuit.

– Sale affaire…

– Vous êtes marié, Rinaldi ?

– Non. Vous le savez bien, c'est une condition pour travailler sur cette enquête. Je crois que Chopelle ne supporterait pas un deuxième carnage.

– Même pas de petite amie ?

Rinaldi sourit. Il secoue la tête en levant les yeux au ciel.

– Dites-moi. Vous voulez me faire virer ou quoi ?

– Non, non. Je me dis qu'avec une gueule pareille, ça doit être difficile d'être tout seul !

– Eh bien si ! Mais si vous êtes intéressé par la bagatelle, comme ça, en passant. On se fait du bien mais on s'attache pas, je suis partant !

Daza réussit à cacher son trouble. Il ne s'est jamais fait draguer de cette manière, encore moins par un homme. Mais il est hors de question que Rinaldi puisse envisager une seule seconde l'avoir gêné. Il lui rend son sourire.

– Désolé, mais je préfère une belle paire de seins à une grosse paire de couilles.

Les deux hommes éclatent de rire. L'atmosphère semble se détendre peu à peu et ce n'est pas pour déplaire à Daza.

Il en a assez de travailler sous pression. Sa collaboration avec Rinaldi semble se profiler sous un bon jour.

Être efficace dans la bonne humeur, ce pourrait être très agréable.

– Je reprends. Donc, ces carnets nous ont également permis de répertorier quelques missions spéciales. À cinq reprises, Lavergne a fait déposer des colis chez des personnes influentes. La première affaire connue de nos services concernait le juge Fontanelle. Andréas Darblay a déposé chez lui des documents destinés à le compromettre. Nous avons pu également intercepter les autres paquets suspects grâce à ces informations. Une seule question demeure. Pour le compte de qui travaillait Kurtz ? Aucune piste, aucun lien pour le moment entre ces cinq personnalités.

– Voilà où commence notre collaboration. Voyez donc ça.

Anthony Rinaldi extirpe de la poche intérieure de sa veste un papier plié en quatre. Il le pose sur la table devant Daza.

– C'est la liste de toutes les personnes qui ont participé au gala de charité organisé en 1999 par un groupe industriel international. Il y avait cent huit participants. Les cinq en faisaient partie, dont le juge. C'est sorti seulement hier. En croisant ces données avec la liste des victimes nous avons trouvé un lien de parenté.

– Oui ?

– Michèle Marieck, Matheïs de son nom de jeune fille, a un père. Il ne l'a jamais reconnue. Mais il n'empêche qu'il était présent dans sa vie. Et dans celle de Charles son mari.

– Ne me dites pas que…

– L'employeur de Charles Marieck était aussi son beau-père.

– Et…

Eliah Daza déteste cette façon que Chopelle et

Rinaldi ont de faire durer le suspense. C'est intolérable. Il est suspendu à ses lèvres comme un gamin.

– Cet homme s'appelle Jean Dorléans. Il fait partie de la liste des personnalités invitées à la petite sauterie pour millionnaires de décembre 1999 comme le juge Fontanelle. Alors, commanditaire ou victime ? À nous de jouer. Mais on peut dire une chose. La boucle est en train de se boucler.

Anthony Rinaldi a dit ces derniers mots avec emphase.

Il s'est levé, les bras légèrement écartés, un grand sourire aux lèvres.

Daza a l'air dégoûté. L'enquête vient de faire un sacré bond en avant grâce à Rinaldi. Il doit l'admettre, Chopelle avait raison de leur proposer de collaborer. Ce qui fait foirer les enquêtes difficiles, étendues sur tout le territoire, c'est bien l'absence totale de transfert d'informations d'un département à un autre, d'un commissariat de police à une brigade de gendarmerie. L'affaire Francis Heaulme en était l'exemple éclatant. Et terrible à la fois.

– Ne vous blâmez pas, reprend Rinaldi. L'OCPRF dispose de toute l'artillerie nécessaire pour traquer des malfaiteurs jusqu'à l'autre bout de la planète.

– Vous m'en direz tant, riposte Daza, se sentant un peu sur la touche.

– Et ces carnets, qu'est-ce que ça donne exactement ?

– Oh, réplique Daza en s'emparant de l'un d'eux sur son bureau. Ce sont des comptes rendus, une sorte de comptabilité d'ordre psychologique, plus une nécrologie scrupuleusement tenue à jour. Vous voulez un exemple ?

Rinaldi acquiesce sans un mot.

– Voyons voir… Voilà, ce passage va vous éclairer

sur la teneur de cette chronique morbide. « *Erwan Marchand a mis trois semaines à découvrir le mot sous la brique. Je ne donne pas cher de sa peau. Trois semaines pour s'apercevoir qu'un détail cloche dans un aussi petit habitat, ça n'est pas bon signe. Marchand n'est pas un survivant, juste un futur égorgé qui ne mérite pas tout le temps que je lui consacre.* »

Rinaldi le coupe d'un geste.

– Quoi ? Quel mot ?

– Attendez, vous allez comprendre. « *Il est indispensable de donner aux nouvelles recrues le maigre espoir qu'elles peuvent s'en sortir. Sinon, elles s'affadissent avant l'heure. Le système des mots entre prisonniers est une bonne solution. Ils me permettent en même temps d'expérimenter les mesures de contre-offensive et la vigilance de mes deux aides de camp. Quand les troupes sont motivées, elles combattent mieux.* »

– Vous voulez dire que Lavergne cachait des mots dans les cellules, en faisant croire qu'ils avaient été écrits par d'autres prisonniers ?

– Exactement ! C'est d'une perversité raffinée, vous ne trouvez pas ?

Rinaldi émet un long sifflement.

– Ça n'était pas dans votre dossier ?

– Non, je n'ai eu en main que les faits bruts.

– Alors, qu'en pensez-vous ?

– Que nous n'avons pas affaire à un assassin lambda.

– C'est ce que je me tue à dire à Chopelle, mais il reste de marbre.

– J'en fais mon affaire. Mais dites-moi, à propos de faits. Avez-vous trouvé les empreintes de Lavergne dans ses entrepôts ?

– L'IJ en a ramassé des dizaines. Certaines appartenaient à ses complices, et puis d'autres, des tas d'autres pour lesquelles on est encore totalement dans le flou.

– Pourtant, il y vivait, non ?

– Oui, mais c'est à croire que ce type n'a jamais eu d'empreintes. En tout cas, il n'est fiché nulle part, ou alors il vivait en permanence avec des gants. Même son passé s'est volatilisé. Il a séjourné dans un centre psychiatrique entre 14 et 18 ans et là non plus, il n'y a rien. Son dossier a disparu.

Rinaldi pose un fin dossier sur la table avec un petit sourire en coin.

– Vous allez me payer un verre, commissaire, je le sens !

– Qu'est-ce que vous avez encore à sortir de votre chapeau, Rinaldi, un lapin ?

– Des empreintes ! Les empreintes ! Francfort, il y a vingt ans. Un certain Olivier Lavergne est arrêté lors d'une bagarre de rue entre jeunes gens.

Rinaldi se lève et fait glisser le dossier jusqu'à Daza.

– Au boulot, commissaire, vous n'avez plus qu'à comparer !

17

Andréas mange sa soupe sans appétit. Lentement. Chaque cuiller met un temps fou à gagner l'ouverture béante de sa bouche, avant de retourner se charger dans l'assiette d'une nouvelle cargaison fumante.

En face de lui, Clara reste silencieuse. De temps à autre, elle observe son père, par en dessous, comme si elle savait intuitivement que l'instant est mal choisi pour parler. Ces derniers jours, il n'y a pas eu de moment favorable à une discussion. Andréas était toujours mal luné, taciturne, anxieux.

Pourtant, elle aussi a eu sa part d'atrocités, pour une gamine d'à peine onze ans. Elle aussi a été séquestrée pendant des semaines. Elle aussi a tenté et réussi une évasion. Comme son père.

Et puis, il y a eu le reste, l'indicible. Timon, son petit compagnon d'infortune, a laissé la vie dans leur escapade.

Et Louis ! Où est-il ? Orphelin de mère comme elle, où a-t-il pu aller, puisque son père est mort ? Lui aussi.

Justement, Clara aimerait bien le savoir. Clara

voudrait revoir Louis. Ils ont passé des caps difficiles ensemble, ils se sont serré les coudes, ils ont réussi à faire faux bond à des adultes endurcis. Ces moments ont créé entre eux deux un lien très fort, qu'elle ne veut pas voir disparaître.

Clara a bien des questions en tête, trop sans doute pour une enfant. Elle a bien essayé de s'en ouvrir à Andréas. Mais il n'a pas su lui répondre. Il a seulement répété, comme s'il tentait de s'en convaincre lui-même, qu'ils s'en étaient sortis, qu'ils étaient de nouveau réunis, et qu'ils devaient oublier le reste, tout le reste.

Andréas vient de se lever de table.

Il fait trois pas vers la fenêtre de l'appartement qui donne sur la rue.

Clara voudrait lui demander ce qu'il fait, mais se ravise. Finalement, elle préfère se taire.

Andréas s'appuie contre l'encadrement et reste là, les bras croisés, la tête penchée en avant.

– Il y a deux policiers en bas, maintenant, dit-il en se retournant.

Clara en profite. Si son père veut parler, elle doit l'encourager.

– Ils sont là pour nous ? demande-t-elle de sa petite voix.

– Oui, je crois. Ou alors, c'est pour me surveiller. Depuis l'autre jour, ils se méfient peut-être.

Clara est abasourdie par ce qu'elle vient d'entendre. La police ne peut pas lui vouloir du mal, pas à lui.

– Papa ? revient-elle à la charge. Est-ce qu'on pourrait voir Louis ?

Andréas fait mine de ne pas avoir entendu.

Il revient s'asseoir devant son assiette et plonge le nez dedans.

– Papa ! insiste Clara. Tu veux bien me répondre, dis !…

Mais Andréas ne paraît pas vouloir réagir. Il a récupéré sa cuiller et s'y intéresse plus qu'à n'importe quelle autre chose en ce monde. Il avale sa soupe à grandes lampées bruyantes.

Avant, Andréas se tenait si bien. Clara ne comprend pas. On dirait qu'il a laissé une part de lui-même dans ce cauchemar.

– On ne peut pas s'occuper de cet enfant, ma chérie, dit-il enfin.

– Mais… hésite la fillette. Je voudrais au moins savoir où il est. Il n'a plus son papa ni sa maman, alors qui va s'occuper de lui ?

Andréas relève la tête et fixe sa fille avec un drôle de regard.

– Tu sais ce que c'est un orphelinat ?

– Je… je crois.

– Eh bien, c'est là qu'il est, Louis, dans un orphelinat. C'est là que vont les enfants qui n'ont plus de parents.

Clara sent que ses yeux sont en train de se mouiller, mais c'est une petite dure à cuire. Pleurer, ça n'a jamais trop fait partie de sa panoplie d'arguments. Sans doute l'absence d'une mère depuis sa naissance a-t-elle contribué à atrophier cette partie de sa sensibilité. Et Andréas n'a jamais rien fait pour pallier ce manque.

Il vient de s'en apercevoir. Il se lève et s'agenouille au pied de sa fille. Il lui prend la main, y dépose un baiser.

– Je suis désolé, mon petit bout de ficelle, ajoute-t-il sur un ton beaucoup plus doux. J'aimerais pouvoir faire quelque chose, mais je ne vois pas quoi. Louis a été pris en charge par des gens très bien, dont c'est le métier. Ne t'inquiète pas pour lui, tu veux ? On le reverra, si c'est possible…

– C'est un métier d'aimer un enfant ? s'exclame Clara, qui se demande si elle a bien compris.

Andréas reste sans voix. La réponse de la fillette ne possède pas de contre-argument. Il a été stupide, il le comprend très bien, mais trop tard.

Il voudrait ajouter quelque chose, tenter de se dépêtrer de cette stupidité d'adulte, mais Clara ne lui en laisse pas le temps. Elle dégage sa main et court s'enfermer dans sa chambre.

Andréas la laisse faire. Elle a besoin de réfléchir, de digérer ce qu'il vient de lui dire, en fait l'exacte vérité. Il se rend bien compte que c'est une nouvelle lâcheté de sa part, mais finalement, la réaction de Clara l'arrange.

Avant cette abominable histoire, jamais il ne l'aurait laissée détaler de la sorte. Clara n'y aurait probablement même pas pensé elle-même. Mais depuis qu'ils sont rentrés à la maison, il laisse couler, plus souvent qu'il ne devrait.

Alors il se lève et constate que Clara n'a pratiquement pas touché à sa soupe. Il débarrasse la table de la cuisine, lance un programme rapide sur le lave-vaisselle et part se vautrer sur le canapé du salon. Deux ou trois heures de niaiseries télévisuelles l'empêcheront de réfléchir. Ensuite, deux petits comprimés magiques et au lit.

Kurtz est là. Andréas le sait, il le sent. Plus jamais il ne pourra respirer tranquillement.

Mais où se trouve-t-il exactement ?

Andréas l'ignore. Il ne s'est même pas senti s'endormir, ni se lever, ni se réveiller. Il ne se souvient de rien.

Clara venait de s'enfermer dans sa chambre, il s'est installé devant le téléviseur et puis il s'est découvert là.

Là ?

C'est quoi, ce là dont il ne saisit pas bien la nature ?

Andréas écarquille les yeux. Il y a comme une lumière devant lui, brillant légèrement dans la pénombre environnante. Une lumière qui l'attire extraordinairement.

Kurtz est dans cette lumière, de l'autre côté d'une grande porte entrebâillée.

La peur au ventre, Andréas se retourne. Derrière lui, quelque chose approche. Et ce quelque chose-là est inconnu, bestial, monstrueux. Une noirceur d'encre est en train de refermer son linceul sans retour sur les ombres engendrées par la lumière. Le mal tapi dans le creux de son humanité, au plus profond de lui, grandit. Et entre Kurtz et sa propre part d'animalité, Andréas choisit le moindre mal. Il se met à courir vers la source de lumière.

Andréas se réveille au moment où, dans son rêve, il va pousser la double porte entrouverte.

Il est en nage. Le verre de vin qui l'aide dorénavant à trouver le sommeil est encore sur ses genoux, à moitié vide.

D'une main tremblante, il le porte à ses lèvres. Le liquide âpre réchauffe sa poitrine. Il en a besoin.

Ce cauchemar est dévastateur. L'évocation de Kurtz ne peut pas l'attirer, c'est inimaginable. Et pourtant…

Les rêves ne trompent pas, n'abusent pas. L'inconscient prend toujours des détours, alors il faut interpréter.

Andréas se lève et avance d'un pas mal assuré jusqu'à sa chambre.

Il est bouleversé. Ce songe signifie… qu'il préférerait encore se retrouver entre les mains de Kurtz.

Non, ce n'est pas ça.

Ça ne peut pas être ça.

C'est seulement la fatigue, l'épuisement qui lui joue des tours.

Le tube de somnifères est là, sur la table de chevet. La bouteille d'eau aussi. Andréas s'empare de deux gélules bicolores et les avale aussitôt. Puis il éteint la lumière et se tourne sur le côté.

Le sommeil est son meilleur gardien.

Demain est un autre jour et s'il prend convenablement la médication de son thérapeute, il n'y verra que du feu.

Le rêve de la nuit aura disparu dans les limbes de son cortex en état de choc.

Kurtz sera reparti vers sa destination finale.

18

Thomas Davron entoure la tasse de café de ses mains. Il semble avoir froid. Ce qui se dégage de lui est impressionnant. Béranger s'attendait à rencontrer une loque. Il se trouve face à un homme marqué par la souffrance, mais d'une grande sérénité. Un de ces rescapés du pire qui a su trouver la force de surmonter la douleur. Il est étonné de le voir allumer une cigarette. Cela ne cadre pas avec le personnage. Il n'a pas besoin de ça.

Béranger, lui, est un fumeur compulsif, depuis toujours, et il repère vite les gens dans son cas. Davron n'est pas de ceux-là. On dirait qu'il fume pour le plaisir. Et non parce qu'il a souffert, ou à cause de son stress. Il ne cherche pas d'excuses à son malheur. Il jouit des bonnes choses en toute simplicité. Et face à tant de courage, Adrien Béranger a presque honte de ses plaintes continuelles. C'est vrai qu'il n'arrête pas de geindre ou de ressasser, en oubliant de vivre.

Alors qu'ils ne se sont pas encore dit deux mots, il

a la nette impression que Davron connaît déjà tous ses travers. Et il est mal à l'aise.

– Je vous remercie de m'avoir contacté, commissaire Béranger. Je suis vraiment touché par votre attention.

Ces quelques mots prononcés sur un timbre chaud et doux rassérènent Adrien immédiatement. Et le « commissaire Béranger » flatte son ego. Il lui en pousserait presque des ailes. Évidemment, cet homme n'est pas là pour le juger, il est venu parce qu'il a besoin de lui.

– Je vous en prie, monsieur Davron. Dites-moi ce que je peux faire pour vous.

– J'ai simplement besoin de retrouver Rufus Baudenuit. Je voudrais le remercier pour ce qu'il a fait pour moi. Je n'arrive pas à le joindre au téléphone et son adresse est plus secrète que le numéro de compte de la reine d'Angleterre !

– Elle n'a aucun secret pour moi.

Adrien brûle de faire un petit trait d'humour à propos de la reine, mais s'abstient. Il a une sorte de pudeur face à cet homme qu'il ne peut s'empêcher d'admirer.

– Merci. C'est vraiment très important.

– Je trouve votre démarche rare.

– À moi, elle me semble naturelle. Cet homme m'a sauvé la vie, ce n'est pas plus compliqué que ça. Il a eu confiance en moi. C'est le seul qui ait jamais cru toute mon histoire.

– C'est quand même difficile à imaginer. Votre dossier présentait beaucoup de zones d'ombre. Un peu de persévérance de la part des enquêteurs vous aurait disculpé.

– Je pense avoir été victime d'ambitions personnelles. Un procureur qui voulait se faire mousser. Des flics qui n'aspiraient qu'à boucler une affaire sans chercher trop de complications. Bref, un manque de chance évident.

– Je vous trouve très… serein. N'éprouvez-vous jamais de colère pour ceux qui vous ont si facilement condamné ?

Thomas Davron a une grimace.

– C'est encore une histoire de choix. J'aurais pu sombrer. J'ai bien failli d'ailleurs. C'était la solution la plus simple. Mais c'était aussi trahir ce que Rufus m'avait donné. Son soutien. Il voulait que je vive, il souhaitait que je m'en sorte.

– Chapeau ! C'est tellement plus facile de se laisser aller à la fureur. Dominer ses émotions, pardonner, c'est un combat de tous les jours… enfin j'imagine. Je ne me crois pas capable de réagir comme vous. Après la mort de Cécile et l'évasion de Lavergne, je n'ai su que me lamenter.

– Je suis moi aussi passé par là et c'était sans doute nécessaire. Moi aussi, j'ai connu la colère et la haine, au début. Pourtant, ces sentiments sont inutiles, j'en suis persuadé.

– Je ne sais pas trop quoi dire… c'est…

Davron interrompt Adrien avec douceur en posant sa main sur son bras.

– Maintenant, il est temps pour moi de retrouver Rufus. Êtes-vous vraiment certain qu'il ne lui est rien arrivé ?

– Certain. Un dispositif de protection a été mis en place une semaine après les faits. D'après les premiers rapports, tout semblait normal.

Béranger ne fait même pas semblant d'être convaincu de ce qu'il avance. En fait, il n'en sait rien. Il doute. Il doute de plus en plus, à chaque seconde qui passe. Et le sentiment de culpabilité qui l'envahit lui donne envie de vomir.

– Mais quelqu'un l'a vu, lui a parlé ? reprend Davron.

– Écoutez, pour vous dire franchement, je n'en sais rien, lâche Béranger dans un souffle.

– J'ai un mauvais pressentiment. Donnez-moi cette adresse, j'ai assez perdu de temps.

Une tonalité nouvelle vient d'apparaître dans la voix de Thomas Davron, comme une fêlure. Rufus Baudenuit est sa faille, son point faible. Là où le calme apparent peut se briser et dévoiler de l'angoisse.

Béranger est hésitant. Il ne s'attendait pas franchement à ressentir cette urgence, cette anxiété grandissante. Il se lance, incertain de la pertinence de ce qu'il va dire et de la sagesse de la décision qu'il vient de prendre.

– Je vous propose mieux.

– Oui ?

– Je vais vous accompagner. Nous allons nous rendre chez lui ensemble. Ce sera plus facile de le faire sortir de son trou.

Béranger a parlé vite. Ses mains tremblent. Il ne comprend pas cette fébrilité qui grandit en lui. Peut-être est-ce la peur d'être soudain confronté à une réalité qu'il a voulu enfouir de toutes ses forces.

Le visage de Thomas Davron s'illumine.

– Excellente idée. Je dois vous avouer que cela me rassure d'être accompagné par un commissaire de police.

– À la retraite.

– Ce qui ne fait pas de vous un homme moins efficace.

– Le manque d'activité physique, la vue qui baisse… vous n'imaginez pas !

– Allons-y, commissaire.

Thomas Davron est déjà debout. Il a réglé les cafés

et va chercher leurs manteaux posés sur une table plus loin.

– Appelez-moi Adrien.

– D'accord, Adrien. Alors en route. J'ai hâte de retrouver l'inspecteur Baudenuit. J'ai un mauvais pressentiment.

19

« Jamais bétail n'a été aussi concentré que l'espèce humaine.

Jamais tentation n'a donc été plus grande pour les carnassiers de vivre leur destin au sein du groupe.

La prédation est un acte naturel.

Les lois abolitionnistes sont un écran artificiel, une tentative impopulaire de niveler par le plus mou.

Un aveu de faiblesse.

Mais dans quel but ?

Je l'ignore. Ces faux-semblants, ce dégueulis de bons sentiments n'ont pas été pensés par le peuple.

Car le peuple sait. L'animal sent intuitivement que la prédation est un acte naturel, sain et nécessaire.

Alors, je vous le dis simplement :

Je ne suis pas d'accord.

Prenez-en acte. »

Texte tiré des *Voies de l'ombre* par Olivier Lavergne.

Pleinement satisfait de sa personne, Kurtz referme son stylo.

Dans quelques jours, il va partir pour sa dernière destination. Son plan est tracé, il ne reste plus que quelques menus détails à peaufiner.

Et c'est justement ce qu'il s'apprête à faire.

Un bref séjour devant sa glace et le maquillage le transforme en anonyme.

Kurtz est prêt.

Il attrape un grand sac et sort de chez lui, après avoir vérifié sur les moniteurs de contrôle que tout est en ordre.

Deux rues plus loin, il s'assied dans une voiture qu'il a louée au nom de Pierre André Second, une Volkswagen automatique gris métallisé, passe-partout.

Il enfile une paire de gants de conduite, recouvre ses bottines de sur-chaussures en papier. C'est un rituel immuable. Il n'abandonnera aucun indice sans l'avoir décidé.

Quelques minutes plus tard, il s'élance sur l'A 13, direction la Normandie. La circulation est fluide. Les panneaux d'informations annoncent moins cinq degrés.

Kurtz jubile. Personne ne le retrouvera à présent. Et, dans peu de temps, il ne sera même plus vivant aux yeux du monde.

La vie est d'une telle simplicité, pour peu qu'on sache utiliser les failles du système.

Avec sa nouvelle corpulence et son maquillage impeccable, il est même à l'abri d'un contrôle de routine. Pour le reste, les services spécialisés et l'identité judiciaire, Kurtz sait de source sûre que ces bons flics nagent en pleines conjectures.

Kurtz s'extirpe de l'autoroute une heure plus tard. Il prend la direction d'Évreux, traverse la ville et s'enfonce dans la campagne normande.

Là, il rejoint une petite villa rustique qu'il a louée sous un faux nom. Et comme il a payé six mois d'avance plus la caution, le propriétaire ne lui a rien demandé.

La maison et le jardin sont recouverts de givre.

Kurtz entre et se calfeutre. Il n'allume pas de feu. Il n'en a pas pour longtemps.

Il descend tout de suite dans le sous-sol, son sac jeté par-dessus l'épaule.

L'endroit est entièrement clos, sans ouverture.

Il y règne une puanteur sans nom. Kurtz se bouche le nez. L'odeur de la crasse humaine, il y est pourtant habitué, mais là, ça dépasse son seuil de tolérance. Au moins avant lavait-il les cages de ses poulains. Ici, il ne vient pas souvent, il n'en a pas le temps.

La lumière blafarde d'un plafonnier libère un homme de la nuit. Il est enchaîné dans un coin de la pièce, au milieu d'un amoncellement de cartons éventrés et de boîtes de conserve.

– *Daddy is here !* murmure Kurtz à l'homme endormi en enfilant une paire de gants en latex. Papa est venu te rendre une petite visite.

L'homme entrouvre les paupières. Il n'y a pas d'étincelle dans ses yeux. Celui-là a renoncé.

Kurtz sort un pistolet de son sac. Il loge une fléchette anesthésiante à l'intérieur et le braque sur sa proie immobile.

– *Fuck you…* articule l'homme dans un souffle.

– *No bad words*, répond Kurtz sans s'énerver. Je ne

suis pas venu te tuer, pas encore. Tu m'es encore utile, tu sais. Que dis-je, utile ? Tu m'es précieux !

L'homme s'apprête à répondre, mais Kurtz ne lui en laisse pas le temps. Une fléchette vient de se planter dans sa cuisse.

Ses yeux se révulsent presque aussitôt. L'homme repart vers l'oubli, d'origine chimique cette fois.

Alors Kurtz s'installe à ses côtés. Il dépose son sac et en sort une multitude d'objets. Méthodiquement, il fait passer chaque chose, cadres, verres, clés, poignées de porte, interrupteur démonté, passeports dans la main du malheureux. Il prend bien soin d'y appliquer la pulpe de ses doigts, sous différents angles, avant de les ranger.

Puis il passe à la deuxième phase.

Kurtz coupe les cheveux de sa victime. Après quoi, il ramasse les mèches tombées dans un sac en plastique, qu'il referme soigneusement.

Pendant un quart d'heure, Kurtz s'occupe de son protégé. Il le déshabille, dévoilant un tatouage identique à celui qu'il porte sur l'abdomen, le lave, le sèche, rase joues et crâne et lui brosse même les dents.

– Comme un bébé ! se félicite-t-il lorsqu'il se relève enfin.

Il ramasse rasoir, gants de toilette, serviettes et les range soigneusement dans un sac en papier. Puis, il enveloppe le corps dans un drap propre, le temps qu'il s'imprègne de la sueur et de quelques cellules de peau. Pendant ce temps, il frotte légèrement le crâne lisse sur une taie d'oreiller.

Puis il approche son visage de celui du comateux.

– C'est vrai que tu me ressembles beaucoup, j'ai l'œil !

Ainsi rasé, l'homme a un bel air de famille avec Kurtz. Le même visage un peu poupin, les narines légèrement écartées, les yeux rapprochés, le front haut. Il n'y a que la couleur des yeux qui ne convient pas. Mais Kurtz a réponse à tout. Son cadavre ne parlera plus beaucoup quand il y aura mis le feu.

Bientôt, très bientôt. Quand il sera prêt à prendre son dernier envol.

20

Eliah Daza l'avait imaginé autrement. Il le voyait plutôt grand, mince, les cheveux blancs et les yeux bleus, un peu distant, cultivant la réserve qui sied aux hommes que l'on dit importants.

Jean Dorléans a cinquante-quatre ans, il est brun et un léger embonpoint rend sa démarche un peu lourde. Il accueille Daza et Rinaldi avec chaleur, dans son bureau du dernier étage avec vue sur la Grande Arche.

L'esplanade de la Défense est si loin que les hommes qui la traversent ressemblent à des fourmis qui courent dans tous les sens. Une fourmilière à ciel ouvert, où les êtres se croisent et se séparent, tendus vers un but précis ou sur des trajectoires aléatoires.

La pièce est vaste, cent mètres carrés environ, avec baies sur deux murs d'angle, meubles design, moquette claire. Des tableaux d'Alfério Maugeri, du Daum et du Gallée dénotent avec le reste du mobilier, d'un style beaucoup plus épuré.

Il a un vrai goût de chiottes celui-là, pense Eliah Daza.

– Asseyez-vous, messieurs. Puis-je vous offrir un café ?

Les deux hommes acquiescent et s'enfoncent dans des fauteuils en cuir souple, disposés autour d'une table basse, à côté des fenêtres. Dorléans actionne l'interphone.

– Clotilde ? Trois express, je vous prie !

Puis il s'affale face à eux, avec un grand soupir.

– Que puis-je pour vous, messieurs ?...

– Commandant Rinaldi et commissaire Daza. Nous enquêtons sur la mort de Charles Marieck et la disparition de votre fille Michèle.

– Michèle ? Vous n'avez toujours pas eu de ses nouvelles ? Mon Dieu... Je crains de ne pas vous être d'un grand secours, malheureusement. Vous savez, nous n'avons que de très rares contacts.

– Expliquez-nous, propose Eliah Daza en sortant un petit carnet et un crayon mine à la « Colombo ».

Clotilde entre avec un plateau – les cafés et une assiette de petits-fours sucrés – qu'elle dispose devant les trois hommes.

– Merci, Clotilde.

La femme sort rapidement.

Jean Dorléans reprend.

– Oh ! C'est une histoire très ancienne.

Il semble réfléchir quelques secondes, grignote deux petits gâteaux puis se lance. Il est très bavard et adore manifestement parler de lui.

Jean est marié depuis trente-trois ans avec une femme discrète, Rose De Fortin, choisie pour Dorléans par son père. Les jeunes gens, à peine vingt ans à l'époque, ont donc fait un mariage de raison. Les familles étaient en affaire ensemble depuis des décennies. Une alliance heureuse d'argent et de pouvoir entre le producteur de vin et le responsable de la coopérative vigneronne de la région.

Rose n'est guère plus pour Jean que la mère de ses fils, qui poursuivent tous deux des études de droit à l'étranger. Un signe extérieur de réussite sociale, une femme racée et discrète à sortir dans les dîners mondains, une épouse fidèle et silencieuse. En clair, Jean ne l'aime pas, il l'apprécie seulement et ne cherche pas à s'en cacher.

Depuis la mort d'Hedwige Matheïs, l'amour de sa vie, Jean Dorléans ne s'encombre plus de sentiments.

Hedwige et Jean se sont rencontrés et aimés à seize ans. Mais les différences de classe sociale les ont séparés. Alors ils se sont vus en cachette. Un an après le début de leur idylle clandestine naissait Michèle Jeanne Matheïs, enfant illégitime, cadeau empoisonné tombé du ciel.

Jean Dorléans l'admet, il n'a pas eu le courage de reconnaître sa fille.

Hedwige ne lui a jamais pardonné. Ils ne se sont plus revus.

Dorléans a donc suivi l'existence de Michèle à distance, de loin en loin.

Lorsqu'elle a épousé Charles Marieck, ce dernier était comptable dans une petite société d'informatique et gagnait chichement sa vie. Ils habitaient une chambre de bonne dans le 18e, au sixième étage d'un immeuble sans ascenseur.

Afin de laisser Michèle vivre de sa passion, la restauration d'œuvres d'art, Charles a accepté un poste de comptable très bien payé, à la Nano Tech SAS, malgré les réticences de sa femme. Elle ne voulait rien devoir à ce père qui l'avait abandonnée.

Mais à force de volonté et de travail, Charles est devenu responsable de la direction financière et

Michèle devait bien admettre qu'il lui était agréable de ne plus vivre dans le besoin. Elle avait alors accepté de rencontrer, à de très rares occasions, ce géniteur distant et si longtemps fantasmé.

– La mort de Charles est une terrible perte pour nous, conclut Dorléans. C'était un homme droit, efficace, agréable.

– Pourquoi ne pas avoir déclaré leur disparition en mai dernier ? demande Rinaldi.

– J'étais à mille lieues de penser à un enlèvement ! Charles et Michèle m'avaient envoyé une lettre m'expliquant leur désir de s'éloigner de la vie citadine pour prendre un peu de repos au bord de la mer. Tenez, je l'ai conservée.

Jean Dorléans se lève et se dirige vers son bureau. Il ouvre une boîte en ébène et en extrait une feuille manuscrite. Daza et Rinaldi se lancent un regard interrogateur.

– Voilà, constatez vous-même.

Anthony Rinaldi parcourt rapidement la lettre, la plie et la glisse dans une enveloppe, qu'il range dans sa poche.

– Je la garde comme pièce à conviction. Plus de trois mois de vacances, ça ne vous a pas paru bizarre ? lance-t-il vers Dorléans, qui a repris sa place face à lui.

– Un directeur financier qui disparaît, c'est fâcheux pour l'entreprise, non ? ajoute Daza.

– Bien entendu, c'est pourquoi il n'était pas seul sur le poste.

– Tiens donc ? ironise Rinaldi.

Jean Dorléans termine de boire son café et se jette sur les derniers gâteaux.

– Charles était très compétent, mais ne possédait pas les qualifications et les titres nécessaires à cette fonction. Il était en fait le bras droit du directeur financier. En revanche, il avait un salaire mirobolant. C'était pour moi une façon de subvenir aux besoins de ma fille.

– Continuons, propose Daza. Il nous reste des zones obscures à éclaircir. Charles Marieck a été enlevé par Olivier Lavergne. Pourquoi ? Nous avons des raisons de penser que cet enlèvement est lié à ses activités professionnelles.

– Comment cela ?

– Connaissez-vous Olivier Lavergne ?

– Non !

– Comment en êtes-vous sûr ? insiste Rinaldi. Voilà sa photo.

– Inutile, je regarde la télé, comme tout le monde, dit Dorléans, les yeux fixés sur le portrait de Lavergne. Jamais vu.

– Et ces quatre-là ? Est-ce que l'un de ces visages vous dit quelque chose ?

Daza étale les clichés sur la table. Dorléans observe. Ces doigts s'arrêtent sur une des photographies.

– Là. C'est un juge. Le juge Fontanelle.

– Vous le connaissez donc ?

– Bien entendu, qui ne le connaît pas ? C'était un des magistrats français les plus médiatisé ! Je ne vous suis pas, commissaire.

– Pas besoin de nous suivre, réplique Rinaldi, répondez juste à nos questions.

– Connaissez-vous personnellement le juge Fontanelle ? insiste Daza.

– Non… Enfin, je l'ai rencontré une fois. Il y a des années. À un gala de charité.

– C'est tout ? demande Daza. Juste une fois ?

– Mais oui.

– Il enquêtait sur un réseau mafieux dans lequel votre société semblait être impliquée.

Dorléans devient cramoisi. Il explose.

– J'ai été blanchi ! Je ne vois pas pourquoi vous remuez la merde comme ça ! J'en ai assez bavé avec toutes ces histoires !

– Vous auriez pu vouloir faire pression par exemple, glisse Rinaldi.

– Tenez votre chien en laisse, commissaire, ou je porte plainte contre lui pour diffamation ! s'étrangle Dorléans. Je suis un homme d'affaires respecté et respectable et si vous pensez le contraire, vous n'avez rien à faire ici !

Eliah Daza lance un coup d'œil goguenard à Rinaldi, qui pince les lèvres. Il pousse les photos plus près de Dorléans en insistant.

– Et les autres ?

– Je n'en ai pas souvenance. Peut-être… Écoutez, je vous trouve très agressifs tous les deux. De quoi m'accuse-t-on ? marmonne Dorléans en tentant de retrouver son calme.

– Mais de rien, monsieur Dorléans. Nous vous l'avons dit. Nous voulons juste comprendre pourquoi Charles et Michèle ont été enlevés par Olivier Lavergne, répond Daza. Le paquet retrouvé à votre domicile contenait des éléments accablants contre vous.

– Votre enquête n'a-t-elle pas déterminé que ces documents avaient été dissimulés là par une organisation criminelle pour me compromettre ?

– Effectivement. Alors, qui pouvait donc vous en vouloir à ce point ? Lavergne lui-même ou un de ses commanditaires ?

– Je n'en sais rien, dit Dorléans avec un petit sourire. Vous savez, en vingt ans de carrière, je me suis fait un bon paquet d'ennemis. Si vous deviez tous les suspecter, vous seriez encore là à l'heure de la retraite.

– Charles Marieck avait-il accès à des informations sensibles ?

– Que voulez-vous dire exactement ? Pensez-vous que ce… Lavergne serait mêlé à sa mort ? Je croyais que Charles s'était suicidé ?

Dorléans semble surpris, choqué même. Il reprend avec un trémolo dans la voix.

– Michèle ? Il lui est arrivé quelque chose ? C'est ça ?

Quel mauvais comédien, celui-là, pense Daza. *Il n'en a rien à foutre. Il ne veut pas de problèmes dans sa petite vie, c'est tout.*

– Dans quel domaine travaillez-vous ? reprend-il.

– Certains systèmes de sécurité et surtout les technologies de pointe, en étroite collaboration avec le ministère de la Santé. Nous développons des puces informatiques de la taille du nanomètre. Ce qui pourrait avoir des applications dans divers domaines de la médecine.

– Et de l'espionnage, par exemple ? demande Daza.

– En théorie, oui. Mais nous n'œuvrons pas du tout dans cette direction.

– Officiellement, vous voulez dire… insinue Rinaldi.

Jean Dorléans se lève d'un bond. Toute chaleur a disparu de son regard.

– Commissaire, je vous avais demandé de tenir votre clébard ! Dorénavant, si vous voulez me voir, vous contacterez mon avocat. Je vous raccompagne.

Les deux hommes ont rejoint Dorléans près de la porte.

– Ma carte, dit Daza en lui tendant un petit carton

blanc. Téléphonez-moi si vous avez des nouvelles de Michèle. C'est dans son intérêt.

– Soyez-en assuré, ironise Dorléans en glissant le carton dans sa poche. Et sachez que je me tiendrai informé de l'avancée de votre enquête auprès de mon ami le procureur Gillet.

21

Voilà deux heures qu'Andréas a bloqué la porte de la chambre de Clara. Deux heures qu'il l'a ramenée de l'école, qu'ils se sont disputés, qu'il ne l'entend plus et ne lui parle pas.

Et finalement, c'est ce qu'il cherchait. Le silence.

Pas question qu'elle aille chez son amie Lætitia. Pas question qu'elle se rende à cette boum de préados. Il ne pourra pas la surveiller.

Le diable seul peut savoir ce qui lui arriverait alors.

Andréas essaie de se détendre. Sa décision est prise, mais ce n'est pas une raison pour laisser la colère le gagner. Il a de plus en plus de difficultés à se contrôler, il le sait. Pourtant, lui qui était si calme…

Avant.

Il pense à Clara, se dit qu'il est peut-être en train de lui faire plus de mal que Kurtz lui-même. Il ne pourra pas la cloîtrer toute sa vie.

Des tics parcourent son visage. Andréas ne sait plus comment aborder son existence, leur existence à tous les deux.

Il devrait accepter de l'aide. Ça aussi, il le sait, mais il ne parvient pas à s'y résoudre.

Il hésite à se lever du fauteuil dans lequel il s'est avachi. Clara a besoin de lui. Et même s'il refuse qu'elle sorte avec ses copines, il doit lui proposer une alternative. C'est comme ça qu'il fait d'habitude. C'est comme ça qu'il faisait.

Avant.

Et puis non, il tergiverse encore. S'il va la voir tout de suite, elle va lui reparler de cette boum à la noix, il va dire non et le ton montera encore.

Il ne changera pas d'avis.

Pas question, de toute façon, qu'elle aille se faire bécoter par ces petits crétins de onze ou douze ans. Andréas sait de quoi il parle. Il est passé par là.

Les hommes sont tous des porcs et ça ne leur tombe pas dessus un beau jour. Ils naissent comme ça.

Andréas subodore que son argument ne tient pas la route. Mais il s'en fout et réussit à étouffer ses doutes.

Des crétins, oui. Des petits porcs, mais des porcs quand même.

Andréas fait un effort. Il parvient à s'extirper de la gangue moelleuse du fauteuil.

Machinalement, il avance jusqu'à la fenêtre et se cale contre l'angle du mur, un doigt posé sur le rideau, pour l'écarter un peu. Juste un peu.

C'est de loin sa principale activité, en dehors des courtes expéditions pour amener Clara à l'école.

Il guette, il surveille les moindres allées et venues dans la rue. Parfois, il change de fenêtre et s'intéresse à la cour. Mais de ce côté-là, l'ennui le gagne vite. En dehors des locataires qui déposent leurs poubelles au fond et de la concierge qui nettoie derrière, il n'y a rien à voir.

Sur la rue, en revanche, ça n'arrête jamais.

Les commerces drainent de la population.

Andréas n'a toujours pas recommencé à travailler. Et il doute de pouvoir le faire un jour. Pas dans la branche où il excellait auparavant.

Il ne les supportera plus à présent, ces publicitaires pointilleux, persuadés de la sûreté de leur goût et de ce que veulent les gens. Alors qu'ils ne savent en fait rien. Il n'aura plus la patience de les entendre se prendre la tête pour une brillance ou la position d'un titre sur une publicité. Il ne pourra plus faire le dos rond pour que son employeur ne perde pas de clients. Il ne pourra plus, tout simplement.

Enculeurs de mouches !

Andréas ne sait même pas de quoi il est capable, mais une chose est certaine, il doit se recycler. Il ne peut tout de même pas rester une victime toute sa vie.

Quand Andréas fait le point sur ce qu'il ne peut pas ou ne peut plus faire, il se rend bien compte qu'il se trouve dans une impasse. Et qu'il va sans le vouloir y conduire Clara aussi. Alors qu'elle est dans l'âge où l'on fantasme sa vie à venir, lui ne sait que lui proposer de se calfeutrer et d'attendre.

Mais attendre quoi ? Même Andréas ne se risque pas à répondre à cette question.

Il doit voir quelqu'un.

Andréas a besoin d'un soutien psychologique.

Après sa libération, après l'évasion de Clara, ils n'ont pratiquement pas parlé de ce qu'ils avaient vécu séparément. Andréas a voulu savoir si le pire n'était pas arrivé, en tout cas, ce qu'il imagine être le pire pour une fillette. Et il a été rassuré sur ce point. Clara n'a pas été violée, n'a pas même subi d'attouchements.

Clara, elle, a vu une spécialiste. Et la voit toujours. C'est grâce à cette professionnelle qu'elle se débrouille comme elle peut. Lui est trop proche, trop impliqué pour être apaisé et lucide. Lucide, il ne l'est plus du tout.

C'est tout juste s'il se rend compte qu'il n'est plus le même.

Andréas quitte la fenêtre. Il vient d'avoir une idée.

Faire la paix avec Clara est impératif. Et, puisqu'il refuse d'être séparé d'elle, même quelques heures, il doit lui proposer une autre activité. N'importe quoi, pourvu que ça la distraie.

En trois enjambées, il traverse la pièce et se retrouve devant la porte de sa chambre.

– Clara ? Je peux entrer ?

Il n'obtient que le silence.

– Clara ! J'entre.

Il pousse la porte. Clara est sur son lit, assise, la tête posée sur ses genoux.

– Ma chérie, dit Andréas. Pardonne-moi. Tu sais pourquoi je ne veux pas que tu ailles chez ton amie…

Clara ne bouge pas.

– C'est encore trop tôt, tu le sais.

La main d'Andréas avance vers la tête de Clara. Elle hésite une demi-seconde juste au-dessus, puis se pose enfin. Clara se dégage et recule vers le fond de son lit.

– Et c'est quand que ça sera trop tard ? demande-t-elle en se redressant.

Ses yeux sont rougis et brillent encore d'un excès de larmes.

– Comprends-moi, Clara, tente Andréas. Je ne veux pas que ça arrive deux fois, tu comprends ? On a eu beaucoup de chance…

– Parce que tu trouves qu'on a de la chance ? dit la fillette en criant. Tu m'enfermes tous les week-ends et tu dis que j'ai de la chance ? Pourquoi maman elle n'est pas là ? Hein ! Pourquoi ? Elle me laisserait y aller chez Lætitia, elle !

Andréas est désemparé, il ne sait pas quoi répondre. La violence qu'il ressent dans l'attitude de sa fille le prive de ses moyens déjà limités.

Clara s'en aperçoit. Les yeux d'Andréas, elle les connaît.

Et comme elle n'a que onze ans, elle ignore qu'il existe des limites, même aux pères aimants et qu'il ne faut pas les dépasser.

– J'aurais mieux fait de mourir avec elle, quand elle m'a eue ! hurle Clara. Au moins, j'aurais été tranquille !

Quand Clara s'aperçoit qu'elle a dépassé les bornes, il est déjà trop tard.

La main d'Andréas est partie et plus rien ne peut l'empêcher d'atteindre sa joue.

Ça claque sèchement dans le silence subit de la chambre d'enfant.

Une, puis deux, puis trois gifles s'abattent sur la tête de Clara, qui essaie de contrer de ses bras cette violence inattendue.

Andréas n'avait jamais fait ça.

Son bras se relève pour administrer un quatrième coup. Cette fois, ses doigts se sont refermés, c'est un poing qui va s'abattre sur l'enfant. Mais il reste en l'air, suspendu par un soudain éclair de lucidité.

Clara a poussé un hurlement strident et déchirant.

Le visage d'Andréas est défait. Il vient de se rendre compte.

Trop tard.

Des sanglots agitent le corps de Clara, elle tremble de tous ses membres. Sur ses bras portés en croix au-dessus de sa tête, les doigts d'Andréas ont laissé des marques rougissantes.

Il les regarde sans réagir. C'est finalement ce qui le choque le plus. Voir la chair de sa chair meurtrie par un amour destructeur.

Andréas se lève et sort de la chambre. La porte claque. La fillette a tiré le verrou derrière lui. Il peut encore l'entendre pleurer.

Sa décision est prise.

Il trouve le téléphone sous l'emballage de pizza qu'il s'est fait livrer la veille.

Une voix ensommeillée lui répond après trois sonneries.

– Ouais, Andréas. Attends une seconde, j'ai la tête comme une pastèque.

– Sami, est-ce que tu peux venir chez moi maintenant ? demande Andréas sur un ton mal assuré.

À l'autre bout de la ligne, il y a un blanc. Puis Sami se réveille d'un coup.

– Qu'est-ce qui se passe ?

– Il faut que tu viennes t'occuper de Clara.

– Quand ?

– Tout de suite !

– Putain ! jure Sami. Qu'est-ce qui s'est passé ?

– Je me suis énervé, Sami. Contre Clara. Tu comprends ? Je l'ai battue !

Il y a une telle détresse dans le ton d'Andréas qu'un nouveau blanc s'installe entre les deux hommes.

– Qu'est-ce que tu vas faire ? demande enfin Sami.

– Je dois m'éloigner de Clara. Pour la protéger. Tu veux bien t'occuper d'elle, le temps que…

– Le temps que quoi ?

– … que j'aille mieux.

– Et comment tu vas faire, Andréas. Tu refuses de te faire aider.

– Justement, j'ai pris ma décision. Je vais aller voir ce toubib à l'hosto.

– Tu n'y vas pas par quatre chemins, toi. C'est rien ou l'HP.

Andréas a de plus en plus de mal à déglutir. Il ressent comme un écrasement dans sa poitrine.

– Je n'ai pas le choix, Sami, réussit-il à dire. Non, vraiment, je n'ai plus le choix.

22

– Papa ?

– Michèle, bon sang ! Où es-tu ?

Michèle respire fort. Elle tremble. Ses phrases sont courtes, son débit saccadé. Elle a longtemps hésité avant de téléphoner à Jean Dorléans. Mais après deux jours passés à ruminer sa vengeance, cloîtrée à l'hôtel, sans aucun début de piste, elle a dû admettre que si quelqu'un pouvait l'aider, c'était bien lui. Alors, elle a pris son téléphone et s'est armée de patience pour passer les barrages administratifs, les *désolée madame, mais monsieur Dorléans est en réunion, il ne peut être dérangé. Veuillez laisser un message. Mais je suis sa fille, Michèle. Excusez-moi, mais monsieur n'a pas de fille. Si je vous dis que je suis sa fille…*

Alors, lorsqu'elle entend sa voix, elle est émue comme une gamine. Une fillette blessée qui garde les yeux secs quand l'infirmière panse ses plaies et qui fond en larmes en retrouvant ses parents.

– Papa, Charles est mort.

– Je sais. Ils sont passés.

– Les flics ? Oh ! Mon Dieu, ils me cherchaient ?
– Évidemment, ils te cherchaient, ton mari est mort.
– Et l'autre homme ?
– Quel autre homme ?
– Ils… ils t'ont rien dit ?
– Michèle, il n'y avait pas d'autre homme.
– Mais…
– Charles s'est suicidé. Ils enquêtent sur son décès. C'est normal après ce que vous avez vécu, tu ne crois pas ?

Michèle s'effondre. Elle pleure à gros sanglots. Elle est recroquevillée sur le lit, la tête posée sur les genoux.

C'est pas possible. Il n'a pas pu se relever. J'ai tiré dans la tête. Il était mort, j'en suis sûre.

– Michèle ?

Il était mort. Mort. Mort !

– Michèle ?

La voix de son père est douce et rassurante. Cette voix, elle aurait aimé l'entendre quand elle était petite. Elle aurait pu la réconforter, la guider pour grandir.

La jeune femme renifle, entre deux sanglots.

– Pourquoi t'étais jamais là ? Pourquoi t'as laissé tomber maman ?
– Michèle, c'est pas le moment.
– Si, c'est le moment. Pourquoi ?
– Il faut que je te voie.
– Maman t'aimait comme une folle, elle n'a jamais eu d'autre homme… C'est pas comme toi.

Jean Dorléans hésite, il est mal à l'aise et ce trouble est palpable, même à distance. Michèle peut également sentir une pointe d'agacement dans sa voix.

– Ça n'est pas si simple…
– C'est toujours ce qu'ils disent, rétorque Michèle d'une voix lasse.
– Pardon ?

– Les hommes qui partent, c'est toujours ce qu'ils disent : c'est pas si simple ! C'est pas ce que tu crois… C'est aussi pour ça qu'on n'a pas eu d'enfant avec Charles. On savait qu'on ne serait pas de bons parents. Orphelins tous les deux, abandonnés. On ne voulait pas répliquer vos putains de schémas.

La voix de Michèle se brise.

– Je n'en peux plus. C'est tellement dur sans lui.

– Où es-tu ? Je vais venir te chercher.

– Non !

Michèle a crié. Elle s'est redressée et essuie ses larmes.

– Non, laisse-moi. Je ne veux pas te voir. C'est trop tard.

– Mais, bon sang, Michèle, tu m'appelles pour m'envoyer paître, c'est ça ?

Jean Dorléans est en colère. Et Michèle se sent comme une petite fille écrasée par l'autorité subite d'un père qui se serait trop longtemps absenté.

– Pourquoi tu as téléphoné alors, reprend-il, juste pour me lancer des vacheries ?

Michèle renifle encore, le trop-plein de larmes, sûrement. Elle pose le téléphone et va chercher des mouchoirs dans la salle de bains. Ses yeux sont gonflés et rougis.

– Michèle ?

La jeune femme se verse un grand verre d'eau avant de reprendre le combiné.

– Tu te fous de moi ?

Le silence est pesant, pendant quelques secondes.

– C'était à cause des papiers.

– Quels papiers ?

Jean Dorléans se radoucit.

– Quels papiers, Michèle ? De quoi parles-tu ?

– Justement, je ne sais pas trop. Charles avait caché

ça juste avant de… Je pense que ce sont des relevés de comptes bancaires. Ce doit être important. Mais je n'y comprends rien. J'ai pensé que tu pourrais…

– Bien sûr. Je vais t'aider. Apporte-les à mon bureau ce soir. Disons vers vingt heures. On y sera tranquille.

– Je ne sais pas si je dois…

– Michèle…

La jeune femme est perturbée. Elle est indécise. Doit-elle faire confiance à cet homme qu'elle connaît à peine ? Depuis leur enlèvement, Charles lui répétait de se méfier de tout le monde. Mais à qui se fier, si ce n'est à son propre père ?

– D'accord. J'y serai.

Soudain, la porte de la chambre d'hôtel vole en éclats.

– Police ! Ne bougez pas, madame Marieck !

Michèle suspend ses mouvements. Elle reste tétanisée.

– Michèle ? Que se passe-t-il ? Michèle !!

C'est immobile, les yeux hagards, fixés sur les débris de la porte, le téléphone à la main, que les agents du commissariat du 15e trouvent Michèle Marieck.

Elle est en état de choc.

23

Un silence quasi total accueille les deux hommes dans l'appartement vide. Le ronronnement du réfrigérateur, qui vibre en se mettant en marche, est à peine perceptible. La rue est calme à cette heure-ci. Les volets entrouverts laissent passer la lumière orange du lampadaire, juste devant. Béranger actionne l'interrupteur et referme la porte. La serrure a été difficile à forcer. Seul un homme expérimenté pouvait en venir à bout.

Adrien réfrène un sourire. Rufus était velléitaire sur ce coup. Cela faisait des mois qu'il ronchonnait après sa porte et il n'avait apparemment rien fait pour arranger les choses.

– Ah ! Rufus, tu ne changeras donc jamais.

Thomas Davron reste en arrière. L'intrusion dans la vie privée d'autrui n'est pas facile à gérer. Il répugne à avancer dans la pièce, persuadé de commettre un sacrilège. Adrien, conscient du malaise de son complice, lui lance :

– Venez, Thomas, il ne nous en voudra pas. C'est pour la bonne cause, croyez-moi !

Davron secoue la tête.

– Je préfère vous attendre ici. Après tout, c'est vous le flic.

– Le tour va être vite fait. Personne dans la chambre, personne dans la salle de bains. Et personne derrière le comptoir de la cuisine. Tout a l'air normal. C'est comme s'il était sorti faire un tour. Regardez, la plante vient d'être arrosée.

Adrien Béranger traverse la pièce de vie de Rufus. Un ventilateur sur pied, près de la fenêtre, le cerf-volant de compétition suspendu à un crochet au plafond, *Le Parisien* posé sur la table basse près du pot de fleurs. Rien d'exceptionnel. Une fine couche de poussière recouvre le téléviseur.

– Je vais jeter un coup d'œil dans le frigo.

Dans le réfrigérateur, quelques bières, une barquette de beurre un peu rance, six œufs, un gros bocal de cornichons aigres-doux et un tube de mayonnaise entamé.

– Je ne vois rien de spécial. C'est l'arsenal du parfait célibataire. Et puis, aucun aliment n'est pourri. Les lieux ne semblent pas à l'abandon en tout cas !

– Adrien ! lance Davron, regardez la date du journal, là, sur la table.

– 18 septembre. Ah ! Mais c'est le jour de votre libération ! C'est vous qui faites la une !

– Regardez, il était abonné, il y en a un tas ici.

Davron désigne un coin de la pièce envahi de piles de vieux journaux. Béranger s'accroupit et examine les dates sur les premières pages.

– Ils sont tous antérieurs au 19 septembre. Oui c'est ça. Le dernier date du 19 et puis plus rien. Où sont donc passés les autres ?

– Je vous dis qu'il lui est arrivé quelque chose, murmure Davron.

– Attendez, il pourrait très bien s'être absenté et avoir demandé à un voisin de relever son courrier !

– Depuis près de deux mois ? Pour aller où ?

Davron s'avance prudemment dans la pièce et se dirige vers la salle de bains. Il ouvre la petite armoire au-dessus du lavabo.

– Brosse à dents, rasoir. Tout y est. Il est parti les mains dans les poches ?

– Vous avez un sacré flair !

– Adrien, je suis inquiet. J'ai vraiment un mauvais pressentiment.

Quand Thomas Davron revient dans le salon, il est désemparé.

– Attendez, s'exclame Adrien, j'essaie le répondeur !

Béranger se dirige vers l'appareil posé sous le téléphone.

– Pas de nouveaux messages ! C'est bizarre, je lui en ai laissé un il y a deux jours !

– Quelqu'un est venu ici.

– Et ce n'est pas Rufus, il m'aurait au moins fait signe. Enfin… je crois. Je ne suis plus sûr de rien.

– Vous devriez peut-être lui laisser un mot, au cas où ?

– C'est une bonne idée.

Béranger griffonne quelques lignes sur un bloc de papier trouvé sur la table. Il est subitement interrompu par de violents coups qui ébranlent la porte d'entrée.

– Sortez d'ici ou j'appelle la police !

Une voix de femme a braillé ces mots depuis le couloir. Ils résonnent dans la cage d'escalier.

Béranger se précipite et ouvre la porte sur une quinquagénaire, cheveux courts et permanentés, petit pull boudinant et jupe marron sur les genoux, qui brandit un téléphone portable. Adrien saisit la femme par le bras et la tire dans l'appartement en claquant la porte derrière elle.

– Vous êtes complètement inconsciente !

– Ne me faites pas de mal ! crie-t-elle.

La femme roule des yeux affolés, les bras collés devant son visage déformé par la peur. Béranger a un geste rassurant.

– Police, commissaire Béranger, brigade du 10e. Qui êtes-vous ?

– Yvette Deshedin. La voisine du troisième, dit-elle dans un souffle.

– Que faites-vous ici ? Où est l'inspecteur Baudenuit ?

La grosse femme s'écroule dans un fauteuil. Elle respire très fort. Des gouttes de sueur perlent à la racine de ses cheveux. Ses joues sont rouges et ses yeux brillent d'émotion mal contenue. Elle hoquette avant de parler d'une voix chevrotante.

– Vous m'avez fait une de ces frayeurs !

– Vous auriez pu tomber bien plus mal ! Vous connaissez le nombre d'assassins qui courent les rues, madame Deshedin ?

– Mais, j'ai promis à Rufus !

– Vous lui avez promis quoi ? demande Béranger.

– Un verre d'eau ? propose Davron, qui s'affaire dans la cuisine.

Il semble plus à l'aise que quelques instants plus tôt.

– Merci. Je veux bien. Je me sens toute chose.

– Vous lui avez promis quoi, Yvette ? répète Davron en lui tendant le verre.

– De veiller sur ses affaires en son absence. Je l'ai déjà dit à vos collègues hier soir !

– Nos collègues ? Quels collègues ?

Béranger manque s'étouffer. Il a du mal à cacher sa surprise. Il tente de garder son calme et s'installe sur l'accoudoir à ses côtés. Il sait qu'il doit y aller avec des pincettes. Cette femme est affolée, elle risque de se braquer.

– Vous avez été visitée par la police hier soir, c'est bien ça ?

Yvette Deshedin déglutit avec difficulté. Elle avale son verre d'eau d'un trait.

– Oui, commissaire. Un homme et une femme. Ils étaient en uniforme. Ils m'ont demandé où était Rufus Baudenuit.

– Qu'avez-vous répondu, Yvette ? C'est très important.

La grosse dame toussote et tend son verre vide à Davron.

La tension est vive dans la pièce. Les deux hommes ont compris que d'autres personnes étaient à la recherche de Rufus. Et que ce ne sont pas des flics. Des hommes de Kurtz ?

– J'ai dit la vérité, reprend Yvette Deshedin. Je ne sais pas où est Rufus. Je dois juste entretenir l'appartement, prendre le courrier et arroser la plante en attendant son retour.

– Quand est-ce que l'inspecteur Baudenuit vous a demandé de faire cela ?

– Je ne sais plus très bien. Troisième semaine de septembre, quelque chose comme ça.

– Le 19 ou le 20 ? demande Thomas Davron en s'avançant vers la femme.

– Peut-être bien, oui.

– Comment était-il ? dit Béranger, vous a-t-il paru normal ?

– Je ne l'ai pas vraiment vu. C'est un ami commun

qui m'a fait la commission. Il m'a dit que Rufus partait se reposer à la campagne. Je l'ai cru parce que Rufus paraissait fatigué ces temps-ci. C'est tout juste s'il disait bonjour, quand il sortait. Ça me faisait de la peine, à moi, de le voir comme ça.

– Comment s'appelle cet ami ?

– C'est Virgile Craven. Le gentil monsieur du pavillon d'à côté. Rufus et lui s'entendaient bien.

– Pouvez-vous nous le décrire, Yvette ? articule Béranger.

La dame se redresse sur le fauteuil, ses mains virevoltent autour d'elle.

– Oh ! C'est pas très compliqué ! La quarantaine, charmant. Il est handicapé, le pauvre. Il se déplace en chaise roulante. Vous vous rendez compte ! À son âge, si c'est pas malheureux !

24

« Déshumaniser l'homme pour lui rendre ses qualités humaines.

Désapprendre pour être enfin soi et pas cette somme de principes et de valeurs inculqués que les individus sont pour la plupart. Non, un être fait de pensées et de ressentis propres.

Voilà le seul chemin.

Enfermer des hommes, les dresser à obéir, les humilier juste assez pour qu'ils ne renoncent pas entièrement, puis les envoyer dans le monde, votre monde, pour revenir vers moi, leur maître, leur nouvel éducateur, rééducateur, de leur plein gré, est une tâche qui m'a pleinement satisfait pendant des années.

Le travail est délicat, fait de maints ajustements, empirique.

Mais le délice de réussir est total, entier, éclatant.

Un seul d'entre nous a par le passé montré l'exemple.

Cet homme, cette référence, ce guide, c'est le général Pol Pot.

Lui seul a su comprendre les réelles qualités du genre humain, tout en déduisant dans le même temps qu'elles étaient sous-employées, trahies, empoisonnées par les pseudo-valeurs qui gouvernent le monde : la religion, la morale et le capitalisme.

Il a donc décidé de faire table rase de tout ça et de revenir au néolithique, au temps d'avant l'écriture, avant la propriété, avant l'invention des dogmes. Pour tout recommencer sur des bases saines. Il a décidé pour un peuple entier, ce visionnaire, ce prophète.

Les villes ont été rasées, les bibliothèques brûlées, les usines démantelées. Des hommes et des femmes ont été éliminés par dizaines de milliers, en fait tous ceux qui ne pouvaient pas être rééduqués.

Sans doute y eut-il des erreurs. Sans doute. Et après ?

Qu'est-ce qu'un charnier ?

Que fait-on pour séparer le bon grain de l'ivraie ?

N'y a-t-il pas quelques belles semences qui tombent en dehors du sac au moment du tri ?

Le grand général Pol Pot a failli réussir.

Mais son exemple montre la voie. À nous, les rares éclairés. À moi. Ma voie de l'ombre.

Si l'on compare des hommes tels que Pol Pot avec des physiciens quanticiens, alors tout n'est que mouvement général, allant vers un degré de complexité de plus en plus grand. Mouvement dans lequel l'individu n'a d'importance qu'en tant qu'élément à l'intérieur de son supragroupe.

Seul le groupe compte, seule la somme des individualités humaines a du sens. Je, tu, il, n'est rien. Pas même moi, qui suis aujourd'hui l'un des organisateurs du chaos.

Demain peut se passer de moi.

Il y en aura de nouveaux, avec de nouvelles idées, de nouvelles tentatives.

Seul le Nous compte. Pas vous, pas ils. Seulement le Nous. »

Texte tiré des *Voies de l'ombre* par Olivier Lavergne.

25

Eliah Daza a décidé de recevoir Michèle Marieck dans son bureau et non dans une salle d'interrogatoire. Il a beau avoir des doutes sur son implication dans la mort de Charles, il n'arrive pas à la considérer comme un assassin. Il est persuadé qu'elle n'a pas pu tuer son mari, le seul homme en qui elle semblait avoir confiance depuis leur enlèvement. Les témoignages recueillis auprès du voisinage sont très clairs. Elle ne sortait plus, ne parlait qu'à peu de gens et seulement lorsqu'elle n'avait pas le choix. Elle vivait terrée dans leur pavillon, passant ses journées à attendre le retour de son époux.

Ce devait être un véritable enfer...

S'il ne la croit pas coupable, Daza est cependant certain que Michèle Marieck a des choses à lui dire sur les événements survenus ce soir-là, dans la maison de Montrouge. Ces informations sont capitales pour son enquête, d'autant plus que de nouvelles rumeurs circulent dans le Milieu, confirmées déjà par deux indicateurs fiables des services : un contrat serait lancé sur la tête d'Olivier Lavergne. Ce qui n'est pas pour plaire au commissaire, et pour cause. Il n'a aucune envie de se faire doubler par une bande de tueurs et la perspective de voir une chasse à l'homme engagée sur le territoire français n'est pas des plus réjouissantes. Les deux affaires sont liées, il en est sûr.

Chopelle lui a déjà envoyé un coup de semonce un quart d'heure plus tôt. D'une part, il est hors de question de transformer Paris en champ de tir et, d'autre part, il leur faut absolument Lavergne vivant. Les services de police comptent le faire parler pour obtenir tous ses contacts. Objectif principal : découvrir qui était le commanditaire de l'attentat du Stade de France. Et faire tomber des têtes.

Il apparaît de plus en plus clairement que les motivations de l'équipe Lavergne étaient autres que crapuleuses. Certes, il avait des relations dans divers milieux mafieux, mais également dans les milieux politiques et judiciaires, voire industriels. Ce qui pourrait expliquer l'enlèvement de Charles Marieck, puis sa mort. Aurait-il eu entre les mains des documents que convoitait Lavergne ? Les activités de Dorléans sur les nanotechnologies ne sont-elles pas alléchantes pour un dingue comme Kurtz, prêt à travailler avec des terroristes, à vendre de la drogue, des armes et pourquoi pas des secrets industriels ?

Le témoignage de Michèle sur les circonstances de la mort de son mari est donc fondamental. Eliah Daza sait qu'il n'a pas droit à l'erreur. Le contexte psychologique dans lequel se trouve Michèle Marieck est loin d'être stable et le tact n'est pas son point fort. Il faudra faire avec. Il va devoir prendre des gants, y aller en douceur, mais être suffisamment ferme pour la faire parler.

En état de choc, elle a d'abord été prise en charge

par un médecin qui lui a administré des calmants, puis elle a pu parler à son avocat. Ce dernier lui a sagement conseillé de coopérer.

Elle est à présent dans le couloir qui mène au bureau du commissaire. Il peut entendre ses pas hésitants entre les claquements de talon des plantons.

La porte s'ouvre sur un étrange trio.

Michèle a les traits tirés. Elle semble minuscule entre les deux hommes en uniforme. Eliah Daza la trouve encore maigre, même si elle a repris un peu de poids depuis leur dernière rencontre. Ses cheveux sont blond cendré, presque gris. Très courts. Lorsque Rufus l'a libérée de sa geôle dans les sous-sols de l'entreprise Lavergne, elle avait le crâne rasé, bleui par une repousse d'un demi-centimètre environ et le visage émacié.

Aujourd'hui, elle flotte encore dans ses vêtements.

– Entrez, madame Marieck, asseyez-vous, je vous prie.

– Merci, murmure-t-elle entre ses dents. Ses mains tremblent, elle semble très perturbée. Ses yeux restent posés sur ses chaussures, ses lèvres sont pincées.

Le commissaire Daza fait le tour de son bureau pour la saluer. Il lui demande d'une voix très douce, si douce qu'il s'étonne lui-même d'être capable d'une telle délicatesse :

– Je vous sers un café, un verre d'eau peut-être ?

Eliah a le trac. Il ne doit vraiment pas se louper sur ce coup-là. Pourtant, l'entretien risque d'être difficile, d'autant plus qu'il n'a aucun élément concret pour étayer la thèse du suicide assisté ou du meurtre maquillé. Tout ce qu'il a, ce sont les premières intuitions d'un légiste qui tarde à rendre son rapport. C'est pourquoi il a envoyé Rinaldi aux nouvelles.

– Non, rien. Merci, répond finalement Michèle dans un chuchotement.

Eliah Daza prend une grande inspiration, s'installe derrière son bureau et se lance :

– Madame Marieck, je tenais tout d'abord à m'excuser pour les désagréments liés à votre arrestation. Nous étions vraiment très inquiets de ne pouvoir vous joindre, c'est pourquoi nous avons lancé un avis de recherche.

Michèle a un petit sourire en rétorquant :

– Je ne suis plus à une expérience traumatisante près…

– Je suis vraiment désolé. On m'a dit que vous aviez rencontré un médecin ?

– Oui.

– Vous avez également pu joindre votre avocat, maître De Combon.

– L'avocat de mon père, oui.

– Êtes-vous prête ? Pouvons-nous commencer ?

Michèle lève le regard vers Daza pour la première fois depuis le début de leur entrevue. Ses yeux sont marron, légèrement en amande et proches de l'arête du nez, ce qui lui donne un air de musaraigne. Son visage est marqué par une expression butée, que vont appuyer ses prochains mots :

– Je n'ai rien à vous dire, commissaire.

– Madame Marieck, reprend Daza après un court silence, je sais par où vous êtes passée. J'ai juste besoin de quelques précisions, c'est tout.

– Quelles précisions ? Je ne sais rien.

– Écoutez, reprend Daza sur un ton plus doux, ce sont des petits détails qui me permettront de mieux comprendre ce qui s'est passé.

– Charles s'est suicidé.

– Laissez-moi faire mon travail, voulez-vous ? Plus

vite nous en aurons terminé, plus vite vous rentrerez chez vous.

– Alors, posez-moi vos questions et finissons-en.

– D'accord.

Daza fait glisser les dossiers devant lui. Il ouvre un petit carnet, en extirpe la lettre récupérée chez Dorléans et reprend :

– Avez-vous écrit cela à votre père ?

Michèle jette un coup d'œil rapide sur le courrier.

– Vous plaisantez ? J'ai écrit ça, puis Charles et moi sommes allés en villégiature chez ce monstre ? Vacances à la cave chez Lavergne ! Destination de rêve…

Elle a un petit rire de gorge. Ses yeux s'emplissent de larmes.

– Reconnaissez-vous l'écriture ? demande Daza.

– Non.

– Où étiez-vous dans la journée du 7 novembre dernier ?

– À la maison, seule. Charles est parti à 8 heures moins le quart, comme chaque matin.

Les larmes coulent sur ses joues.

– Quand avez-vous quitté votre domicile ?

– Je ne sais plus trop. J'ai fait une crise de panique. J'ai pris quelques affaires en milieu d'après-midi et je suis sortie.

– Où êtes-vous allée ?

– Je… je ne sais plus. Je crois que j'ai tourné en rond.

– Vous êtes revenue sur vos pas ?

– Non. J'ai erré, puis je suis allée à l'hôtel.

– Pourquoi dans le 15e ?

– Le hasard.

– Pourquoi dormir à l'hôtel ?

– Ça m'arrive de temps à autre, quand j'ai trop peur…

– Peur de quoi, madame Marieck ?

Michèle ne répond pas. Daza reprend :

– Des témoins disent vous avoir vue quitter la maison vers 21 heures.

– Ils mentent.

– Madame Marieck, je suis convaincu que vous n'avez rien à voir avec la mort de votre mari. Mais certains faits sont troublants. Si vous êtes revenue sur les lieux, vous avez forcément touché quelque chose, pris quelque chose, ou vu quelque chose. C'est ce que je dois savoir.

– Je n'étais pas là-bas. Je ne sais pas ce qui s'est passé.

Daza pousse un profond soupir. Il se sent dans une impasse. Il ne voit pas comment il va pouvoir la faire sortir de ce mutisme. Peut-être en la mettant devant des évidences. Sergueï Obolansky était troublé par ce qu'il avait remarqué sur les lieux. Alors, même sans preuves formelles, Daza peut se lancer. Le légiste est un type fiable et extrêmement intuitif.

– L'équipe de l'Identité judiciaire a remarqué des traces de piqûres récentes sur le corps de votre mari. Cela vous dit-il quelque chose ?

– Je ne sais pas.

– Au-dessus de la clavicule. Vous n'avez rien remarqué ?

– Non.

– Quand avez-vous fait le ménage pour la dernière fois ?

– Je le faisais tous les jours. Ça m'occupait.

– Dans toutes les pièces ?

– Oui.

– Quelqu'un avait-il accès à votre maison en dehors de vous-même et de votre mari ?

– Jacques Bourdon.

– Le jardinier ?

– Oui. Mais il n'entrait jamais. C'était au cas où…

– Au cas où quoi ?

Michèle montre des signes de nervosité. Elle remue sur sa chaise, visiblement très mal à l'aise.

– S'il y avait un problème enfin !

– De quel type ?

– Mais je ne sais pas. C'est Charles qui lui avait donné les clés.

– Vous ne savez pas pourquoi ?

– Non.

– Vous êtes certaine qu'il n'est jamais entré ?

– Certaine.

– Comment ?

– J'étais toujours là quand il travaillait dehors, je l'aurais vu.

– Et vous pouvez affirmer qu'il n'est pas entré cet après-midi-là ?

– Ce n'était pas son genre.

– Bien. Donc vous affirmez que personne d'autre que vous ne pouvait entrer.

– Je n'en ai pas la certitude absolue, non.

– Qui d'autre avait la clé ?

– À ma connaissance, personne.

– Alors, qui d'autre pouvait entrer ?

– Mais j'en sais rien, moi ! Pourquoi toutes ces questions ? Charles s'est suicidé, je vous dis ! lance-t-elle dans une plainte.

– Il y avait quelqu'un d'autre sur place.

– Non !

– Vous confirmez n'avoir rien vu ? demande Daza en accélérant le rythme de ses questions.

– Je n'étais pas là.

– Vous n'avez rien pris dans la maison après la mort de Charles ?

– Non ! Je vous dis que je ne sais rien.

– Ce n'est pas un crime, vous savez. Je peux comprendre qu'en trouvant votre mari, vous ayez paniqué !

– Je ne suis pas rentrée ce soir-là.

– Vous persistez dans votre déclaration ?

– Oui.

Le commissaire Daza a du mal à garder son calme. La mauvaise foi dont fait preuve Michèle Marieck, malgré sa patience, commence à l'agacer. Il décide alors de passer à l'attaque.

– Madame Marieck, nous savons que vous étiez sur les lieux. Nous en aurons bientôt la preuve, ce n'est qu'une question de temps. Alors je vous conseille de parler ou je vous mets au trou pour obstruction à la justice.

Il a dit ça lentement, les yeux rivés sur le petit bout de femme recroquevillé dans le fauteuil.

– Faites donc…

– Madame, vous prenez des risques inconsidérés. En avez-vous seulement conscience ?

– Laissez-moi tranquille.

– Vous continuez à nier ?

– Je n'ai rien fait.

– Alors, vous ne me laissez pas le choix. Je suis certain que vous détenez des éléments cruciaux pour notre enquête. Je vais demander 48 heures de garde à vue. Ça vous rafraîchira peut-être la mémoire.

Michèle ne sourcille pas. Elle a remonté ses pieds sur le fauteuil et a posé sa tête sur ses genoux. Elle tremble de tous ses membres.

– Vous n'avez pas bougé le petit doigt pour nous. Maintenant, Charles est mort. Et c'est vous le responsable ! Alors, vous pouvez me jeter en prison. Je m'en fous !

Elle a crié ça d'une voix fluette, cassée par l'émotion.

Eliah Daza se sent minable. À cet instant, il donnerait n'importe quoi pour que cesse ce cauchemar, pour aider Michèle et la voir sortir enfin de sa détresse. Mais il doit faire son boulot. Elle détient des informations, il en a une absolue certitude. Son instinct ne l'a que rarement trompé. Il doit la faire parler, quoi qu'il leur en coûte à tous les deux.

Lavergne est en cavale. Et, contre toute attente, encore sur le sol français. Peut-être même à Paris. Les indics ont été clairs. Alors, le temps est précieux, chaque indice inestimable.

Il a une subite envie de la secouer dans tous les sens, de lui hurler à quel point son mutisme le rend fou. Il serre les poings et prend son téléphone, quand Rinaldi fait irruption dans le bureau.

– Daza, il faut que je vous dise deux mots et vite !

– Je suis en entretien, Rinaldi, plus tard s'il vous plaît.

– Tout de suite, commissaire ! C'est le rapport du légiste.

Le commissaire Daza se lève d'un bond et rejoint Anthony Rinaldi dans le couloir. Ce dernier lui tend une liasse de feuilles dactylographiées. Il est essoufflé.

– C'est un suicide. Il n'y a aucune trace du passage d'un autre individu sur les lieux.

– Tu plaisantes ?

Daza en a oublié que, jusqu'ici, il s'était promis de vouvoyer l'Italien afin de garder une distance respectable avec lui. Ses avances lui font encore froid dans le dos. Il parcourt fébrilement les conclusions d'Obolansky.

– Mais quel connard ! hurle le commissaire. Il se fout vraiment de ma gueule, celui-là !

Il tourne les talons en maugréant et se lance d'un pas rageur dans la cage d'escalier, sous le regard ébahi de Rinaldi.

26

« La terreur est l'abomination du 21e siècle. Je l'affirme !

Qui aurait pu croire une telle fanfaronnade ?

C'est pourtant l'exacte vérité.

L'occidental ne croit plus à la guerre. Elle ne le fait même pas vibrer.

Les guerres, il les voit toutes de loin. Loin de ses frontières, elles rassurent. Elles sont presque éducatives pour les jeunes générations. Le malheur existe toujours, regarde ces horreurs au vingt heures et réfléchis bien en te resservant à bouffer !

Elles ne l'inquiètent même pas réellement.

Qui se tape dessus ?

Des Noirs contre des Noirs, des Ricains contre des salopards, des Arabes contre des Juifs, ou le contraire. C'est vague, tout ça. Ça paraît presque irréel.

Ce sont toujours des justes causes, ou des problèmes mineurs, ou les problèmes des autres, ou des conflits ethniques, donc pas grand-chose.

La terreur par contre... elle frappe au hasard, jusqu'au cœur de vos villes. Elle tue vos enfants, vos femmes, vos mères. Elle est engendrée par des monstres ivres de religion.

Mesquine vision de l'occidental, étriquée, et parcellaire façon d'envisager l'autre.

Il reste pour soulager sa conscience les cas à part.

Les cas dans mon genre.

Je ne suis pas Noir – la famille de ma mère venait des Flandres – pas musulman – mon prépuce se porte à merveille – pas dépravé – je mène une vie d'ascète – pas Arabe – les Flandres sont loin de Poitiers – pas orthodoxe – je n'ai pas de religion – pas pauvre – je me suis fait une montagne de fric.

Je suis un casse-tête pour les documentalistes du quai des Orfèvres.

Et pourtant, je suis celui qui peut réconcilier l'Occidental avec le reste du monde.

Car bientôt, je frapperai de nouveau.

N'importe où.

Bientôt. »

Texte tiré des *Voies de l'ombre* par Olivier Lavergne.

27

Les flocons s'écrasent sans un bruit sur la terrasse. Avec la seule lumière des réverbères de la rue, la pellicule de neige brille de reflets dorés.

Kurtz observe avec un regard d'enfant la lente accumulation du tapis gelé. Pour un peu, il se laisserait émouvoir d'un aussi magnifique spectacle. Curieusement, alors qu'il n'a pas eu la chance de connaître une véritable enfance, il s'invente des émotions teintées de nostalgie.

Et puis, il finit par ricaner, pour lui-même, en sourdine, les yeux jamais trop éloignés des moniteurs de surveillance reliés aux caméras qui couvrent la plupart des angles extérieurs de sa maison.

Ça fait quelque temps qu'il a repéré – ceux qu'il appelle les pingouins – deux hommes assis dans une voiture, qui laissent tourner leur moteur pour ne pas mourir de froid.

Alors, il les surveille d'un œil avisé pendant que l'autre admire la simple chute de cristaux gelés.

Mais ils ne font rien en apparence, ne semblent pas

sur le point d'intervenir. Son flair lui dit que ce ne sont pas des policiers, son intelligence aussi. Si c'était le cas, si une brigade criminelle avait remonté sa piste jusqu'à Virgile Craven, ils ne seraient pas venus à deux et ils n'attendraient pas gentiment qu'il pointe le bout de son nez.

Alors qui ? Kurtz aimerait savoir. Mais il a beau tourner et retourner l'échiquier dans sa tête, il ne trouve pas.

Et quand Kurtz ne comprend pas quelque chose, il faut que les choses en question s'orientent de telle sorte qu'elles accèdent à sa raison.

L'image de Rufus lui vient donc naturellement à l'esprit.

Lui peut savoir. Il n'y a que lui qui a su le trouver, percer à jour son entreprise pourtant si bien rodée.

Et même s'il lui a donné des indices, c'est quand même un fortiche. Bien sûr, balancer deux de ses poulains le même soir dans Paris, les tuer en utilisant un unique procédé, c'était plus qu'un début de piste. Mais malgré tout, Kurtz reste persuadé que seul Rufus était apte à le trouver, lui, le maître.

Il lui en a parlé, au début. Kurtz voulait rendre hommage à l'intelligence de son adversaire. Pour lui, c'était un acte nécessaire. Même engagés dans un combat à mort, deux ennemis sans merci peuvent se respecter. C'est ce qu'il voulait, ignorant totalement la différence de point de vue qui les séparait et qui les séparera toujours.

Rufus n'a pas été à la hauteur. Il n'a su lui envoyer que flopées d'insultes sur vomissures verbales. Kurtz en a été choqué. Il ne s'attendait pas à ça. Du piédestal sur lequel il l'avait lui-même hissé, Rufus Baudenuit est redescendu en l'espace d'une seconde à la banale condition du condamné, simple et sans aucun intérêt.

Sauf qu'il est le dernier.

Mais pas l'ultime.

Du coup, il lui a lâché tout ce qu'il pensait de son travail, à commencer par la raison pour laquelle il avait puni définitivement les deux premiers cadavres découverts par le policier. Il en avait assez, c'est simple. C'est même tellement simple que personne en dehors de lui ne pouvait y avoir songé. Assez de la routine, assez des blagues crasseuses ou des plaintes sempiternelles de ses deux associés. Ceux-là se plaignaient toujours, trop de cadences, trop de travail, trop de nouvelles recrues. De vraies feignasses, des tire-au-flanc. Kurtz a juste voulu s'en débarrasser, mais avec Kurtz, un simple départ peut prendre des détours insoupçonnés. Alors, il a ordonné la mise à mort de deux de ses poulains, pour qu'on commence à s'intéresser à lui, à son organisation, à son génie. Rufus n'a plus eu qu'à poser ses pas dans les empreintes qu'il avait personnellement préparées pour lui.

Rufus, quelle bonne idée !

Kurtz se décide. Après un dernier coup d'œil rassurant sur les moniteurs de contrôle, il quitte le salon plongé dans l'obscurité et descend à la cave. Cela fait des jours déjà que Rufus le croit parti. Il ne va pas être déçu de le voir revenir si vite. Kurtz se réjouit par avance de la bonne surprise qu'il va lui faire.

28

La buée s'étale lentement sur le pare-brise, déposant son voile opaque et blanc, zébré de longues traînées plus transparentes. Quelques flocons s'écrasent sur la carrosserie.

– Ça me rappelle le bon vieux temps ! s'exclame Béranger en posant les deux cafés sur le tableau de bord et en prenant place derrière le volant. Quand j'étais encore inspecteur, que je me tapais des heures de planque avec mon coéquipier et qu'on se tirait la bourre pour savoir qui allait chercher à becter !

– Ça crée des liens, je suppose ?

– C'est bigrement chiant, vous voulez dire !

Thomas Davron ne peut réprimer un sourire. Malgré le côté incongru de la situation, il a le cœur léger. L'ancien commissaire est d'humeur bonhomme depuis leur conversation à la brasserie des Buttes-Chaumont, comme s'il était soulagé d'un poids.

Béranger entrouvre la vitre avant et allume une cigarette, aussitôt imité par Thomas Davron. Il ne pourrait rester sans fumer alors que le commissaire envoie des volutes malodorantes, brunes et âcres, dans l'habitacle.

– Je vais mettre un petit coup de chauffage, sinon avec toute cette buée, on va se faire repérer comme des bleus ! reprend Béranger d'un ton jovial.

– Et le bruit du moteur ?

– Ça ira, vous en faites pas. On va quand même pas mourir ici congelés !

Adrien Béranger tourne la clé de contact et fait avancer le véhicule de quelques dizaines de mètres.

– Là, on a encore une bonne vue et on risque pas d'être repérés.

Le pavillon est à une centaine de mètres maintenant. Les deux hommes distinguent parfaitement le portail illuminé par un réverbère. La maison, plongée dans le noir, semble déserte. Le mur d'enceinte est en partie masqué par un vieux lierre, dont les branches pendouillent sur la pierre comme autant de tentacules sombres.

Adrien Béranger et Thomas Davron sont allés sonner plusieurs fois ces deux dernières heures, sans succès. Ils ont pu observer soigneusement l'endroit, repérer le moindre détail susceptible de leur fournir une indication sur l'occupant des lieux. Un PT Cruiser garé juste devant. Les volets ouverts qui trahissent une présence, ou l'impossibilité d'une absence prolongée.

Alors ils ont décidé ensemble de rester dans le coin, afin de rencontrer l'homme dès son retour.

Après leur entrevue avec Yvette, Béranger s'est souvenu que Rufus avait passé la soirée chez un voisin, le jour de la mort de Cécile. Lors de son interrogatoire, il avait parlé de cet homme sympathique, représentant en livres, qu'il fréquentait de temps en temps. Virgile Craven.

– J'ai l'impression que ça bouge, là. Regardez ! s'écrie Davron en tirant Béranger par la manche.

– Où ça ? Je ne vois rien ?

– Là ! Il y a quelqu'un qui escalade le mur !

– Vous êtes sûr de ça ?

Béranger fronce les sourcils et scrute les abords du pavillon Craven.

– On voit rien avec cette putain de buée ! râle-t-il en fouillant la boîte à gant. Et merde, j'ai pas pris mon flingue !

– Attendez, j'ai pu me tromper. Ce peut être un chat ou ce genre de bestiole !

– De toute façon, on ne peut rien faire maintenant. Et je ne vois pas un handicapé sauter par-dessus le mur de sa maison !

– Vous avez sans doute raison. Mais si c'est un rôdeur ? On ne peut pas rester comme ça à rien faire !

– Écoutez, il n'y a personne à l'intérieur. Si le propriétaire revient entre-temps, nous pourrons toujours l'avertir. Je vais passer un coup de fil à Daza pour lui demander de nous filer des renforts, OK ?

Thomas Davron pousse un soupir de soulagement.

– Bonne idée.

Il ne se sent pas du tout l'âme d'un cow-boy. La perspective de jouer les détectives ne lui plaît qu'à moitié. Il veut retrouver Rufus, certes, mais il répugne à employer des moyens illégaux ou risqués. Il n'a jamais eu l'esprit aventureux.

Béranger obtient une réponse au bout de trois sonneries.

– Bonsoir Eliah, Béranger. Pouvez-vous nous envoyer deux hommes au 49, rue des Abondances, à Boulogne. Le voisin de Rufus, Virgile Craven, je crois qu'il se fait… Pardon ?

Béranger retire le combiné de son oreille et regarde bêtement son téléphone portable pendant quelques secondes. Il bredouille en regardant Thomas Davron d'un air navré.

– Il m'a raccroché au nez, le con !

– Et merde !

Le silence envahit l'habitacle pendant de longues minutes. Les deux hommes fixent le pavillon de Craven à travers l'averse de neige qui se fait plus dense. Les flocons tourbillonnent dans la lumière de la rue et se déposent sur le bitume, les toits et les voitures, échafaudant petit à petit une couche blanche et cotonneuse.

– Bon, soupire Adrien Béranger, soyons raisonnables, voulez-vous ? Nous ne pourrons plus rien faire à cette heure-ci, il commence vraiment à faire froid et la visibilité devient nulle avec toute cette neige. Nous irons chez Craven demain à la première heure. C'est plus prudent.

– Et pour l'homme que j'ai vu passer de l'autre côté du mur ? Je suggère que nous appelions la police.

– N'est-ce pas ce que je viens de faire, Thomas ?

– Vous avez raison. Et, puis j'ai peut-être rêvé. Rien n'a bougé depuis.

– Possible. Allons-y !

– Adrien, je veux rester dans le coin, on ne sait jamais.

– Vous avez de la suite dans les idées, vous !

– Trop d'indices me soufflent qu'il vaut mieux rester dans les parages.

Adrien Béranger se tourne vers Thomas Davron. Il lui lance un sourire franc en lui tendant un jeu de clés.

– Alors, Rufus ne sera pas fâché de nous prêter son appart' ! Et quel meilleur endroit pour surveiller les alentours ?

Davron éclate de rire.

– Vous êtes plein de ressources, commissaire !

– Attention, Thomas, je vous préviens, c'est moi le plus vieux, alors je prends le lit et vous le canapé !

29

– Entrez, commissaire, je vous attendais.

Sergueï Obolansky a lancé cette phrase du fond de la salle d'autopsie. Il est encore vêtu de son grand tablier vert maculé de sang et s'affaire au-dessus des lavabos. Les bacs en aluminium sont vides et reflètent la lumière crue des lampes suspendues juste au-dessus. L'atmosphère est glaciale. Les stores jaunes sont tirés devant les fenêtres qui donnent sur la Seine, masquant la vue.

Malgré l'absence de cadavre, l'odeur de la mort plane encore, mélangée à celle du formol.

Eliah Daza frissonne de dégoût, s'avance sans un mot et jette les feuilles sur une table, dans un coin de la pièce.

– Contrarié ? dit le légiste qui s'approche en ôtant son tablier.

– On le serait à moins, rétorque Daza sur un ton amer. Que s'est-il passé ?

– Je me suis trompé, voilà tout.

– C'est impossible. Je ne vous crois pas.

Sergueï hausse les épaules.

– Libre à vous, mais mes conclusions sont claires. Il s'agit bien d'un suicide.

– La toxicologie ?

– Néant. Rien d'anormal.

– Les traces de piqûres ?

– Des piqûres d'araignée urticantes qu'il s'est grattées. J'ai retrouvé des traces sous ses ongles. Imparable.

– Ne me dites pas que vous avez confondu aiguilles et insectes ? Vous me prenez vraiment pour un imbécile !

– Si. Je voulais voir un crime où il n'y avait qu'un suicide.

– Le ménage dans la pièce ?

– Nous avons étudié la circulation d'air dans la maison. Le faible taux de poussière pouvait correspondre à un nettoyage régulier.

– L'arme qui avait bougé ?

– Je vous l'ai dit, il n'est pas mort sur le coup. Il a pu remuer ses doigts autour du revolver. Rien d'exceptionnel.

Daza prend sa tête entre ses mains. Il se laisse tomber face à Sergueï sur une chaise qui couine en reculant sur le carrelage.

– J'étais sûr que quelque chose clochait.

– Il ne manquait rien dans les affaires, selon l'inventaire réalisé avec madame Marieck et son avocat, ajoute le légiste.

– Elle ment.

– Je ne crois pas, commissaire. Pour quelles raisons mentirait-elle ?

– J'en sais rien, soupire Daza. Je vais demander une contre-expertise.

– C'est fait. Voilà les résultats.

Sergueï tend une enveloppe à Daza qui ne l'ouvre pas.

– Vous ne regardez pas ?

– Qui en a fait la demande ? reprend Daza, ignorant la question.

– C'est moi. Je savais que mes conclusions vous poseraient un problème. Yann Chopelle et le procureur Gillet m'ont appuyé et on fait mandater un second expert reconnu par les tribunaux.

– Alors, je n'ai plus qu'à tout reprendre à zéro, grogne Daza.

– Il faut savoir parfois remettre en cause ses intuitions. Ça m'a fait chier de me planter à ce point. Mais nul n'est infaillible, c'est comme ça.

– L'instinct est tout ce qui me guide, c'est ce qui a bâti ma réputation, ma carrière…

– Et c'est ce qui pourra vous trahir. Il arrive un moment où c'est con de mettre tous ses œufs dans le même panier, c'est con de prendre des risques. Il faut aussi savoir assurer ses arrières.

– Je hais les couilles molles qui fonctionnent comme ça.

– Êtes-vous certain que ces types sont des couilles molles ? demande Sergueï après un long silence.

– Oui.

– Ne serait-ce pas plutôt une preuve d'intelligence ?

– C'est ce que vous croyez ?

– En effet.

– Alors, c'est le sempiternel débat entre les instinctifs et les réfléchis. Trop penser tue la pensée et…

Le téléphone mobile de Daza vibre au fond de sa poche. Le nom de Béranger s'affiche sur l'écran.

– Qu'est-ce qu'il me veut, le vieux ? marmonne-t-il avant de décrocher.

Eliah Daza semble abasourdi par ce que lui dit son interlocuteur. Il secoue la tête en soupirant.

– Mais vous allez me faire plaisir et foutre la paix à ces braves gens, c'est compris ! J'ai assez d'emmerdes comme ça !

Il raccroche, se lève en attrapant l'enveloppe et se dirige vers la porte.

– Béranger pète les plombs ! Il se prend pour Colombo maintenant !

– Je crois que nous continuerons cette conversation un autre jour ! Bonne nuit, commissaire !

– C'est ça ! Bonne nuit, croque-mort.

Les deux battants de la porte se rejoignent, puis s'éloignent dans un mouvement pendulaire. Le légiste reste un long moment immobile à les observer. Avec des gestes lents, il défait sa blouse et l'accroche sur un portemanteau, puis il se dirige vers les fenêtres. Il appuie sur l'interrupteur électrique de la commande des stores, qui se relèvent avec un chuintement doux. Les illuminations de la rive gauche tombent dans le fleuve noir, où elles s'étirent en frémissant. Le défilé des phares balaie les quais de petits points blancs et rouges. Quelques flocons de neige virevoltent dans l'air glacé.

Un silence de plomb tombe sur l'institut de médecine légale.

Les mains tremblantes, Sergueï sort une photographie de sa poche et la tend vers la lumière.

Une petite fille lui sourit. C'était le 16 août dernier, jour de ses 10 ans. En arrière-plan, une jeune femme aux cheveux bruns l'enlace de deux bras protecteurs. Marianne Obolansky-Kremer et sa fillette Camille vivent toutes les deux à Tours.

Sergueï leur a rendu visite le mois dernier.

C'est la seule famille qui lui reste.

Sur le cliché, une inscription noire indélébile barre leurs visages radieux.

Souviens-toi de Cécile.

Un sacrilège.

30

« Bientôt, je pourrai accéder à chacun d'entre vous.

Par ce qui vous semble utile.

Par ce qui vous paraît ressembler au progrès.

Ces gentilles petites fiches dans lesquelles vous entrez les uns après les autres.

Tous fichés par vos habitudes.

Tous rassemblés dans les supragroupes.

Vous n'avez pas idée du pouvoir incroyable qui se trouve là.

Encodé dans des ordinateurs, ici dans ce pays, mais aussi ailleurs. Les multinationales ne connaissent pas les frontières et je ne connais pas de système infaillible.

Bientôt, j'accéderai à ton intimité.

Il suffira de me connecter pour connaître tes goûts, tes agissements, tes préférences de tous ordres.

Je pourrai même savoir si tu as lu mon ouvrage, si tu as de l'appétit pour le voyeurisme, le scabreux, si tu es excité par procuration par la douleur des autres.

L'anéantissement.

Je saurai ce que tu aimes regarder, si tu es pornographe, si tu es passif ou actif.

Et par recoupement de données, je saurai où te trouver, à quoi tu ressembles, ce que tu manigances.

Alors, tu ne connaîtras plus la paix.

Seuls les abrutis continueront de brouter sans peur.

Mais toi, le *cortiqué*, toi l'à moitié *cérébré*, toi qui sauras que je dis vrai, tu ne respireras plus de la même façon.

Car tu sauras que cette ombre fugitive aperçue à la limite de ton champ de vision,

Cette silhouette curieusement familière entrevue le matin même,

Cette étrange impression de déjà-vu,

Cette appréhension qui te chauffe les tripes alors que tout va bien apparemment,

Ce visage charmant qui se présente d'un coup,

Ce noir qui envahit ta conscience,

C'est Kurtz.

C'était Kurtz.

Et c'est trop tard.

Mais ne t'en fais pas, tu n'auras plus à te soucier de rien.

Tu seras le bienvenu dans mon monde. »

Texte tiré des *Voies de l'ombre* par Olivier Lavergne.

31

Kurtz traverse la cave sur la pointe des pieds, se servant de la lampe de poche qui ne le quitte jamais pour s'éclairer. Il ne faudrait pas qu'un rai de lumière sous la trappe trahisse son arrivée.

Il ouvre le caisson tout doucement, comme s'il s'apprêtait à entrer dans la chambre d'un enfant pour vérifier la qualité de son sommeil.

Rufus dort, ou somnole simplement.

Kurtz est presque attendri par cette vision calme. Son invité se plaît chez lui, puisqu'il dort comme un bébé. Tout est bien. Tout est comme il l'a voulu.

Il va murmurer le seul air de berceuse qu'il connaisse quand son bipeur se met à vibrer sur sa hanche.

Le cœur de Kurtz manque un battement et s'emballe. Le bipeur est relié à son dispositif de sécurité. S'il se déclenche, c'est qu'il doit se préparer à recevoir de la visite.

La trappe retombe avec fracas dans le silence de la cave. Kurtz s'élance vers l'escalier, hésite une seconde devant le tableau électrique et actionne le disjoncteur. Il connaît sa maison par cœur. Il pourrait en faire un tour complet les yeux fermés.

Alors, il n'allume pas la lampe. Elle pourrait avertir le ou les intrus, leur permettre de le localiser. Il monte rapidement au rez-de-chaussée et s'immobilise dans le couloir qui dessert les quatre pièces de ce niveau.

Quelque chose fouille l'intérieur de la serrure. Le bruit est discret, mais finement perceptible.

Kurtz se force à demeurer là, immobile au milieu du couloir, à moins de deux mètres de la porte. Il doit se calmer.

Lorsqu'il se juge suffisamment apaisé, il s'éloigne tranquillement vers le fond du vestibule. Là, sous une console qu'il a lui-même scellée, il trouve et tire une poignée qui fait pivoter une cloison. Puis il se faufile derrière en remettant le pan de mur à sa place.

Le voilà tiré d'affaire. Au moins pour un temps.

Moins de cinq secondes plus tard, la porte d'entrée s'ouvre doucement, sans un bruit, sur une silhouette longue et fine. Mais, à la rondeur des hanches, Kurtz comprend que son ennemi lui a envoyé une femme.

Caché derrière un miroir sans tain, Kurtz voit tout.

La nature féminine de la silhouette le déstabilise. Il n'a pas prévu ça. Qui aurait l'audace d'envoyer une femme pour le tuer ?

Les femmes, c'est juste bon pour…

Mais Kurtz ne finit pas sa pensée. Les femmes, il ne sait pas vraiment où les ranger, si ce n'est dans une fosse, sous un tas de branchages ou dans un réduit où elles tomberont en poussière.

À présent, la silhouette est précédée d'une arme de gros calibre, qu'elle dirige dans la direction de son regard. Elle non plus n'a pas de lampe pour s'éclairer. Kurtz admire le sang-froid de cette créature, qu'il vient de ranger dans la catégorie des tueurs, pour mieux se défaire de son genre en un clic de vocabulaire.

En une vingtaine de secondes, elle passe dans le salon, en ressort pour explorer la cuisine, fait de même dans la bibliothèque et le bureau.

Par deux fois, elle a frôlé Kurtz, sans le savoir. Et pendant ce temps, lui a sorti le matériel de mise à mort qui l'attendait dans sa cachette.

Dans le noir, il doit être très attentif. Son arme peut aussi bien le tuer en une fraction de seconde que lui sauver la vie. C'est une affaire de dextérité et de doigté.

La sarbacane mesure un mètre de l'embouchure à son orifice de sortie. Ajoutée à la profondeur de sa tête, il a tout juste le recul nécessaire pour en poser l'extrémité dans le petit trou percé dans le miroir sans tain. À hauteur d'homme.

La silhouette revient justement dans sa direction. Kurtz glisse une fléchette imbibée de poison dans le tube, se contorsionne pour poser ses lèvres contre l'embouchure et attend.

La silhouette n'est plus qu'à un mètre. Il ne faut pas qu'elle puisse distinguer l'extrémité de la sarbacane. Sa vitesse de réaction serait sans doute très rapide. La silhouette se crispe un quart de seconde, puis s'écroule sans un cri. Le venin de l'arachnide est sans pitié et presque sans douleur. Mais personne n'a pu en attester.

Kurtz hésite à sortir de sa cachette. Cette femme n'a pas dû venir seule. Personne ne travaillerait de cette façon pour attraper un prédateur de sa trempe. Kurtz ne peut l'envisager. L'image qu'il a de lui-même ne le lui permet pas.

Mais le temps passe et personne ne vient. La porte s'est légèrement entrebâillée sous l'action du vent. Des flocons tourbillonnent dans le couloir et s'écrasent mollement sur le carrelage où ils fondent, aussitôt posés.

Kurtz hésite encore. Cela fait maintenant trois ou quatre minutes que la fille est morte. Si elle avait été accompagnée, son complice serait là.

Kurtz repose la sarbacane et ferme la boîte contenant les fléchettes. Il n'est pas de ceux qu'on laisse croupir dans un cagibi.

Alors il respire un grand coup et commence à pousser la cloison amovible, au moment où une jambe, puis un corps, apparaît dans l'escalier qui mène à l'étage.

Kurtz fait aussitôt machine arrière. Dans le silence, il lui semble que la cloison fait un bruit gigantesque.

Pendant quelques secondes, il n'entend plus rien. Ses oreilles bourdonnent trop.

Kurtz se sent tout à coup vulnérable. Instinctivement, il se baisse, malgré le miroir sans tain. Quand il se redresse, l'homme s'est agenouillé auprès de la jeune femme. Il pose une main sur son cou, puis la retire et se relève.

Doucement, en s'aidant de la maigre lumière des réverbères, Kurtz met la main sur la sarbacane et la boîte de fléchettes. Ses mains tremblent comme celles d'un vieillard. Il pose comme il peut la boîte sur une courte étagère et la lâche trop tôt. La boîte bascule dans le vide et s'écrase sur le sol, répandant son dangereux contenu.

Kurtz connaît alors un moment d'incertitude. Le temps paraît s'être suspendu. Il voit distinctement l'homme dans le couloir. Il le voit se retourner vers lui, arme au poing, mais il assiste à cette scène comme si elle se déroulait au ralenti. Il ne réagit qu'au dernier moment. Le doigt vient d'affirmer sa pression sur la queue de détente, directement pointée vers le miroir.

L'homme a compris.

Kurtz se couche sur le sol, juste à temps.

Quatre impacts étouffés crépitent au-dessus de lui. Le miroir éclate en morceaux qui retombent sur son crâne fraîchement rasé.

Dans l'obscurité, les mains de Kurtz fouillent le sol à la recherche d'une fléchette enduite de venin. Il en trouve une au moment où le canon du pistolet entre dans son champ de vision.

– Tu vas crever, petite salope ! hurle une voix.

Mais elle n'aura pas le temps d'en dire plus.

La main de Kurtz a jailli de la nuit. La fléchette a traversé le gant de l'homme et s'est plantée dans sa chair.

De sa main libre, Kurtz détourne l'arme. Le pistolet aboie une dernière fois. La balle vient se loger dans le plancher, à quelques centimètres de sa jambe.

De l'autre côté de la cloison, l'homme s'est écroulé, la tête sur les cuisses de sa partenaire.

Kurtz ose enfin relever la tête. Il ignore s'ils ne sont pas trois, finalement. Mais un sentiment d'urgence s'empare de lui. Il faut qu'il agisse. Si deux tueurs sont remontés jusqu'à lui, alors il ne doit pas traîner.

Il fait pivoter la cloison et s'extirpe de sa planque. Puis il se rue au sous-sol, remet le compteur sous tension et remonte en toute hâte.

La lumière du plafonnier jette un éclairage sur deux visages. Ses agresseurs sont jeunes. Sans doute aussi ont-ils été beaux. Mais en cet instant, Kurtz n'en a cure. Il attrape la jeune femme par les pieds et la fait glisser jusqu'à l'escalier, où il la laisse tomber.

Pendant que le corps roule, entraîné par son propre poids, Kurtz s'occupe de l'homme, auquel il fait subir le même sort.

Il se retrouve rapidement en nage. La surcharge

pondérale qui l'enrobe encore le gêne considérablement, malgré ses efforts pour ressembler à sa future victime qui l'attend en Normandie.

Deux minutes d'efforts et d'essoufflements, c'est le temps nécessaire pour amener les deux cadavres au pied de la trappe.

Lorsqu'il la soulève enfin, Kurtz est épuisé.

Il reprend sa respiration, sous le regard médusé de Rufus qui ne croyait plus le revoir.

– Tiens ! dit Kurtz avec un sourire mauvais. Je t'ai amené de la compagnie.

Il est sur le point de faire basculer le corps dans le vide quand une idée s'impose à lui. Malgré l'effort qu'il vient d'effectuer, Kurtz éclate de rire.

S'il s'est fait de nombreux ennemis pendant ces années de travail illicite, il n'en connaît en revanche qu'un seul assez lâche pour envoyer des tueurs faire le sale boulot à sa place.

– Ce sera ta dernière erreur, murmure-t-il dans le silence de la cave. Tant pis pour toi.

Kurtz attrape la chevelure de la jeune femme pour ramener son visage vers le sien.

– Tu as droit à une identité, petite garce, s'exclame-t-il alors.

Il disparaît dans l'escalier et redescend très vite. Dans sa main, il tient un morceau de carton qu'il vient de plier.

– Où je vais le mettre ? Il ne s'agirait pas que ça tombe n'importe où…

Le corps posé sur la margelle lui donne la solution.

– Ça sera parfait ! dit-il en faisant glisser le pantalon le long des cuisses de la jeune femme. Parfait !

Il approche le carton en prenant un air dégoûté et l'enfonce profondément dans l'intimité du cadavre.

– Un petit suppo et au lit, glousse Kurtz. Allez hop !

Et il fait basculer le corps de la jeune femme vers la cellule de Rufus.

– Prends ça. Mais dépêche-toi, elle est encore fraîche. Tu vas pouvoir t'amuser un peu. Et attention ! Tous les chemins ne mènent pas à l'extase !

Le cadavre de l'homme prend le même itinéraire.

Pour une fois, Kurtz ne prend pas le temps de s'acharner sur Rufus.

Il referme la trappe, repoussant vers les ténèbres un hurlement du policier.

Après quoi, il remonte au rez-de-chaussée. Tant de préparatifs l'attendent. Il en a bien pour toute la nuit. Et il ne sait pas si ses ennemis lui en laisseront la possibilité.

II

Ordre et désordre dans le chaos permanent du monde des hommes.

32

– C’est pas vrai ! s’exclame Martin en raccrochant le téléphone avec violence.

Il fait les cent pas dans une chambre d’hôtel, comme un fauve en cage. Son peignoir blanc estampillé Best Western atterrit sur le lit défait.

– Je pense qu’il faut changer de stratégie, lui répond Myriam depuis la salle de bains. Je me suis trompée, c’est tout.

– Ne dis pas ça, Myriam. C’étaient des pros. Ils ont mésestimé la cible. Et la sentence est sans appel.

Martin, posté devant la grande baie ouverte sur la Seine, tourne le dos à sa femme. Le ronronnement de la rue arrive, ténu et lointain.

– Tu peux fermer, s’il te plaît, j’ai froid.

Martin pousse la fenêtre et s’allonge nu sur le lit, les bras croisés derrière sa tête. Il observe la croupe ronde de sa femme qui se frictionne le crâne avec une serviette, penchée en avant. Ses fesses sont lisses et douces. Il peut voir la naissance de son sexe, ombré par une courte toison claire.

– Je pense que tu devrais régler ça toi-même, lance-t-elle en se redressant.

– Reste comme ça, tu veux.

– Quoi ?

Elle le regarde en riant et se jette sur lui, se lovant contre son flanc.

– Tu as tort, Myriam, c'est pas mon boulot, merde !

– Il est trop fort. Il lui faut un ennemi aussi tordu que lui. Tu seras parfait.

– Penses-tu…

– Parfait, je te dis !

– Si ça ne tenait qu'à moi, grogne Martin en la couvrant de baisers, j'enverrais tout balader. Et je t'emmènerais au bout du monde…

– Tu sais bien qu'on ne peut pas, répond-elle en se dégageant de son étreinte. Pas maintenant. On a un contrat.

– Tu es un vrai pitbull !

– Chéri… minaude Myriam, qu'est-ce que tu racontes !

– Je dis que c'est un plan pourri et qu'on devrait se tirer de là vite fait avant que ça nous pète à la gueule. Regarde, on n'est pas foutus de se débarrasser proprement de Lavergne et on n'a toujours pas les relevés bancaires. Allez, viens là, ma belle.

Martin pousse doucement Myriam sur le côté et la force à s'allonger sur le ventre. Du dos de la main, il effleure le bas de ses reins.

Elle enfonce son nez dans les coussins moelleux avec un long soupir. Sa voix parvient à Martin, assourdie par l'oreiller.

– Chéri, je vais bien m'occuper moi-même de la fille. Je la ferai parler s'il le faut. Et elle me les donnera, ces documents.

– Fais attention, je ne crois pas que le vieux soit prêt à accepter ce type de méthodes.

– Tu es trop fleur bleue. Il veut des résultats non ? Il va en avoir.

– Bon courage alors. On a déjà fouillé la maison. Rien. Que des trucs sans importance. Elle a dû les bouffer ces foutus papiers, ou les balancer.

– Fais-moi confiance. Et pour Kurtz, alors qu'est-ce que tu fais ? demande-t-elle en se redressant.

Martin lance un profond soupir.

– Je crois que je n'ai pas vraiment d'autre choix, commence-t-il. On n'a plus personne de confiance sous la main et je n'ai pas le temps de recruter. Ce type se croit invincible. Ça sera son erreur. Mais après ça, on se tire et on profite de la vie. À deux.

Myriam s'étire de tout son long en roucoulant.

– Alors j'ai mérité une petite récompense ! Mords-moi… s'il te plaît.

Elle dégage sa nuque et l'offre aux lèvres de son amant qui se glisse sur elle. Légèrement plus grand, il la couvre de tout son corps. Ses dents titillent la chair tendue sous la racine des cheveux. La peau de Myriam ondule de frissons.

– Encore.

Les mains de Martin enserrent la tête blonde. Elle se trémousse sous lui, incapable de se dégager.

– Essaie donc de te sauver, ma femme, et je te tue.

Myriam émet un léger gloussement, écarte ses bras en croix et ouvre à peine ses cuisses. Le sexe dur de son homme glisse sur ses fesses entrouvertes.

Puis la bouche de Martin longe la colonne vertébrale, sa langue s'enfonce entre les deux muscles charnus qui se tendent vers lui. Il aime cette texture si lisse. Douce comme l'intérieur d'une joue, moite et musquée, malgré la douche.

Myriam agrippe le matelas en gémissant.

Elle sent la langue de Martin fouiller son entre-fesses, l'aspirer et la lécher presque bestialement. Son sexe frémissant laisse échapper un liquide chaud qui macule le drap.

– Viens.

Martin rampe sur sa femme et attrape ses poignets. Puis il guide son pénis gonflé et douloureux, là où sa salive a ouvert le chemin. Il la pénètre lentement, sans qu'elle offre de résistance.

Myriam laisse échapper un râle de plaisir en frottant son pubis et ses lèvres gonflées contre le matelas. Elle a l'impression d'être clouée au lit, comme un papillon sur un mur. Elle aime ça.

Martin imprime un mouvement de va-et-vient à ses hanches, les yeux rivés sur son sexe de plus en plus brûlant, serré comme dans un étau.

Le plaisir monte et les submerge tous les deux, long et pourtant trop rapide.

Il a crié. Myriam aussi.

Il reste en elle jusqu'à ce que leurs corps les séparent. Puis il se couche en chien de fusil, sa femme tout contre lui.

Le sommeil les surprend en quelques minutes.

Leur respiration se mêle, régulière et lente. Un léger ronflement s'échappe de la gorge de Myriam.

Il est presque minuit.

33

Rufus demeure un long moment immobile.

Sans réaction, il garde les yeux rivés sur les deux cadavres tombés du ciel. L'amas de chair inerte est difficile à appréhender.

Peu à peu les détails apparaissent. Il identifie un homme, puis une femme, sans doute en parfaite santé avant de croiser le chemin de Kurtz.

Rufus sent la colère grandir en lui. Il la laisse faire, pressentant que seul ce sentiment pourra le sauver, prolonger encore un peu sa capacité à survivre.

Pourtant, il n'imaginait pas qu'elle pourrait monter encore d'un cran.

Ces deux corps restent anonymes. Leurs visages sont comme des fenêtres fermées sur un monde qu'il n'atteindra jamais.

Dans sa cellule, le silence a repris sa place.

Rufus est seul.

Seul face à des morts, de plus en plus de morts.

Un abattement innommable l'anéantit. Deux cadavres supplémentaires dans un espace aussi restreint, c'est plus qu'il n'en peut supporter.

Il se réfugie dans le coin de la cellule le plus éloigné des malheureux, comme s'ils allaient le contaminer, comme s'ils allaient se relever.

Et puis, une fois encore, son œil de flic reprend le dessus.

25, 30 ans, pas plus.

La femme a des mains soignées. Elle était jolie, avant.

Le cou de l'homme fait une drôle de virgule. Les vertèbres se sont brisées dans la chute.

Il cherche sur leur physionomie des points susceptibles d'éveiller un écho en lui. Mais rien. Il n'a jamais croisé leur portrait. Ceux-là ne sont pas fichés. Rufus en est certain. Il a passé trente ans à arpenter les chemins du mal urbain.

Il se relève et s'approche du tas de membres.

Rufus soulève les vêtements, tâte les corps. Ses doigts fouillent les poches. Rien non plus. Deux cadavres embarrassants, inutiles.

Il s'apprête à retourner dans son coin quand une idée lui vient. Une non-idée plus qu'une idée, un refus de les laisser là, en l'état, dans l'ultime position décidée par Kurtz.

Alors, il empoigne l'homme par les bras et l'assied contre le mur, jambes tendues.

Voilà !

Il réitère l'opération avec la jeune femme qu'il installe en tailleur.

Les deux anonymes viennent de reprendre un semblant de dignité.

Rufus tente d'ouvrir leurs paupières. Il parvient à relever celles de la femme, mais la peau redescend sur les yeux de l'homme sans qu'il ne puisse rien y changer.

Il insiste, s'énerve, jure ses grands dieux, sans parvenir à un meilleur résultat.

Alors, pour un temps, il s'avoue vaincu. Mais il a tout de même agi, fait quelque chose dans sa cellule où seule la mort semble maintenant l'attendre. La mort, le renoncement et des cadavres…

Rufus retourne s'asseoir sur son lit détrempé. La boue qui colle à ses pieds lui fait comme deux chaussons marron. Il ne l'enlève même plus. Il n'en a plus le goût. Les détails lui échappent à présent complètement. À longueur de temps, ses pensées sont tournées vers Kurtz, vers cet endroit où ses doigts se refermeront autour de son cou. Vers ce moment où il ne les serrera pas assez pour qu'il meure, mais suffisamment pour qu'il souffre, et souffre, et souffre encore.

Rufus en a fait le serment. S'il sort d'ici, il traquera Kurtz pour le faire hurler. Et tant mieux s'il s'agit de décennies.

Alors, il se cale bien tranquillement contre le mur et replie ses jambes sous lui, exactement dans la position qu'occupe la morte qui lui fait face.

Mais la scène est imparfaite. Rufus ressent de l'insatisfaction. Il cherche autour de lui ce qu'il pourrait bien y ajouter et trouve.

Le livre de Conrad passe de la table, où il achevait de sécher, aux mains de l'homme. Au passage, il tente de redresser sa tête. En forçant sur les mâchoires, il entend les vertèbres grincer les unes sur les autres. Le son est particulièrement déplaisant, mais Rufus insiste pourtant. Lui est vivant, il peut supporter ce petit désagrément. Il en a tellement avalé depuis les semaines passées.

Lorsque la tête tient à peu près correctement sur le

cou, il replace les cheveux, puis s'éloigne d'un pas pour admirer le résultat.

C'est mieux.

Mais un autre détail le chagrine.

Il aurait vraiment apprécié voir leurs yeux, même si les cadavres ne fixent pas comme des vivants.

Pour une conversation, c'est quand même mieux.

C'est ce qu'on lui a appris lorsqu'il était enfant.

« On va trouver », dit-il à voix haute.

Il fouille quelques instants dans le tas de conserves qui s'amoncellent dans un coin de la cellule et revient vers ses deux hôtes muets, un sourire triomphant sur les lèvres.

D'un geste habile, il accroche chaque paupière de l'homme à l'arcade sourcilière qui lui correspond, grâce à de petits crochets qu'il a modelés avec le système d'ouverture des boîtes de corned-beef.

Maintenant, l'homme ressemble à un Pierrot au regard sanguinolent.

Rufus retourne s'asseoir et observe sa mise en scène macabre.

« Bienvenue chez moi ! »

Il attend une demi-seconde la réponse qui ne viendra jamais, puis éclate de rire, un rire fou qui se perd dans un hurlement.

34

La neige a tenu. À présent, une couche d'une quinzaine de centimètres jette sur la ville un voile impeccable.

Thomas Davron a pioché dans les affaires de Rufus pour se vêtir davantage. Si la journée présente ressemble à celle de la veille, elle risque d'être longue et glaçante.

Béranger, lui, a l'habitude d'affronter n'importe quel climat. Il a allumé sa première cigarette avec son café, la deuxième en attendant que Davron prenne sa douche et la troisième avec un second café.

À présent, il sort la quatrième et avant-dernière du paquet.

– C'est la tuile, râle-t-il. J'aime pas être rationné.

– Pensez aux condamnés à mort, le taquine Davron. Vous, au moins, vous allez en racheter dès qu'on aura vu le voisin.

Béranger maugrée un instant. Décidément, la perspective de se passer de fumer pendant une demi-heure ne lui plaît pas.

– Vous pourrez toujours m'en prendre une ou deux.

– Seulement en cas d'extrême urgence. J'ai de vieilles habitudes et vos munitions sont un peu légères pour moi.

Les deux hommes arrivent à la hauteur d'une grille ouvragée. La neige a crissé sous leurs pas et marqué le trottoir de leurs empreintes parallèles.

– C'est ici, d'après la rombière, commente Béranger.

– Vous ne trouvez pas que c'est un peu tôt pour se pointer chez les gens à l'improviste ?

Béranger a un petit sourire.

– Huit heures ! Pensez-vous ! Quand j'étais en service actif, c'est à six heures qu'on arrivait, avec les menottes. Et sans croissant, vous pouvez me croire !

– Sauf que ce monsieur ne nous a rien fait.

– Pas encore, mon cher Thomas. Pas encore. Mais nous verrons dès la première seconde s'il a quelque chose à se reprocher ou pas.

Béranger appuie sur la sonnette. Un carillon retentit derrière la porte.

– Il a un sacré système de surveillance, votre innocent, indique Béranger en désignant une caméra fixée sur le mur, puis une deuxième, dans l'angle de la maison.

– Oui ? dit une voix dans l'interphone mural.

– Monsieur Craven ? demande Béranger.

– Je vous écoute.

– Serait-il possible de vous rencontrer. Nous sommes des amis de Rufus Baudenuit, votre voisin et…

– J'arrive ! réplique aussitôt la voix en raccrochant.

Une trentaine de secondes plus tard, la porte s'ouvre sur un homme en fauteuil roulant. Il a une drôle d'allure avec ses cheveux auburn ébouriffés et son peignoir gris à carreaux. Mais son sourire met immédiatement les visiteurs en confiance. Craven a une bonne gueule, même au réveil.

– Poussez fort sur la poignée, dit-il en leur faisant signe de venir. Elle est capricieuse, surtout par temps humide.

Davron s'exécute aussitôt et traverse le jardinet en deux ou trois enjambées, Béranger sur les talons.

– Les amis de Rufus sont mes amis, reprend Craven en les regardant monter vers lui. Que puis-je pour vous, messieurs ?

– Eh bien, commence Béranger. C'est assez délicat, voyez-vous.

– Nous sommes à sa recherche, le coupe Davron. Cela fait des semaines que nous n'avons pas eu de ses nouvelles. Alors, nous nous sommes dit que…

– Que j'en avais peut-être, achève Craven. Évidemment, puisque nous sommes voisins. Mais entrez, nous serons plus à l'aise à l'intérieur.

Craven fait reculer son fauteuil, ouvrant un passage aux deux hommes.

– C'est tout droit et à gauche.

Béranger se faufile entre le fauteuil et le mur. Davron l'imite. En quelques pas, ils se retrouvent dans un salon confortable. Les canapés en rotin sont recouverts de tissu orange et un tapis en jonc de mer est posé en travers de la pièce. Le mobilier est rare, mais chaleureux.

– Asseyez-vous, je vous en prie, leur propose Craven. Moi, c'est déjà fait.

Un petit rire lui échappe. Un rire qui glace aussitôt Davron. Mais il ne parvient pas à y accrocher ne serait-ce que l'ébauche d'un souvenir. C'est juste une vague impression. Un étrange ressenti. Alors, il tente de le chasser, en dévisageant le voisin.

– Dites-moi, reprend Craven en s'adressant à

Davron. J'ai le sentiment de vous connaître, monsieur ?…

– Pardonnez-nous, intervient Béranger, nous ne nous sommes même pas présentés. Je m'appelle Adrien Béranger et voici Thomas Davron.

Le regard de Craven accroche celui de Davron, muet, qui ne sourcille pas.

– Enchanté, messieurs. Je m'appelle Virgile Craven, mais ça, vous devez déjà le savoir. N'est-ce pas ? Vous êtes policiers comme Rufus ?

– Pour répondre à votre question, articule lentement Davron, je ne fréquente pas grand monde depuis des années… alors ça m'étonnerait que nous nous soyons déjà rencontrés. Et non, nous ne sommes pas policiers.

– Pourtant, le relance Craven en laissant encore échapper ce petit rire de gorge. J'en ai la vive impression. Ou alors avez-vous un sosie. Vous êtes passé à la télévision, peut-être. Il faut dire que dans ce fauteuil, je zappe beaucoup. C'est mon passe-temps favori.

Davron sent ses joues s'empourprer. Il n'aime pas parler de ses années de prison, surtout à un étranger, *a fortiori* lorsqu'il éprouve un drôle de sentiment en sa présence.

– Thomas a fait la une de l'actualité il y a quelques semaines, dit Béranger pour lui venir en aide.

– Ah bon ! s'exclame Craven, l'air très intéressé. Aurais-je une star sous mon toit ?

– Rien de tout cela, répond Davron les dents serrées. J'ai passé cinq années en prison pour rien.

Une ombre semble passer sur le visage de Craven, avec le retour des souvenirs.

– Mais oui, j'y suis ! C'est vous qui avez été enlevé par cet horrible monstre qui a défrayé la chronique !

– C'est ça, précise Davron sobrement.

– Celui que la presse a appelé le dresseur ?

Davron acquiesce sans un mot.

– Bah mince, commente Craven en se frottant les mains. Cette histoire m'a fait froid dans le dos. Vous vous rendez compte ! Enlever des gens comme ça… Oh ! Je suis un hôte bien curieux et malotrus ! Je ne vous ai rien offert ! Voulez-vous un café ?

– Avec joie, s'empresse de dire Béranger. Je pourrai fumer ?

– Oui, répond Craven en faisant demi-tour. Ça ne me dérange pas.

– Il est sympathique ce type, je trouve ! dit Béranger en sortant son paquet de Gitanes pour le poser sur la table basse. Elle va être bonne cette petite dernière avec le café.

Pendant que Craven disparaît vers une autre pièce, Béranger interroge Davron du regard. Il a bien senti le trouble que son compagnon a éprouvé quelques instants plus tôt.

– Qu'y a-t-il ? demande Béranger. Vous n'avez pas l'air dans votre assiette.

Davron inspire profondément avant de répondre.

– Je ne sais pas très bien, j'ai un curieux sentiment de déjà-vu.

– Vous êtes surmené, mon vieux, tente de le rassurer Béranger. Ça m'arrivait tout le temps ce genre d'impressions. Et puis, après ce que vous avez vécu, c'est normal.

– Peut-être, élude Davron. Peut-être…

Béranger se lève et s'éloigne dans la direction où a disparu Craven.

– Je vais aller donner un coup de main à notre voisin, c'est vrai quoi, ça doit pas être facile en fauteuil.

Davron reste seul, l'esprit hanté par cette bribe de souvenir qui semble venir de trop loin.

Et puis, tout à coup, alors que Béranger reparaît dans

le couloir, les bras chargés d'un plateau rempli de tasses fumantes, le déclic se fait. La mémoire de Thomas Davron lui révèle enfin ce qu'elle a tenté d'enfouir pendant des années.

– Voilà le café ! s'exclame Béranger avec un grand sourire sur le visage.

Davron s'est levé. D'un geste, il fait signe au commissaire en retraite de se taire.

Les traits de Béranger se figent. Un curieux gargouillement sort de sa bouche.

– Adrien ! murmure Davron en regardant son vis-à-vis. C'est lui, c'est Lavergne !

Les mains de Béranger tremblent légèrement, puis lâchent le plateau qui tombe sur le sol en répandant les tasses de café.

Davron ne comprend pas.

Pas encore.

Mais la cohérence des images enregistrées par son cerveau va se faire.

Béranger s'effondre sur les genoux, la bouche ouverte sur un cri muet. Puis il s'affale sur le parquet, face contre le bois ciré. Ses jambes et ses pieds s'agitent en repoussant le tapis de jonc qui se plie en ondulant.

Davron regarde le corps gisant sans un mot, sans un geste. Il fixe un long moment le poinçon fiché à la base des vertèbres cervicales.

Ce n'est qu'en relevant les yeux qu'il découvre Craven. Son visage est métamorphosé. Le gentil voisin handicapé s'est levé de son fauteuil.

L'anonyme a cédé la place à Kurtz.

– Le gros commissaire va tout dégueulasser, se navre-t-il en jetant un regard fâché vers le corps inerte. C'est difficile à nettoyer, le sang.

Davron n'a pas fait le moindre geste. Il en est

incapable. Ses jambes se dérobent sous lui. Il se rassied lourdement sur le canapé.

– Papa Kurtz est content de retrouver son premier poulain, déclare Lavergne d'une voix enjôleuse. Je suis sûr que ça te fait plaisir de me voir enfin. Ça a dû te tracasser de ne pas pouvoir mettre un visage sur ton maître.

Il porte une main dans son dos et en ramène un couteau de chasse très effilé.

Davron le regarde s'approcher de lui lentement.

La pointe de l'arme est dirigée vers son visage.

– Tu ne peux pas me regarder partir, Thomas. C'est malheureux, ce qui t'arrive. Une heure plus tard et je n'étais plus là. Qu'est-ce qui t'a pris de venir ici ?

Davron s'enfonce dans les coussins orange.

La lame n'est plus qu'à quelques centimètres de son œil.

– Je vous l'ai dit, je cherche Rufus, c'est tout.

Kurtz a l'air surpris par la réponse de Davron.

– Ne me raconte pas d'histoire, tu viens te venger.

Davron secoue la tête.

– Vous n'y êtes pas du tout. Je vous en ai voulu longtemps, c'est vrai. Et puis, j'ai choisi un autre chemin. C'était la seule façon de m'en sortir. Alors…

Thomas Davron hésite sur ce qu'il va dire. Ce moment, il l'espère depuis des années, depuis son enlèvement. Il l'a fantasmé bien des fois. Ses sentiments ont lentement dérivé vers la compassion dont il est enfin capable. Vraiment.

Il lève les yeux vers Kurtz, qui s'attend à y voir de la supplique alors que sa victime est apaisée.

– Vous ne m'impressionnez pas, reprend-il. Vous ne m'impressionnez plus. Mon cauchemar est terminé. Je vous ai pardonné et, je vous le répète, je suis venu pour retrouver Rufus et lui dire merci, c'est tout.

Les traits de Thomas Davron se sont complètement détendus.

Kurtz ne parvient pas à cacher sa stupéfaction. Sa lèvre inférieure tremble légèrement et son visage poupin rougit à vue d'œil.

– Tu veux rejoindre Rufus ! hurle-t-il désappointé, en levant son poignard au-dessus de sa tête. Je vais t'exaucer, mon petit salopard. Fais-moi confiance ! Ah oui, tu vas le rejoindre !

L'arme se retourne en tombant à toute vitesse.

La tcmpe de Davron est percutée par l'extrémité en métal du manche, faite pour écraser.

35

Michèle regarde le Monet d'un œil endormi, la tête légèrement penchée sur le côté et les bras croisés sur sa maigre poitrine.

Les couleurs sont à peine plus nuancées que celle de l'original, mais suffisamment pour que son œil averti décèle la différence. Les coups de pinceau sont trop rapides et bien moins précis que ceux du maître. Un peu gauches, désordonnés, fébriles. Il ne s'agit pas d'une reproduction fidèle, mais plutôt d'une pâle copie réalisée par un pâle imitateur. Nul doute que l'artiste était trop peu formé à la technique de l'impressionnisme lors de la réalisation de la toile pour faire vraiment illusion.

« Question de talent ! » murmure-t-elle sur un ton ironique en décrochant le tableau du mur du salon.

Elle s'assied en tailleur sur le linoléum beige devant le canapé et détache délicatement la toile du cadre avec un petit couteau de cuisine. Cette manipulation lui prend quelques minutes, car c'est de la colle et non la technique de clouage habituelle qui a été utilisée pour solidariser l'ensemble.

« Décidément, c'est n'importe quoi ! C'est vraiment un artiste du dimanche, ce Bastien ! »

Georges Bastien, peintre amateur et faussaire de pacotille, lui a loué un gîte rural, dans un ancien corps de ferme à Saint-Martin-en-Bière.

Après son entretien avec Daza, elle a récupéré l'enveloppe contenant les papiers, l'argent et les flacons à la poste principale du 14e arrondissement, puis elle s'est rendue en Seine-et-Marne. La nature environnante et la solitude, à une cinquantaine de kilomètres de Paris, correspondaient à ses besoins les plus immédiats.

Elle est allée sur place en train, puis en taxi, a payé en liquide.

Une perruque en cheveux naturels, une paire de lunettes bon marché, quelques vêtements achetés à la hâte et son permis de conduire où figure encore son nom de jeune fille, ont achevé de parfaire sa nouvelle identité.

Michèle a fait quelques courses, s'est installée dans la maison et s'est écroulée sur le lit, épuisée.

Le repos a été de courte durée. Michèle a fait des cauchemars où elle a dû fuir, où elle n'était nulle part en sécurité.

Et lorsqu'elle s'est réveillée, la réalité lui est apparue encore bien pire.

Pourquoi Kurtz a-t-il fait le ménage chez elle ? Pourquoi a-t-il subtilisé le corps d'Emmanuel Simon ? Pourquoi n'est-il pas venu en personne ?

« Arrête de tourner en boucle, ma vieille. De toute façon, tu n'as pas les réponses. »

Mais le nom du flic qui l'avait sortie des cachots lui est revenu en mémoire. Rufus Baudenuit. Elle s'est accrochée à l'espoir que cet homme serait peut-être digne de confiance.

Alors, Michèle a pris une douche rapide, s'est maquillée et a arrangé sa coiffure. Puis elle a caché les flacons et les seringues dans une armoire, a décroché le tableau et s'est installée devant la table de la cuisine, les documents, des pots de peintures, des pinceaux et une palette, étalés devant elle.

À présent, elle ôte délicatement le vernis qui recouvre les pigments. L'opération terminée, elle choisit une brosse fine qu'elle trempe dans une couleur sombre, puis elle commence à recopier soigneusement tous les numéros de comptes et les dates de transactions sur la toile. Elle s'applique à choisir judicieusement les endroits, en fonction des teintes, afin que les retouches soient parfaites.

Puis elle recouvre le tout avec un adhésif très fin, utilisé habituellement lors de séquences de reconstitution, et repeint minutieusement les zones écrites, pour rendre sa manipulation invisible à l'œil nu.

Personne en dehors de moi ou d'un spécialiste ne trouvera ça. Et si c'est pas enlevé comme il faut, tout sera effacé !

Elle maîtrise cette technique du faux-semblant et du camouflage depuis des années. À combien d'œuvres d'art a-t-elle rendu leur éclat ? Combien de fois a-t-elle vu les églises du haut d'un échafaudage, ou suspendue à 80 mètres au-dessus du sol, comme à Saint-Augustin, lorsqu'elle a travaillé sur la peinture d'Abraham ? Elle ne saurait le dire…

La restauration de l'ancien, dans les grands ateliers de Versailles, est un travail merveilleux, une vraie passion, une déchirure parfois. Assister, impuissante, à l'irrémédiable noircissement du *Radeau de la Méduse* à cause du bitume utilisé par Jéricho, ou voir disparaître les pigments roses d'un Van Gogh, parce que l'éosine est incapable de résister au passage du temps, a été douloureux pour Michèle.

Mais quel bonheur aussi d'être là, témoin privilégié des mystères de l'art, où les plus grands peintres livrent leurs secrets les mieux gardés sous les couches de vernis, de couleurs et de repeints. Leurs esquisses, leurs ratures, leurs hésitations, leurs joies et leurs doutes… toute la mesure de leur talent.

Michèle reste de longues minutes à rêvasser sur son passé, à ressasser les heures passées à recoller, nettoyer et repeindre les œuvres, sans trahir l'esprit de l'artiste…

Les larmes aux yeux, certaine de ne plus jamais avoir cette chance, elle replace la toile dans son cadre et l'empaquette dans un épais papier kraft. Elle y glisse aussi une enveloppe dans laquelle elle met 40 000 euros et un petit mot qu'elle a griffonné à la hâte. Puis elle note le nom de Rufus Baudenuit et l'adresse du commissariat du 10e sur une étiquette de Colissimo.

Chez cet inspecteur, les preuves et l'argent seront en sécurité, en attendant qu'elle puisse lui parler. Au poste, on lui a répondu qu'il était absent pour un petit moment, mais qu'elle pouvait parler au commissaire Daza. Elle a immédiatement raccroché.

À présent, elle glisse les relevés bancaires dans une pochette plastique qu'elle fixe dans son dos.

Un dernier coup d'œil au miroir et elle se rend à la gare à pied en faisant un petit détour par la poste, sous un soleil radieux.

Le rendez-vous manqué de la veille avec son père a été repoussé au jour même à 18 heures.

Michèle est assise devant un ordinateur. Sur le trajet, elle a décidé de consulter les messages de Charles, afin de peut-être y trouver un indice. Le cybercafé des Halles était le lieu idéal pour accéder à Internet en toute tranquillité. L'endroit est très fréquenté et enfumé. Elle s'est choisi une place à l'écart, le plus loin possible des prunelles indiscrètes et du brouhaha ambiant. Elle a besoin de calme.

Michèle tente depuis plusieurs minutes déjà d'accéder à la messagerie de Charles, en vain. Soit il a désactivé son compte, soit il a changé de mot de passe sans le lui dire. Elle avait pourtant accès à toutes ses boîtes courriel, que ce soit sur free ou sur hotmail.

Michèle est épuisée. La tension est vive. Elle lance des regards inquiets autour d'elle, convaincue d'être la prochaine cible des tueurs de Kurtz.

Ses gestes sont fébriles lorsqu'elle compose son propre code d'accès. Elle doit s'y reprendre à deux fois.

L'ordinateur charge l'écran.

Dix-sept nouveaux messages. Des publicités diverses, des spams et, daté du 9 novembre dernier, un message de Charles.

Le cœur de Michèle s'emballe.

Charles est mort le 7…

Elle avale ses sanglots et sèche ses yeux.

Tu dois tenir le coup ma vieille, pour Charles, pour toi.

Elle clique sur l'intitulé du courriel qui apparaît aussitôt.

Michèle,

Mon petit bout de femme, si tu lis ces quelques lignes, c'est que je ne suis plus là pour te parler. C'est étrange d'écrire cela et je souhaite du plus profond de mon cœur que tu n'aies jamais à parcourir ces pages. Je souhaite de tout mon cœur vieillir avec toi, dans cette ferme charentaise qui nous fait tant rêver, loin de tout, loin de nos mauvais souvenirs.

Mais je doute. Mon instinct me dit que ces jours heureux n'arriveront pas et que je dois tout te révéler pour te protéger. Veiller sur toi est mon rôle, je m'y suis engagé lorsque nous avons prononcé nos vœux dans cette petite église glaciale. Et si je ne puis le faire de mon vivant, alors ce sera à titre posthume.

Michèle, ma douce, je t'en conjure, lis attentivement ce qui va suivre et surtout, suis bien mes instructions. Promets-le-moi, là, tout de suite...

Je vois que tu pleures, petite femme d'amour. Tu ne dois pas. Tu es courageuse, je le sais. Pense à moi qui ne suis plus là pour boire tes larmes. Garde-les pour le jour de nos retrouvailles, veux-tu ?

Michèle s'effondre sur l'ordinateur en sanglotant. Elle reste ainsi de longues minutes, hoquetant et reniflant.

Le patron des lieux, un jeune homme de vingt-cinq ans environ, s'approche d'elle et lui tend une boîte de mouchoirs. Il porte un badge. Franck.

– Ça va aller, madame ?

Michèle relève la tête. Des cheveux blonds sont collés sur ses joues. Elle opine en se mouchant bruyamment.

– Je vous offre une boisson ?

– Un thé, merci, Franck, murmure-t-elle.

La jeune femme essuie les traces de maquillage qui coulent sous ses paupières et trempe ses lèvres dans le breuvage brûlant que l'homme vient de déposer sur la table.

Puis elle retourne à la lecture du message de Charles, le corps parcouru de tremblements.

– Je te le jure, Charles, dit-elle d'une voix chevrotante.

Michèle, ce que j'ai à te dire n'est pas facile. Et n'oublie pas que tu as juré de bien faire ce que je te demanderai.

J'ai écrit cette lettre le 24 septembre dernier, 12 jours après notre libération. Un système de minuterie déclenchera son envoi si je ne donne pas de contrordre toutes les 48 heures. Je suis certain maintenant que notre enlèvement était lié à mon travail au sein de Nano Tech, donc aux activités de Dorléans.

Lors de notre calvaire dans les geôles de Kurtz, j'étais le seul à ne pas sortir pour des missions. Et pour cause. Ce salopard ne voulait pas me faire prendre de risques. Il faisait chanter ton père. Pour quelle raison ? Je l'ignore.

Il ne cessait de me dire des choses comme : « Tu sais ce que beau-papa fabrique avec son fric dans sa jolie entreprise ? » ou alors : « Grâce à toi, je gagne de l'argent sans rien faire ! Il suffit que je te garde au chaud et beau-papa paye pour sa fifille ! »

Comme tu peux le constater, l'entreprise de Jean intéressait Kurtz. Pourquoi Kurtz faisait-il pression sur Dorléans ? Pour de l'argent ? Kurtz faisait-il de l'espionnage industriel ? Ou avait-il des informations qui pouvaient impliquer ton père dans des affaires illégales ?

Après notre libération, je suis passé au bureau et j'ai récupéré certains documents exposant des transactions qui, à y regarder de près, pouvaient paraître louches. Ils dévoilent d'importants mouvements bancaires que je qualifierais d'illicites.

Voilà, Michèle, c'est tout ce que je sais de cette histoire.

Alors, tu dois garder les relevés de comptes que tu as trouvés dans la cache aux billets doux et veiller sur eux comme sur la prunelle de tes yeux.

Car ils sont certainement ton assurance-vie.

Kurtz et ton père voudront assurément tous les deux les reprendre. Sois prudente, petit bouchon, fonds-toi dans la foule, disparais.

Et surtout, ne t'adresse qu'à Rufus Baudenuit pour demander de l'aide. À lui, tu pourras tout raconter. Il te sortira de ce mauvais pas, crois-moi.

Ni à un autre policier, ni à ton père.

Mon Dieu Charles, j'ai bien fait alors...

Le cœur de Michèle bat si fort qu'il lui fait mal.

Je n'ai pas eu le temps de vérifier les dires de Kurtz et je ne connais pas du tout le degré d'implication de Dorléans.

Si tu en parles à Jean, soit tu te mets en danger, s'il trempe là-dedans, soit tu le mets en danger lui. Je n'écarte pas la possibilité qu'un proche de Kurtz se soit infiltré au sein de l'entreprise.

J'ai en revanche une absolue confiance en Rufus. Lui saura te conseiller. Je suis certain que c'est un homme bien. Tu trouveras son adresse personnelle et son numéro de téléphone à la fin de ma lettre.

Michèle relit ce passage plusieurs fois. Ces informations la galvanisent.

Jusque-là, elle a réagi comme il fallait.

Alors maintenant, elle va prendre les devants pour sauver sa peau.

Elle a peine à croire tout ce qu'elle vient d'apprendre. Son père mêlé à leur séquestration ! Il avait certainement des informations qui intéressaient Kurtz, ou pire… des documents qui lui permettaient de le faire chanter.

Non, ce n'est pas possible. Pure spéculation. Tu délires, ma vieille. Et puis cela signifierait en même temps que ton père pourrait être, au même titre que Kurtz, l'assassin de Charles !

Michèle termine sa tasse de thé avant de parcourir lentement les dernières lignes écrites par son mari.

Michèle, ma petite femme, une dernière chose. Tu as illuminé ma vie, depuis le premier jour. Toi et ta rigueur à l'allemande héritée de ta mère, ton côté guindé et vieille France qui te vient de ton père, ta folie, ton indécision, ton enthousiasme, ta mauvaise foi et ta spontanéité. Tout ce que tu es, je l'ai aimé à la folie, parce que c'était toi et que tu étais mon exacte correspondance.

Michèle, tu as fait de moi un homme heureux.

Merci mon petit bout de femme, merci pour toutes ces années de bonheur.

Sois courageuse, sois forte et prends bien soin de toi.

Je suis là, près de toi.

Idem.

Charles.

36

« Et si...

Et si je n'étais pas né dans le foyer où j'ai vu le jour...

Et si ma mère avait vécu...

Et si mon père avait su vivre seul...

Et si mes thérapeutes avaient été plus clairvoyants...

Et si je m'étais contenté de vendre des surgelés en gros...

Que serais-je devenu ?

Qu'auriez-vous fait sans moi ?

C'est l'inévitable querelle entre l'inné et l'acquis.

Quelle est la part précise de chacun dans ma personnalité ?

Qu'est-ce qui fait de moi ce que je suis ?

Mais c'est un peu simple.

Réducteur.

Misérable.

Je me sens bien au-delà de toutes ces questions faites pour la masse.

Où se trouve la place des génies dans cette dualité innée/acquis ?

Où se trouve ma place ?

Personne ne me l'a donnée, je l'ai prise, de force, sans aucun scrupule, pour quoi faire ?

Kurtz a déployé ses ailes quand l'individu banal est mort.

Le génie se passe des chemins tracés pour les autres.

Je m'en passe.

Et vous qui ne vous épanouissez pas sans eux, je vous montrerai bientôt de nouveaux rails.

Des rails qui vous mèneront vers cet endroit bâti pour vous.

Cet endroit où le travail rend libre. »

Texte tiré des *Voies de l'ombre* par Olivier Lavergne.

37

Kurtz est affalé sur la dernière marche de l'escalier, le menton posé sur les mains. Il laisse errer son regard quelques instants sur le vestibule, le couloir et l'entrée du salon de cette maison qui a été la sienne six mois durant. Celle de Virgile Craven.

Il laisse échapper un long soupir en se relevant. Il a passé toute la nuit à nettoyer le pavillon de fond en comble. Il a lessivé les murs, passé l'aspirateur cinq fois, brûlé le sac de poussière dans la cheminée, ainsi qu'une partie des poubelles, fait disparaître par le même procédé tous ses produits de maquillage et ses postiches. Il a soigneusement trié les cendres, l'autre partie des ordures, ne laissant que ce qu'il voulait bien abandonner sur place et conservé deux perruques qu'il a fourrées dans un sac de voyage, avec des lunettes et des dentiers. Puis il a remonté les poignées de portes, en prenant garde à les manipuler délicatement, pour ne pas effacer les empreintes digitales de sa prochaine victime normande. Il a fait la même chose avec plusieurs interrupteurs muraux et replacé tous les objets portant les marques de son malheureux sosie.

Et il a bien fallu qu'il s'occupe aussi de recevoir Davron et Béranger convenablement.

À présent, le corps du commissaire en retraite gît au milieu du salon. Son sang s'est répandu sur le parquet, poissant les lattes de chêne clair. Mais là, il ne fera pas le ménage, il n'a plus le temps. Trop d'événements se sont précipités ces dernières heures, alors qu'il se croyait à l'abri. Petite erreur qui aurait pu lui coûter très cher. Rufus a des amis, finalement. Des amis prêts à se jeter dans la gueule du *dresseur*.

D'ailleurs, Davron a eu son compte aussi. Mais Kurtz ne l'a pas achevé. Il n'a pas pu. Jamais il n'aurait pensé qu'un être humain puisse prononcer de telles paroles.

Le pardon.

Jamais !

– T'es qu'un lâche, marmonne-t-il. Je t'ai vu filer comme un chien, la queue entre les jambes, alors que t'avais qu'à braquer une supérette.

Un lâche. Qui pardonne.

Je t'en foutrais, moi, du pardon. T'as de la veine que je sois d'humeur magnanime...

Kurtz regarde sa montre. Il est presque neuf heures. Il ne doit plus traîner.

Soudain, un râle monte de la pièce voisine. Thomas Davron reprend conscience. Il remue à peine sur le canapé.

– Toi, tu vas me laisser m'envoler, murmure Kurtz à son oreille. J'ai besoin d'un peu de temps avant que tu appelles la cavalerie.

Davron entrouvre un œil.

Kurtz applique ses doigts gantés sur la carotide qui palpite et appuie doucement.

– Minute, mon poussin ! Papa Kurtz va te faire dormir un peu.

La paupière de Davron retombe doucement.

– Voilà, un bon gros dodo va te requinquer.

Kurtz ne peut s'empêcher de regarder Davron avec l'air attendri d'une mère en train de veiller son enfant.

Puis il se relève.

– Phase finale, déclare-t-il pour lui-même. Ensuite, on taille la route.

Il jette un œil attentif sur ses écrans de contrôle. La rue est déserte. Les trottoirs et la chaussée sont toujours enneigés.

Kurtz est contrarié. Il n'a jamais eu d'appétit pour la conduite automobile, encore moins lorsque les conditions sont difficiles.

Il monte l'escalier quatre à quatre et passe dans sa chambre. Là, il retire les draps et les glisse dans une taie d'oreiller. Puis il refait complètement le lit avec le change usagé, récupéré en Normandie.

Il s'introduit ensuite dans la salle de bains, où il remplace la brosse à dents et le tube de dentifrice. Il étale des cheveux rasés contre les joints du lavabo, qu'il pousse avec une éponge, puis jette les mèches coupées dans la poubelle avec quelques mouchoirs.

– Nous y sommes, mon tout beau ! dit-il, fier de lui.

Il fait un dernier tour de l'étage, vérifie au passage qu'il n'a rien oublié de fâcheux et redescend au salon.

Davron dort du sommeil du juste. La bosse qu'il a sur le front a cessé d'enfler.

Il reste à Kurtz une dernière opération à effectuer. Ensuite, il pourra partir, définitivement.

D'un sac en plastique, il extirpe plusieurs plumeaux couverts de poussière, qu'il s'emploie à répandre au-dessus des meubles, en prenant soin de ne pas laisser tomber de trop gros amalgames. Il pratique cette opération dans toutes les pièces, puis descend à la cave.

Devant la trappe, Kurtz hésite. La tentation est grande de narguer Rufus une dernière fois. Il parvient à se maîtriser. Ce serait dommage de perdre un temps précieux pour une ultime gâterie. Il décide de remonter, sans s'interdire un dernier regard pour la meilleure partie de son univers.

Dans le vestibule, il attrape un manteau et un bonnet. Il aime ce bonnet, il donne à son visage une apparence anonyme.

Un lourd sac en main, Kurtz ouvre la porte d'entrée du pavillon Craven. Dans le ciel, les nuages de la veille ont laissé la place à une belle matinée ensoleillée.

Kurtz inspire profondément. L'air est froid et sec.

Et la vie, devant lui. Elle n'attend plus qu'un premier pas de sa part pour le propulser vers sa nouvelle existence.

Une marche, puis une autre. Il est devant la grille.

Elle résiste quelques secondes, comme d'habitude, et finit par céder.

Il néglige son PT Cruiser et longe la rue jusqu'au premier carrefour, prenant soin de marcher sur la route pour éviter de laisser des traces.

Kurtz n'est pas méticuleux. Il est maniaque. Obsessionnel.

Là, à cent mètres, la voiture louée au nom de Pierre André Second l'attend, la carrosserie recouverte par quinze centimètres de neige légèrement teintée de gris.

Kurtz sourit.

Il vient d'effacer les marques de son passage. À présent, il va supprimer celles laissées par le ciel.

Il semble que l'univers entier se soit mis à vibrer à son diapason.

Il ouvre le coffre et y jette son sac. Il démarre et

tourne à fond les boutons de dégivrage des pare-brise avant et arrière. Puis il ressort de l'habitacle et s'emploie à dégager la couche de neige.

Brusquement, Kurtz se retrouve plaqué contre la carrosserie.

Un objet s'est enfoncé entre ses reins et une main puissante l'empêche de se retourner.

– Ouvre la portière, dit une voix impérieuse teintée d'un léger accent de l'Est.

Kurtz tente de se dégager, mais son agresseur le maintient fermement contre l'aile droite de la Golf.

– Ouvre la portière ! ordonne-t-il.

Kurtz ne bronche pas.

– Tu es devenu sourd, Olivier ?

Kurtz frémit de la tête aux pieds. Ça fait longtemps qu'on ne l'a plus appelé ainsi. Il n'a jamais supporté ce prénom, l'entendre lui donne des envies de meurtre.

Mais il n'en a pas l'occasion, pas encore. L'homme le contraint brutalement à se déplacer de quelques pas et déverrouille la portière lui-même.

– Monte ! Et prends le volant !

Kurtz grimpe dans l'habitacle et s'installe côté conducteur en passant par-dessus le frein à main. Son agresseur se glisse à côté de lui, gardant sa victime en joue.

Kurtz sait qu'il n'a pas beaucoup de temps pour agir. Si ce type avait voulu le tuer, il l'aurait fait dans la rue, à distance et aurait passé son chemin. Son cadavre aurait vite été découvert par un passant, mais pas assez pour inquiéter le meurtrier.

L'inconnu ne dit pas un mot. Il se contente de mettre les essuie-glaces en marche, pour accélérer le dégivrage du pare-brise. Kurtz égrène silencieusement les secondes, un vague sourire sur le visage.

– Que voulez-vous ? finit-il par demander.

– Te voir te chier dessus, répond l'homme calmement. Tu me dois bien ça, après avoir dessoudé deux de mes hommes.

Kurtz serre les poings sur le volant. Il s'est fait avoir comme un gamin et ça, il ne le tolère pas.

– La parole d'un psychopathe ne vaut rien contre celle d'un industriel respecté, dit-il avec une moue sarcastique.

– Ce n'est pas ce qu'il pense. Il est déjà dans le collimateur des flics. Et tu es le seul témoin de son passé. Démarre maintenant.

– Où va-t-on, tas de merde ?

– Tu connais mon nom ? Je suis flatté.

– Il n'y a rien que je ne sache, Delafosse. Où va-t-on ? répète Kurtz, agacé.

– Tu le sauras bien assez tôt.

Kurtz manœuvre pour sortir de la place de stationnement. Dans les rétroviseurs, il voit un 4 × 4 rutilant approcher rapidement. Il donne un coup d'accélérateur et s'engage devant le pick-up, conduit par une femme. Le coup de klaxon rageur qui s'ensuit fait se retourner Martin Delafosse.

Kurtz profite de cette seconde d'inattention pour désactiver l'airbag passager.

– Tu refais ça une fois et t'es mort, hurle Martin.

– Je ne l'ai pas vu, explique Kurtz goguenard. Ça me perturbe, un automatique sous le nez.

– À droite ! ordonne Delafosse. Ensuite, tu prendras la direction de la Défense.

Kurtz s'exécute. Il tourne et débouche dans une avenue désertée par les Parisiens, qui ont préféré les transports en commun. Derrière, le 4 × 4 l'imite.

La chaussée est marquée par deux sillons gris laissés dans la neige par les rares véhicules. Kurtz y place ses roues et augmente sa vitesse. Il n'est pas très sûr de lui. Ce n'est pourtant pas le moment.

Aussi appuie-t-il sur la pédale, en tentant de ne pas donner d'à-coups.

– Doucement, dit Delafosse. Tu as l'air impatient de mourir.

Kurtz ne l'écoute pas. Ses yeux sont braqués sur un platane. Il écrase l'accélérateur et vire brusquement.

Il s'accroche au volant et tend son corps tout entier, prêt à encaisser le choc.

– Espèce de taré… !

Martin Delafosse finit sa phrase dans un hurlement.

La calandre s'encastre brutalement dans l'arbre avec un fracas assourdissant, projetant Delafosse vers l'avant du véhicule. Dans le même mouvement, l'airbag côté conducteur entre en fonction, protégeant Kurtz d'un choc frontal.

La tête de Delafosse heurte le pare-brise, puis son buste repart en arrière et s'écrase sur le siège avec des soubresauts. Il se redresse en gémissant et porte les mains à son visage et à son front ensanglanté.

À peine étourdi, Kurtz lui envoie violemment son poing dans la figure. Assommé, Delafosse s'affaisse sur le tableau de bord.

– Tu n'es pas bien malin, lance Kurtz. Et c'est dommage que je n'ai pas plus le temps de m'occuper de toi.

Il trouve le pistolet de son agresseur sous le fauteuil passager. L'arme s'y est glissée pendant l'impact.

Kurtz plaque le canon contre le ventre de Delafosse et tire une fois. Le silencieux étouffe le son.

Il est en train de ranger l'automatique dans son blouson quand il entend frapper contre sa fenêtre. La conductrice à qui il a refusé la priorité quelques instants plus tôt est là. Kurtz ouvre sa portière. Elle est blême sous son bonnet d'où s'échappent quelques mèches blondes.

– Vous n'avez rien ? demande-t-elle. Il y a un hôpital juste à côté.

– Je veux bien, répond Kurtz en sortant de la voiture. Vous pouvez m'y conduire ?

– Mais, et votre ami. Il est blessé…

– On s'en moque, il est mort, réplique-t-il en ouvrant le coffre pour prendre son sac.

La jeune femme paraît abasourdie par sa réponse. Elle reste interdite. Son regard va de Delafosse à sa voiture, qu'elle a laissée au milieu de la route, moteur allumé. Les premiers klaxons impatients se font déjà entendre.

– Pas question, finit-elle par dire. On ne peut pas laisser cet homme…

– Ta gueule, connasse, dit Kurtz lentement, en pointant son pistolet sur la tête de la blonde. De toute façon, tu n'iras plus nulle part !

La balle part à la vitesse de 700 mètres seconde.

La jeune femme n'a même pas crié.

Elle s'écroule sur le tapis de flocons qui s'auréole aussitôt d'un beau rouge carmin.

38

Andréas est épuisé.

En quelques minutes, il a vomi tout ce qu'il gardait sur le cœur, il a dégueulé la noirceur de son âme. Tout ce dont il était conscient. Et puis le reste, qui est tombé dans l'oreille du psychiatre, sans qu'il le sache vraiment.

Le praticien n'a pas sourcillé. Il n'a pas émis le moindre commentaire critique. Il est sorti de son bureau, s'est excusé un instant.

Andréas est demeuré seul dans la pièce.

Seul. L'unique condition à laquelle il aspire vraiment.

La solitude.

Les coudes posés sur ses genoux, le buste penché vers l'avant, Andréas regarde ses mains. Il se dit qu'elles sont celles d'un assassin. D'un meurtrier par procuration. Les mains de Kurtz. Et qu'elles le deviendront peut-être réellement, s'il ne parvient pas à redresser le cap.

Mais quel cap ?

Même Clara à présent court un danger auprès de lui. Elle en a fait l'amère expérience quelques heures plus tôt.

Il aurait pu cogner plus fort. Il était sur le point de le faire quand un ultime moment de lucidité a arrêté son geste. Mais combien de temps pourra-t-il se retenir ?

Andréas serre les poings.

Sous son crâne, une tempête se lève. Et ce qu'il envisage au travers des brumes délétères qui couvent ne lui plaît pas. Absolument pas.

Andréas ne se reconnaît plus. Ou alors, le vernis de la civilisation lui a caché sa véritable identité toutes ces années. À présent, la couche se fendille et l'animal est en train d'apparaître. Jamais il ne l'avait entrevu de manière aussi précise. Bien sûr, il a déjà eu des moments difficiles, il a même sciemment occulté certains passages de son passé dont il était particulièrement honteux. Mais le pire de ce qu'il a connu n'a rien à voir avec ce qu'il vit aujourd'hui.

Andréas a encore assez de clairvoyance pour comprendre qu'il s'agit de lui et non d'une bête sauvage tapie dans l'ombre. De lui et uniquement de lui. Un homme. Rien qu'un homme, en détresse, en mal-être, en perdition.

Il a fait le bon choix.

Depuis qu'il se trouve entre ces quatre murs, dans le bureau d'un psychiatre au sein d'un hôpital, il respire déjà plus aisément.

Il va être pris en charge, il en est convaincu. On ne laisse pas repartir une personne qui avoue ne plus savoir comment ne pas commettre l'irréparable.

Le psychiatre lui a été recommandé par les services de police. Il connaît son dossier. Il sait ce qu'a enduré Andréas. Il va l'aider.

Andréas relève la tête. La porte vient de s'ouvrir.

Il se sent tout petit maintenant. Comme un écolier voit revenir plein d'appréhension le proviseur parti traquer la vérité avant d'asséner sa décision.

– Je suis allé vérifier un détail d'intendance, monsieur Darblay, dit-il en s'asseyant face à Andréas. Si vous le voulez bien, vous pouvez rester ici dès aujourd'hui. Vous n'aurez même pas à repasser par votre domicile.

Andréas soupire. Il ne sait plus trop si c'est de soulagement ou, au contraire, s'il redoutait d'entendre ces mots, précisément.

Il sent qu'un flot de larmes monte vers ses yeux, et qu'il va bientôt déborder. Alors il se précipite dans sa réponse, pour faire diversion.

– Je n'ai jamais beaucoup cru à vos capacités, maintenant, je n'ai plus trop le choix. Pas d'autre que celui de croire en vous...

Le psychiatre le regarde fixement. Andréas ne sait s'il doit lire de la commisération, de la pitié ou une forme professionnalisée de neutralité dans les yeux d'un gris délavé.

– Commencez par là si ça vous soulage, réplique l'homme de science. Mais vous passerez vite au stade ultérieur.

Andréas ne comprend rien. Il n'a aucune idée de ce que peut être ce stade ultérieur. Il trouve que ce psychiatre est bien obscur pour quelqu'un censé aider ses patients. Mais il n'en a cure, finalement. Tout ce qu'il voulait, c'était demeurer là, dans cet endroit idéal où il perdra la notion de sens et de responsabilité dans la chimie fine dispensée par les blouses blanches.

Ne plus penser, ne plus panser. Ne plus rien attendre, ne plus compter pour quelqu'un, même pour Clara. Et, si possible, conserver le plus longtemps possible le sentiment de ne plus être.

– Est-ce que je peux passer un coup de fil ? s'entend-il dire au docteur.

– Allez-y, dit-il en poussant le téléphone jusqu'au bord du bureau. Je vous laisse un instant.

Sami décroche au moment où la porte se referme.

Andréas a la gorge nouée. Il a une idée des ravages que sa déclaration risque de causer dans la tête de Clara. Mais il ne voit pas d'autre possibilité. Il doit penser à lui avant tout, essayer de s'en sortir, sinon… tout le monde y perdrait.

Au mieux.

– C'est moi, Sami. C'est Andréas.

– Oui, je sais. Alors, comment ça se passe ? Ils opèrent tout de suite ou on attend encore un peu ?…

Sami tente de plaisanter, mais le ton n'y est pas. Ni d'un côté, ni de l'autre.

– Écoute Sami, je sais que ce que je vais te dire ne va pas t'arranger…

Andréas ramasse ses forces et les jette dans ses mots.

– Est-ce que tu acceptes de garder Clara quelque temps ?… Je dois rester à l'hôpital.

À l'autre bout de la ligne, il y a un blanc qui dure. Andréas entend Sami déglutir et respirer.

– Je peux plus, Sami. Je vais lui faire du mal à cette gosse si ça continue. Il faut que je me repose un peu.

– Je sais, mon vieux, finit par lâcher Sami. Et tu as toujours pu compter sur moi. Ce n'est pas maintenant que je vais te lâcher. Et puis, Clara, c'est un peu comme ma fille aussi, alors tu n'as même pas à me demander.

Dans le cœur d'Andréas, une vanne qui ne demandait qu'à s'ouvrir vient de se refermer. Les larmes sur le point de jaillir se tarissent d'elles-mêmes. Il raccroche au nez de Sami, incapable de dire un mot de plus.

39

« Il faut, m'entendez-vous, il est absolument nécessaire que vos sociétés se parent de véritables observateurs.

Trop de signaux vous parviennent et vous n'arrivez déjà pas à vous dépêtrer dans vos misérables existences.

C'est pourquoi je me propose de vous délivrer de ce poids.

L'observateur qui vous fait défaut.

Je suis ce possible samaritain.

Vous ne voyez en mon parcours qu'une vie parsemée d'horreurs.

Pourtant...

Qui tient ce livre ?

Qui est en train de se masturber d'effroi douillet en lisant ces lignes ?

Vous m'admirez parce que vous êtes incapables de suivre mon exemple.

Votre serviteur.

Votre observatueur.
Votre vigie. »

Texte tiré des *Voies de l'ombre* par Olivier Lavergne.

40

Deux lignes de métro et une de RER plus tard, Kurtz émerge des sous-sols de la capitale, à une dizaine de kilomètres du centre de Paris. Entre lui et la rue des Abondances se trouvent désormais quelques millions de Franciliens qui lui permettent de disparaître dans un parfait anonymat.

Cela faisait longtemps qu'il ne s'était pas ainsi confronté à la plèbe. Et il ne le regrette pas. C'est fou ce que ces endroits souterrains sentent mauvais. Les humains ressemblent vraiment à des porcs. Ils en ont les habitudes et les vices, sans partager l'unique intérêt de cet animal. À moins d'y être absolument obligé, c'est rare qu'on en mange.

Kurtz n'a jamais essayé. Pourtant, il a eu bien des occasions. Il aurait même pu prélever un morceau sur un individu vivant, sans même le tuer pour autant. Il aurait pu le manger devant lui, ou devant elle. Ça aurait été une belle abomination de plus.

Il ne l'a jamais fait.

Quelque chose l'en a toujours dissuadé et ce n'est

en aucun cas une affaire de morale. Kurtz a toujours senti intuitivement qu'on devient ce que l'on mange. Aussi a-t-il porté une attention particulière à son régime alimentaire.

Si ses cobayes devenaient une extension de lui-même, il serait hors de question qu'à son tour il incorpore une partie d'eux à sa chère personne.

Tout n'est qu'affaire de point de vue. Kurtz n'échappe pas à cette règle.

Un soleil pâle brille sur cette partie du monde.

En chemin, Kurtz a eu le temps de réfléchir à ce qu'il allait pouvoir faire.

Ne rien changer aux plans prévus. Sa petite mésaventure avec Martin Delafosse ne le chagrine finalement pas tant que ça. D'abord parce qu'il y a survécu, mais aussi parce que sa victoire montre une fois de plus sa supériorité.

Alors il entre dans la première société de location de voitures qu'il croise.

Comme il prévoit toujours tout en permanence, il a dans son sac les pièces nécessaires pour ce genre d'opération. Toutes, au nom de Pierre André Second. Delafosse aura connu sa dernière heure pour rien, ou presque. Un ultime petit délai dans son organisation.

Kurtz va devoir patienter. Il est quinze heures trente, l'agence est bondée. Et il n'aime pas ça. Attendre, c'est presque insupportable. Dans son esprit, qu'un employé de bas étage le fasse passer après d'autres personnes est tout simplement indécent, grossier, vulgaire.

En d'autres temps, en d'autres lieux…

Mais là, pas question de sortir le pistolet de Delafosse pour être servi tout de suite.

Kurtz part s'asseoir le long de la vitrine, à côté d'une

grosse dame qui sent fort la transpiration. L'odeur l'insupporte aussitôt.

Il faut pourtant qu'il reste. Cette voiture au nom de Pierre André Second est un élément capital dont il ne peut absolument pas se passer.

Alors il reste assis et se prépare à supporter les remugles rances de l'obèse.

De temps à autre, Kurtz lui adresse des regards sombres. Il sait à quel point il peut être antipathique. Il manie le langage non verbal à merveille. Il a commencé de façon intuitive et s'est peu à peu perfectionné. À présent, sa connaissance de l'humain est grande. Après tout, il a passé toute son adolescence à abuser des psychiatres, à les persuader qu'il était apte à retourner dans le monde des vivants, à quitter l'enceinte quasi pénitentiaire de l'hôpital.

Petit à petit, Kurtz parvient à oublier la présence de la grosse dame.

L'idée qu'il vient d'échapper d'extrême justesse à la mort ne le quitte pas.

D'autant plus que cette impensable tragédie a failli arriver le jour où son tout premier cobaye et un commissaire de police à la retraite ont retrouvé sa trace.

Il était temps de quitter les lieux.

Pour une fois, Kurtz doit admettre qu'il s'est trompé. Et cette seule pensée le plonge dans un abîme de conjectures.

Il a eu de la chance, une chance insolente sur laquelle il ne doit absolument pas compter. C'est d'ailleurs ce qu'il a toujours fait. Kurtz n'a toujours su tabler que sur son intelligence et sa propension à appréhender le monde. C'est un hyperlucide, qui interprète les signes de l'invisible, qui passe même une grande partie de son temps à cette occupation. Ce don, cette faculté particulière, il les a découverts très tôt, alors qu'il tentait de survivre enfant dans un environnement particulièrement hostile.

Et ça lui a bien réussi.

Jusqu'à cette fois.

Mais le doute n'existe pas dans l'univers mental de Kurtz. Il se pense investi d'une mission suprahumaine. Il est un des prédateurs, l'un des rares organisateurs du chaos. Personne ne pourra entraver sa marche vers les sommets qu'il vise depuis toujours.

– Monsieur ?

Kurtz relève la tête. L'agence s'est vidée sans qu'il s'en rende compte. Son tour est venu. Il se lève et rejoint le comptoir.

Devant lui, une jeune femme d'une vingtaine d'années l'attend. Elle est brune, typée, sans doute d'origine maghrébine.

– Je vais faire dans l'original, dit-il avec un grand sourire. J'ai besoin d'une voiture.

Règle numéro un : se montrer charmant, en toute occasion. C'est ce qu'il a appris à l'hôpital. Cette attitude ouvre les portes. Face à un sourire, l'interlocuteur est déjà prêt à dire oui. Il suffit ensuite de glisser les bons mots, les bonnes intonations et les portes s'ouvrent. Kurtz a essayé d'inculquer ces règles à Kamel et à Jo, ses deux anciens *associés*, mais il n'y a rien eu à faire. Ces crasseux-là ne savaient que pérorer et croire que le monde se plierait à leur volonté parce qu'ils savaient manier des armes. Des cadors à la petite semaine, dont il s'est débarrassé comme il faut.

L'hôtesse répond au sourire de Kurtz par une belle lumière sur le visage. Les lèvres s'étirent et dévoilent ses dents. Elles sont petites et blanches, admirables de perfection. Mais pour Kurtz, la vue de cette magnifique dentition est presque insoutenable. Il n'a en cet instant qu'une envie : passer de l'autre côté du comptoir et réduire cette beauté couverte d'émail à l'état de bouillie sanguinolente.

Kurtz serre seulement un poing et sourit de plus belle. La maîtrise de soi est un de ses plus importants atouts.

– Quel type de véhicule voulez-vous ? demande la jeune femme.

– Oh, une petite qui ne consomme pas trop.

Pendant que l'hôtesse scrute son écran d'ordinateur à la recherche de ce qu'il lui reste, Kurtz pose son sac sur le comptoir. Il fouille l'intérieur, frôle l'arme toujours équipée d'un silencieux. C'est tentant, tellement tentant. Mais en même temps vraiment inutile. Et possiblement dangereux aussi.

Il doit se maîtriser. Des occasions de chasser, il en aura d'autres. Il le sait et s'en contente. Sa main passe par-dessus l'arme et se referme sur un dossier.

Cinq minutes plus tard, il ressort avec la demoiselle pour faire un état du véhicule, un modèle courant de marque française. Il a insisté. Son passeport canadien valait bien ce petit sacrifice.

Ensemble, ils traversent la rue et s'introduisent dans un sous-sol sinistre. La voiture est là, c'est l'une des dernières.

La jeune femme en fait le tour, notant sur un imprimé quelques éraflures légères. Puis elle tend le papier à Kurtz.

– Vous n'avez plus qu'à signer là, dit-elle en offrant un stylo en plastique au bout mâchouillé.

Kurtz s'exécute en essayant de faire abstraction du bout de plastique rongé, sans doute par ces magnifiques petites dents qu'il aimerait réduire à néant.

– On a dû vous le dire cent fois, reprend l'hôtesse. Vos initiales, elles forment le mot PAS.

– Mes parents avaient de l'humour, rétorque Kurtz

en évitant de penser à la crosse de son automatique. J'ai mis du temps à apprécier. Maintenant, je vois le bon côté des choses. Ça me permet de faire la causette avec des jolies filles.

La fille glousse et récupère le papier pour le glisser dans une chemise cartonnée.

– Je vous souhaite un agréable séjour en France, monsieur Second.

Kurtz s'installe derrière le volant et démarre.

– Moi, je crois qu'il ne vaudrait mieux pas qu'on se croise à nouveau, lâche-t-il en enclenchant la première. Tu pourras dire merci à ton Dieu ce soir. Tu as failli mourir.

La voiture disparaît sur la rampe de sortie. La fille n'a pas bougé. Elle a vu une telle haine animer les traits de cet homme auparavant si avenant. Elle n'est pas près de s'en remettre.

Surtout quand elle découvrira le journal de 20 heures.

41

Michèle a quitté le cybercafé des Halles précipitamment.

Une intuition.

Elle a tenté de joindre Rufus Baudenuit plusieurs fois, sans succès.

Alors elle a dissimulé sa fausse chevelure blonde sous un foulard, s'est acheté un manteau bleu de chez Madame Zaza et a fourré son blouson dans un grand sac en papier estampillé « sauvons la nature », récupéré dans la boutique.

Tout ça en dix minutes.

Puis elle s'est postée dans un magasin, face à l'entrée du bar, en faisant mine de regarder les étalages de pulls et d'écharpes multicolores.

Elle veut savoir pourquoi elle a peur. Elle a le besoin viscéral de se convaincre qu'elle ne souffre pas de délire de persécution.

Alors, elle patiente. Ses doigts traînent sur les gilets en laine et cachemire, sur les cache-nez 10 % mohair. Ses iris marron restent accrochés à la vitrine du café.

Elle n'a pas à attendre longtemps.

Le voilà.

Un homme. *Jean* et *Perfecto*, une petite trentaine.

Très grand, crâne rasé, visage agréable, yeux fureteurs.

« Observe ton adversaire, entre dans son univers, apprends à le connaître et si tu peux, aime-le, ainsi tu sauras mieux comment le terrasser. »

Charles lui avait enseigné cette approche de l'ennemi, elle qui avait plutôt tendance à foncer tête baissée. Il pressentait que ce serait nécessaire un jour. Il ne s'était pas trompé.

Ce type étrange dénote dans la foule du forum. Michèle ne saurait pas dire pourquoi.

C'est vraisemblablement sa démarche trop rapide, sa silhouette trop raide et une absence totale d'expression dans les yeux qui surprend d'abord. Puis cette façon qu'il a de se déplacer en parlant tout seul, à l'affût de tout ce qui se passe autour.

Quand il entre dans le cybercafé et se dirige droit sur le propriétaire, Michèle est persuadée que c'est pour la retrouver. Il est armé. Pour elle, la légère protubérance qui enfle son blouson, dans le bas du dos, est sans équivoque.

Michèle tente de modérer l'accélération subite de son rythme cardiaque et de garder la tête froide. Elle se décale vers la gauche pour élargir son champ de vision et se hisse sur la pointe des pieds. De sa position, elle peut l'apercevoir de profil, face à Franck, le patron.

Il lui présente une carte comme le ferait un policier en civil. Le jeune homme blond qui lui avait si gentiment offert les mouchoirs et le thé quelques minutes plus tôt semble hésiter. Il hausse légèrement les épaules. Le type lui dit encore quelques mots et ils se dirigent tous les deux vers l'endroit de la salle où Michèle consultait ses mails.

Le passage s'intensifie dans la galerie, obligeant la jeune femme à se déplacer pour garder un contact visuel.

– Je peux vous aider ?

Michèle se retourne brusquement, visiblement surprise d'être interpellée ainsi.

– Excusez-moi ? bredouille-t-elle.

La vendeuse de pulls multicolores a l'air austère d'une vieille fille. Elle fusille Michèle du regard et lui répète froidement.

– Je peux vous aider ?

– Non merci, mademoiselle.

Michèle sort de la boutique précipitamment.

Mais quelle conne celle-là !

Elle reste quelques secondes plantée au milieu du flux des badauds, comme ballottée par un curieux ressac de chair humaine en mouvement. Elle est perdue, solitaire, désemparée. Elle aimerait trouver un sens à tout ça, un sens à la mort de Charles, à cette peur qui lui noue les tripes. Elle a besoin de savoir pourquoi Kurtz ne la laisse pas tranquille et envoie un tueur à ses trousses. Elle voudrait comprendre pourquoi les documents bancaires de Charles sont si importants et si difficiles à déchiffrer, pourquoi Rufus Baudenuit ne répond pas. Elle aimerait tant retrouver la paix, voir Lavergne croupir au fond d'un cachot, pourrir à petit feu, elle voudrait le voir se décomposer, se liquéfier sous ses yeux en hurlant de rage et de douleur. Elle souhaiterait trouver le repos de l'âme, la paix. La paix.

Mais elle est seule maître à bord de son destin, et si elle veut savoir, elle devra trouver les réponses elle-même. Alors, c'est le cœur battant, excitée par une bonne dose d'inconscience, de colère et de curiosité, qu'elle entre brusquement dans le cybercafé et s'installe au bar.

De là, elle pourra observer toute la scène. Et agir, le cas échéant.

C'est ridicule, stupide, mais inévitable. Michèle est passée de l'autre côté. Du côté de ceux qui ne réfléchissent pas longtemps avant d'agir, de ceux qui ne font plus la différence entre le bien et le mal, la raison et la folie. Le cerveau de Michèle déraille, sa vision du monde qui l'entoure est celle qu'elle veut bien avoir. Il n'y a plus de vraisemblance, ni d'invraisemblance. Juste l'univers et les hommes, vus par Michèle.

Michèle a décidé qu'elle allait tout maîtriser et que rien ni personne ne pourrait plus jamais se mettre en travers de son chemin. Elle va retrouver Lavergne, venger son Charles et se tuer ensuite.

L'homme rasé s'installe devant l'ordinateur et tape rapidement sur le clavier.

– Très bien ! s'exclame-t-il. Il y a ce qu'il faut.

Il passe quelques minutes sur le PC, puis il téléphone, en observant les anonymes qui croisent et décroisent leurs destins dans la galerie marchande.

Michèle est fascinée par ce curieux manège. Elle est immobile, concentrée sur cet individu qui la recherche. Elle est là, à quelques mètres. C'est elle qui l'observe, c'est elle qui le traque à présent. C'est elle qui mène la danse.

Pour l'instant, elle a le contrôle de la situation. Quand il quittera l'endroit, elle va le suivre. Elle ira le débusquer dans sa tanière.

– Qu'est-ce que je vous sers, un thé ?

C'est le patron du cybercafé qui a parlé sur un ton légèrement ironique.

Michèle sursaute.

– On se déguise ?

Elle lève les yeux vers lui en se mordant les lèvres. Elle serait parfaite dans un rôle de madone.

– Ne dites rien, Franck, souffle-t-elle, il est là pour me tuer.

Le jeune homme la regarde d'un air espiègle et interrogateur.

Il aimerait que je le supplie de ne rien dire. Que je l'implore, que je me jette à ses genoux. Encore un déviant qui tire sa force de la faiblesse des autres. Un de ces types qui finissent un jour ou l'autre par tabasser une femme.

Il se penche vers elle et lui murmure en souriant :

– C'est quoi ce délire ?

– Je vous en prie, taisez-vous, dit Michèle en posant sa main sur son bras.

Elle tend sa frimousse vers lui avec de grands yeux affolés, mais il se dégage de son étreinte en riant et indique la porte avec un geste bref.

– Allez faire votre cirque ailleurs, c'est pas parce que je vous ai offert un thé tout à l'heure qu'on est devenus potes !

– Il est dangereux, s'il vous plaît, ne faites pas ça ! balbutie-t-elle en s'accrochant désespérément au comptoir.

– Mais qu'est-ce que vous racontez, vous avez fumé ou quoi ?! C'est un technicien ! s'exclame Franck en riant de plus belle. Ah ! C'est ça ? Vous trimballez de la came sur vous ! Allez, dégagez ! J'ai pas envie d'avoir des emmerdes avec les flics, moi !

Du coin de l'œil, Michèle observe le type s'éloigner de la baie vitrée et retourner près de l'ordinateur. Il jette un regard suspicieux à Michèle. Puis il commence à ranger son matériel en haussant les épaules.

Michèle se raidit sur le tabouret.

En une poignée de secondes, elle doit prendre sa décision.

L'homme rasé va quitter sa place.

Michèle a plongé la main dans son sac qu'elle a posé sur le comptoir et saisit son pistolet. Elle pointe le canon dans la direction du barman en lui montrant ostensiblement l'arme.

– Si vous bougez, je tire murmure-t-elle.

– Mais putain, j'ai rien à voir là-dedans, moi ! Je sais même pas qui vous êtes ! bafouille le jeune homme en reculant.

– Si vous me balancez à ce salopard, j'aurai plus rien à perdre. Compris ?

Tout en parlant, Michèle n'a cessé d'observer le type en Perfecto. Il se lève tranquillement.

Il est à quinze mètres.

– Mais elle est barge, ma parole !

Franck rentre les épaules. Il se colle contre le percolateur. C'est lui qui a l'air affolé maintenant.

– Tu vas faire ce que je te dis, OK ? dit-elle les dents serrées.

– Oui, souffle-t-il.

Il est à huit mètres.

Michèle est prête à tirer ou à bondir, au choix. Prête à tout pour sauver sa peau. Elle est coincée entre le mur du fond, le comptoir et l'homme qui s'approche. Elle n'a pas vraiment le choix.

Tout se passe en quelques secondes.

Il est à cinq mètres.

Michèle sort l'arme du sac et la braque sur lui. C'est un automatique avec silencieux. Celui qu'elle a récupéré sur le corps d'Emmanuel Simon.

– Couche-toi, Franck !

Le patron plonge sous le bar sans demander son reste. Il se ramasse en boule et se cache sous l'évier.

L'individu stoppe net. Un air stupéfait déforme son visage.

Michèle ôte le cran de sûreté en criant.

– Si vous bougez d'un millimètre, je tire !

Il a tendu ses mains en avant. Comme s'il voulait repousser Michèle à distance.

– Jette ton flingue et vite ! lance-t-il en avançant d'un pas.

Mais la réalité est tout autre.

– Hé ! Du calme ! Qu'est-ce qu'elle me veut celle-là ! lance-t-il en reculant.

– Non ! hurle Michèle en tirant une fois en l'air.

Des cris résonnent dans le bar. Les quelques internautes présents se bousculent vers la sortie.

– Sortez ! Dépêchez-vous ! leur braille Michèle. Vite !

L'homme rasé sert les poings. Il fait un pas vers elle, l'air menaçant.

L'homme rasé recule lentement, les mains devant lui.

– J'ai dit, jette ton flingue ! lui intime-t-il.

– Merde, c'est pas vrai ! crie-t-il.

Michèle plisse les yeux, arme le pistolet et tire.

L'homme n'a pas eu le temps de se mettre à l'abri. Il s'écroule sans un cri, les jambes coupées par la violence de l'impact. Son Jean est maculé de sang.

– C'est toi qui jettes ton arme, ou je te descends ! dit Michèle, l'automatique braqué sur la tête de l'homme blessé.

Le type ne bouge pas.

Le type la menace de son arme. Il va la tuer.

Il s'est évanoui.

Alors Michèle tire une seconde fois, visant les pieds. Elle n'a plus de temps à perdre.

La chaussure a éclaté. Le cuir fume légèrement.

Elle bondit vers la porte.

Une balle vient se ficher dans le mur, juste derrière elle.

Dans la galerie, il y a comme un halo de vide autour de l'entrée du cybercafé.

Les badauds ont reculé de quelques mètres, se laissant juste une courte distance de sécurité, car la curiosité est pour la plupart plus forte que la raison.

– Il est armé ! Vite c'est par ici ! appelle Michèle en faisant signe au vigile qui arrive en courant, matraque au poing.

Il s'engouffre dans le cybercafé sans un regard pour elle.

Profitant de la panique générale, Michèle se fond dans la foule.

En marchant, elle ôte son foulard et fourre sa perruque dans sa poche. Elle pose son manteau bleu sur les épaules d'une femme qui fait la manche en tenant un bébé dans ses bras. Puis elle prend une grande respiration et se dirige comme un automate vers les escalators, pour s'enfoncer dans les tunnels du métro.

42

L'atmosphère de ce pub, juste à côté de Montparnasse, est enfumée, sombre et bruyante. C'est tout à fait ce qu'il faut à Eliah Daza. Un terrier anonyme pour échapper au monde, aux enquêtes, aux échecs qui jalonnent ses journées depuis qu'il a été nommé commissaire dans le 10ᵉ.

Affalé sur une table haute en bois brut, perché sur un tabouret taillé dans le même matériau, il boit sa deuxième et dernière Guinness de l'après-midi. Loin d'avoir envie de se saouler, il aspire à ressentir un peu plus de légèreté. Avoir le cerveau à peine embrumé par l'alcool, les yeux brûlés pas les volutes âcres des cigarettes et les membres suffisamment cotonneux pour se sentir délesté de ce poids immense qui pèse sur ses épaules.

Il se sent minable. Depuis sa visite à Sergueï Obolansky, il n'a plus d'enquête. Marieck suicidé, contre toute attente. Darblay pris en charge, du moins l'espère-t-il et Davron dans la nature, en train de courir après Baudenuit. Probablement assisté d'Adrien Béranger.

Il n'a rien d'autre à foutre celui-là !

Que peut-il faire contre ça ? Il ne peut pas intervenir et empêcher ces deux imbéciles de courir après le fantôme de Baudenuit. Car Daza en est certain. Si Rufus a disparu, c'est qu'il s'est terré quelque part pour y mourir. Bizarrement, cette idée ne le heurte pas plus que ça. Trop de problèmes à gérer en ce moment. Trop de stress pour avoir encore l'énergie de s'occuper du sort des autres. Chopelle qui l'appelle tous les jours, le pressant d'obtenir des résultats et rien à lui mettre sous la dent. C'est bien assez pour un seul homme…

Lavergne reste introuvable.

Soit il est loin, soit il est extrêmement bien renseigné.

Quelle que soit la solution, Daza ne voit plus comment poursuivre son enquête, ni quel sens donner à tout ça. Il a le sentiment d'en avoir déjà fait le tour. Passer des nuits entières à éplucher les carnets de Kurtz pour trouver un indice, interroger les victimes rescapées, interpeller les commanditaires identifiés. Rien. Pas une trace. Pas la moindre petite trace.

Eliah Daza craint d'être passé à côté de quelque chose d'important et il ne parvient pas à saisir quoi exactement. Cette idée le perturbe et le terrifie à la fois. Il a la nette sensation qu'un drame est proche et qu'il ne pourra pas l'empêcher.

Oui, mais quoi et comment ? Où chercher ? Qui interroger ?

Même la dernière piste intéressante, celle de Dorléans, s'est envolée avec les rapports de Rinaldi. Ce dernier lui a confirmé que l'homme d'affaires avait été blanchi, sans aucun doute possible et que les analyses des comptes de la société ne laissaient transparaître aucune anomalie.

Lavergne avait très certainement enlevé Charles et Michèle Marieck pour faire chanter Jean Dorléans. Sans succès. Pourquoi je n'arrive pas à trouver la faille ? Qu'est-ce qui cloche dans ce merdier ?

– Tu m'offres une bière ?

Eliah Daza se retourne vivement. Anthony Rinaldi le regarde d'un air moqueur. Il a les mains sur les hanches, un grand sourire aux lèvres.

– Y'a pas un endroit sur cette terre où je pourrai me saouler tranquille ! lance Daza en fronçant les sourcils.

Rinaldi s'installe à côté du commissaire et commande une pression. Il est tiré à quatre épingles malgré l'heure tardive et toujours aussi élégant. Peut-être un peu trop.

– Comment tu m'as trouvé ? reprend Eliah, contrarié.

– Rien de plus facile pour moi que de pister un flic qui a des habitudes de vieux célibataire !

– Tu fais chier, Rinaldi. J'ai pas envie de faire la causette.

– T'es de mauvais poil ?

– C'est ça, oui.

Daza se tourne légèrement sur le côté, tendant ostensiblement son dos à Anthony qui déplace son tabouret pour se placer face à lui. Devant la mine embarrassée du commissaire, il éclate de rire. Un rire franc, joyeux et lumineux.

Il a un charme fou et Daza ne peut s'empêcher de lever les yeux vers lui. Il a toujours apprécié contempler les belles choses et les belles femmes. Voilà qu'il se met à trouver agréable de dévisager cet homme et de se laisser séduire par le magnétisme qu'il dégage.

Eliah Daza aurait aimé avoir ce type de visage

harmonieux. Un physique de play-boy, un corps d'athlète, des mains de pianiste. Juste pour percevoir sur lui le regard des autres, un regard admiratif, concupiscent, ou même envieux. Susciter de l'intérêt, entrer dans une pièce et sentir les têtes se tourner, les voix se taire. Pouvoir sourire à une femme et la séduire dans l'instant.

Juste une fois.

Bien sûr, la silhouette de Daza n'est pas dépourvue d'attrait pour qui préfère les grands minces dégingandés, avec un long nez busqué et des cheveux raides-noir-corbeau coiffés en arrière. Mais il n'a jamais su ce que c'était vraiment de plaire physiquement. Il était toujours ou trop grand, ou trop maigre, ou trop typé. C'est avec son esprit, son intelligence vive et la douceur de son timbre qu'il savait se faire apprécier.

Parfois.

Peu de femmes ont jalonné sa vie. À l'adolescence, il ne leur montrait que peu d'intérêt, ce qu'elles lui rendaient bien. Une acné virulente sur les joues et dans le dos, dont il garde encore quelques traces, faisait fuir les plus courageuses et le confinait dans une solitude forcée.

Quelques années plus tard, l'armée, puis l'école de police. La musculature s'est développée, les pustules ont cédé aux traitements antibiotiques et Daza a repris confiance en lui. Une étudiante en médecine d'abord, rencontrée dans un café où il traînait souvent, suivie par une fleuriste. Mais, très vite, la rue, ses dangers et les affaires difficiles ont pris le pas sur sa vie. Il a préféré faire un choix : celui de se passer des angoisses de la séparation, des reproches incessants et des projets d'avenir.

Sa libido, comme une plante mal arrosée, a fini par

le laisser plus ou moins tranquille. Et il n'a jamais vraiment souffert de l'absence de chaleur féminine.

– J'ai des infos, Eliah, dit soudain Rinaldi en rompant le silence.

L'attention jusque-là vagabonde de Daza se fixe de nouveau sur son partenaire. La chaleur ambiante est montée de quelques degrés. Le bar est bondé. Les corps entassés dégagent une énergie moite qui transforme l'endroit en étuve. Le commissaire sent les premières gouttes de sueur perler sur sa lèvre supérieure. Il s'essuie du revers de la main en marmonnant.

– Quoi ? Ça ne peut pas attendre demain ?

– Lavergne est à Paris, la rumeur est vraie. Il prépare sa fuite. Mais il est encore là.

– Qu'est-ce qui te fait dire ça ? Tu crois vraiment qu'il est assez dingue pour traîner dans les parages ? demande sceptique Daza, en ôtant son pull.

Rinaldi ne semble pas gêné par la température. Il a toujours l'air aussi frais. Sa chemise gris perle n'a pas fait un pli et ses aisselles ne s'auréolent pas de sueur. Daza, légèrement incommodé par sa propre odeur de transpiration, recule, tentant de masquer son embarras. *C'est un extraterrestre, ce type,* pense-t-il en soupirant.

– Avec ma brigade, on surveille tous les indics, tous les canards qui publient des petites annonces. Et on a repéré un truc bizarre.

– Quel truc bizarre ?

– Un entrefilet dans un journal de la semaine dernière qui dit : « Colonel en retraite cherche livres toutes langues, autres continents compris. Prix indifférent. Laisser message poste restante. Avenue Porte Montmartre. »

– Un appel d'offres pour les faussaires. Il veut des

papiers pour se faire la malle ! Colonel en retraite ! Je t'en foutrais, moi, des colonels ! Il est gonflé !

– À personnalité déviante et mégalo rien d'impossible ! s'exclame Rinaldi.

– C'est vraiment un cinglé, ce type. Il n'a peur de rien.

– J'ai fait mettre des gars sur le coup. Ils surveillent la poste jour et nuit.

– Bien ! De toute façon, on ne peut rien faire de plus, j'en ai peur. Au fait, les empreintes. Rien. Nada. Que dalle. On n'avance pas d'un pouce. Tiens, t'as pas une clope ?

– Tu fumes, toi ?

Daza hausse les épaules.

– Ouais, de temps en temps.

– Faudrait pas que les gars de la brigade voient ça, tu te ferais écharper !

– T'en as une oui ou non ? s'énerve Daza.

– Non. C'est pas bon pour la peau. Tu devrais le savoir, dit Rinaldi en pouffant.

– Alors, paye-moi encore une brune au lieu de te marrer comme une baleine, espèce de bouffon !

– Avec plaisir, commissaire !

Rinaldi descend de son perchoir et passe commande au bar avant de rejoindre Daza.

– J'ai encore autre chose ! reprend Anthony. J'attendais d'avoir confirmation avant de t'en parler.

– C'est Noël, ce soir ! Je vais baiser les pieds de Chopelle ! Bientôt j'aurai même plus besoin de sortir ! ironise Daza.

Il pousse un profond soupir et pose la tête entre ses mains. Il semble fatigué et un peu découragé.

– Il y a un cadavre à l'IML [1]. Repêché par la fluviale

---

1. Institut médico-légal.

il y a deux jours. Un ancien des RG, Emmanuel Simon, viré pour insubordination en 2001. Une balle de 38 dans la tête. On lui avait coupé les mains et arraché les dents.

– Putain ! On se croirait à Medellin ! s'exclame Daza en avalant une gorgée de bière.

– Oui, mais ça n'a pas vraiment servi à grand-chose. Le mercenaire avait une importante fracture du fémur. Avec des plaques et des clous partout ! Résultat : le matos a permis à Obolansky *le magnifique* de retrouver son dossier médical et de l'identifier.

– Quel rapport avec notre histoire ?

– On a perquisitionné son appart qui avait déjà été nettoyé, tu penses bien. Mais on a pu récupérer des documents partiellement détruits. Un coup de bol comme on n'en a pas souvent.

– Et ?

– Il était payé pour faire la peau à Marieck.

Daza rougit sous l'emprise de la colère.

– J'en étais sûr ! Je vais me le faire, ce putain de légiste ! Et la mère Michèle aussi, par la même occasion ! J'en ai assez qu'on me prenne pour un con !

Le mobile de Daza, posé sur la table, se met à tourner sur lui-même en vibrant.

– Quoi encore ! s'exclame le commissaire en regardant son collègue, ils peuvent pas me foutre la paix !

Il décroche.

Le bruit ambiant l'oblige à s'éloigner vers la sortie.

Rinaldi fixe Eliah Daza.

Il n'entend pas ce qu'il dit. Mais il peut le voir blêmir.

43

Thomas Davron bouge enfin. Lorsqu'il ouvre les yeux, il ne reconnaît pas l'endroit où il se trouve allongé.

Une lumière blafarde pénètre chichement par la fenêtre. C'est la fin du jour.

Davron se redresse. Une douleur atroce l'étourdit.

Il porte une main à son crâne. Le sang séché amalgame ses cheveux par mèches épaisses.

Un effort de volonté lui permet de s'asseoir. Ses yeux balaient la pièce.

Alors, les souvenirs affluent et s'incarnent dans la forme immobile d'Adrien Béranger.

– Kurtz !… murmure Davron.

Il se lève. Sa vision est encore troublée, mais il parvient à tenir debout.

En deux enjambées, il arrive près de Béranger. Le cadavre de son comparse ressemble à celui d'un insecte sur la table de travail d'un collectionneur. La vision du poinçon enfoncé dans la nuque du commissaire le choque, autant que l'horreur de sa mort inutile.

Davron voudrait retirer l'arme des chairs, mais il n'en a pas le courage. Il redoute trop le bruit que le métal risque de provoquer en glissant sur les os.

Il reste immobile quelques instants auprès de la dépouille d'Adrien, comme pour le saluer une dernière fois, puis se souvient subitement pourquoi il est là.

– Rufus !

C'est pour le retrouver qu'ils sont venus chez Craven le matin même. Maintenant qu'il connaît la réelle identité de ce voisin, Davron sait qu'il n'a jamais été aussi près du but.

Alors, il se redresse et part ouvrir les portes qui donnent sur le couloir central du rez-de-chaussée.

Il doit trouver l'accès à la cave. Kurtz est un animal souterrain, Davron a éprouvé ses déviances jusque dans sa chair.

Le troisième essai est le bon. De l'ouverture sombre monte une odeur de moisissure mélangée à autre chose. Davron ne tranche pas sur l'origine du remugle, mais il ne lui inspire rien de bon.

Il trouve l'interrupteur et dévale les marches. Son mal de tête est secondaire. Sa quête lui fait oublier tout le reste.

La première vision qu'il a du sous-sol lui glace le sang. Au centre d'une dalle en béton, il y a une margelle d'un mètre de hauteur, couverte par une plaque en métal sombre. Davron n'a jamais vu ce qui se trouvait en dehors de la cellule où Kurtz le retenait prisonnier, mais il a eu accès à la presse. Il sait à quoi ressemblait l'univers du monstre surnommé *le dresseur* par les journalistes.

Et c'est à peu de choses près ce qu'il voit devant lui.

Fais le vide, Thomas ! La peur est un sentiment parasite. Fais le vide et trouve-le !

Il s'avance lentement vers la trappe.

Le temps est suspendu à ses gestes.

Qu'il soit vivant ! prie Davron. *Faites qu'il soit vivant...*

Sa main se pose sur la plaque en métal. Il redoute de l'ouvrir. Ce moment est inhumain. Dans une seconde, il va savoir.

Thomas Davron ferme les yeux et soulève la trappe. Une odeur d'étable frappe ses capteurs olfactifs.

Lorsqu'il se décide à regarder, son cerveau met un temps à accepter la scène. Il n'y a pas un, mais trois corps en bas, au fond d'une cellule boueuse. Deux sont assis contre un mur et le troisième est prostré sur un lit en métal.

– Rufus ? dit Davron, la voix étouffée par l'émotion. Inspecteur Baudenuit…

Rufus n'avait pas entendu la trappe se soulever. Il dresse brusquement la tête.

Davron voit des yeux fous où traîne une haine sans nom. L'impression passe en une fraction de seconde. Le regard de Rufus paraît s'adoucir.

– Tu es qui ? demande-t-il. Où est Kurtz ?

Davron a du mal à déglutir. Sa gorge s'est desséchée.

– C'est Thomas, essaie-t-il.

Mais le son ne passe pas.

Il recommence, sans plus de succès.

Alors il change d'idée. Sur l'un des côtés de la cellule où se trouve Rufus, il voit une porte en bois. C'est par là qu'il va ouvrir.

D'un bref coup d'œil, il repère deux ouvertures. Il en essaie une et la referme aussitôt. C'est un placard.

L'autre l'expédie vers un couloir, puis un escalier. C'est là. En bas, il y a un accès à la cellule, mais il est bloqué par une épaisse couche de ciment.

Davron rebrousse chemin. Il doit casser la porte.

Il ne trouve aucun outil susceptible de l'aider dans la cave. Aussi remonte-t-il au rez-de-chaussée.

Il fouille le salon à la recherche d'un objet adéquat, lourd et facile à porter. Mais il n'en trouve pas. La décoration de Kurtz est faite de bibelots, de vases et de livres.

Près de la cheminée, il y a bien un tisonnier, mais la porte est épaisse et s'ouvre vers l'extérieur. Rien à faire avec ça.

Un téléphone filaire arrête Davron dans son élan. Il devrait contacter le commissaire Daza. Mais il ne le fait pas, pas tout de suite. Il appellera quand il aura trouvé de quoi sortir Rufus de sa cage.

Il doit le faire lui-même, c'est tout.

Dans une armoire de la bibliothèque, endroit assez inattendu, il y a tout un arsenal pour bricoleurs. Outils, établi, matériaux et surtout, une disqueuse, sans doute utilisée par Kurtz pour fabriquer la trappe.

Davron s'en saisit et quitte la pièce pour le salon. En bas, il a vu une rallonge de vingt mètres.

Il s'assied sur le canapé sans un regard pour la dépouille de Béranger, pose l'instrument sur ses genoux et s'empare du combiné. Le numéro de Daza, il le connaît par cœur, pour l'avoir composé tant de fois en vain.

– Daza ! répond aussitôt le commissaire.

– C'est Thomas Davron. Je suis…

– Écoutez, Davron, le coupe le policier. Je vous ai dit hier à tous les deux d'arrêter de jouer aux…

– J'ai retrouvé Rufus, place Davron avant que Daza ne termine sa phrase. Béranger est mort. Il y a plein de morts.

À l'autre bout de la ligne, il y a un blanc, qui dure. Davron entend des bruits de voix, des rires et de la musique. Daza doit être dans un bar.

– 49 rue des Abondances à Boulogne, conclut Davron en raccrochant.

Il se relève et retourne dans la cave.

Là, il déroule le fil électrique, descend l'escalier et branche la disqueuse.

– Ne restez pas derrière, crie-t-il à l'attention de Rufus. Il risque d'y avoir des projections !

Il ne s'en est jamais servi, mais il a vu faire un ouvrier, une fois, dans sa résidence secondaire, là où la police a déterré les restes de sa femme.

Davron chasse cette pensée et met l'engin sous tension. Il n'a plus qu'à appuyer sur le bouton.

L'outil émet un sifflement vrombissant très désagréable. Mais pour Thomas Davron, c'est un des plus beaux bruits qu'il ait jamais entendu.

Le disque mord le bois en propulsant des étincelles et s'enfonce facilement dans la matière fibreuse.

En moins de deux minutes, Davron réussit à découper une fenêtre d'un mètre carré dans le tiers inférieur de la porte, juste au-dessus de la chape de béton.

D'un coup de pied, il fait basculer le panneau vers la cellule.

Le passage est créé.

Il s'y glisse et pénètre dans une atmosphère qui le saisit aussitôt.

Davron essaie de se défaire de cette sensation horrible de retour en arrière, mais il n'y a rien à faire. Il a connu l'enfer d'une cellule identique à celle-ci. Y revenir, même de son plein gré, est un véritable calvaire. Aussi précipite-t-il les choses.

L'odeur douceâtre qui règne dans la geôle l'a renseigné sur un point. Les deux autres corps sont des cadavres.

Alors il fonce sur Rufus, qui ne l'a toujours pas

reconnu. Ses yeux n'expriment pas grand-chose. Il y a bien un vague sentiment de stupeur qui rôde à leur surface, mais rien de véritable, rien de tranché. Le choc est pour plus tard, quand il aura eu le temps de comprendre, de se rétablir mentalement dans son statut d'être humain. Davron le sait.

Et il sait aussi ce que Rufus a besoin d'entendre, en cet instant crucial où ses facultés peuvent basculer définitivement vers la folie.

Vers cet autre refuge où Davron a lui aussi manqué rester.

– Kurtz est parti, Rufus, murmure-t-il à son oreille. Il ne reviendra pas.

Il répète ces phrases simples plusieurs fois, tout en passant son bras dans le dos de Rufus pour l'aider à se lever.

Il est d'une maigreur à faire peur. Ses jambes flagellent, mais il tient debout. Davron le place sur la trajectoire de la porte et l'entraîne avec lui.

C'est alors qu'il voit une nouvelle incarnation de l'innommable.

De l'autre côté d'une paroi en verre.

Et là encore, Davron devine sans avoir recours à aucune aide, aucun renseignement.

Cette forme féminine verdissante, avachie, inaccessible, est obligatoirement chère au policier. Sinon, pourquoi serait-elle là ?

Davron n'en revient pas. Il a beau connaître Kurtz, ce coup-là le dépasse. Comment a-t-il pu ?…

Il ne s'attarde pas pour tenter de répondre à cette question. Il accélère même son pas, détourne d'un geste la tête de Rufus. Pour qu'il ne regarde pas, pas une dernière fois, qu'il ne conserve pas cette ultime image.

Il le fait accéder à l'ouverture qu'il vient de percer dans le sarcophage bâti par Kurtz.

Rufus commence à peser lourd sur son bras, malgré sa cure d'amaigrissement forcée. Et Davron n'est pas très costaud.

Mais il veut l'amener au bout de ce chemin, l'aider à franchir le sas de sa déraison.

Les deux hommes s'écroulent dans la poussière, de l'autre côté, contre un court escalier.

Ils ne se relèveront pas seuls. Quatre paires de bras les emportent. Davron n'a rien entendu, mais il sait. Les uniformes noirs, les casques, les armes braquées sont autant d'images référencées, tapies dans l'inconscient comme les garants d'une histoire qui se termine bien.

Pour les survivants.

L'horrible sous-sol disparaît. La cave retourne vers l'oubli. Les corps pourriront en paix.

Davron se sent le cœur infiniment plus léger que dans son meilleur souvenir. Il a réussi.

Mais il est en même temps un peu déçu.

Il s'attendait à quelque chose d'autre. Dans son scénario idéal, il manque un détail.

Rufus n'a rien dit.

44

En émergeant de la station Pont de Saint-Cloud, Michèle est éblouie par le soleil couchant qui frappe de pleine face la sortie du métro. Quelques secondes sont nécessaires à sa pupille pour se contracter et affiner sa vision.

Le rond-point ponctué de grands frênes se dessine peu à peu. La circulation est dense et bruyante. Les trottoirs si blancs quelques heures plus tôt sont maculés de neige fondue, noircie de particules crachées par les pots d'échappement.

Les terrasses chauffées des bistrots qui donnent sur la place sont bondées d'autochtones en blousons matelassés et lunettes de soleil. Encore un cliché. Un nouveau, un autre. Michèle a toujours pensé que les gens à Paris étaient les plus doués pour ce type d'exercice. Être des clichés vivants.

À peine lucide, elle rit nerveusement en prenant conscience que cette pensée en est un aussi.

Elle se dirige directement sur sa droite pour traverser l'avenue Jean-Baptiste-Clément et bifurque à nouveau, quelques mètres plus loin, sur sa gauche cette fois, dans une petite rue bordée d'arbres.

45, rue des Abondances. C'est un peu plus haut.

Sa démarche est saccadée, hésitante. Le sol boueux est glissant.

Cette fois, elle doit absolument trouver Rufus Baudenuit. Et s'il n'est pas là, elle attendra, quitte à monter une tente devant chez lui.

Michèle rit à nouveau.

Une tente, c'est ça ma vieille. Et puis quoi encore ?

Elle n'a de toute façon pas d'autre possibilité. Après ce qui s'est passé au cybercafé, elle ne peut plus se permettre de se balader comme ça, toute seule, dans Paris, sans un minimum de conseils et de protection.

Baudenuit comprendra, il me sortira de là. De toute façon, j'ai fait ce qu'il fallait.

Elle a quand même ouvert le feu sur un homme, en plein centre commercial.

C'est pas de ma faute. Non, c'était lui ou moi.

Sans compter le meurtre du 7 novembre.

« Pas de corps, pas d'assassinat, répète-t-elle plusieurs fois, comme pour s'en convaincre. »

Elle serre son arme, dissimulée dans son sac et accélère le pas.

37. 39. 39 bis. 39 ter. 41. 41 bis.

Mais c'est pas vrai. Il va y en avoir encore combien ?

Les petits immeubles et les pavillons bordés de verdure se succèdent. La cime des arbres dénudés et givrés scintille sous les derniers rayons du soleil qui se faufilent entre les hautes façades.

Michèle frissonne et s'emmitoufle dans son blouson. Avant, elle se serait arrêtée pour admirer le spectacle, maintenant elle s'en fout. Plus rien ne lui semblera jamais beau.

43. 43 bis. 43 ter… 45.

Enfin !

Elle arrive devant une bâtisse de trois étages, fermée par une porte protégée par un digicode.

Michèle jette un rapide coup d'œil alentour. Personne.

Six noms sur six étiquettes.

Voilà. Rufus Baudenuit, deuxième gauche. C'est là.

Michèle appuie plusieurs fois sur la sonnette. Sans succès.

Elle recule pour regarder les fenêtres du second étage. Rien ne semble bouger là-haut. Elle commence à trouver la situation accablante. Elle n'a que lui, Charles le lui a bien spécifié. Elle ne doit se fier qu'à Rufus Baudenuit. Alors, s'il n'est pas là, que va-t-elle devenir ?

D'un coup, une montagne immense se dresse devant la jeune femme. Sa solitude la frappe de plein fouet, apportant avec elle une vague de désespoir. Elle chancelle et s'écroule sur les marches de l'entrée en pleurant. Ses larmes entrecoupées de sanglots coulent de longues minutes.

Michèle se sent subitement incapable de prendre la moindre décision, d'avoir la moindre initiative. La présence de Baudenuit, finalement, elle n'en doutait pas vraiment. Qu'il soit difficile à joindre lui paraissait normal. Mais qu'il ne soit pas à son domicile, alors qu'elle a tant besoin de lui, lui semble totalement impensable.

Elle doit se rendre à l'évidence, elle ne plantera pas de tente devant chez Baudenuit, elle n'a personne à qui parler, personne qui pourrait prendre soin d'elle, maintenant que Charles est mort. Et surtout, personne pour la protéger, lui indiquer la marche à suivre.

Un mort, un blessé. C'est tout ce qu'elle a su semer,

tout ce dont elle est capable. Tirer, pour sauver sa vie, pour échapper au pire.

Tu dois être forte, ma vieille, c'est pas le moment de flancher.

Michèle sèche ses larmes du revers de sa manche et se relève.

Son nez est rougi par le froid et ses lèvres sont craquelées. Le reflet que lui renvoie la porte vitrée de l'immeuble est sans pitié. Elle est petite et maigrichonne. Son visage encore émacié laisse traîner des cernes creux. Il y a bien longtemps, elle était jolie. Mais les jours et les nuits passés dans la cave de Kurtz lui ont enlevé ce charme fou qui lui venait de sa joie de vivre.

Elle aimait tant rire, danser, faire l'amour. En revenant d'entre les enterrées vivantes, elle a tout oublié. Plus d'envie.

Chaque moment passé avec Charles après ces épreuves était du bonus. Elle aurait dû le sentir. Et en profiter. Maintenant il faut réapprendre à mener cette existence seule. Faire le deuil d'une relation à deux, d'un corps chaud sur le sien, d'un homme en elle et contre elle.

Oublier l'amour. Ne penser qu'à la vengeance. Jusqu'à la mort de Kurtz. Et mourir ensuite.

Plongée dans ses pensées, elle n'a pas entendu les éclats de voix et les crissements de pneus. Soudain, les gyrophares d'une voiture de police lui renvoient des éclairs de lumière bleutée.

Michèle les regarde sans comprendre. Elle est tétanisée. Elle fixe sa silhouette, immobile dans la vitre brune.

Le moteur du véhicule ronronne doucement derrière elle.

Elle distingue une ombre qui grandit.

Deux mains enserrent ses épaules fermement et la font pivoter.

Elle se raidit, incapable de résister.

Ça y est, c'est fini. Ils n'ont pas mis longtemps.

Michèle lève les yeux vers un homme en civil. Il est très brun et lui parle avec une extrême gentillesse.

– Il ne faut pas rester là, madame Marieck. C'est très dangereux.

Subitement, Michèle perçoit l'ambiance survoltée qui règne dans la rue. Elle peut voir un barrage qui ferme les accès au carrefour et, de l'autre côté, deux camions de pompiers, des fourgonnettes sombres garées pêle-mêle, tous phares allumés. Des hommes en noir lourdement armés encerclent un pavillon un peu plus loin.

Michèle reconnaît Eliah Daza, posté à quelques mètres, téléphone à la main.

– Je dois voir Rufus Baudenuit, parvient-elle à bredouiller.

– Plus tard, madame. Veuillez me suivre.

L'homme saisit un talkie-walkie et lance dans l'appareil :

– Rinaldi. J'ai Michèle Marieck. Je la mets à l'abri.

Anthony Rinaldi entraîne la jeune femme vers un fourgon de pompiers garé à une vingtaine de mètres de là.

À l'intérieur, un médecin pose une couverture sur les genoux de Michèle et lui tend un verre d'eau. D'un geste, Rinaldi fait sortir l'urgentiste et referme les portes du fourgon. Puis il s'installe à côté de Michèle.

– Votre arme, s'il vous plaît, madame Marieck.

Michèle le fixe la bouche ouverte, stupéfaite.

– Donnez-moi votre arme, répète doucement Rinaldi.

– Mais je n'ai pas…

– Michèle. Je ne peux pas vous laisser vous promener dans Paris avec un 38 chargé. Vous comprenez, n'est-ce pas ? Donnez-moi donc votre sac.

– Je veux voir Rufus Baudenuit. L'inspecteur Baudenuit.

La jeune femme serre son sac contre elle en se recroquevillant et en secouant la tête.

– Vous avez déjà suffisamment fait de bêtises comme ça. Si vous coopérez, je fermerai les yeux sur ce qui vient de se passer aux Halles.

– Aux Halles, mais comment…

– Les caméras de surveillance. Nous sommes très attentifs à tout ce que vous pouvez faire. Donnez-moi cette arme. Vite.

Dans la douceur du ton de Rinaldi pointe un léger agacement qui terrifie Michèle. Elle se sent en danger. Et cette sensation irraisonnée lui ôte toute résistance. Elle s'exécute en tremblant de tous ses membres. Ses dents claquent dans un mouvement incontrôlable.

Anthony Rinaldi fouille les affaires de Michèle et récupère l'automatique qu'il glisse dans sa ceinture, après avoir pris soin de le décharger.

– Les papiers maintenant. Où sont les documents ?

– Les documents ? répète benoîtement Michèle.

– Les relevés de comptes, reprend Rinaldi. Ils peuvent nous servir à retrouver Lavergne. Voulez-vous moisir en prison pour coups et blessures volontaires et obstruction à la justice ? Allez, je n'ai pas de temps à perdre. Dépêchez-vous.

– Je…

Michèle se met à pleurer. Elle libère un torrent de larmes en hoquetant misérablement. Rinaldi se penche vers elle et lui soulève le menton.

– Je sais pourquoi vous avez fait tout ça, je comprends votre chagrin, mais croyez-moi, il faut laisser faire les autorités. Kurtz est un être extrêmement dangereux, fourbe et d'une intelligence rare. Vous n'êtes pas de taille. Nous oui. Nous vengerons la mort de Charles et de toutes les autres victimes. Faites-nous donc un peu plus confiance.

– Je dois voir Rufus Baudenuit. Baudenuit. C'est Charles qui m'a dit… se contente-t-elle de répéter dans une litanie monocorde. Rufus Baudenuit.

Rinaldi soupire avant de lui murmurer à l'oreille en serrant ses doigts sur ses épaules.

– Baudenuit et moi, c'est pareil. Ne m'obligez pas à vous forcer. Je suis sûr que vous les portez sur vous.

– Non, non, c'est pour Rufus Baudenuit.

Dans un accès de désespoir, Michèle se lance subitement vers la porte, tentant d'échapper à l'emprise de Rinaldi. Il la force à se rasseoir avec fermeté et lui passe les menottes aux poignets. Sonnée par la violence du choc, elle gémit en se débattant. Il l'immobilise d'une main et, avec dextérité, la palpe de l'autre, ouvre son blouson et relève son pull. La pochette en plastique est collée avec du sparadrap sur le bas de son dos. Il le détache sans ménagement, lui arrachant un cri de douleur.

– Voilà ! Vous voyez, c'était pas si compliqué.

Il se relève, range les documents dans la poche intérieure de sa veste, désentrave ses poignets et sort du fourgon.

– Restez là, s'il vous plaît. Je vous retrouverai plus tard.

Il lui sourit chaleureusement. Un sourire que Michèle prend de plein fouet comme une insulte.

45

Quand Davron retrouve la lumière du jour, il est surpris. Il s'attendait à une tristesse supplémentaire. Au contraire, les nuages se sont enfuis. Le jour s'achève dans une explosion de couleurs presque criardes.

Rufus n'a pas tenu le coup. Il s'est évanoui. Davron le regarde disparaître dans un fourgon sanitaire.

Une sirène se met à hurler.

Tout ira bien à présent.

Les mains qui l'ont soulevé pour l'emporter au plus vite le lâchent enfin.

Davron retrouve en un instant l'usage de ses membres. Et ça lui fait un drôle d'effet. Il a vu trop de cadavres en une seule journée. Plus en fait qu'au cours de toute son existence. Mais il a réussi. Il éprouve comme une ivresse. Une curieuse ébriété qu'il aimerait cacher. Ce n'est manifestement pas un moment pour sourire, encore moins pour éclater de rire.

La silhouette qui avance vers lui va l'aider à se contenir.

– Je ne sais plus quoi faire de vous, monsieur Davron, articule lentement Daza.

Thomas Davron redescend sur Terre en une fraction de seconde. Et le contact est brutal.

– On a essayé de vous prévenir hier déjà, réplique-t-il sur un ton amer.

– Je sais, s'excuse Daza. Mais comment vouliez-vous que je vous prenne au sérieux, aussi ?

– Exactement comme vous le faites pour n'importe qui d'autre.

Davron tente de conserver un ton neutre. Pourtant, il sent bien que l'orage arrive et qu'il va être celui qui châtie, et non le contraire.

– Vous ne savez pas vous fier aux signes, commissaire Daza, reprend-il. Je ne comprends pas comment vous pouvez exercer ce métier. Vous êtes sans doute un excellent exécutant, mais vous n'êtes pas fait pour diriger des enquêtes. Lui l'était.

D'un coup de tête, Davron désigne le véhicule sanitaire qui emporte Rufus.

– Lui devine. Pas vous.

Eliah Daza demeure curieusement silencieux. Il se sent minable, une fois de plus.

– Si vous nous aviez envoyé des hommes hier soir, Adrien Béranger serait en vie et Lavergne se trouverait entre vos mains. Mais au lieu de ça, c'est la Bérézina ! Vous nous avez lâchés comme des...

Daza l'arrête d'un geste.

– Stop ! dit-il sur un ton sec. OK ! Je n'ai rien à opposer à tout ce que vous venez de me dire, mais ça ne vous donne pas le droit de le dire pour autant. En tout cas, moi, je ne vous le permets pas ! Vous n'avez aucune idée de ce qu'est le travail de flic. Vous ne savez rien ! Juger, ça oui, vous savez. Et vous avez eu de la chance, Thomas Davron, oui, beaucoup de chance. Je ne sais pas ce que vous avez dit ou fait à Lavergne pour qu'il vous laisse en vie, mais je le saurai.

– C'est minable, profère Davron.

– Peut-être, répond Daza. Sans doute même. Mais c'est mon droit. Et c'est aussi mon droit de vous embarquer pour vous interroger. Vous êtes un témoin capital à présent. Je dois vous soigner.

Il fait un signe à l'un de ses collaborateurs, qui approche aussitôt.

– Tu m'embarques ça au commissariat, dit-il en tournant les talons.

Puis il s'arrête sur le pas de la porte et se retourne.

– En douceur tout de même. Nous devons beaucoup à ce monsieur.

46

Après trois heures de route, Kurtz arrive en vue de sa location normande. Il est fatigué par la conduite de nuit et le stress lié aux embouteillages.

Les pneus crissent sur les graviers de l'allée. Bruit attendu, bruit retrouvé.

Kurtz se détend un peu. Il aime ces petites choses qui reviennent sempiternellement.

Un demi-tour dans l'herbe et il présente le coffre devant l'entrée du garage. Puis il immobilise la voiture, en descend et entre dans le pavillon.

À l'intérieur du garage, passé le hayon automatique, il y a une deuxième cloison, en matériau composite celle-là. C'est l'œuvre de Kurtz, un mur antibruit, comme on en trouve dans les studios d'enregistrement de musique.

Cette précaution lui a coûté une fortune, mais elle était nécessaire. Il a eu beau trouver une maison très isolée, rien ne peut empêcher le passage. Des chasseurs, un facteur zélé, le propriétaire des lieux, tout peut arriver. Et son pensionnaire enchaîné dans le garage a bien le droit de gueuler tout son saoul.

Gueuler, c'est tout ce qu'il peut encore faire.

Kurtz admire une dernière fois son travail, puis il s'empare d'une masse laissée intentionnellement contre le mur des mois plus tôt.

La cloison n'a pas de porte. Il va en créer une, ce qui lui évitera bien des efforts pour ce qu'il est venu faire.

Porter des coups lui fait du bien. Les gestes répétitifs lui permettent d'expulser la tension de la journée. En cinq minutes, la moitié du mur est par terre.

Ensuite, ce n'est plus qu'une formalité. Kurtz l'a répétée plusieurs fois en cours de route. Dans un angle du sous-sol l'attend un vélo pliable, une merveille d'ingéniosité qu'il a dégotée un jour aux puces de Clignancourt, par une matinée de farniente. Il le charge sur la banquette arrière de la voiture, puis il retourne dans le sous-sol.

Sa main se pose sur le pistolet anesthésiant. Les gestes sont rapides, efficaces. Une fléchette glisse dans le canon. D'un coup sec, l'arme retrouve sa forme opérationnelle.

Le pensionnaire est hagard. Il n'a pas encore émis un son. Mais Kurtz connaît la teneur de ce qui va suivre, s'il ne se dépêche pas. Des chapelets de jurons dans la langue de Shakespeare. Voilà à quoi il aura droit.

Alors, pour s'éviter cette nouvelle acrimonie, le canon part aussitôt dans la direction du malheureux et éjecte son projectile chargé de sommeil.

La fléchette se fiche dans le ventre de l'Anglais qui s'avachit sans prononcer un mot.

Kurtz retire les fers qui l'entravent et le charge dans le coffre de sa voiture. Les effets du produit anesthésiant dureront un peu plus d'une heure. C'est tout juste le temps dont il a besoin pour achever son plan.

Les deux bidons d'essence qu'il conserve dans une remise déversent leur liquide dans toutes les pièces, du grenier au garage.

Kurtz aime cette façon de faire disparaître le passé. Le feu dévorera les traces. Il ne restera bientôt plus rien de son passage. Plus rien.

L'allumette s'enflamme au premier contact. Kurtz la regarde se consumer un instant, puis il jette la brindille incandescente sur le sol trempé d'essence.

De fines flammes bleues courent le long du sol et gagnent en une seconde à peine les escaliers. Là commence leur véritable travail. Les marches sont en bois, ainsi que les planchers, la charpente et une partie des cloisons non porteuses.

Le feu, attisé par le vent qui circule librement dans la maison, monte en quelques instants jusqu'au grenier.

Kurtz aimerait beaucoup assister à l'incendie, mais il n'en a pas le temps. L'Anglais se réveillera bientôt. D'ici là, il faudra qu'il l'ait amené à bon port.

Kurtz démarre en trombe. Il est dix-neuf heures. La nuit s'est installée complètement à présent. Un léger crachin mouille la campagne enténébrée.

En une quarantaine de minutes, il est à Étretat. La ville est endormie, à l'exception d'un pub qui semble drainer tous les solitaires du coin.

Kurtz ne s'attarde pas. Il monte au-dessus de la ville par la route de la corniche, direction Fécamp.

Son objectif est là, quelque part droit devant lui.

Il le rallie en un quart d'heure, juste à temps.

Son Anglais n'a toujours pas repris conscience.

Dans la lueur des phares, Kurtz retrouve le chemin qui part vers le haut de la falaise. Il s'y engage et finit par couper le moteur, à une cinquantaine de mètres de l'à-pic.

En pleine nuit, il ne peut qu'en deviner la hauteur. En bas, la marée roule des vagues bruyantes qui s'écrasent sur la craie blanche. Mais Kurtz a déjà repéré les lieux. Il sait que sous le chemin, d'énormes rochers recevront la voiture, l'empêchant de s'abîmer.

Kurtz est satisfait. Il retrouve la pleine maîtrise de son existence.

Alors il descend de la voiture et part ouvrir le coffre en sifflotant *Riders on the storm*, son titre préféré des Doors.

Kurtz éructe des injures sous l'effort. Cet Anglais est resté gras, malgré le traitement qu'il lui a fait subir. Et puis, il se comporte comme un cadavre. Il n'a aucune tension musculaire. Si bien que Kurtz finit par le poser sur le sol, pour le tirer jusqu'à la portière du conducteur.

Là, il parvient à le hisser. Une Clio, ça n'est vraiment pas pratique pour faire ce genre de choses.

Quand je pense qu'il y en a qui trouvent le moyen de baiser dans une caisse… faut vraiment être obsédé. Bande de tarés !

Kurtz démarre le moteur et pose les mains de l'Anglais sur le volant. Et comme il donne des signes de réveil, les doigts se crispent.

Puis il le sangle avec la ceinture de sécurité.

« Un accident est si vite arrivé, ricane-t-il. Ce serait dommage de défigurer une si belle gueule avec le pare-brise. »

Kurtz retire son sac du coffre. Il en extirpe plusieurs bracelets qu'il a lui-même fabriqués. Il les regarde une dernière fois. Ces bracelets lui ont demandé beaucoup de patience, beaucoup d'efforts et font vibrer en lui des sentiments de fierté et d'orgueil mêlés. Il lui en a fallu des heures et des heures, passées sous la loupe de travail, pour glisser dans d'aussi petites structures métalliques les fils, le détonateur, le cordeau détonant et le récepteur HF. Il fallait aussi que l'ensemble soit extrêmement bien solidarisé pour que les porteurs des bracelets ne les abîment pas au cours de leurs missions de *confiance*.

Il est pourtant obligé de les jeter dans le coffre. Ça fait partie du plan. Ce sera même peut-être le détail qui rendra sa mise en scène crédible. Alors il les dépose sur la moquette de protection, tout près d'un bidon d'essence et claque le coffre sèchement.

Puis il récupère le vélo pliable posé sur la banquette arrière.

Il n'y a plus qu'à pousser.

Alors, Kurtz pousse. La légère pente du terrain va amoindrir l'effort.

Une minute plus tard, la voiture bascule par-dessus la corniche et dévale une pente qui avoisine les cent pour cent de déclivité. Kurtz se précipite vers le vide. Il veut voir. Il aimerait admirer son forfait. Mais il n'aperçoit qu'une paire de feux arrière qui s'atténuent avec la distance.

Un peu déçu, il récupère un petit boîtier électronique dans son sac et appuie sur l'unique bouton du dispositif.

L'explosion est immédiate, sans être spectaculaire. L'essence en flamme se répand très vite dans le véhicule, qui s'est immobilisé à la verticale.

Dans sa gourmandise du sordide, Kurtz croit voir l'Anglais bouger. Il demeure là, les yeux accrochés au brasier, jusqu'à ce qu'il soit persuadé que son sésame est bien mort.

Alors il se relève, enfourche son vélo et disparaît dans la nuit.

Le Havre ne se trouve qu'à une quarantaine de kilomètres. Ce sera l'affaire d'une heure et demie d'effort. Après, il s'envolera enfin vers la réalisation d'un vœu qu'il nourrit depuis des années.

47

Eliah Daza est à genoux.

Sa main droite gantée est posée sur le poinçon fiché dans la nuque de Béranger et la gauche est plaquée à la base du cou du défunt. Son index et son majeur frôlent la pointe de métal. Avec un mouvement lent et doux, il retire progressivement l'arme des chairs meurtries. Le sang qui adhère au pic est gélatineux et noir.

– Mais qu'est-ce que vous faites ?

Candice Miller, médecin de l'IJ, vient d'entrer dans le salon. Elle remplace Sergueï, absent pour la journée.

– Je ne veux pas qu'il sorte d'ici sur le ventre, rétorque Eliah d'un ton glacial.

– Laissez, c'est mon boulot ! Vous allez coller des empreintes partout !

Daza agite ses mains gantées sous le nez couvert de taches de rousseur de la jeune femme. Puis, ignorant sa remarque, il achève de retirer le poinçon et le range dans un sachet en plastique qu'il tend à l'un des inspecteurs présents sur les lieux.

D'un signe, Eliah Daza demande de l'aide pour

retourner le corps. Intriguée plus qu'agacée par le comportement du commissaire, Candice s'approche pour lui prêter main-forte.

– C'était un proche ? murmure-t-elle.

– Tout comme, répond Daza d'une voix mal assurée.

– Désolée.

La dépouille roule lourdement sur le côté. L'expression de surprise figée sur le visage de Béranger est si visible que la violence et la rapidité de sa mort ne font aucun doute.

Eliah passe sa main sur les paupières ouvertes afin de les clore à jamais.

Puis ils unissent leurs efforts pour déposer le corps sur un brancard recouvert d'une housse noire.

Dans une parfaite entente muette, Candice y glisse les pieds du défunt, Eliah enveloppe les épaules, puis les bras, qu'il place sur la poitrine.

L'activité de ruche qui animait la maison s'est éteinte d'un coup.

Les hommes et les femmes présents se sont approchés et forment un cercle silencieux autour de la victime.

Eliah Daza remonte la fermeture Éclair pour joindre les bords du sac, enfermant le corps dans sa gangue de plastique.

– Vous pouvez y aller, dit-il les dents serrées.

Quand il se redresse, il est pâle.

Il lance un bref regard à Candice, restée auprès de lui.

– Vous ne l'accompagnez pas ?

– Il y en a d'autres, commissaire. Je voudrais voir ça sur place.

– Alors, venez.

Eliah Daza traverse le couloir et s'engouffre dans l'escalier qui mène à la cave, Candice sur ses talons.

L'odeur qui les assaille est désagréablement douceâtre. Mélange de mort, de pourriture et d'excréments.

Discrètement, la jeune femme plonge deux doigts dans un petit pot de crème au menthol qu'elle porte toujours sur elle et s'en tartine copieusement la lèvre supérieure, juste sous les narines.

– Vous en voulez ? propose-t-elle à Daza.

– Je crois que ça va être nécessaire.

Ils passent l'un après l'autre par l'ouverture de la porte et avancent prudemment dans la cellule où Davron a récupéré Rufus Baudenuit.

La luminosité engendrée par une ampoule de faible intensité, insuffisante pour l'examen des lieux, laisse une grande partie de la cave plongée dans la pénombre.

Daza lance quelques ordres précis.

La superficie du lieu est d'environ six mètres carrés. Sommairement meublé, un lit en ferraille, un seau, une table renversée. Le sol est en terre battue détrempée. Les sprinklers gouttant au plafond laissent imaginer le type de traitement que Kurtz pouvait bien infliger à Rufus. Dans un coin de la geôle, il y a un amoncellement de boîtes de conserve, principalement du corned-beef.

Soudain, une lumière violente venant du plafond les aveugle l'espace d'un instant. Deux projecteurs ont été fixés sur les bords du puits et illuminent la cave, dévoilant une scène macabre.

– Mon Dieu ! ne peut s'empêcher de murmurer Candice.

Ils sont deux.

Assis côte à côte, comme des pantins de chair.

Elle en tailleur, dos contre le mur, les bras posés sur ses cuisses. Ses yeux ouverts fixent le plafond. De ses lèvres mi-closes coule un filet de bave mêlée de sang.

Lui a les jambes étirées devant lui, sa tête penche

légèrement de côté et ses mains croisées enserrent ce qui ressemble à un livre mouillé. Détail insensé, chacune de ses paupières ouvertes est transpercée par un crochet au reflet doré.

Les deux cadavres sont positionnés face au lit.

– Je n'ose deviner qui les a placés ainsi, murmure Daza.

– Vous pensez que...

Accroupi devant les corps, le commissaire les examine un long moment, tentant de lire dans leurs traits figés l'ombre d'une trace ou d'un indice, puis il détache précautionneusement les doigts crispés sur le livre.

Les pages sont marron et collées entre elles, mais le titre est encore lisible.

– *Au cœur des ténèbres*. Ce type est vraiment cinglé.

– Qu'est-ce que c'est ? demande la jeune femme.

– L'origine de son nom. Kurtz. Le colonel Kurtz. Vous devriez le lire, pour comprendre.

Candice, recroquevillée juste derrière lui, hausse les épaules en arborant une moue dubitative.

Daza reprend, après quelques secondes.

– Alors, qu'en pensez-vous ?

– La mort a été rapide pour les deux. Pas de coups visibles, ni d'impact de balle. Certainement du poison.

Daza se retourne, grimace et se redresse.

Face à lui, un panneau de verre sécurit s'ouvre sur une pièce plongée dans le noir.

Il doit approcher son visage de la vitre et l'entourer de ses mains pour voir de l'autre côté.

Et de l'autre côté, il y a l'impensable.

Effondré sur le lit dans une posture invraisemblable, il distingue le corps d'une femme. Son abdomen est foncé, la peau est tendue, prête à libérer les viscères. Les yeux mats et creux comme du blanc d'œuf cuit, les lèvres retroussées dans un rictus de souffrance abominable, la langue noire pointant entre les dents.

Anna.

La femme de Rufus.

Daza est effaré par cette vision d'horreur. Il détache son visage de la paroi et passe ses mains gantées le long du cadre de la fenêtre, cherchant le mécanisme d'ouverture.

– C'est pas vrai, il a bien fallu qu'il l'enferme là-dedans !

– Il n'y a pas d'issue de l'autre côté non plus ! s'écrie un policier une lampe à la main.

– Passez-moi ça, dit Daza en prenant la torche des mains du flic.

Il examine minutieusement les abords du cadre, puis s'éloigne progressivement, examinant pierre après pierre. Soudain, dans un recoin, la lumière accroche une rainure plus profonde.

Daza saisit la pierre, qui se descelle sans difficulté. En dessous, il y a un interrupteur, qu'il actionne. Immédiatement, la fenêtre bascule, libérant une effroyable puanteur qui envoie le commissaire contre le mur opposé.

Le mouvement a été immédiat, impérieux, irréfléchi. Daza se retrouve bientôt plié en deux, la bave aux lèvres, vomissant de longs traits de bile.

Candice sort en hoquetant.

Les hommes présents ont tous un mouvement de recul face à l'odeur pestilentielle qui envahit les lieux. Certains quittent la cave précipitamment.

Après quelques secondes, Eliah Daza se relève, essuie sa bouche maculée de glaires, pose un masque sur son nez et se hisse dans la pièce où gît le cadavre d'Anna.

Des excréments humains jonchent le sol ainsi que des flaques de vomissures séchées.

Les doigts et les orteils de la femme sont noirs, déjà rongés par la pourriture.

Eliah recouvre le corps nu d'Anna avec un drap en papier et saisit doucement ses mains. La peau est poisseuse, comme fondue. Les ongles sont arrachés. Un rapide examen des murs lui permet de retrouver des traces de griffures autour de la fenêtre. Des morceaux de chair sont encore collés dans la pierre.

Un énorme hématome sur le crâne rasé de la victime suggère qu'elle a dû se jeter plusieurs fois contre la vitre.

La folie, l'impuissance et le désespoir étaient ses seuls compagnons.

Son corps décharné, l'absence visible de restes alimentaires font penser qu'elle est certainement morte de faim.

– Elle a dû boire pour tenir si longtemps, murmure Daza pour lui-même.

Anna a disparu depuis le 10 septembre dernier, soit plus de deux mois…

Pourtant, il n'y a pas de lavabo dans la pièce. Les sprinklers semblent avoir été sa seule source d'eau.

– Oh, non !

Le seau empli de déjections…

– Elle a dû boire là-dedans… oh, non…

Eliah Daza sent les larmes lui monter aux yeux.

Il recule, incapable de détacher son regard de la dépouille verdâtre et malodorante.

– Tu pouvais lui ouvrir, Rufus. Elle le savait. Mais tu n'as pas trouvé le mécanisme…

– Venez, Eliah. Rinaldi vous attend en haut, il a du nouveau… dit doucement Candice.

Elle se penche par l'ouverture et pose ses mains sur

les épaules du commissaire. Elle a revêtu une combinaison de papier et descendu sa valise pour procéder aux premières analyses.

– Il ne doit jamais savoir, Candice. Jamais.

– Je vous le promets, Eliah. Je ferai mon possible.

– Pas votre possible, Candice. Il ne saura jamais, répond Daza en sortant de la petite pièce. Merci pour votre aide.

Eliah Daza tourne les talons et remonte de la cave comme un automate.

Il traverse le couloir et sort sur le perron.

– Quelqu'un a une clope ? clame-t-il à la cantonade, tentant de cacher son chagrin.

– Mais commissaire, vous fumez ?

– Une cigarette s'il te plaît, François, rétorque-t-il. Aujourd'hui je fume, oui.

L'officier s'exécute. Daza s'éloigne pour faire quelques pas dans le jardin. Il a besoin de deux ou trois minutes pour se remettre de ce qu'il a vu en bas. Non que ces visions d'horreurs le choquent particulièrement. Des cadavres, il en a vu d'autres. Mais imaginer Rufus en train de regarder mourir Anna de cette façon et la voir se décomposer jour après jour, sans savoir si ce calvaire finirait. Ça, c'est insoutenable.

Et la certitude que lui, Daza, aurait pu abréger sa souffrance de quelques heures et éviter la mort de Béranger sont autant d'idées difficiles à assumer. Mais il le faudra bien. Eliah le sait. Il a encore du pain sur la planche, mais la fuite précipitée de Kurtz grâce à l'intervention de Davron va probablement laisser des traces.

Des indices qui le mèneront tout droit à la planque du psychopathe.

Daza doit être courageux et conduire cette enquête

maudite à son terme. Il y a encore de nombreux mystères à éclaircir, beaucoup de réponses à trouver.

La nicotine court dans ses veines et grimpe à son cerveau, lui embrumant les sens.

– Tu vas replonger ! s'exclame Rinaldi en le rejoignant.

– Alors ? demande Daza en écrasant le mégot sous son talon.

– Tu vas aimer. Viens voir ça !

Rinaldi s'élance vers la maison. Eliah le regarde avec un petit sourire triste et le suit à distance.

– Dans la bibliothèque ! lance l'Italien en disparaissant dans le pavillon.

– OK.

Eliah inspire une grande goulée d'air avant d'y retourner. Comme s'il avait besoin de remplir ses poumons avant d'affronter l'horreur. Chaque objet dans cet endroit, chaque meuble disposé soigneusement, comme chez un type normal, lui donne la nausée. Car en dessous, sous cette apparente banalité, il y a l'enfer. Des jours, des semaines de souffrance, de tortures sous cette salle à manger coquette et ce salon d'un orange à dégueuler.

La bibliothèque est un peu plus loin, sur la droite, derrière l'escalier qui mène à l'étage. La pièce est dans un désordre indescriptible. Les hautes étagères vidées de leurs livres paraissent fragiles et inutiles. Les ouvrages ont été jetés à terre par les hommes de l'IJ occupés à perquisitionner.

– Mais qu'est-ce que… s'interroge Daza.

– T'inquiète pas, commissaire, on a relevé les empreintes. Il n'a pas eu le temps de faire le ménage. Il n'y en a pas beaucoup, mais on a déjà un pouce entier, répond Rinaldi. Ce qui nous intéresse, c'est l'ADN et je pense qu'on va en trouver.

– Ici ?

– Non, ici on a des passeports, Eliah. Bien planqués, mais pas assez pour un fouineur comme moi ! Regarde.

Rinaldi entraîne Daza vers un coin de la pièce épargné par le chantier. Là, sur une bâche en plastique sont étalés neuf passeports français et étrangers, tous en parfait état.

Daza enfile une nouvelle paire de gants et examine les documents avec un sifflement d'admiration.

– Yassen Abdel, Fritz Günther, Virgile Craven, Marcello Pantani… Le faussaire peut nous donner une piste intéressante. Occupe-t-en vite fait.

– Tu n'as plus besoin de moi ici ?

– Non, vas-y. On se retrouve demain matin.

Rinaldi enveloppe soigneusement les faux papiers dans des pochettes plastiques séparées et sort de la pièce rapidement.

Eliah Daza se redresse et se dirige vers un inspecteur de l'IJ occupé à relever les empreintes dans le couloir. Chaque mot lui coûte un effort immense. Il n'a qu'une envie. Foutre le camp de cet endroit qui pue la mort.

– Je veux les relevés téléphoniques, le contenu des poubelles. Tout. Rien ne doit nous échapper cette fois.

Sans attendre la réponse, il s'élance dans les escaliers vers le premier étage.

Le palier est étroit et dessert deux pièces sur la gauche et au bout, les W-C.

La chambre est vaste. Un lit défait, une pile de livres et une penderie vide.

L'autre salle est dédiée à la gymnastique. Un miroir mural fait face à un vélo, une planche à abdominaux et un rameur. Les types de l'IJ sont déjà en train de chercher la moindre trace.

Eliah les regarde faire quelques instants sans un mot, puis se dirige vers la salle de bains. Il y rejoint un autre fonctionnaire de la police scientifique, occupé à récolter des cheveux coincés entre le joint et la faïence.

– Il a tenté de faire le ménage, mais il a oublié quelques poils.

– Parfait. De l'ADN ?

– Oui, très certainement. Il y a aussi les draps dans la chambre qui peuvent donner des indications.

– C'est une bonne nouvelle, articule Daza.

Le commissaire descend alors les escaliers quatre à quatre et sort du pavillon précipitamment. Il traverse le jardinet en quelques enjambées, longe le trottoir pour s'éloigner de l'affluence policière.

La nuit déjà tombée l'enveloppe bientôt d'une intimité rafraîchissante.

Il marche encore quelques mètres et se réfugie sous le porche d'un immeuble.

Là, le commissaire Eliah Daza se laisse tomber sur les marches de l'entrée, ramasse ses genoux sous son menton et laisse enfin libre cours à ses larmes.

48

Trop de lumière pour lui.
Trop de bruit.
Les chariots métalliques dans le couloir.
La chasse d'eau du W-C voisin.
Les éclats de voix devant sa porte.
Trop de lumière.
Et de bruit.

Le bip bip du moniteur cardiaque le berce.
Puis l'agace au bout d'un certain temps.
Le cathéter planté dans son avant-bras lui fait mal.
Trop chaud.
Les draps sont rêches.
Trop chaud pour lui.

Il a mal au dos.
Les oreillers empilés sous sa tête cassent sa nuque.
Il a soif.
Il y a trop de bruit.

Il appuie sur la sonnette d'alarme.

Bizzz.

Sa bouche est pâteuse.

Il entrouvre un œil. La jeune femme lui lance un sourire du pied du lit.

– Comment vous sentez-vous, monsieur Baudenuit ?

– C'est quoi cette saloperie ? articule difficilement Rufus en agitant son bras perfusé.

L'infirmière, qui s'appelle Frédérique, fait le tour pour s'approcher de lui.

– Vous demanderez au docteur !

– Arrêtez de me prendre pour un con, râle Rufus en tentant de se redresser.

Il a comme du sable dans la bouche.

Ses paupières sont en plomb.

– Saloperie…

Il s'écroule, la bouche écrasée contre le matelas. Un filet de salive déborde de ses lèvres et auréole le drap blanc estampillé Hôpital. A. Paré.

Cette fois, l'infirmière de six heures l'a réveillé.

Vraiment.

Il peut se lever pour uriner debout. Il regarde le jet d'un jaune foncé jaillir de son sexe et éclabousser les rebords de la cuvette des toilettes. Il secoue plusieurs fois sa verge en tirant sur le prépuce pour évacuer la dernière goutte avec un sourire satisfait.

Retrouver une source de plaisir, même minuscule, est important.

Un regard dans le petit miroir mural.

Ses paupières gonflées.

Ses joues émaciées.

Et cette haine dans le regard.

Il cherche quelques instants l'homme qu'il connaissait. Sans vraiment y croire.

Un rictus mauvais se forme sur ses lèvres desséchées.

« Tu es mort Olivier Lavergne. Tu n'es qu'un putain de cadavre en sursis. »

Les asperges baignent dans une sauce trouble.

Le rôti de dindonneau est gras. Les haricots verts sont trop cuits.

Rufus se rabat sur le pain et le Babybel.

L'eau est javellisée et tiède.

À la télé, L'Oréal expose ses mannequins au sourire niais. À quelques semaines de Noël, les annonceurs pourrissent l'écran d'images et de clichés débiles. Une offense à son goût pour le minimalisme. Et pour les trois quarts des habitants de la planète par la même occasion.

Rufus regarde cette succession d'appels à la consommation comme un bœuf regarderait passer une vache en tutu, la bouche pleine de mie de pain et de fromage.

La météo prédit un temps sec et froid.

Puis le journal télévisé se lance dans sa valse de titres racoleurs.

La guerre. Les enfants disparus depuis deux jours. Les scandales financiers. La campagne électorale et les bons mots de ces guignols bardés de solutions inapplicables.

Rien.

Ils n'en parlent pas.

Rufus a du mal à y croire.

Il zappe furieusement, sautant d'une chaîne à l'autre, traquant le moindre mot, la moindre allusion.

Rien.

C'est comme si cela ne s'était jamais passé.

Anna est belle.

Anna rit. Elle le prend dans ses bras et caresse tendrement ses cheveux.

Sa peau si blanche se flétrit.

Son sourire découvre des dents jaunes et une épaisse langue noire.

Ses seins se racornissent et sa peau se craquelle.

Elle le chevauche, hideuse. Monstrueuse.

« Anna ! »

Il a hurlé.

Sa nuque est trempée.

Il ôte son haut de pyjama en tremblant et s'essuie le torse et le visage avec. Il attrape du bout des doigts la petite table sur roulette et se sert un verre d'eau.

Toujours aussi chaude et dégueulasse.

Il s'assied sur le bord du lit et regarde ses pieds un long moment.

Elles ont dû lui couper les ongles. Ils étaient longs et commençaient à se courber comme des griffes.

Le sol est froid.

Il frissonne.

Il avance dans la pénombre, les mains tendues devant lui.

Il ouvre la porte.

Le flic en faction dans le couloir est affalé sur la chaise. Il lit une revue de mec.

– Bonsoir, inspecteur, dit-il en se levant.

Rufus ne lui jette pas un regard. Il passe devant lui et s'engage dans le long couloir illuminé.

– Je dois vous accompagner.

Le flic pose son journal et emboîte le pas à Rufus.

Il va déambuler toute la nuit.

Sans un mot.

Comme un fantôme suivi par une ombre.

49

– Qu'est-ce qu'on va faire ? Comment on va le retrouver maintenant ?

Michèle tourne en rond dans la pièce comme une lionne en cage. Elle s'arrête devant les fenêtres, jette un coup d'œil à l'extérieur, passe devant la porte pour vérifier qu'elle est bien verrouillée et part s'affairer dans la cuisine.

– Mais qu'est-ce que vous fabriquez ? s'exclame Thomas Davron, installé dans un fauteuil face à la télévision éteinte.

– Je cherche un couteau. Le flic a pris mon flingue tout à l'heure.

– Vous vous promenez armée ? soupire Davron en se levant.

Michèle secoue la tête avec un air buté. Elle reste plantée derrière le plan de travail qui sépare le salon de la minuscule cuisine.

– Où sont ces foutus couteaux ? On est en sécurité nulle part.

– Michèle, il ne vous fera plus rien.

– Vous en savez quoi, vous ?

– Venez, je vous ai servi un café.

Il prend la jeune femme par le bras et l'entraîne à l'autre bout de la pièce, vers un canapé en cuir craquelé. Il la fait asseoir avec des gestes fermes et doux et prend place à ses côtés.

– Buvez un peu, ça vous fera du bien.

– Vous ne me trouvez pas assez énervée comme ça ? rétorque-t-elle avec un sourire forcé.

Elle tend ses lèvres sèches vers la tasse fumante et essuie une larme qui coule sur sa joue.

– Que s'est-il passé dans la maison ?

– J'ai retrouvé Rufus Baudenuit.

– Je l'ai cherché pendant des jours.

– Voilà déjà un point commun.

– J'aurais tout donné pour le rencontrer.

– Ça viendra.

– Je le sais bien, Thomas, mais vous ne répondez pas à la question. Avez-vous vu Kurtz ?

– Je l'ai vu.

– Et ? Qu'avez-vous fait ?

– Écoutez, Michèle, je ne souhaite pas en parler. Vraiment.

– Pourquoi a-t-il tué le commissaire et pas vous ?

Thomas Davron détourne son regard de celui de Michèle et le laisse errer dans la pièce.

– Je ne le crains plus. Il le sait. Je crois qu'il respecte ça.

– Parce que ce monstre respecte encore quelque chose ? s'écrie Michèle.

– Cela vous paraît si difficile à croire ?

– Oui, Thomas ! Évidemment ! Il a brisé tant de vies ! Comme ça !

– Ce n'était pas « comme ça », il a une sorte de logique, Michèle, il est formaté pour agir de cette façon. Ce n'est pas un monstre. C'est un humain comme vous et moi. Différent parce qu'il ne suit pas les mêmes règles et les mêmes codes que nous, mais humain.

– Vous plaisantez ! Comment pouvez-vous…

– Humain parce qu'il a des sentiments. Haine, peur, admiration, amour peut-être.

– Ce malade ? Humain ? Une bête sauvage, oui !

– D'après vous, qu'est-ce qui distingue un homme d'un animal ?

– Mais !… Tout !

– Non, Michèle. Réfléchissez.

– Je ne sais pas… nous parlons, nous raisonnons, nous avons des lois, des codes, des règles.

– Regardez, les fourmis vivent en société, les dauphins communiquent entre eux… mais aucune espèce animale ne crée. C'est l'art qui distingue l'homme de l'animal.

– L'art ?

– La création. L'écriture, la musique, la peinture…

– Vous délirez ?

– Le dressage, les cellules de couleurs…

– Le massacre de dizaines d'innocents !

– L'art et la notion de temps, reprend Davron sans écouter Michèle. Un animal ne raisonne pas avec une échelle de temps. Il ne connaît pas la différence entre le passé, le présent et le futur.

– Le rapport avec Kurtz ?

– Kurtz est un homme. Un homme qui a des projets futurs, qui réfléchit, qui construit son univers. Un homme comme vous et moi.

Thomas reste un instant silencieux.

– Je lui ai pardonné, Michèle. Et quoi que vous en pensiez, c'est la meilleure décision que j'ai prise de ma vie.

– Vous êtes fou !

– Croyez-vous ?

– Vous cautionnez les agissements d'un psychopathe, vous légitimez ses crimes en lui donnant cette humanité.

– Je ne cautionne rien du tout, au contraire, il est d'autant plus coupable parce qu'il est humain. Cette humanité, il la porte en lui. Sinon pourquoi m'aurait-il épargné ?

– C'est de la pornographie.

– C'est le seul moyen de s'en sortir.

– Il ne mérite qu'une chose. La peine de mort, c'est tout.

– En condamnant cet homme, vous ne valez pas mieux que lui, Michèle.

– Comment pouvez-vous…

– J'ai juste choisi une autre voie que la vôtre…

Thomas Davron se penche vers elle et l'entoure d'un bras protecteur. Il se dégage de cet homme une telle sérénité et une telle force tranquille que Michèle se laisse aller contre lui avec un léger sanglot. Ils restent tous deux immobiles, un long moment. Les doigts de Thomas Davron effleurent tendrement le front de la jeune femme. La lumière diffusée par les bougies qui vacillent tremblote un peu. Le mobilier de la pièce est pauvre et rare, la télévision couverte de poussière et les livres encore rangés dans des cartons.

Un intérieur de vieux garçon, songe Michèle en explorant la pièce du regard.

– C'est assez impersonnel, ici, lance-t-elle soudain à voix haute, perdue dans ses pensées.

– C'est vrai, dit Davron en se redressant. Et pourtant, dans cette pièce, il y a tout l'univers d'un homme.

– Le mien est là, réplique Michèle en posant la main sur sa poitrine. C'est tout ce qui me reste.

Sans répondre, Davron se penche vers un des cartons remplis de livres, et tend un ouvrage ancien à Michèle, qui le saisit, un air d'ennui sur le visage.

– J'aimais les livres avant, murmure-t-elle en le feuilletant sans le voir.

– Quel genre ?

– Vieux, très vieux… et allemands.

– Celui-ci vous apprend à voler.

Michèle laisse traîner un vague sourire sur le coin de ses lèvres.

– Voler…

Davron avale une gorgée de café et s'allume une cigarette. Il reprend le livre des mains de Michèle et le pose sur la table basse. Puis il plonge son regard bleu dans ses prunelles marron.

– Vous avez un petit air de musaraigne.

Michèle baisse les yeux. Ses joues s'empourprent.

– Voler, disiez-vous ?

– Quand j'étais là-bas, dans ma cage, je sortais par la petite fenêtre, et m'élançais au-dessus de la cour, à travers les barreaux.

– Birdy ?

– Oui… si on veut. Je voyais les toits s'éloigner, je voyais la ville à mes pieds, les étoiles, les gens en bas tout petits. Il m'arrivait de les effrayer en volant en rase-mottes, et là c'était drôle. Je suis parti loin comme ça, très loin. Et ça m'a sauvé…

Thomas Davron laisse encore traîner un silence. Son regard se perd au-delà des murs de la maison. Il saisit la main de Michèle et sert fortement ses doigts dans les siens.

– Je voudrais vous apprendre. Pour oublier.

Michèle bondit sur ses pieds.

– Je ne veux pas oublier.

– Ce n'est pas ce que j'ai voulu dire, se reprend Davron. Plutôt pour pardonner.

– Mais, c'est encore pire ! Ne me demandez pas ça ! crie Michèle.

Ses lèvres tremblent. Elle saisit la bouteille de whisky posée à même le sol et se sert un bon verre qu'elle boit presque d'un trait. Elle pousse un grognement et s'affale sur le fauteuil en face de Davron. Celui-ci n'a pas bougé, il l'observe, silencieux et impassible.

– J'avais une vie parfaite, un mari que j'adorais, un métier passionnant. Restauratrice d'œuvres d'art. Aux ateliers de Versailles. Les plus beaux tableaux, les plus belles sculptures passaient entre mes mains. Vous voyez ? Nous n'avions pas beaucoup d'argent, mais nous avions l'amour, le bonheur et la confiance pour nous.

La voix de la jeune femme s'étrangle. Secouée de gros sanglots, elle se met à hurler en bourrant les coussins du fauteuil de coups de poing.

– Je vais le tuer ! Je vais le massacrer ! Je le retrouverai et il paiera pour ce qu'il a fait !

– Comment avez-vous rencontré Charles ? demande Davron doucement.

Estomaquée, Michèle le regarde quelques secondes sans comprendre, suspendant son geste.

– Charles ? répète Davron en souriant, parlez-moi un peu de lui.

– Oui, dit Michèle les yeux brillants, vous voulez vraiment que je vous raconte notre histoire ?

– Allez-y, l'encourage-t-il, j'aime les belles histoires.

La jeune femme se cale confortablement, replie ses jambes et pose son menton sur ses genoux.

– Mon père, le grand Jean Dorléans, éminent homme d'affaires, président du groupe Nano Tech, salopard de la pire espèce et accessoirement trouillard, m'a abandonnée à la naissance.

Elle dit ça d'un trait, puis se tait quelques secondes avant d'inspirer et de reprendre.

– Il n'a pas voulu me reconnaître, maman et moi n'étions finalement pas assez convenables pour plaire à ses parents. Ma mère ne lui a jamais pardonné et j'ai grandi avec une image très noire des hommes. En particulier des hommes qui faisaient des promesses. Charles a été le seul… à ne jamais en faire.

Michèle s'interrompt quelques instants pour boire une tasse de café noir que vient de lui servir Davron. Elle passe ses mains sur son visage plusieurs fois pour essuyer les larmes qui coulent sur ses joues.

– J'ai su que c'était lui au premier regard, un peu comme dans un conte de fées. Et il a su que c'était moi. Nous avions dix-huit ans. Personne ne nous a pris au sérieux, lorsque nous disions que nous allions signer pour 99 ans d'amour au moins…

Michèle renifle, elle a du mal à parler clairement. Et pourtant elle le veut. C'est pour elle comme un hommage à Charles. Les morts sont vivants lorsque les vivants parlent d'eux.

– Nous nous sommes mariés dans une toute petite église, avec deux témoins à nos côtés et les paysans du village venus assister à la messe. C'était simple et magique, comme notre vie. Avec Charles, tout était facile, limpide. Je n'étais vraiment moi que lorsque je vivais à ses côtés.

– Mais, la rencontre ?

Michèle sourit.

– Oh, rien de bien original. Nous nous sommes

assis côte à côte en attendant d'être appelés pour les oraux du bac. Nous nous sommes regardés, souri. Nous avions les mêmes petites manies de travail, la même façon idiote de tourner en rond en récitant nos cours. Nous nous sommes reconnus. Et plus jamais quittés.

– Comme ça ?

– Tout simplement. Nous étions si jeunes. Mais nous savions déjà ce que nous ne voulions pas. Jusqu'à ce maudit jour…

– Que s'est-il passé, Michèle. Qu'est-il arrivé à Charles ?

– Il l'a tué.

– Qui ? Qui a tué votre mari ?

– Je… je ne sais pas. Je ne sais plus. De toute façon, il est mort.

La jeune femme reste immobile, les lèvres pincées, le regard vide.

– Michèle ?

– Le cadavre… il a disparu.

Thomas Davron fronce les sourcils. Les propos de Michèle lui semblent assez confus et il hésite à lui poser d'autres questions. Il n'est pas là pour mener un interrogatoire.

– Pourquoi m'avez-vous invitée à rester avec vous ce soir ? On ne se connaît pas… reprend la jeune femme.

Ses prunelles ont foncé dans la faible lueur. À présent, elles flirtent avec le noir. Elle se lève et va se poster près de la fenêtre. Le lampadaire jette une lumière orange sur le jardinet. La pelouse givrée est auréolée de blanc autour des pierres bordant l'allée. Les murs se dressent dans l'obscurité, les préservant des regards extérieurs.

– Vous aviez l'air perdu tout à l'heure au commissariat, après les interrogatoires...

– Vous êtes un saint-bernard ?

Michèle est nerveuse, elle en devient presque agressive.

– Alors, vous allez m'aider à coincer ce pourri ?

– Je ne crois pas, non.

La jeune femme se tourne vers Davron qui lève les yeux vers elle. Son visage est empreint de gravité.

– Comment pouvez-vous dire ça ? Il a tué votre femme, vous avez fait cinq ans de prison, sans compter les jours passés en cellule, là-bas dans les fours !

– Je le sais.

– Je le sais ! C'est tout ? Mais j'ai besoin de vous, moi ! Je ne pourrai jamais m'en sortir seule !

Davron se lève. Il reste silencieux.

– Et Rufus Baudenuit, vous avez vu ce qu'il lui a fait ? reprend-elle. Et les autres ? Mais répondez, quoi ! C'est pas vrai ça !

Michèle laisse exploser sa frustration et sa colère. Elle fait les cent pas dans la pièce en maugréant.

– Je dois vous compter aussi parmi les trouillards, c'est ça ? lance-t-elle sur un ton provocateur. Charles m'avait bien dit de ne me fier qu'à Rufus Baudenuit. D'ailleurs, c'est ce que j'ai fait.

Elle se tait quelques instants, puis ajoute sur un ton énigmatique :

– Quand il aura reçu mon colis, lui au moins saura quoi faire.

– Quel colis ?

– Alors, dit-elle sans répondre, vous allez m'aider ou vous préférez jouer au planqué ?

– Vous ne savez pas de quoi vous parlez, Michèle, dit Thomas d'un ton très doux. Non, vous ne savez pas.

– Je vous dis que je vais le buter, ce salopard de Kurtz ! Je le ferai avec ou sans votre aide !

En larmes, Michèle déverrouille la porte et quitte précipitamment la maison de Davron sans un regard pour lui.

50

Yann Chopelle relève la tête. Il vient de terminer la lecture du rapport de Daza.

Après examen précis des faits, il a deux solutions. Soit le virer sur-le-champ, soit lui passer un savon et lui donner une seconde chance. Quoi qu'il en soit, le moment à venir risque d'être pénible pour le commissaire.

Et il s'en réjouit. C'est aussi un peu ça le pouvoir… l'art de la remontrance, l'art du sermon. Difficiles exercices d'ailleurs ! Il vaut mieux être un bon chef, si on ne veut pas démotiver ses troupes.

Certes, il a toujours apprécié l'homme et ses méthodes, sinon il ne lui aurait pas donné ce poste. Mais il aime aussi l'idée de le faire trembler, le pousser dans ses retranchements, lui ôter cet air suffisant, ne serait-ce que pour quelques minutes.

Et là, il a de quoi le coincer, voire le mettre définitivement sur la touche. Pourtant, Chopelle sait par expérience que ce genre d'enquête dangereuse et difficile risque de lui péter à la gueule à tout moment. Et quitte à avoir un bouclier, il vaut mieux se cacher derrière une pointure comme Daza. Lui au moins sait encaisser. Ce n'est pas le genre d'homme à rejeter la faute sur quelqu'un d'autre.

Le divisionnaire attend encore quelques instants avant d'appeler le commissaire. Il patiente depuis une demi-heure déjà et n'en sera que plus mûr pour leur entrevue. Stressé à point. Si seulement il perdait son flegme habituel et lui volait dans les plumes…

Il se sert un énième café au distributeur et le déguste en faisant le tour de la salle de réunion où il s'est installé. Le tableau de liège est recouvert des photos de la planque de Lavergne et des cadavres retrouvés sur place, dont celui de Béranger.

Chopelle l'observe un instant sans sourciller. Après tout, le vieux n'avait qu'à se contenter de parier au lieu de jouer au détective. Il aurait pris bien moins de risques en restant sur les champs de courses.

Yann Chopelle est contrarié à cause de l'enterrement. Il pourra difficilement y échapper, alors qu'il n'a aucune envie de se répandre en condoléances pendant des heures. Ce n'est vraiment pas son truc. La mort, ses rituels, il préfère éviter. Tous ces types en noir, ces femmes en pleurs, ces fleurs grotesques… ces défilés interminables dans les allées des cimetières, ces cérémonies où l'on découvre « oh ! Combien le mort était bon, généreux et merveilleux. Un saint homme ! ». Tout ça pour aller bouffer et picoler à son bon souvenir et l'oublier le lendemain. Non, Décidément, ce n'est pas son truc. Peut-être trouvera-t-il une parade cette fois-ci.

Il étudie encore quelques minutes les informations recoupées par Daza et se décide à le faire entrer.

Eliah attend dans le couloir, droit comme un I, l'air fatigué d'un homme qui n'a pas dormi de la nuit. Son regard, sombre mais sans animosité, fixe la porte qui s'ouvre sur Chopelle.

– Commissaire…

En deux enjambées, Daza est dans la salle de réunion. Le divisionnaire referme derrière lui.

– Prenez place.

Eliah s'installe posément, étale ses dossiers sur la table et relève les yeux vers Chopelle qui s'assoit face à lui. Il est prêt. Prêt à affronter la salve de questions que le roquet ne va pas se priver de lui envoyer. Il n'y a que dans ces moments-là qu'il cause.

– Baudenuit ? lance Chopelle sans préambule.

Un peu surpris par l'angle d'attaque, Daza hésite quelques secondes avant de répondre.

– Il est encore dans le gaz à l'hôpital. Son sauvetage a été tenu secret. On ne pourra l'interroger que dans quelques jours.

– Davron ?

– Rien de bien intéressant. Je l'ai cuisiné pendant trois heures hier soir. Il n'apporte pas de nouvel élément à l'enquête. Béranger et lui ont trouvé Lavergne par hasard. Il les a attaqués. Il aurait très bien pu ne pas réagir. Une de nos patrouilles était allée lui rendre visite au moment de la disparition de Baudenuit, ils n'ont rien relevé d'anormal à l'époque.

– Ce qui signifie ?

Eliah Daza pose chaque mot avec aplomb.

– Ce qui signifie qu'il voulait se faire connaître. Qu'il a décidé d'abandonner cette planque.

– En clair ?

– Lavergne n'a pas été démasqué. Il s'est laissé démasquer.

– C'est un aveu d'impuissance, commissaire Daza.

– C'est la vérité, rétorque Eliah.

Yann Chopelle envoie à Daza un sourire insolent et

provocateur, puis il se reprend, affichant un air plus grave.

– Pourquoi Béranger et pas Davron ?

– Adrien n'a pas eu le temps de réagir. Lavergne l'a eu par surprise, très vite. Davron, lui, a eu l'occasion de lui dire qu'il lui pardonnait. C'est ce qui l'a sauvé.

– Étonnant, non ? Vous avez vérifié ?

– Vous ne le soupçonnez tout de même pas de…

– Faites-le surveiller. Un homme qui ressort de chez Lavergne vivant mérite qu'on lui prête attention.

Daza opine sans dire un mot. Il regarde Chopelle et attend que celui-ci relance l'interrogatoire.

– Les autres corps ?

– Celui d'Anna, l'ex-compagne de Rufus et deux inconnus qui sont en ce moment même à l'IML. Probablement des tueurs payés pour éliminer Lavergne.

– Intéressant. Avez-vous une piste ?

– J'ai une petite idée. Je dois vérifier.

– Oui ?

– Un homme d'affaires parisien. Laissez-moi confirmer avant de m'avancer.

– Vous ne prenez plus de risques… se moque Chopelle.

– Ce n'est pas le moment.

– Au contraire, commissaire. Vous êtes là pour ça.

– Marieck, lâche Daza, n'est probablement pas mort comme sa femme le prétend. Je pense qu'il détenait des documents ou des informations qui pouvaient compromettre cet homme d'affaires avec Kurtz et qu'il a été assassiné pour cette raison.

– Comment en êtes-vous arrivé à cette conclusion ?

Daza pousse un profond soupir.

– Ce n'est qu'une théorie…

– Daza ?

– Échafaudée pendant une nuit sans sommeil…

– Putain, Daza. Vous allez cracher le morceau, oui ou merde !

– Le triangle, soupire le commissaire, la relation Marieck-Lavergne-Dorléans.

– Dorléans ? Vous parlez du partenaire de golf préféré de Gillet ? s'étrangle Chopelle.

– Du temps. Je vous demande du temps.

– Vous n'en avez pas ! assène le divisionnaire.

– Je dois trouver des preuves.

– Comment ?

– J'ai mis madame Marieck sous surveillance, ainsi que Sergueï Obolansky, que je soupçonne fortement d'avoir trafiqué les résultats de l'autopsie. D'ailleurs, je ne lui ai rien dit pour Rufus. Je veux voir comment il se comporte.

– Pourquoi ?

– Il confirme la thèse du suicide à laquelle je ne crois pas du tout. Nous avons découvert un corps, Emmanuel Simon, un tueur qui était sur la piste de Marieck.

– Dorléans aurait commandité le meurtre de Lavergne et de Marieck, son propre gendre ?

– C'est ça. Et il est apparemment à la tête d'un groupe armé auxquels appartenaient les deux macchabées trouvés chez Craven, et Simon.

– Brillant ! Vous avez bien caché votre jeu.

– J'attendais d'avoir plus d'éléments.

– Quand avez-vous pensé à Dorléans ?

– J'avais déjà des doutes à la première entrevue. L'instinct. Et puis, cette affaire de paquet déposé par *les esclaves* de Kurtz, soi-disant compromettant, ne l'était pas tant que ça. Pour moi, il a été possible très vite que ce soit un leurre mis là par le commanditaire lui-même.

– C'est encore léger.

– Je le sais. Mais lorsque Rinaldi m'a parlé de Simon, mes soupçons se sont confirmés. Ce n'est pas Lavergne qui va envoyer des types faire le boulot à sa place. S'il avait voulu éliminer Marieck, il avait tout loisir de le faire quand il le gardait enfermé. C'était forcément autre chose. D'ailleurs je m'étais déjà intéressé à Marieck parce que c'était le seul otage qui n'était pas envoyé sur des missions. En sortant vivant des fours, Charles Marieck est devenu dangereux, j'en suis certain. Pourquoi, je l'ignore. C'est pour cela que j'ai pensé à des documents pouvant mettre Dorléans en relation avec Lavergne. Charles Marieck était adjoint du directeur financier de la Nano Tech, donc pouvait mettre son nez dans les comptes. Et après son séjour dans les geôles de Lavergne, il est peut-être devenu curieux.

– Il va falloir des certitudes, Eliah, dit Chopelle en hochant la tête.

– Depuis que j'ai compris, je ne pense plus qu'à ça. Je trouverai. Je trouverai ce qui est arrivé à Marieck et à sa femme. Et je ferai tomber Dorléans.

– L'interrogatoire de Michèle n'a rien donné ?

– Elle est butée et très instable. Je n'obtiendrai rien d'elle. Il faut que je fasse autrement.

– Vous avez carte blanche. Et que comptez-vous faire pour Lavergne ?

– Nous avons découvert des passeports rue des Abondances. Rinaldi va retrouver le faussaire. Nous devrions avoir une piste avec ça. Et son ADN en prime. Il a fait le ménage, mais n'a pas eu le temps d'effacer toutes les traces.

Yann Chopelle se lève, signifiant à Daza la fin de leur entretien. Il rassemble ses affaires, empile les gobelets de café vides qu'il a disposés devant lui et les envoie d'un geste sûr dans la corbeille à papier. Puis il se plante devant le commissaire qui s'est levé à son tour et lui fait un clin d'œil.

– J'avais prévu de vous virer ou de vous engueuler, au choix. La mort de Béranger, Davron qui retrouve Rufus, ça fait désordre. Mais vous m'apportez Dorléans sur un plateau. Et ça, ça a le goût du miel.

Yann Chopelle quitte Eliah Daza avec un petit rire satisfait.

Le commissaire referme la porte derrière lui en marmonnant.

– Pauvre con.

51

Sergueï Obolansky est debout devant les deux cadavres qu'on vient de lui apporter. Un peu découragé, il reste les bras ballants au pied des corps dénudés, allongés sur les tables de la salle d'autopsie de l'Institut médico-légal. Il tente de ne pas penser à Adrien Béranger, dont la dépouille attend le fil du rasoir, quelque part à l'étage supérieur. Sergueï a refusé de réaliser la dissection. Trop impliqué, trop en colère, trop sombre, il aurait été incapable de faire du bon travail. Il est allé le saluer une dernière fois et, les larmes aux yeux, l'a laissé entre les mains d'une de ses consœurs, Candice Miller.

Sergueï est dans la salle numéro 2, comme d'habitude, celle où il officie maintenant depuis une quinzaine d'années. Celle où il a vu défiler des centaines de cadavres, retrouvés dans la capitale, victimes de meurtres, d'accidents, morts dans leur lit d'hôpital, après une intervention chirurgicale, ou chez eux, dans la douce quiétude d'un foyer devenu leur dernière demeure.

Les autopsies se suivent et se ressemblent finalement toutes.

La procédure est réglementée, les mesures à appliquer draconiennes, si on veut éviter la contre-expertise ou les erreurs. C'est une énorme responsabilité que de déterminer avec exactitude les circonstances, l'heure et la cause d'un décès.

Suicide, meurtre, accident ? Laisser courir un assassin, accuser à tort un innocent, permettre ou non à des enfants d'hériter, comprendre une faute médicale, chaque conclusion peut être lourde de conséquences.

Et chaque rapport trafiqué aussi. Sergueï le sait. Charles Marieck a bien été torturé avant d'être abattu d'une balle en pleine tête. Mais il a fallu qu'il biaise les résultats de l'autopsie, qu'il dissimule les preuves de son intoxication à l'adrénaline, afin de sauver la vie de sa sœur et de sa petite-nièce. Il n'a pu rendre à Marieck la vérité sur sa fin, son ultime passage est devenu un mensonge, pour éviter le pire.

Pour l'instant, le légiste n'a pas d'autre choix que de garder le silence. Face au dilemme, il résiste mal. Car il sait que personne, pas même le commissaire Daza, ne pourrait lui pardonner un tel acte contre l'éthique.

Protéger Kurtz, céder à un chantage odieux est la porte ouverte à d'autres demandes de ce genre.

Et Sergueï peut difficilement envisager de maquiller chaque rapport, de couvrir chaque nouvelle exaction de ce type sans réagir.

Mais s'il veut préserver sa famille, il n'a pas d'autre choix que de rester planté là, dans cette sombre impasse, marionnette accablée d'un malade sans scrupule.

Il pense avec une permanente nostalgie qu'il y a un homme sur cette terre en qui il aurait suffisamment confiance pour se livrer, donner sa version, demander de l'aide et en obtenir. Mais cet homme absent, trop absent, reste introuvable. Saoul, mort, ou bien encore à la dérive quelque part, il n'est pas là pour le soutenir. Pour le sortir de ce mauvais pas. Malgré l'échec quasi total de son enquête sur l'affaire Lavergne, Sergueï considère Rufus Baudenuit comme le meilleur flic de Paris, le plus tenace, le plus courageux, le plus fin limier. Et un ami rare.

Sergueï consent enfin à bouger pour enfiler sa blouse, sortant de ses obscures pensées. Trop de travail pour ruminer, il le sait bien. Encore deux autres victimes de Kurtz. Et cette fois, très peu de détails ont filtré. Il ne sait qu'une chose, les corps ont été retrouvés dans une des planques de Lavergne, par Béranger et Davron. Davron s'en est miraculeusement sorti, Béranger n'a pas eu cette chance, tué par Virgile Craven, quadragénaire en fauteuil roulant.

Kurtz, Lavergne, Craven.

Le monstre aux trois visages.

Sous combien d'autres identités va-t-il encore sévir ?

Sergueï n'a jamais vu le psychopathe autrement qu'en photo, mais les nombreux travaux et autopsies qu'il a réalisées sur ses victimes lui ont permis de dresser un vague portrait de ce tueur froid et sanguinaire, qui ne recule devant rien. Actes de torture et de barbarie, meurtres au premier degré, tout est bon pour avancer et suivre sa route. Les obstacles n'ont pas de place sur cette voie maculée de sang. Où donc va cet homme ? Que cherche-t-il ? Sergueï s'est maintes fois posé la question. Et une seule réponse a trouvé grâce à ses yeux.

« Tu veux être le maître. Tu voudrais tout dominer.

Hommes, animaux, nature. Tu ferais un parfait dictateur… »

Les gants claquent sur les poignets du légiste qui s'apprête à commencer l'autopsie, ce rituel immuable, cette quête du moindre indice, de la moindre faille. Comment retrouver sur une dépouille la trace du meurtrier, la preuve de son abomination ? Comment identifier un corps, comment lui rendre son nom, une famille, une vie passée ? Comment apprendre dans quelles circonstances et pourquoi un être humain se retrouve un jour ainsi exposé sous son œil aiguisé ?

D'abord, l'identification physique.

Sergueï se penche sur le premier cadavre, celui de la femme.

Ses cheveux sont brun foncé, presque noirs, ainsi que ses yeux. Elle mesure un mètre soixante-huit et pèse cinquante-neuf kilos.

D'après sa musculature fine et sèche, Sergueï en déduit qu'elle faisait probablement de la course de fond. Des cals sur la paume de sa seule main droite pourraient indiquer la pratique régulière d'un sport de combat comme l'escrime, par exemple.

Ses ongles ras, soignés, ne portent aucune trace de vernis.

Elle a approximativement 25 ou 30 ans, guère plus. L'observation de son abdomen et de ses seins, lisses et fermes, montre à première vue qu'elle n'a jamais eu d'enfants. Mais seul l'examen de ses organes génitaux pourra en attester.

La température du foie, prise sur les lieux par le gars de l'IJ, donne une heure assez précise du décès : minuit. Heure qui pourra être confirmée par l'examen de l'humeur vitreuse, liquide contenu dans l'œil, qui peut dater la mort à une soixantaine de minutes près.

Plus le taux de potassium présent est bas, plus le décès est éloigné dans le temps.

Chaque corps est différent. C'est un constat frappant pour Sergueï, malgré son expérience. Bien sûr, la dépouille va se conserver plus ou moins longtemps en fonction de la température et du matériau qui l'entoure.

Mais d'autres facteurs entrent aussi en jeu. La cause du décès, l'âge de la victime, ses habitudes alimentaires… Certains morts restent beaux longtemps, avant que ces reflets verdâtres, caractéristiques de la décomposition n'envahissent l'épiderme. Sergueï se souvient d'une femme de quarante ans, morte chez elle d'une rupture d'anévrisme, retrouvée quinze jours après, qui semblait être seulement endormie. Seules ses lèvres pincées et collées trahissaient son passage vers un autre monde.

Sergueï Obolansky note avec application les premières constatations observées sur l'inconnue allongée devant lui. Il relève encore sa pointure, un petit 38, puis détaille chaque centimètre carré de sa peau afin de repérer d'éventuelles traces de lutte. Il peut observer un trou minuscule à la base du cou, semblable à une piqûre. Une auréole noirâtre témoigne de la violence avec laquelle le projectile, probablement très fin, a perforé l'épiderme et pénétré le derme. L'arme utilisée est vraisemblablement une sarbacane. À l'aide d'une lame très effilée, il prélève les morceaux de tissu et les dépose sur une plaque en métal, afin de les envoyer au labo de toxicologie, ainsi que le sang prélevé dans le cœur et les artères.

Puis il se sert un café noir, l'avale d'un trait et pousse la table montée sur roulette vers la salle de radio. Les rayons X traverseront la chair à la recherche d'anciennes fractures ou de signes particuliers. C'est de cette façon qu'il a pu identifier de nombreux cadavres, dont le dernier, repêché par la brigade fluviale, un certain Emmanuel Simon.

Mais la femme aux yeux noirs ne livre pas son secret. Juste quelques fractures bien consolidées, sans aspect particulier, anciennes et donc inutiles à une procédure d'identification.

De retour dans la salle 2, il enfile son tablier vert, change de gants et approche la petite table recouverte d'un champ stérile et de divers instruments d'autopsie. Tout y est. Scalpel, scie, pinces, réceptacles, bouteille de formol, aspirateur. Le travail du boucher peut commencer.

Sergueï jette un coup d'œil vers la porte, comme pour exorciser une peur tripale. Celle de voir un coursier entrer avec une photo de Marianne ou de Camille, une cagoule sur la tête et un flingue sur la tempe.

Il reste ainsi quelques secondes, immobile, le cœur serré.

Mais rien. Personne ne franchit les portes battantes. Personne ne vient lui dire de mentir, de tricher. Il va pouvoir faire son travail. Sereinement.

Un dernier regard vers le sculptural corps blanc, avant de l'ouvrir en deux, du menton jusqu'au pubis. C'est Jean-Marc, le thanatopracteur, qui lui rendra figure humaine, au cas où son hypothétique famille viendrait la réclamer. Les chairs seront recousues, la morte habillée, les vides comblés avec du papier.

Son cerveau sera extrait et conservé trois ans dans du formol à 10 %, aligné à côté de centaines d'autres, rangés sur les étagères d'une chambre réfrigérée à 4 degrés. Son corps, s'il est abandonné, sera incinéré – ainsi que ses restes – et remis au cimetière de Thiais, après avoir attendu, immergé dans de grandes baignoires avec d'autres inconnus.

« Pauvre petite », murmure-t-il.

Il saisit le scalpel, soulève le menton de la jeune femme et commence à découper les chairs qui s'écartent, livrant une fine couche de graisse blanchâtre. Le légiste suit la marque de feutre, sur la gorge, entre les seins, le long du ventre. Il contourne l'ombilic et s'arrête dans les poils pubiens presque ras. Un deuxième passage pour faire céder les muscles, durcis par la mort. Un peu de sang s'écoule, caillé et noir. Sergueï l'essuie avec une compresse, puis il attrape la scie électrique, qui attaque le sternum avec un bruit strident.

Il écarte ensuite la cage thoracique, vérifie s'il n'y a pas de trace interne de chocs ou d'hémorragie, puis tranche le larynx d'un coup net, afin de libérer le bloc cœur/poumon qu'il dépose sur une desserte.

Le légiste étudie soigneusement les parois du vide laissé par les organes vitaux. La teinte des muscles du ventre est encore légèrement rosée. Elle luit sous les néons. Drôle d'image que le corps de cette femme soudain privé d'une partie de sa substance.

Les seins pendent de chaque côté du thorax béant, ne laissant plus place à une quelconque beauté plastique. Là, chaque partie de l'anatomie est rendue à sa fonction propre, à sa mécanique, à son rôle vital ou nourricier.

La cavité abdominale est elle aussi soigneusement amputée de chacun de ses organes qui est pesé, découpé pour être analysé. Le contenu de l'estomac est recueilli dans une verrine, le foie tranché, les intestins déroulés et ouverts, livrant leur contenu malodorant. Le cœur est éventré, les poumons disséqués. Chaque parcelle est numérotée, chaque échantillon prélevé et étudié.

Rien.

Ce cadavre ne donne pas un indice. Pas encore. Car

Sergueï n'a pas terminé son petit tour de l'horreur. Il a gardé le plus délicat pour la fin. Au cas où il n'en aurait pas eu besoin, où la cause de la mort aurait été limpide, au cas où il aurait pu recueillir une piste fiable.

Ses mains tremblent légèrement. Il n'a pas l'habitude de bousculer ainsi la procédure. Mais c'est cette peur indicible mêlée à son instinct qui lui dit qu'il va trouver quelque chose, là où il n'a pas encore cherché.

Et qu'il devra certainement se poser la même question. Que faire ? Et si les ordres de Kurtz n'étaient pas arrivés à temps ? Si le coursier avait eu un accident de scooter sur le périphérique et qu'il aurait dû cacher la preuve ? Et si Marianne allait payer avec sa petite fille cette erreur fatale ?

La paranoïa s'installe avec l'incertitude. Drôle de mélange pour un homme, affaibli par un soudain déséquilibre. Un homme organisé, droit, carré et consciencieux. Un homme qui ne jurait que par la simplicité, l'ordre et qui se trouve maintenant de nouvelles raisons de ne plus respecter ces règles édictées par un métier difficile, où la rigueur et l'honnêteté sont de mise.

C'est avec un profond soupir que Sergueï enfonce un spéculum dans le vagin de la morte, qui résiste.

Rien. Il pourra ainsi en conclure qu'il n'y a eu ni viol, ni rapports sexuels les heures précédant le décès. Puis il poursuit son examen vers le périnée et l'anus. Là, il découvre de minuscules coupures sur l'anneau sphinctérien, maculé de sang séché. Quelques traces de lésions probablement *post mortem*.

Le légiste a un frisson, certain d'être sur la bonne voie.

À l'aide d'une pince, il sonde le rectum de la victime. Un obstacle le gêne dans son examen et, pendant quelques minutes, il craint devoir découper encore les muscles. Il réussit cependant avec patience et dextérité à l'extraire des chairs de la morte, sans plus de dégâts.

Il s'agit d'un petit carton blanc, plié en accordéon.

Sergueï le déploie, fébrile.

C'est une carte de visite.

« Avec les compliments de Nano Tech SAS. »

52

« On ne cherche pas à manipuler l'esprit humain par hasard, par erreur ou par désœuvrement.

Je n'entrerai pas dans des explications que beaucoup doivent attendre. Je laisserai ces méthodes communes et banales aux vulgaires, aux psychiatres, à ceux qui se sont penchés sur mon cas pendant des années sans y rien comprendre.

Non, il n'y aura rien de semblable dans ces pages. On ne s'attaque pas au génie en utilisant des méthodes pensées pour la masse. N'en déplaise aux malsains qui auraient su se délecter de l'étalage affligeant du comportement des adultes qui ont entouré mon enfance.

Et quand je parle d'adultes, j'entends personnes majeures. L'adulte, le responsable, ne s'y trouvait pas.

Très tôt, j'ai compris que les humains n'agissent et n'interagissent ensemble que comme de petits programmes où le libre arbitre n'a pas de place. De simples programmes binaires reposant sur le oui/non.

Un individu, en résumé une conscience qui ne peut être fragmentée, ne saura passer sa vie qu'en répliquant des schémas issus de son enfance ou, au contraire, en s'opposant à ces schémas. Mais dire non à une situation n'est pas plus un choix que dire oui.

Accepter ou refuser quelque chose ne revient pas à choisir. Cela signifie tout juste être en accord ou en désaccord avec son éducation, en tout cas avec ce que l'on a vu faire au cours des dix premières années de sa vie. Il s'agit évidemment là de cette part non verbale de l'éducation, de ce qui, parce que non dit, s'ancre justement plus profondément : les tabous, l'imitation.

Jamais personne ne dit à un petit garçon qu'il ne doit pas sauter sa mère, ou à une petite fille qu'elle ne doit en aucun cas sucer son père. Pourtant, nous le savons tous et la plupart des adultes ne sont pas foutus de vous expliquer pourquoi !

Pour un cerveau tel que le mien, cette attitude relève justement de la pathologie mentale, de l'aliénation définitive. Car il est quasiment impossible de se trouver des années durant dans la norme et d'en sortir un jour pour s'élancer sur les chemins obscurs de l'univers en friche des élus, des asociaux et des penseurs de nouveaux mondes.

J'ai fait ce choix.

D'autres l'ont fait aussi, mais ils sont rares. Car passer par ces chemins peu fréquentés demande une grande dose de courage et de lucidité. Sur soi, sur les autres et sur le sort que la multitude nous réserverait si par malheur nous nous trouvions à sa merci.

Parce qu'elle nous ferait subir les pires outrages, cette plèbe gouvernée par des bouffons, si nous tombions dans les mailles de ses filets grossiers.

Et au nom de quoi je vous prie ?

Au nom de la raison, peut-être aussi de la justice, mais surtout la raison.

La raison...

Vous êtes-vous jamais posé de question sur ce concept humain de bas étage ?

La raison est la gangrène de ce monde. C'est au nom de cette raison que des nations en envahissent d'autres, organisent des pogroms, au nom de la raison d'État.

Alors, que l'on me dise ce que signifie cette raison ? Ou ce que veut dire exactement cette aliénation dont m'ont affublé les psychiatres ! »

Kurtz relève les yeux de son écran d'ordinateur. Le train vient de ralentir.

Se pourrait-il que... songe-t-il en jetant un œil sur sa montre.

L'annonce d'un contrôleur confirme ce qu'il pressentait. Le TGV 8042 est en passe d'arriver à Genève.

Sa destination.

Le lieu tant attendu où il se métamorphosera enfin.

C'est fou ce que le temps passe en écrivant. Je n'ai rien vu...

Et pour cause, depuis qu'il a entamé la rédaction de ce document, Kurtz caresse mentalement la longue traîne de son ego surdimensionné. Cela lui fait un bien fou et il ne s'en prive pas. Écrire sur soi, c'est se donner le temps de faire un point et pourquoi pas se recentrer. Mais Kurtz ne se recentre pas. Il s'admire, en perpétuel accord avec chacun de ses actes passés, et juge incontournables ses remarques, ses maximes.

Il doit pourtant s'arrêter là. Le train ralentit de plus en plus.

Dans quelques instants, il stoppera le long du quai.

Charles Marleau n'aura plus qu'à passer le poste de douane. Ensuite, il filera tout droit vers cette clinique pour milliardaires où sa nouvelle vie prendra racine.

53

Cette nuit encore, Andréas n'a pas dormi. Malgré la fatigue, malgré les médicaments, malgré l'absence de responsabilité. Le sommeil n'est pas venu, c'est tout. Alors il a déambulé dans sa petite chambre, épuisé les programmes télé jusqu'à plus soif et puis, repu de niaiseries prédigérées, il a recommencé à tourner autour du lit. Comme la nuit précédente.

Devant sa mine de déterré, son médecin a forcé les doses. Le matin même, il a recommencé, si bien qu'Andréas, vaincu par la chimie des grands laboratoires, a passé la journée entre la chambre, où il est resté inerte, perdu, coincé entre la réalité et une chimère de sommeil, et la salle de vie des patients au long cours. Mais, là encore, il n'a su que regarder un écran de télévision perché à deux mètres du sol, vautré sur une chaise en plastique orange, l'œil torve, un filet de salive écumante à la commissure des lèvres.

C'est d'ailleurs dans cette posture qu'il se trouve encore quand retentit le générique du journal de vingt heures.

Andréas laisse les sons faire vibrer ses tympans. Ils deviennent bien quelque chose ensuite, rien ne peut se perdre complètement, mais ils n'arrivent pas jusqu'aux sphères de son cerveau où la compréhension du langage se fait. Andréas se laisse bercer par cette bouillie d'images et de sons qui lui ont permis de s'entourer tout l'après-midi d'un cocon ouaté.

Le générique des infos ne change rien à cette situation.

Elle ne va pourtant pas durer. Dès l'annonce des principaux titres du journal, certains mots vont réussir à franchir ces barrières de protection qu'Andréas s'est inconsciemment érigées.

Ces mots sont des clés. Ce sont elles qui l'ont conduit dans cet hôpital psychiatrique.

Le dresseur... Kurtz... Lavergne... nouvelle évasion...

Alors, quand le présentateur reprend le premier de ses titres, l'oreille d'Andréas est prête à faire son travail jusqu'au bout.

C'est ainsi qu'il apprend l'impensable. Kurtz a une nouvelle fois échappé à la police, en faisant quatre victimes supplémentaires.

Il reçoit cette invraisemblance comme un millier d'uppercuts.

Le KO est immédiat.

Sauf que, dans l'esprit d'Andréas, une sorte de dichotomie est en train de se réaliser. Il y a l'Andréas sain d'esprit, ou à peu près. L'Andréas d'avant. C'est lui qui plie l'échine et la volonté depuis des semaines. Lui qui a demandé son internement.

Et puis, il y a l'autre, la créature initiée, dévoilée par Kurtz, par ses méthodes iniques.

Cet Andréas-là est en friche, en apprentissage de lui-même et sans aucun artifice. Il faudrait lui trouver un nom, car il n'a plus grand-chose à voir avec cet homme dont il est pourtant issu.

L'homme d'un côté, le soudard de l'autre.

L'homme a renoncé. Le soudard ne s'avouera jamais vaincu. Il préférera mourir en partant à l'assaut plutôt que de rester planqué.

« Vos gueules ! » hurle-t-il tout à coup en éjectant un grand jet de bave sur le sol. « Vos gueules, bande… »

Il ne peut terminer sa phrase. Le traitement de choc lui interdit de se reprendre complètement. En revanche, il peut se lever, menaçant envers les autres patients qui comme lui ingurgitent des images bêtifiantes à longueur de temps.

Une chaise est déjà passée entre les mains d'Andréas. Il la soulève bien haut au-dessus de sa tête et l'envoie sur le plus proche de ses compagnons d'errance.

Le jeune homme la reçoit en plein visage. Il n'a pas eu une réaction de protection.

Dans la salle, il y a du remue-ménage. Ceux qui ont encore la capacité de décider pour eux-mêmes se sont rués le plus loin possible d'Andréas en poussant de grands cris.

Les infirmiers accourent. Ils sont habitués à ce genre d'incident, ils savent quoi faire.

Deux d'entre eux font face à Andréas qui brandit à présent les poings.

La tactique est éculée, mais elle fonctionne bien sur les patients en psychiatrie. Le troisième se glisse dans son dos, sans un bruit.

L'assaut est simultané.

Andréas n'a pas le temps de charger ses agresseurs. Il est déjà ceinturé. Ses ruades ne serviront à rien.

Cinq secondes plus tard, sa conscience vacille. Les

quelques millimètres cube de produit *ad hoc* ont quitté la seringue pour se diffuser à travers son organisme.

Cinq secondes, c'est le temps nécessaire pour qu'ils atteignent son cerveau.

54

– Elle a été violée ou sodomisée par une brute, je vous assure, commissaire. C'est ça qui explique les lésions au niveau du rectum.

Eliah Daza observe le légiste avec une moue dubitative.

– Vous vous fichez encore de moi, toubib. Le viol ne fait pas partie des passe-temps favoris de Lavergne.

– Je n'ai pas dit qu'il était responsable… d'ailleurs je n'ai retrouvé aucun fluide corporel étranger à la jeune femme.

– Que vous n'avez pas été foutu d'identifier, pas plus que le type d'ailleurs. Je me demande pourquoi on vous paie ! s'exclame Daza, très contrarié.

– Vous êtes vraiment un pauvre type, marmonne Sergueï en se levant. Vous laissez crever Rufus dans une cave pendant des mois et vous voulez me faire la leçon ! Vous feriez mieux d'aller à la pêche.

Eliah Daza foudroie le légiste du regard.

– Asseyez-vous, je n'en ai pas fini avec vous.

Obolansky s'exécute avec un soupir d'ennui. Il

croise ses mains et tourne ses pouces en fixant Daza d'un air insolent.

– Je vais vous faire virer, croque-mort. Vous falsifiez les résultats.

– Allez vous faire foutre.

– Lors de la contre-expertise, mademoiselle Miller a certifié qu'un objet introduit dans l'anus de la victime avait causé les blessures. Qu'en avez-vous fait ?

– Candice fait du zèle, rétorque Sergueï. Elle ne peut en aucun cas affirmer ce genre de chose.

– Désolé, mais je ne suis pas d'accord. J'ai son rapport sous les yeux. Elle a retrouvé des traces de cellulose dans le rectum.

Sergueï essaie de cacher sa surprise. Il hausse les épaules et se contente de murmurer :

– Je ne suis pas responsable des pratiques sexuelles déviantes de ce macchabée en jupon. Vous n'imaginez pas le nombre de saloperies que les gens sont capables de se fourrer dans le cul.

Cette fois, c'est Daza qui se lève, furieux.

– Entrave à une enquête, fabrication de fausses preuves. Je vous laisse quarante-huit heures pour réfléchir et me dire la vérité sur la mort de Marieck et les indices récupérés sur le corps de madame X. Passé ce délai, je vous colle au trou. Maintenant, dégagez !

Il a presque hurlé la fin de la phrase.

Sergueï Obolansky est sorti sans un mot.

Le commissaire reste immobile, dans la pénombre de son bureau. La nuit est déjà tombée. Il entrouvre la fenêtre et s'allume une cigarette. Ses yeux errent sur le trottoir en face. Peu de gens déambulent à cette heure. Pourtant, il n'est pas très tard. Le froid et l'obscurité sans doute.

Le café du coin a l'air désert.

Daza revoit le visage défait d'Andréas Darblay, ce

fameux jour où il l'a sorti de garde à vue. Darblay qui a choisi de se faire interner. Pour échapper au pire. Sage décision, probablement.

Les séquelles laissées aux survivants par Lavergne sont peut-être plus moches que la mort elle-même, qui pourrait être une délivrance. Dans ce cas-là. L'emprise psychologique distillée par Kurtz, au fil des jours et des mois dans ces geôles, est aussi vicieuse qu'un poison lent. Un cancer de l'équilibre mental, un abcès au cerveau, une torpille au bonheur.

Comment rester vivant, comment poursuivre sa route sans passer de l'autre côté ? Pardonner ?

Impossible.

D'ailleurs, Daza ne croit pas aux élucubrations de Davron. Ce sont des pensées d'illuminé ou d'extraterrestre. Mais pas celles d'un homme… normal.

Michèle et Rufus en sont l'exemple parfait. Tous les deux sont obsédés par la vengeance ou la revanche, au choix.

Michèle, perturbée, au bord de la folie. Désespérée, perdue, paumée.

Enfermée dans ce gîte en banlieue.

Recluse. Droguée aux psychotropes et à la vodka.

Rufus au bout du rouleau, suspendu à une perfusion dans un lit d'hôpital.

Plus tout à fait humain.

– Quel gâchis…

– Je ne te le fais pas dire ! approuve la voix de Rinaldi derrière lui.

– Tu ne peux pas frapper comme tout le monde ! gronde Daza en se retournant.

– T'as peur que je te balance ? demande Rinaldi en montrant le paquet de cigarettes posé sur le bureau.

Ignorant la remarque de son collègue, Eliah Daza

s'installe sur son fauteuil et invite l'Italien à faire de même.

– Alors ? Des nouvelles ?

– Pierre André Second, ressortissant canadien.

– Notre Lavergne a de l'imagination. Comment as-tu fait ?

– C'est Dédé, la faussaire. Elle crèche dans le 11e. Ça fait des lustres qu'elle bosse là-bas. Il n'y a qu'elle dans le coin qui correspond par petites annonces, les autres se sont mis à Internet. J'y suis allé avec les neuf passeports trouvés sur place. Et bingo. Elle se souvenait bien de la commande. C'est pas tous les jours qu'elle livre par dizaine avec les permis en prime ! Le manquant est celui qui nous intéresse.

– Bien ! Y a plus qu'à…

– J'ai mieux ! Avec les gars, on a vérifié les vols, les agences de voyages, les locations de bagnoles et on a mis dans le mille ! Une Golf grise, immatriculée 60, a été louée par un certain Pierre André Second, il y a maintenant près de quinze jours ! Mais celle-là s'est ratatinée contre un platane. On vérifie s'il ne s'en est pas procuré une autre.

Le commissaire sourit.

Enfin.

Cette fois-ci, Lavergne ne leur échappera pas.

– Ça mérite bien une petite bière, tu crois pas ? lance Rinaldi.

– Tu as raison, répète Daza moqueur. Ça mérite bien une petite bière.

Il se lève, contourne son bureau et enfile son manteau.

Arrivé devant la porte, il lance un trousseau de clés à Rinaldi, occupé à ranger les dossiers.

– Tiens, j'en boirai une à ta santé. Je te rappelle que ce soir, c'est toi qui gardes la maison !

55

Eliah Daza fulmine.

Il vient à peine de s'asseoir au volant de sa voiture que son téléphone sonne. À l'autre bout de la ligne, une infirmière tente de lui parler, mais il y a un tel vacarme près d'elle qu'il n'y comprend pas grand-chose. Il raccroche au nez de son interlocutrice.

Malgré le bruit et les cris, il a compris de quoi il retournait. Rufus Baudenuit sème la pagaille dans le service.

Et Daza a le choix. Il est en droit de rentrer chez lui. Après tout, il ne s'agit pas d'une urgence et chaperonner l'ancien flic n'entre pas dans ses attributions.

Il fait pourtant demi-tour. Eliah Daza ressent une telle culpabilité pour tout ce qui concerne Rufus Baudenuit qu'il ne se pose pas la question très longtemps.

Il fixe le gyrophare sur le toit de sa voiture et traverse Paris, direction Boulogne.

Vingt minutes plus tard, il trouve une place libre juste devant l'entrée de l'hôpital Ambroise-Paré et se rue directement dans le service de médecine interne.

L'endroit est à présent particulièrement calme. À tel point que Daza commence à douter. Il se dirige vers la salle des infirmières et se campe devant la porte ouverte, son insigne en main.

– Commissaire Daza, clame-t-il à la demi-douzaine de femmes attablées. Il se passe quoi avec Rufus Baudenuit ?

Son intrusion jette un silence pesant sur l'assemblée.

– Il se passe que je suis venu chercher Rufus pour l'emmener dîner et que ces dames refusent de le laisser sortir, dit une voix masculine dans son dos.

Daza se retourne et découvre Sergueï Obolansky à deux mètres de lui.

– Mais vous êtes pire que de la glu ! gronde Daza. Vous foutez quoi ici ?

– Ah, c'est vrai que vous comptiez me cacher ce qui est arrivé à Rufus, glisse Sergueï avec hargne, espèce de…

Daza se pince l'arête du nez. Il commence à en avoir assez qu'on le prenne pour un imbécile.

– Mais vous n'avez pas autre chose à faire ?

– Trafiquer des dossiers par exemple ? Pas que je sache, inspecteur.

Sergueï affiche un petit sourire narquois qui exaspère Daza aussitôt. Il ignore la provocation.

– Et elles vous ont dit non ? Pourquoi ne pas leur avoir expliqué que vous êtes médecin ?

– Parce que je ne suis plus un croque-mort à présent ?

Daza soupire. Comme tout homme, il a ses limites. Et il sent qu'il n'est pas loin de les atteindre.

– Faites-moi plaisir, toubib, reprend-il en se maîtrisant. Rentrez chez vous. Pour l'instant, Baudenuit est en convalescence. Et c'est en plus un témoin que je me réserve. Alors, vous irez fêter sa réapparition un autre soir, d'accord ?

Dans la salle des infirmières, on assiste à la conversation avec intérêt. Et les commentaires vont bon train.

La surveillante s'est levée pour venir se planter devant Daza.

– Les sorties s'effectuent le matin, après la visite du chef de service, dit-elle sur un ton de maîtresse de maison outragée. C'est le règlement. Vous devez savoir à quoi ça sert un règlement dans la police…

Daza frappe légèrement son poing sur le chambranle de la porte.

– Je ne sais pas pourquoi, déclare-t-il tout bas. Mais je sens que la situation va m'échapper.

– Qu'on se rassure ! rétorque une voix dans son dos. La situation est sous contrôle. Moi, je vais me faire péter la panse avec mon pote Sergueï et je ne vois pas très bien qui aurait quelque chose à redire. La bouffe dans cet hosto est pire que tout ce que j'ai ingurgité ces dernières semaines et c'est peu dire !

Eliah Daza se retourne. La voix, il l'a reconnue.

Rufus se trouve à trois mètres de lui, au milieu du couloir. Il a revêtu un costume qui flotte autour de ses membres amaigris. Il a l'air grotesque dans ce vêtement, dans ces chaussures. Mais il brille dans ses yeux une belle lueur volontaire.

– Moi, j'appelle la sécurité, menace l'infirmière en chef.

Rufus fait un pas vers la surveillante et vient glisser son regard dans le sien. Il la domine d'une tête et demie.

– Vous ne ferez rien du tout, lâche-t-il en demeurant calme. Sergueï s'est mal exprimé. Je ne sors pas dîner, je me tire d'ici. Et il n'est pas question que quiconque décide à ma place. Plus jamais, vous m'entendez !

Sur ce, il s'éloigne dans le couloir, sans avoir jeté un regard à Daza.

– Sergueï, tu viens ou tu comptes bavarder avec ton ami le commissaire ?

Sergueï affiche un air amusé.

– Là, je te retrouve, mon vieux Rufus ! dit-il en lui emboîtant le pas.

Eliah Daza soupire de nouveau, plus fort que la fois précédente.

– Un instant, s'il te plaît. Que je ne sois pas venu pour rien.

Rufus s'arrête, la main sur la porte qui mène aux admissions.

– Quoi ?

– J'ai juste deux petites choses à te dire, ça ne sera pas long.

Rufus se retourne vers le commissaire.

– Alors, fais vite, parce que moi, j'ai faim.

– Je ne sais pas ce que tu comptes faire par la suite, mais je te connais, alors je te préviens : ne va pas te remettre sur l'enquête. Je te rappelle que tu as été écarté des effectifs de la police.

Rufus commence à pousser la porte, puis se ravise.

– Moi, me mettre à la recherche d'un homme qui m'a séquestré pendant des semaines et qui a laissé mourir ma femme devant mes yeux. C'est mal me connaître, Eliah. Je vais juste bouffer, ensuite, j'irai dormir.

– Si seulement tu pouvais dire vrai. Mais…

– Si c'est tout, je me casse.

– Non, il y a autre chose. Par égard pour le flic que tu étais, je voulais t'apprendre qu'Andréas Darblay a été interné à Sainte-Anne, il y a quelques jours, sur sa demande.

– Je constate que tu sais t'occuper des gens aussi bien qu'avant.

Rufus paraît amer. Daza se contient de moins en moins bien. Son sourcil droit frémit sur l'arcade et son envie de fumer se fait irrépressible, signe que sa limite est atteinte.

– T'aurais vraiment dû rester dans le service action, reprend Rufus. Tu étais bon pour aller au casse-pipe, mais le problème chez toi, c'est que tu fais ce qu'on te dit, tu vas où on te dit, sans te poser de questions. Un bon besogneux, quoi !

Daza serre les poings. Ses phalanges sont en train de blanchir. Il n'en peut plus de se faire insulter de la sorte. Il sait que ce n'est pas le moment, qu'il ne va pas s'en prendre à la bonne cible, mais il ne tient plus.

– Et puis tant qu'on y est, lâche-t-il. Autant que tu le saches maintenant. Béranger est mort des mains de Lavergne, on l'enterre demain. Ça s'est passé le jour de ta libération. Ton pote Sergueï a certainement voulu te ménager, mais tu es un grand garçon, n'est-ce pas !

Daza regrette déjà d'avoir prononcé ces mots.

Rufus a blêmi d'un coup. Sa lèvre supérieure s'est mise à trembler.

– Espèce d'enfoiré, dit-il tout bas à Daza. Je te revaudrai ça, fais-moi confiance !

Il tourne aussitôt le dos et disparaît dans la salle des admissions, Sergueï sur les talons.

56

Rufus a l'air d'un gamin devant une énorme glace au chocolat, dégoulinante de crème chantilly. Sauf que là, c'est une côte de bœuf cuite à point qui trône dans son assiette, bordée d'une belle salade verte toute fraîche. Le pain est croustillant, le vin délicieux et les œufs mimosas, spécialité de la maison, déjà engloutis.

– Putain ce que ça sent bon, dit Rufus en attaquant sa viande. Un petit gueuleton chez Chartier, c'est tout ce qu'il me fallait.

– Comment te sens-tu ? ose Sergueï en trempant ses lèvres dans le bordeaux.

– Fais pas chier avec tes questions à la con.

– Quand je pense que ce pourri de Daza m'avait rien dit…

Rufus risque un sourire qui singe une grimace.

– Viens, on trinque à nos chers disparus, à nos voyageurs sans retour ! À Cécile ! À Béranger ! À Rufus Baudenuit !

– À toi ?

– Et alors ? Pourquoi pas ? Le bon vieux Rufus, il a disparu lui aussi ! À la santé des morts !

Sergueï lève son verre.

L'alcool met le feu à ses joues. Et lui évite de se poser trop de questions. Il voudrait aussi avoir une pensée pour Anna. Mais il n'ose pas prononcer son nom. Il a peur de la réaction de Rufus. Il sent que son ami est sur une pente dangereuse, équilibriste sur un filin fragile, perché au-dessus du vide.

– À Béranger ! À Cécile !

Le visage de Rufus a repris quelques couleurs, mais il est encore loin du souvenir qu'en garde Sergueï. D'ailleurs, lorsqu'il le regarde, il lui semble que son ami a vieilli de dix ans.

– Comment tu trouves la choucroute ?

– Succulente !

Les deux hommes éclatent de rire.

Rufus dévore son plat sous l'œil attendri de Sergueï.

Ils terminent en silence et commandent deux cafés, accompagnés d'un cognac de vingt ans d'âge.

– Qu'est-ce que c'est bien, l'ivresse ! s'exclame Rufus. Là-bas, je me suis payé une putain de cure de désintox !

– Je suis heureux de te retrouver, murmure Sergueï. Tu n'imagines pas ce que Daza a pu me faire chier ces derniers temps.

– Explique, propose Rufus entre deux gorgées d'alcool ambré. Et surtout ne me dis pas combien tu t'es inquiété pour moi et tout le cirque !

– Il est sans arrêt sur mon dos.

– Arrête de geindre.

– C'est depuis la mort de Charles Marieck.

– Kurtz ? dit Rufus d'une voix mal assurée.

– J'en sais rien. Tout ce que je peux affirmer, c'est

que son meurtre a été habilement maquillé en suicide et que j'ai été obligé de marcher dans la combine.

– Quoi ? Qu'est-ce que tu racontes ?

– Écoute, Rufus. C'est la première fois que j'en parle. J'en dors plus.

– Vas-y.

Le ton de Rufus est rassurant. Sergueï se dit qu'après les derniers événements, c'est lui qui devrait soutenir Rufus et non l'inverse. Mais il se lance pourtant, soulagé de partager son fardeau.

– J'ai reçu des instructions très claires de Kurtz. Je devais faire un rapport d'autopsie stipulant que Marieck s'était suicidé et que personne d'autre n'était venu sur la scène de crime. Ce qui est totalement faux. Je crois même qu'un deuxième cadavre était sur place et que le ménage a été fait.

– Que dit Michèle Marieck ? demande Rufus, que les propos de Sergueï ont dégrisé.

– Je crois qu'elle est un peu… siphonnée, depuis la mort de son mari. Alors, elle nie tout en bloc. J'en sais pas plus. Je suis légiste, Rufus, pas flic. Et je ne peux pas dire que Daza me mette dans la confidence.

– Il n'a pas non plus de raisons de le faire… Moi, je ne te disais pas tout, quand j'étais à sa place. Mais explique-moi. Qu'est-ce qui t'a obligé à marcher dans cette combine, comme tu dis ?

– Ça, lâche Sergueï en sortant une photographie de sa poche.

Rufus ne peut réprimer un frisson en découvrant le texte ajouté au crayon indélébile sous les visages souriants.

Un léger tremblement secoue un instant sa lèvre supérieure, puis il réussit à se maîtriser. Le souvenir de Cécile, brûlée vive dans sa voiture, est encore douloureux. Terriblement douloureux.

– Et tu n'as rien dit à Daza ?

Sergueï secoue la tête.

– J'ai vu mourir Cécile, parvient-il à articuler. Je voulais protéger ma famille.

– Je sais, mon vieux. Je sais.

Le regard des deux hommes se perd dans les reflets du cognac.

– Pourquoi ce salopard ferait une chose pareille ? reprend Rufus. Est-il possible que Michèle ait quelque chose à voir avec le deuxième cadavre ?

– Aucune idée. Juste avant de recevoir ça, j'ai identifié un macchab' sorti de l'eau en très mauvais état. Emmanuel Simon, ça te dit quelque chose ?

– Non.

– Ça pourrait être notre deuxième cadavre. Mais je n'en suis pas sûr. Je n'ai rien pour étayer cette hypothèse. C'est juste une intuition.

– Mort comment ?

– Une balle, en pleine tête. On n'a pas retrouvé l'arme. Mais il a été abattu le jour du faux suicide de Marieck et jeté à l'eau moins de deux heures après sa mort.

Rufus fronce les sourcils.

– Intéressant. Si tu es dans le vrai, madame Marieck surprend l'assassin de son mari et fait justice elle-même. Mais ensuite ?

– Ce n'est pas elle qui s'est débarrassée du corps. Ça, c'est un coup du Milieu. Ou de Kurtz. Mais pourquoi la protéger ?

– Elle devait avoir des trucs qu'il ne voulait pas voir tomber entre les mains de la police.

– Ce qui veut dire qu'elle est en danger. Heureusement, je crois que la brigade a mis des hommes devant chez elle.

– Bien. Il faudra vraiment que je la voie.

– J'ai trouvé autre chose de troublant, Rufus. Daza ne sait rien de tout ça. S'il l'apprenait…

– Vide ton sac.

– Une carte de visite. Nano Tech SAS. Je ne sais pas ce que c'est. Lavergne a glissé ça dans le fondement d'une de ses victimes.

– Sombre porc… Nano Tech, tu dis ?

– Oui.

– J'en ai plein le dos de toutes ces conneries, Sergueï. En tout cas, je pense qu'il vaut mieux garder ces infos pour nous. Apparemment, Michèle Marieck est impliquée d'une manière ou d'une autre dans cette histoire.

– Et pas de la façon dont on pouvait le croire, marmonne Sergueï.

– Il faut absolument que je la retrouve pour l'interroger, parce que si ce…

Rufus serre les dents. Son visage rougit sous l'effet de la colère. Il parvient à se maîtriser et reprend :

– Si ce taré se donne la peine de te menacer pour que tu trafiques les rapports d'autopsie, c'est que la vérité pourrait être dangereuse pour lui.

– Je ne vois pas vraiment comment.

– Et si c'est le cas, tant mieux. Je vais peut-être trouver une piste pour lui remettre la main dessus.

– Rufus, tu ne vas quand même pas…

– Si. Il ne me baisera pas deux fois. Et ne tente pas de m'en dissuader. Tu me connais depuis assez longtemps pour savoir que les amis qui se mettront en travers de mon chemin ne seront plus mes amis.

Rufus a pris un ton légèrement sec.

Sergueï sent son cœur se serrer.

L'homme en face de lui a changé. Tellement changé. Ses yeux reflètent une sorte d'animalité qu'ils ne révélaient pas jusqu'alors.

Une forme de folie sourde.

La folie d'un homme sorti de l'enfer qui a déjà condamné son bourreau.

Sergueï n'insiste pas. Il apprécie Rufus et le respecte trop pour aller contre sa volonté. Même s'il est convaincu qu'il ne fait pas le bon choix.

– Ne t'en fais pas, Sergueï. Je ne te balancerai pas à Daza. Il y a certainement une taupe dans le service. J'ai retourné cette idée des milliers de fois dans ma tête. Si ce salopard de Kurtz nous a toujours filé entre les pattes, c'est qu'il est très bien renseigné.

– Daza ?

– Je ne crois pas, non. Mais quelqu'un proche de l'enquête, forcément. De toute façon, ce connard m'a laissé crever dans un trou pendant trop longtemps, pour que j'aie envie de lui faire le moindre cadeau.

57

Encore un mauvais rêve. Un songe gluant, épais. Une gangue de lourdeur, cauchemardesque, où chaque geste est une douleur, une impossibilité. Michèle le sent vaguement, dans le brouillard de ses perceptions.

Elle a abusé du Lexomil.

Une fois de plus.

Le sommeil était si long à venir.

Les angoisses si profondes, oppressantes.

Charles.

La solitude.

Rufus qui ne rappelle pas, malgré ses messages.

Thomas Davron qui ne veut pas lui venir en aide.

La peur.

Elle tente d'émerger, mais ses paupières sont lourdes, sa tête prise dans un étau. Elle voudrait sortir de cette toile qui l'emprisonne, elle cherche l'air qui lui manque.

Un long gémissement s'échappe de ses lèvres entrouvertes. Elle lutte, se débat. Mais le filet se resserre.

Elle a l'impression de se noyer.

Ses jambes brûlantes sont incapables de la porter. D'ailleurs, est-elle allongée ? Assise ?

Elle ne sait plus. Une lente paralysie gagne ses membres.

Je veux que ça s'arrête !

Sa nuque se raidit. Les muscles de son visage durcissent peu à peu.

Une vague de chaleur inonde ses cuisses.

Elle sombre à nouveau.

– Michèle ?

Qui m'appelle ?

– Michèle ? Reviens ma jolie, reviens !

Une voix douce et féminine la ramène vers le monde des vivants.

Des doigts caressent ses cheveux.

– Michèle ?

Encore un effort. Ouvrir les yeux. Sortir de ce mauvais rêve.

Michèle voudrait se redresser.

Mais quelque chose résiste, l'enveloppe.

Ses bras sont au-dessus de sa tête. Ses poignets cisaillés.

Le drap sous ses fesses est froid. Humide.

Elle gigote. Ses épaules lui font mal. Ses chevilles aussi.

Elle sent maintenant des fourmillements dans ses pieds.

– Michèle. Tu es une vilaine fille. Tu as fait pipi au lit ! dit la voix suave à son oreille.

Une masse de cheveux blonds effleure son visage, chatouille ses narines. Un parfum frais envahit ses sens. Une fragrance vanillée.

– Qui êtes-vous ?

La langue de Michèle est énorme dans sa bouche. Énorme et sèche. Elle déglutit avec difficulté.

– Je suis ta bonne fée, ma chérie ! chuchote la voix contre son oreille.

La peau de Michèle se couvre de frissons d'horreur.

Elle sort de ce sommeil artificiel.

Brutalement.

Elle est sur son lit.

Ligotée. Nue. Glacée.

Sa vision se précise peu à peu. Elle distingue un visage inconnu, tout près du sien. Les traits sont fins, la bouche charnue. Un léger strabisme flotte dans un regard haineux.

La lame d'un couteau creuse une longue estafilade sur sa joue.

Michèle voudrait hurler. Mais quelque chose l'en empêche.

Un poison court dans ses veines et la paralyse presque entièrement. Elle ne peut qu'articuler avec difficulté. Elle distingue vaguement la trousse qui contient les produits qu'elle a récupérés près du corps de Charles.

– Tu as juste à répondre à mes questions, petite imprudente. Et je t'épargnerai peut-être.

Une larme roule sur sa joue blessée.

Michèle écarquille les yeux.

Je voudrais que ça s'arrête !

Elle répète cette phrase comme une prière, dans le secret de son cerveau drogué.

– Où sont les relevés de comptes ?

– Quels…

La pointe du couteau agresse la naissance de son cou.

– Ne plaisante pas, chérie, murmure la voix devenue menaçante. Rien ne m'arrêtera…

Michèle sent son cœur se tétaniser. Mais elle ne peut réfléchir ou raisonner davantage.

Je voudrais que ça s'arrête...

– Alors ? Je vais perdre patience, ma douce…

La morsure du métal blesse le contour d'un sein, puis remonte jusqu'à l'aisselle où la souffrance est cuisante. Le sang coule le long du flanc. Il goutte sur le matelas qui l'absorbe.

La respiration de Michèle s'accélère.

Elle sent progressivement la panique monter en elle. Une vague familière qui comprime sa poitrine et la laisse avec un sentiment d'urgence absolue.

– Je ne sais pas… c'est le flic.

Sa tête est projetée d'un coup vers la droite, puis vers la gauche par deux gifles magistrales.

– Quel flic ?

– Sais pas…

– Tu vas souffrir, Michèle. Épargne-toi donc cette épreuve inutile. Tu n'as pas besoin de ces documents. Moi si. Alors, je les trouverai. Même si je dois te découper en petits morceaux ou te faire hurler pendant des jours.

L'horreur de la promesse de la torture glisse sur Michèle comme un vent inconnu.

Je voudrais que ça s'arrête.

– Salope, murmure Michèle. Moi, je n'ai plus rien à perdre.

Un mal atroce et fulgurant irradie son pouce droit. L'extrémité de la lame s'est enfoncée sous l'ongle et l'a décollé d'un coup sec, déchirant la peau.

Le morceau de chair sanglant atterrit sur ses lèvres.

– Avale, chérie et dis-moi si c'est bon !

Myriam attrape la tête de Michèle et lui pince le nez pour la forcer à ouvrir la bouche. Elle lui enfonce l'ongle au fond de la gorge.

Un haut-le-cœur secoue Michèle. Elle manque s'étouffer.

La douleur est effroyable et se propage rapidement à tous les doigts.

Tranquillement, Myriam arrache un deuxième ongle. Le hurlement de Michèle est plus aigu que le précédent.

– Parle, ma jolie. Parle ou je te fais aussi la pédicure. Quel flic ?

– Ri… Rinaldi.

Au troisième doigt, Michèle, dans un long gémissement de désespoir, perd enfin connaissance.

Elle a peur.

Elle a mal.

Jamais elle n'aurait pensé souffrir autant un jour.

L'absence de Charles est trop difficile à supporter.

Elle voudrait qu'on lui coupe les mains, qu'on lui arrache les bras.

Ou le cœur.

Finalement, c'est là que la douleur est la plus forte.

Ses doigts sont emmaillotés dans des bandages maculés de sang.

La douleur se réveille en même temps que son esprit émerge. Elle est lancinante et violente. Elle l'agresse jusque dans le dos.

Michèle se met à pleurer.

Elle est immobilisée depuis déjà plusieurs heures et ses articulations aussi lui font mal.

Elle sait qu'elle approche de la fin.

Elle ne pensait pas retrouver Charles si vite. Elle aurait aimé le venger d'abord et le rejoindre ensuite.

Il aurait certainement été très fier d'elle.

Il le sera aussi quand elle lui dira qu'elle a résisté. Qu'elle n'a rien dit. Qu'elle a suivi ses instructions à la lettre. Seul Rufus aura les papiers. Et lui accomplira le travail à sa place. Il saura le faire, mieux qu'elle.

Ces quelques pensées la rassérènent un peu.

Michèle se concentre. Il faut absolument qu'elle rassemble ses dernières forces

Elle sent qu'elle va bientôt devoir être courageuse.

Elle tend l'oreille. Aucun bruit. L'agresseur semble être parti. Au moins pour quelque temps.

– Tu veux me laisser crever ici toute seule, salope, dit-elle intentionnellement tout haut.

Puis elle attend.

Michèle tire sur ses liens. Les cordelettes mordent les chairs.

Elle devine qu'elle peut libérer sa main blessée. Les liens sont un peu moins serrés. Il faut qu'elle arrive à déboîter l'articulation de son pouce. La manipulation risque d'être longue et pénible, car il faudra aussi qu'elle défasse les bandages.

Mais Michèle est tenace. Elle veut se libérer. Totalement.

La douleur physique est telle qu'elle doit cesser de temps en temps pour souffler un peu et reprendre des forces.

Lorsqu'elle parvient à détacher cette main, plusieurs heures ont passé. Elle a froid et l'odeur de sueur aigre et d'urine qu'elle dégage l'insupporte.

Elle ramène son bras libre le long de son corps. Son épaule ankylosée ralentit le mouvement.

Elle ferme les yeux un instant.

Mais des images violentes de tortures font aussitôt place au noir bienfaisant.

Elle ne doit plus perdre de temps. Son bourreau risque de revenir à tout moment et elle ne supportera pas une nouvelle confrontation.

Ses gestes deviennent frénétiques.

Handicapée par la douleur qui palpite dans ses doigts, elle met encore une bonne heure avant de défaire les liens qui entravent son autre poignet et ses chevilles.

Quand elle se lève, faible et chancelante, elle se dirige directement dans la salle de bains, où elle s'enferme.

Elle ouvre les robinets de la baignoire avec ses paumes.

Une eau fumante tombe avec fracas sur la faïence blanche.

De la buée monte lentement pour se coller sur le miroir.

Michèle s'assied sur les toilettes et urine en chantonnant.

Elle regarde ses doigts couverts de sang caillé et gonflés.

Elle se relève sans s'essuyer. Quelques gouttes chaudes glissent le long de ses cuisses.

– Tu te refais une beauté ? crie la voix derrière la porte.

Michèle sursaute.

Elle était donc là. Tout le temps. Espérant que je la mette sur la piste des papiers… perdu !

Puis elle éclate de rire. Un rire fou.

– C'est ça… chérie ! dit-elle entre ses dents.

Elle attrape le tube de Lexomil et en avale le contenu d'un coup avec un grand verre d'eau.

De violents coups de pied ébranlent la porte.

– Qu'est-ce que tu fous là-dedans ? Ouvre ! hurle Myriam.

Michèle s'enfonce avec délice dans l'eau chaude jusqu'au cou.

– Ouvre, putain, ouvre ! Fais pas de connerie !

Puis elle saisit les petits ciseaux posés sur le rebord et les plante dans son poignet droit, puis dans le gauche.

Le mal est fulgurant.

Mais la perspective de la délivrance lui donne la force de ne pas flancher.

Les artères sont tranchées. Le sang gicle par saccade, éclaboussant la baignoire et les petits bateaux sur les carrelages.

Elle a fermé les yeux.

Michèle n'a plus froid.

Le chambranle vibre sous les assauts.

Elle sent une douce torpeur l'envelopper.

Je voudrais que tout s'arrête.

Michèle n'a plus peur.

Le liquide s'engouffre dans ses narines et dans sa bouche.

La voix qui crie de l'autre côté s'atténue peu à peu.

Michèle n'a plus mal.

Je suis heureuse, mon Charles, je vais enfin te retrouver.

L'eau passe à présent par-dessus le rebord de la baignoire et coule sur le vieux parquet.

Lorsque la porte vole en éclats, Michèle n'est déjà plus là…

58

– Ça va bientôt être à vous, monsieur Konrad. Le docteur Yulen-Bloch' va venir vous chercher dans deux minutes.

Jacob Konrad ouvre un œil. Il est un peu groggy. L'infirmière qui lui a lancé cette phrase avec un fort accent helvétique est déjà sortie du sas où il attend d'être opéré depuis près d'une heure.

Il peste intérieurement. Ça non plus, il ne le contrôle pas. L'emploi du temps de ces divas de la chirurgie esthétique. Ça et l'effet du petit comprimé blanc qu'il a avalé à six heures ce matin, juste avant de prendre sa douche pour descendre au bloc. Il se sent légèrement dans les vapes, mou, indolent.

Impatient aussi. Impatient d'effacer les dernières traces de sa vie passée. De tailler un bon coup dans la masse afin d'effacer les traits d'Olivier Lavergne une fois pour toutes.

La clinique de l'Espérance est située dans le plus beau quartier de Genève. Le plus huppé aussi. Sa chambre individuelle est éclairée d'une large baie ouverte sur le lac Léman et dispose de tout le confort d'un hôtel de grand luxe.

Exorbitants sont les tarifs pratiqués dans cet établissement haut de gamme, fréquenté par l'élite suisse et les riches de ce monde. Pour y séjourner, il faut montrer patte blanche, avoir un compte en banque bien garni et, surtout, être parrainé par un ancien patient ou un membre éminent de la communauté genevoise.

Monsieur Konrad a des amitiés haut placées, ici. Des personnes influentes à qui il a rendu quelques services, pour qui il a fait exécuter certaines missions par ses chiens d'attaque. Alors, monsieur Konrad a droit aux privilèges des plus grands, dont celui de se payer une nouvelle gueule et des nouvelles empreintes sans qu'on lui pose la moindre question sur ses motivations.

Dans cette clinique, le secret médical et l'identité des patients sont aussi confidentiels que le patronyme des clients des banques suisses.

– Comment vous sentez-vous, monsieur Konrad ?

Il ouvre les yeux et hoche la tête. Son interlocuteur se penche vers lui. Il a la quarantaine éclatante, les yeux pétillants, un sourire ravageur. Lui se sent minable dans sa chemise de nuit ouverte sur l'arrière, le dos et les fesses à l'air.

Il se renfrogne.

– On y va ?

Sans attendre sa réponse, le chirurgien pousse le brancard dans la salle d'opération où s'activent déjà l'anesthésiste et son infirmière, l'instrumentiste, la *panseuse* et un deuxième chirurgien. Devant le regard interrogateur de son patient, Christian Yulen-Bloch' fait s'approcher son confrère.

– Je vous présente le docteur Mc Conkey. Un confrère irlandais réputé qui m'assiste régulièrement sur les cas compliqués comme le vôtre. Souvenez-vous, je vous en ai parlé lors de notre dernière entrevue. Il s'occupera de vos mains.

– Bonjour, docteur, glisse Konrad d'une voix rendue liquide par la pré-anesthésie.

– Prêt pour le grand saut ?

– Prêt.

– Bien. Alors, nous allons vous porter sur la table. Laissez-vous faire.

Les deux chirurgiens positionnent le brancard de façon à faire glisser sans risque le patient sur la table d'opération. Beau joueur, il leur donne un coup de main en poussant sur ses jambes.

Il se retrouve très vite nu comme un ver, les bras en croix. Il déteste se sentir dans cette position d'infériorité, vulnérable comme un nouveau-né et d'une laideur banale. Ses jambes maigres, malgré le sport, son sexe minuscule, recroquevillé comme un asticot au milieu d'une foisonnante pilosité et ses mamelons roses sur un torse imberbe encore un peu grassouillet.

Pendant que l'anesthésiste pose le cathéter pour la perfusion, le chirurgien prépare la peau de son visage. Konrad frissonne, mal à l'aise. Ce moment lui semble une éternité.

Il ferme les yeux, incapable de surmonter le moindre regard narquois. S'il venait à croiser ce genre d'éclat dans les prunelles des types présents, il pourrait faire un carnage.

– Vous avez la chair de poule. Il fallait nous dire que vous aviez froid, monsieur Konrad. Vous savez, nous sommes obligés de maintenir une température basse dans la pièce pour ce type d'intervention.

Il sent le contact d'un drap sur son corps dénudé.

Jacob Konrad marmonne un vague merci, soulagé.

Malgré la situation inconfortable dans laquelle il se trouve, il ne regrette pas un instant d'être là. Il sait que dans quelques mois, il sera devenu quelqu'un d'autre, que nul ne pourra le reconnaître. Sauf s'il l'a décidé. Il ne peut empêcher ses pensées de flotter vers Andréas Darblay. Son poulain, son champion. Il a hâte de le retrouver. Il a de grands projets pour lui. Pour eux…

– Veuillez compter jusqu'à dix, monsieur Konrad.

L'anesthésiste a ce ton péremptoire qui lui donne envie de le bourrer de coups de poing.

Il s'exécute à contrecœur, égrenant les chiffres d'un ton monocorde.

– Un.

Sa main fermée s'écrase contre la mâchoire du type en blouse blanche.

– Deux.

Encore un choc. La tête part de l'autre côté.

– Trois.

Un filet de bave mêlée de sang gicle des lèvres fendues.

– Quatre.

Jacob Konrad tente encore un coup virtuel, avant de sombrer dans les brumes bienfaisantes de l'anesthésie.

59

Bruno Denz, la cinquantaine, chef de la section parisienne de la police scientifique, est un type peu bavard, qui pratique le droit au but avec une redoutable efficacité. C'est en résumé tout ce qu'attend Daza d'un collègue sur une affaire délicate de ce genre.

À l'aube, il a reçu le coup de fil lui confirmant que la Golf de Lavergne avait été découverte accidentée, à deux pas de la rue des Abondance… le jour même de l'assaut.

– Florence Piquet, jeune femme d'une trentaine d'années, mariée, deux enfants. Abattue alors qu'elle tentait vraisemblablement de venir en aide aux victimes de l'accident.

Eliah Daza regarde les photos de l'IJ en secouant la tête.

– Que s'est-il passé dans la voiture ?

Bruno Denz entraîne le commissaire vers le véhicule immobilisé dans les sous-sols. La Volkswagen est garée allée B, rangée 8.

Le scientifique invite le commissaire à s'installer

côté passager. Les sièges sont recouverts de housses en plastique et les deux hommes ont enfilé des sur-chaussures et des gants.

– Les premières analyses sont terminées, mais je préfère prendre mes précautions en cas de procès. Il y aura certainement contre-expertise et je ne voudrais pas qu'un vice de procédure vienne tout gâcher.

Eliah prend place auprès de Denz, curieux d'entendre ses conclusions.

– Lavergne est probablement monté de force dans le véhicule. L'inconnu a dû l'obliger à passer par là.

Denz désigne la portière côté Daza.

– Il s'est fait agresser alors qu'il déneigeait le pare-brise. Les résidus de sel laissés par des gants montrent qu'il s'est appuyé avec ses mains sur le tableau de bord pour basculer de l'autre côté du levier de vitesse. On retrouve ces mêmes résidus sur le volant. C'est lui qui conduisait. Des témoins de l'accident confirment aussi cette théorie. C'est également lui qui a désactivé l'airbag côté passager, condamnant son agresseur à de graves blessures en cas de choc.

– Il faut être cinglé, marmonne Daza.

– L'inconnu a été tué alors qu'il était sérieusement amoché. Un hématome sous dural comprimant le lobe frontal allait le condamner à finir en légume. Lavergne a abrégé ses souffrances, si je peux m'exprimer ainsi. Il a tiré avec le flingue de son agresseur. Arme qui a dû lui échapper lors de l'accident.

– Quels indices confirment l'identité de Lavergne ?

– Tout d'abord c'est bien le véhicule qui a été loué sous le nom de Pierre André Second, nous n'avons aucun doute. Le numéro de châssis correspond. Ensuite, nous avons relevé des cheveux. L'analyse ADN pourra confirmer si oui ou non il s'agit bien des mêmes échantillons que ceux prélevés rue des Abondances.

– Rien d'autre ?

– Votre homme fait preuve d'un sang-froid étonnant.

– Oui… Je le crains.

– Il est sorti de la voiture quelques secondes après l'accident, a ouvert le coffre pour prendre ses bagages, échangé deux mots avec la jeune femme avant de l'exécuter froidement. Et malgré la présence de trois témoins sur place, il s'est éloigné tranquillement, puis est descendu dans le métro sans être inquiété.

– Je ne pense pas qu'après ce jeu de massacre en pleine rue, on ait envie de prendre le risque de se lancer à sa poursuite, à moins d'être inconscient.

– Ou courageux…

– Ou flic ! ajoute Daza d'un air sombre.

– On ne peut pas les blâmer pour ça.

Les deux hommes sortent de la voiture en prenant soin de ne rien toucher ou déplacer.

– Il a vraiment pris ses précautions, ajoute Denz. En dehors de quelques traînées de sel sur la moquette, je n'ai pas trouvé de terre ou d'autres éléments qui auraient pu m'indiquer s'il avait déjà une autre planque. Il devait utiliser comme nous des sur-chaussures et des gants, avant de monter dans la voiture.

– C'est une chance d'avoir retrouvé un cheveu, alors ?

– Oui, on peut dire ça. Nous avons autre chose. Il y avait environ huit cents kilomètres de plus au compteur de la Golf. Il s'est pas mal déplacé avec.

– Malheureusement, c'est difficile de dire s'il a fait quatre-vingts fois dix bornes ou deux fois quatre cents !

– Effectivement.

– Mais ça confirme qu'il a besoin d'un véhicule,

marmonne Daza pour lui-même. On vérifie auprès des agences de location d'Île-de-France. On ne sait jamais.

Eliah Daza suit Bruno Denz jusqu'à la salle des identifications, le front plissé et le regard curieux. L'endroit grouille d'agents assis derrière des ordinateurs reliés aux différents services de recherche des individus, dont l'OCPRF de Rinaldi.

– La police scientifique a bien changé ces dernières années… il était temps ! s'exclame Daza, qui n'a pas mis les pieds dans cet endroit depuis près de dix ans.

– Les quinquas en blouse blanche planqués dans des vieux labos, ça n'existe plus ! commente Denz, pendant que les deux hommes traversent la salle. Maintenant, on a des équipes plus jeunes, mixtes et formées aux prélèvements sur le terrain. Les fichiers ont été pour la plupart informatisés. Mais il nous arrive encore de descendre aux archives pour résoudre de vieilles affaires ou innocenter un prisonnier.

On a attendu vingt ans pour être vraiment efficace, ajoute-t-il. Empreintes, cheveux, cellules de l'épiderme, goutte de sang, tout est bon. Mais il a fallu pour cela que le service soit ridiculisé par la bande à Bader. Là où nous n'avions trouvé aucun indice, aucune trace de leur passage, les Allemands en ont découvert soixante ! De quoi être vexé pour des années !

– Vous en parlez comme si vous y étiez ! sourit Daza, en pensant que sa première impression sur le manque de loquacité de son collègue était totalement erronée.

– Oh ! Commissaire, mais c'est tout comme ! Je suis arrivé dans le service quelques mois après cette histoire, lorsque le ministère a décidé de recruter à tour de bras. Et je peux vous assurer qu'il nous a fallu quelques gros succès pour avaler cette couleuvre ! Et nous n'avons toujours pas la technologie de nos voisins teutons et encore moins celle des Ricains !

Denz fait signe au commissaire qu'il va lancer la recherche sur tous les fichiers disponibles, afin d'identifier le cadavre retrouvé dans la voiture de Lavergne. Eliah sait à quel point cette phase de l'enquête est importante. Trouver le nom du tueur pourra peut-être l'amener jusqu'au commanditaire de l'assassinat de Marieck, Dorléans.

– Voulez-vous un café, commissaire ? demande Denz. En attendant que ces machines infernales moulinent.

– Merci, oui.

Les deux hommes se dirigent vers la cafétéria, située au premier étage.

Au passage, Bruno Denz lui fait visiter le laboratoire technique où sont analysés les résidus et les échantillons prélevés sur les scènes de crime.

– Ça me paraît si loin de ce que nous faisons sur le terrain… mais indispensable. Je ne vois pas comment nous pourrions travailler l'un sans l'autre… maintenant.

– La police se perfectionne dans la traque des criminels…

– Les délinquants aussi. Maintenant, ils rivalisent d'ingéniosité pour détourner les indices ou effacer leurs empreintes. Il faut dire que les séries télé leur donnent bien des idées.

À peine leur café avalé et leur cigarette grillée, les deux hommes retournent dans la salle des ordinateurs.

Là, sur les écrans, s'affiche la photo d'un homme brun, typé, d'une trentaine d'années.

Daza s'approche, surexcité.

– Martin Delafosse, 35 ans. Eh bien ! Il a un sacré pedigree, celui-là !

– C'est un criminel dangereux, votre client. Fiché

par la brigade de répression du banditisme. Il est recherché dans cinq pays d'Europe.

– Je vois, s'exclame Daza en lisant le rapport. Expert en armes à feu, braquages en tous genres, il était recherché pour meurtre et association de malfaiteurs.

– Votre Lavergne nous a débarrassés d'un sacré morceau, il faut bien l'avouer.

Eliah Daza lance un regard noir à Denz en grimaçant.

– Il avait un talon d'Achille, ajoute le scientifique.

– Une femme ?

– Oui, Myriam Delafosse. Ils sont mariés depuis quinze ans. Voilà l'adresse.

– Étonnant pour un professionnel. Ils ne s'encombrent pas de boulets de ce type habituellement !

Daza a un petit sourire.

– Ah ! L'amour… ajoute-t-il en soupirant, vu sous cet angle, je vais me dire que ça a du bon !

60

La chevauchée des Walkyries de Wagner remplit la pièce, étouffant le son du moniteur cardiaque. Derrière ses appareils de mesure du taux d'oxygène, ses tuyaux et ses cathéters de perfusion, l'anesthésiste fait des mots croisés en surveillant les écrans de temps à autre. Toutes les quinze minutes environ, il transcrit les paramètres vitaux du patient sur le dossier de l'intervention et règle le débit des perfusions.

Les deux chirurgiens travaillent depuis plus de six heures.

Mc Conkey a déjà traité tous les doigts de la main droite avec une solution à base d'acide sulfurique et il termine le majeur de la main gauche. Christian Yulen-Bloch' a réalisé la lipoaspiration du cou et du bas du visage, sous le maxillaire inférieur, en pratiquant une légère entaille sous le menton, fouillant la chair, raclant jusqu'à l'os.

Après avoir recousu la petite plaie, il est passé sans attendre à la phase suivante, une rhinoplastie totale. Il a brisé l'os du nez pour le réduire avant de le reconstruire entièrement. Puis il a fabriqué un moulage en plâtre qui aidera le nez à prendre sa forme définitive.

Il a ensuite posé des petits implants en silicone sur les joues, afin de rehausser les pommettes. Pour ça, il est passé par la bouche, ainsi, il n'y aura pas de traces. Les fils de suture sont résorbables et disparaîtront dans la semaine.

Et enfin, il a réduit les paupières qui tombaient légèrement pour donner une forme plus ouverte au regard. Il en a profité pour ôter les petites poches de graisse qui tendaient à se former sous les yeux, en passant par l'intérieur de la paupière inférieure.

Tout cela en laissant le moins de marques et de cicatrices possibles.

À présent, il pose les redons dans les narines tuméfiées et termine le pansement.

Tout s'est passé sans un mot, dans un ballet de mouvements de mains précis parfaitement coordonnés.

Le docteur Yulen-Bloch' est un homme doué, rompu aux techniques de remodelage des visages depuis des années.

Accidentés de la route, greffes de peau sur les grands brûlés, riches rombières défigurées par des confrères, stars du petit ou du grand écran, rien ne l'arrête.

Il envisage son métier comme une passion, un véritable sacerdoce. Pour lui, les hommes devraient tous avoir accès au physique qu'ils désirent… ou qu'ils méritent. C'est selon l'humeur du chirurgien. Un jour, il aimerait pouvoir opérer toutes les laideurs de la région, les pauvres, les débiles, les médiocres. Ceux à qui un physique idéal pourrait donner une seconde chance, une vie meilleure.

Le lendemain, il trouve normal que seules les bonnes âmes fortunées aient accès à ses services.

Finalement, si on demande à Yulen-Bloch' pourquoi

il opère et qui, il répond que les voies du Seigneur sont impénétrables, qu'il n'est pas de ceux qui bafouent les lois de Dieu et donc qu'il n'a pas la réponse.

Lorsque l'intervention est terminée, il regarde Jacob Konrad avec un air satisfait et bienveillant. Son visage et ses mains disparaissent complètement sous les bandages. Il respire tranquillement.

Yulen-Bloch' ne se fait aucun souci quant à sa capacité à récupérer rapidement de l'intervention.

Cet homme, il en est sûr, sera une de ses plus belles réussites.

Si ce n'est la plus belle.

61

La porte de l'appartement est grande ouverte et Rufus s'en fout.

Il n'y a plus rien à voler, ici.

D'ailleurs, il n'y a jamais rien eu à prendre, hormis son cerf-volant, déjà emballé dans son étui.

Rufus n'a pas retrouvé les lieux avec plaisir. « *Home sweet home* », ça n'a jamais été sa devise, encore moins aujourd'hui.

Il a dormi tout son saoul sur le canapé, devant la télévision allumée, sans même prendre le temps de se déshabiller. Il faut dire que le repas de la veille au soir a été copieux, bien arrosé et qu'une fois ramené devant sa porte par un Sergueï attentionné, il n'a eu qu'une envie : sombrer le plus vite possible.

Le sommeil ne s'est pas fait attendre. Ici, dans ce quartier relativement calme, avec les fenêtres fermées, le silence peut prendre tout son sens. Ici, pas de cloisons en papier mâché comme à l'hôpital, où l'intimité rime avec promiscuité, pas de salle de bains commune pour deux chambres, avec partage des W-C. Pas de vieux dégueulasse en pyjama qui oublie de tirer la chasse.

Rufus en frissonne encore. Au moins, dans sa cave, il n'avait pas besoin d'attendre que le voisin ait fini de poser son étron avant d'aller pisser un coup.

Putain, mon vieux Rufus, tu deviens barge !

Il ramasse encore quelques affaires, pose son grand sac en toile kaki sur le palier, puis s'assied sur le canapé pour relire avec amertume le petit mot laissé par Béranger à côté du cendrier rempli de mégots de Gitanes.

Rufus, fais pas le con. Rappelle vite fait ou je te botte le cul. Adrien.

Ce mot, il l'a lu des dizaines de fois avant de s'écrouler dans un sommeil sans rêve, le papier chiffonné entre les doigts.

Il le plie soigneusement, le glisse dans sa poche et se dirige vers la porte. Il reste quelques secondes sur le palier, tourné vers son ancien univers, puis pousse doucement le panneau, comme s'il voulait retarder le moment de partir.

– N'oubliez pas de prendre le paquet, là ! lance une voix derrière lui.

Rufus se retourne, surpris et un peu effrayé par ce bruit soudain.

L'homme qui lui a lancé cette phrase depuis les escaliers le regarde avec un air quasi jubilatoire. Ses yeux sont d'un bleu rare, de ceux qu'on n'oublie pas.

– Thomas Davron ! Qu'est-ce que vous foutez là. Vous m'avez fichu une de ces trouilles.

– Le paquet. Vous devriez le prendre.

Rufus regarde Davron comme s'il était devenu fou. Ce dernier s'approche de lui, pousse la porte et saisit le colis posé dans l'entrée.

– Je crois que c'est pour vous.

– Davron, avez-vous perdu la tête ?

– Regardez, c'est écrit, insiste Davron.

– Je suis à pied. Ne m'emmerdez pas avec vos lubies. Il me semble que je suis libre de faire ce que je veux.

– Qu'à cela ne tienne, Rufus. Je vous dépose.

Davron s'élance dans les escaliers, le paquet sous le bras.

Estomaqué, Rufus le regarde s'éloigner sans un geste. Lorsque son visiteur impromptu a disparu dans les étages inférieurs, il sort de sa stupéfaction, claque la porte et descend à son tour.

Davron l'attend devant l'entrée. Sa voiture est garée sur le trottoir, coffre ouvert. Rufus charge son sac à côté du colis.

– C'est Yvette qui a dû le déposer, marmonne-t-il.

À cet instant précis, il se sent bête.

Davron lui lance un sourire chaleureux et s'installe au volant. Rufus monte à ses côtés.

– Où allez-vous ? Votre destination sera la mienne.

– C'est quoi ce truc, là, derrière ?

– Je pense que c'est Michèle Marieck qui vous l'a envoyé, répond Thomas Davron en actionnant la marche arrière pour faire demi-tour.

– Alors je vais chez madame Marieck. Merci.

– Merci pour quoi ?

– D'éviter le 49.

Davron accélère et s'engage sur le rond-point pour bifurquer avenue Jean-Baptiste Clément.

– C'est moi qui dois vous dire merci, dit Davron d'une voix qui tremble légèrement.

– Pourquoi ? demande Rufus avec un demi-sourire, amusé par la situation.

– De m'avoir sorti de là. D'avoir cru en moi. D'avoir…

– Stop ! D'accord. Je vais m'autoféliciter. Sans moi, je serais en train de pourrir, cadavre au milieu des cadavres. La boucle est bouclée. N'en parlons plus.

– D'accord, répond Davron. N'en parlons plus.

Le voyage se fait en silence. Étranges retrouvailles muettes pour deux hommes en total décalage avec l'instant présent.

Rufus regarde défiler les rues, les immeubles d'un Paris qu'il n'apprécie plus.

Davron se concentre sur la route, mais dans sa tête, c'est l'effervescence. Rufus Baudenuit est avec lui. Il a pu lui dire merci. Mais il ne se sent pas apaisé pour autant. Merci ne suffit pas.

Bien sûr, il l'a sorti du piège dans lequel l'avait fait tomber Kurtz. Mais c'était la moindre des choses. Rufus lui a offert une seconde chance. À son tour maintenant. Il va veiller sur lui. Oui, c'est ça. Veiller sur lui.

Thomas Davron sourit pour lui-même.

Rufus le voit du coin de l'œil.

– Vous avez l'air heureux.

Davron sourit de plus belle, incapable de répondre.

Les kilomètres s'ajoutent au compteur.

Le soleil est déjà à mi-course.

La voiture s'engage dans l'allée qui mène au gîte où Michèle avait élu domicile. En se garant, Davron se félicite de lui avoir demandé son adresse.

La maison a l'air inoccupée.

– C'est quoi ce merdier, gronde Rufus.

Son œil averti a déjà repéré les scellés sur la porte d'entrée.

Il bondit hors de la voiture en criant.

– C'est quoi ce putain de merdier !

Davron le rejoint en courant.

Rufus tambourine à la porte comme un fou.

– Arrêtez !

Un homme surgit du bâtiment voisin.

– Arrêtez, surtout ne touchez à rien !

Il a le visage rougeaud du paysan, les mains calleuses et l'accent du coin.

– Je suis le propriétaire des lieux. Vous ne devez pas rester là.

– Police, dit Rufus avec force. Que s'est-il passé ici ? Où est madame Marieck ?

– Ah ! Fallait le dire tout de suite. C'est pas de veine vous comprenez ! Moi, avec tout ça, je ne vais plus pouvoir la louer ! Vous imaginez…

– Où est-elle ! l'interrompt Rufus, gagné par une colère sans nom.

Davron est pâle. Il s'assied sur le petit muret qui sépare les deux corps de ferme.

– Elle est morte, la dame. Suicidée, je crois ! C'est un vrai drame ! Un drame, je vous dis ! Elle aurait quand même pu faire ça ailleurs que chez moi !

62

– Il est hors de question de négocier quoi que ce soit avec cette femme ! hurle Daza, fou de rage, en désignant Myriam Delafosse assise dans la salle des interrogatoires, de l'autre côté de la vitre.

Chopelle lui lance un regard navré, en haussant les épaules.

– Vous n'obtiendrez rien d'elle si vous ne changez pas d'avis, rétorque-t-il. Cela fait maintenant près de dix heures qu'elle est en garde à vue et que vous tentez de lui arracher des informations. Son avocat a été clair : « Effraction, coups et blessures ayant entraîné la mort sans intention de la donner. On oublie le reste et elle se met à table. »

– Vous ne pouvez pas me demander ça, putain ! Michèle Marieck est morte après avoir été torturée !

– Suicide, marmonne Chopelle en cherchant du soutien dans la direction de Rinaldi.

– Elle a choisi, Eliah. Tu le sais bien, dit l'Italien sans conviction.

– Je ne peux pas faire ça… s'entête le commissaire

en fixant Myriam Delafosse qui attend tranquillement en buvant un verre d'eau.

De temps en temps, elle relève la tête et pose son regard dans la direction des hommes dissimulés derrière le miroir sans tain. Son visage est sans expression.

– Je veux Dorléans, insiste Chopelle. Et elle va pouvoir nous donner des éléments à charge, j'en suis certain.

– Moi, je veux qu'elle paie pour ce qu'elle a fait à Michèle.

– Écoute, Eliah, tu ne dois pas te sentir responsable de ce qui s'est passé…

– De quoi tu parles, Rinaldi ? demande Daza.

– Il y avait une patrouille devant chez elle, c'est pas de bol si les gars n'ont pas vu Delafosse entrer. Et si elle n'avait pas pété les boulons quand Michèle s'est enfermée dans la salle de bains, on aurait pu ne jamais la retrouver.

– Et ? demande Eliah en plantant un regard sombre dans les yeux de l'Italien.

– Ce que veut dire Rinaldi, intervient Chopelle, c'est que vous avez fait votre boulot. Et maintenant, on doit mettre la main sur Dorléans et sur Lavergne. Pour ça, il faut que la dame coopère.

– Je vais lui bourrer la gueule, fulmine Daza. Elle crachera le morceau, croyez-moi !

– Tu n'es pas sérieux… glisse Rinaldi.

Daza ne bronche pas.

– Je vous laisse quelques minutes pour réfléchir. Profitez-en pour reprendre vos esprits, commissaire, intervient Chopelle. À ce stade de l'enquête, je peux très bien me passer de vous. Je vais me mettre en relation avec le procureur pour lui demander d'accepter un arrangement. Et, vu le nombre de cadavres qu'on a déjà sur les bras dans cette affaire, ça m'étonnerait qu'il refuse !

Chopelle et Rinaldi sortent de la pièce sans un mot.

Daza soupire et prend place sur une chaise. Il sort un paquet de Marlboro de sa veste et allume une cigarette. La mort de Michèle Marieck est un coup dur pour le commissaire. Il se sentait responsable d'elle, en quelque sorte. Il aurait aimé lui inspirer confiance, afin de pouvoir l'aider.

Il reste quelques instants silencieux, l'esprit vagabond. Il revoit la petite frimousse de Michèle, ses larmes quand elle était assise dans son bureau, recroquevillée comme une gamine. Sa silhouette menue, rue des Abondances, sa mine butée lors des interrogatoires, le désespoir dans ses prunelles marron.

Puis il repasse l'instant où il est entré dans la salle de bains.

La porte avait volé en éclats sous les assauts de Myriam Delafosse.

Eliah revoit son visage bleu, ses paupières ouvertes, son vague sourire dans la baignoire vide, les petits ciseaux à ongles, le tube de Lexomil, ses doigts meurtris.

Puis il passe à Béranger, à Rufus…

Je devrais faire gaffe, sinon je vais déprimer…

Il allume une deuxième cigarette en bougeant la tête de bas en haut et de gauche à droite. Ses vertèbres cervicales craquent un peu. Il devrait se détendre, prendre du recul. Après tout, c'est vrai qu'il a fait son boulot et qu'il n'a pas grand-chose à se reprocher. Craven, qui aurait pu deviner ? Un anonyme caché au milieu de douze millions d'anonymes.

Pourtant, la culpabilité est un sentiment insidieux et pervers, qu'Eliah découvre peu à peu. Et il déteste cette sensation, ce poids qui pèse de plus en plus sur sa poitrine et lui fait se poser mille questions.

Mais toutes ne sont pas bonnes…

Une question.

Finalement, c'est toujours la même.

Que se serait-il passé si j'étais allé voir sur place ?

Et les réponses sont toujours sans appel.

Daza relève la tête et observe Myriam Delafosse qui patiente toujours dans la salle d'interrogatoire. Elle semble parfaitement calme, sereine. Pourtant, Eliah suppose qu'il n'en est rien. Elle vient de se faire arrêter et risque vingt ans de réclusion si les négociations échouent…

Alors ?…

Daza se lève brusquement.

Sa décision est prise. Il n'acceptera pas le marché. En revanche, il va utiliser une autre méthode. Une méthode qu'il n'aime pas, mais qui dans ce cas précis pourrait se révéler plus efficace.

Il le fera pour Béranger, pour Rufus, pour Michèle.

Chopelle et Rinaldi sont en grande conversation dans le couloir.

– Laissez-moi encore essayer une fois, lance Daza au divisionnaire.

– J'ai l'accord de Gillet. Ne perdons pas de temps, répond-il en fronçant les sourcils.

Daza s'approche de lui jusqu'à le toucher.

– Yann Chopelle, je suis ici dans mon commissariat, dit-il doucement. J'ai décidé de ne pas négocier avec cette femme et je ne négocierai pas.

– Vous êtes plus têtu qu'une mule ! s'exclame Chopelle. Rinaldi, accompagnez-le, je vous donne une heure. Après, on fait à ma manière…

Daza et Rinaldi n'entendent pas la fin de la phrase, ils sont déjà face à Myriam Delafosse. Celle-ci leur sourit quand ils prennent place de l'autre côté de la table.

– Vous me faites le coup classique du bon et du mauvais flic ? demande-t-elle en ricanant.

– Le gentil et le méchant plutôt, répond Rinaldi sur un ton suave. Ne vous y trompez pas, c'est moi le plus tordu des deux !

Myriam se tourne vers le commissaire en penchant légèrement la tête.

– Alors, vous avez pris une décision ?

Daza rétorque d'un ton plutôt sec.

– Martin Delafosse, ça vous dit quelque chose ?

Myriam serre les dents. Elle lance un coup d'œil acerbe aux deux hommes.

– Vous ne voulez pas savoir ce qui lui est arrivé ?

– Vous bluffez, murmure Myriam.

– Croyez-vous ? dit Daza.

– J'en suis sûre.

– Vous devriez peut-être y penser, ajoute Rinaldi.

– Vous n'avez plus d'autre solution, c'est ça ! lance Myriam en frappant la table de ses poings. Ça ne marchera pas. Vous savez ce que je veux.

– Et vous, ce que nous voulons…

– Je ne parlerai pas.

– Madame Delafosse. Je vous conseille de changer d'avis et vite car le temps presse… lance Daza.

La femme recule sur sa chaise, croisant les bras devant sa poitrine. Malgré la fatigue et la tension, elle ne laisse transparaître que peu d'émotions. Mais l'œil averti de Daza lui indique qu'elle va bientôt craquer. Le langage de son corps s'emballe, elle ne peut plus vraiment maîtriser ses gestes. Apparemment, il a opté pour le bon angle d'attaque.

– Que voulez-vous dire ? demande-t-elle à brûle-pourpoint.

Eliah regarde Rinaldi, puis se lève et fait quelques pas dans la pièce.

Il s'apprête à dire un mensonge énorme, à utiliser un stratagème des plus détestables, pourtant la phrase passe ses lèvres facilement, d'un trait libérateur.

– Nous avons Martin.

Myriam sursaute. Eliah peut sentir le stress envahir la pièce.

– Commissaire Daza… commence Rinaldi. Vous ne pouvez…

– Je lui dirai où elle peut le voir si elle parle ! le coupe Daza. Cela ne regarde que moi ! C'est moi qui mène cette enquête, alors la ferme !

Myriam Delafosse perd petit à petit de sa superbe. L'idée de retrouver Martin et savoir enfin ce qu'il est advenu de lui commence à pénétrer sa conscience, à perturber sa psyché.

– Où est-il ?

Elle a presque crié ces trois mots.

– Ambroise-Paré, lâche Daza après un long silence, dans un sale état.

Un gémissement sort de la gorge de Myriam pour s'achever dans un sanglot.

Rinaldi quitte la pièce en claquant la porte. Il n'est visiblement pas d'accord avec les méthodes employées par Daza.

– Que faisiez-vous chez madame Marieck ? demande Eliah en se penchant vers elle. Dépêchez-vous, nous avons très peu de temps.

– Peu de temps ?

– Parlez ou vous ne le reverrez jamais.

Myriam Delafosse lance un énième regard noir au commissaire. Elle hésite encore quelques secondes, puis se décide à répondre. Daza n'a pas l'air de vouloir céder.

– Je devais retrouver des documents.

– Quel genre ?

– Relevés bancaires. Je n'en sais pas plus.

– Où sont ces papiers ?

– Vous devriez le savoir. Elle les a donnés au flic.

– Quel flic ?

– Un type avec un nom de rital.

Daza jette un coup d'œil vers la vitre sans tain et se penche de nouveau vers Myriam. Il a une légère hésitation avant de demander.

– Dites-moi son nom.

– Pourquoi je vous ferais ce plaisir ?

– Parce que si vous ne parlez pas, vous ne reverrez jamais Martin.

– Vous êtes un enculé. Rinaldi, c'est Rinaldi, votre flic.

Un filet de sueur glisse le long de sa colonne vertébrale. Daza serre les poings et continue l'interrogatoire comme si de rien n'était.

– Pour le compte de qui travaillez-vous ?

Myriam secoue la tête.

– Qu'est-ce qui me dit que vous me laisserez voir Martin ? demande-t-elle.

– Vous avez ma parole, répond Daza.

Il a un air si déterminé, si sûr de lui, que Myriam ne peut pas douter de sa bonne foi. De plus, elle est épuisée par ces heures d'interrogatoire. Seul l'espoir de retrouver son mari l'aide à tenir.

– Tout se passait par mail. C'était un contrat. Argent contre service. Je ne l'ai jamais vu.

– Son nom ?

– Je ne le connais pas. Nous l'appelions le vieux.

– Quels étaient les termes exacts de ce contrat ?

– Suicider le comptable. Récupérer les papiers. Et assassiner Kurtz.

Daza a un petit sourire. Il en était certain. Marieck abattu. Un contrat sur la tête de Lavergne.

– Les transactions ?

– En liquide, dit Myriam.

Elle ajoute, agacée :

– Vous croyez quoi ? Que ces types qui nous demandent de bosser pour eux sont des débiles ?

Eliah ignore la remarque de Myriam et reprend.

– Qui est Emmanuel Simon ?

– Un de nos hommes. Michèle Marieck l'a surpris dans la maison et a tiré. Moi, j'ai fait le ménage.

– Pourquoi couvrir madame Marieck ?

– C'étaient les ordres. Et il fallait trouver les papiers.

Daza réfléchit un instant. La possibilité que Sergueï ait été contraint vient de lui sauter aux yeux. S'il pense correctement, cela expliquerait bien des choses, à commencer par l'attitude du légiste à son égard. Ce n'était pas de l'animosité qu'il ressentait, c'était de la peur. Daza s'en veut de ne pas l'avoir compris tout seul.

– Alors, vous vous êtes occupée de faire chanter Obolansky. À la manière Kurtz.

– C'est ça.

– Bravo, vous avez failli réussir.

Myriam ne répond pas.

– Qui devait éliminer Lavergne ? reprend Daza.

– Minos et EspylaCopa. Enfin, c'est le nom qu'ils utilisaient.

– Et devant tous ces échecs, vous avez persuadé votre mari de faire le travail vous-même…

– Oui, dit Myriam d'une toute petite voix.

Elle n'a plus rien de la femme odieuse et insolente qui est arrivée douze heures plus tôt, menottes aux poignets.

– Où est Martin ? Je veux le voir maintenant. Je ne dirai plus rien.

Eliah Daza pressent qu'il a tiré le maximum de la femme assise en face de lui et que ce n'est pas la peine d'insister. Elle en a suffisamment dit pour passer le reste de sa vie en prison. Il manque juste la preuve. Celle de sa relation avec Dorléans. Mais ce n'est plus qu'une question de jours. Avec la mort de sa fille, l'industriel devrait craquer…

– Qui vous a demandé de torturer Michèle Marieck ? Votre commanditaire ?

– Où est Martin ? répète Myriam, les yeux fixés sur ses mains posées devant elle. Comment va-t-il ?

Daza s'approche lentement de la femme en faisant un signe vers le miroir sans tain.

– Votre mari est à la morgue.

Eliah Daza a répondu froidement.

Myriam s'effondre.

– Vous êtes…

Des larmes roulent sur ses joues. Daza sent bien qu'elle tente de rester calme, d'avoir encore un semblant de dignité.

– Pourquoi ! hurle-t-elle soudain. Pourquoi m'avoir dit qu'il était vivant ?

Daza recule d'un demi-pas.

– C'est seulement ce que vous avez voulu entendre, assène-t-il.

– Vous êtes pire que lui !

Daza reçoit l'insulte avec un sourire, mais au fond, il est mal à l'aise. Il déteste l'idée d'être comparé à Kurtz.

– Je n'ai aucune compassion pour les tortionnaires qui ont du chagrin, rétorque-t-il.

La porte s'ouvre dans son dos. Il se retourne et aperçoit la silhouette de Chopelle. Il est seul.

– Qu’est-ce qui est arrivé à Martin ? demande Myriam après un long silence. Vous me devez bien ça.

– Il s’est attaqué à plus fort que lui, lance Chopelle, posté dans l’encadrement de la porte.

Myriam regarde les deux hommes fixement. Elle tente un maigre sourire.

– Si nous ne l’avons pas eu, murmure-t-elle avec une voix cassée, vous ne l’aurez jamais.

– Faites-la sortir d’ici vite fait ! s’exclame Eliah Daza avec une pointe d’agacement dans la voix. Et trouvez-moi Rinaldi !

Le planton assis dans le couloir se penche en avant et lance à Daza.

– Il est parti, commissaire. Il m’a dit de vous prévenir qu’il avait une affaire urgente à régler.

63

« La presse m'a taxé de racisme, parce que je n'avais pas enlevé de nègres.

C'est vrai.

Je n'ai pas enlevé d'Africains. Je n'ai même pas essayé de le faire.

Mais la presse se trompe. Comme souvent. Soit elle édulcore, soit elle invente de toutes pièces, soit elle tronque tant la vérité qu'il faut un détecteur de mensonge pour décoder le journal.

Il n'y a là qu'un ramassis de discours insalubres pour les esprits sains.

Si je n'ai jamais prélevé de poulains sur le cheptel négroïde, c'est parce que ces gens-là ont une structure tribale, même en Occident. Et la plupart sont polygames. Je me voyais mal enlever tout un harem.

Et que leur attachement à leurs femmes ou à leurs enfants n'aurait pu être que de courte durée.

J'aurais donc dépensé beaucoup d'énergie pour peu de résultats.

J'aime si peu l'échec que je me lance dans les directions qui en comptent *a priori* le moins de possibilités. En général.

Allez savoir pourquoi je me conduis de la sorte...

Peut-être pour éviter un peu de souffrance superflue ?

Allez savoir.

Ma prochaine entreprise comportera sans doute un quota minimum de nègres.

La loi des nombres impose quelques ratés. »

Texte tiré des *Voies de l'ombre* par Olivier Lavergne.

64

L'Institut médico-légal est un vaste bâtiment ancien en pierre rouge orangé. Sa situation en bord de Seine pourrait en faire un endroit privilégié, si le quai de la Rapée d'un côté et les voies sur berge de l'autre, ne l'enserraient dans un écrin bruyant.

La bâtisse est longue, piquée de larges fenêtres arrondies aux boiseries blanches. Au rez-de-chaussée, elles sont cachées derrière des grilles poussiéreuses.

Juste à côté, un square bordé de hêtres dégarnis étale sa tristesse hivernale.

Eliah Daza a garé sa voiture presque devant la porte principale, là où les murs avancent, formant une excroissance ronde sur le parking.

Il fait froid et il n'a pas de temps à perdre.

Tout d'abord, exploiter les aveux de Myriam Delafosse. Ils vont lui permettre de récupérer des indices auprès de Sergueï Obolansky. Il était temps. Bientôt, il pourra boucler l'affaire Dorléans.

Ensuite, localiser Lavergne. Il s'est bien procuré une autre voiture, le jour même de la libération de Rufus.

Une Clio louée au nom de Pierre André Second, dont le passage a été enregistré à la même date par les caméras de surveillance d'un des péages de l'A13, direction la Normandie. Daza est à peine surpris. S'il y a bien un aspect de la personnalité de Lavergne qu'il a cernée, outre son absence de morale, c'est son culot démesuré. Il a donc prévenu les autorités locales et des barrages filtrants ont été aussitôt mis en place dans toute la région. Sans succès pour l'instant.

Enfin, s'occuper du cas Rinaldi. Le commissaire n'apprécie pas vraiment que l'Italien magouille dans son dos. Il faudra aussi qu'il lui explique pourquoi il s'est barré avant la fin de l'interrogatoire de Myriam Delafosse, pourquoi il est injoignable au téléphone et surtout, pourquoi il n'a rien dit en partant.

Mais pour l'heure, il va retrouver Sergueï.

Daza grimpe les marches quatre à quatre en sifflotant et se dirige d'un pas rapide vers la salle 2 où travaille habituellement le légiste.

Sergueï est en train de découper méticuleusement le corps d'un gamin de onze ans à peine, abattu en pleine rue pour une histoire de cigarettes. La vision de ce cadavre frêle, de ce petit corps inachevé où la puberté n'a même pas eu le temps de bourgeonner, choque le commissaire. Mais ce qui le trouble plus encore, c'est l'absence d'émotion sur le visage du légiste. En apparence, il traite ce cas comme il s'occuperait de la dépouille d'un octogénaire ou d'un meurtrier.

Calme, concentré, professionnel… détaché.

Daza ne peut s'empêcher de penser qu'il est heureux de ne pas avoir procréé. Finalement, entre l'insécurité et l'état catastrophique de la couche d'ozone, le chômage et les cinglés pédophiles qui rôdent, il n'y a plus vraiment de place pour une enfance heureuse. Peut-être que seuls les gens de sa génération pourront encore se souvenir de moments simples et bons où les petites têtes blondes respectaient encore les adultes. Et inversement.

– Salut, toubib, lance Daza à Sergueï, qui n'a pas remarqué sa présence.

Le légiste continue son travail sans lever la tête.

Daza enfile une blouse en papier et une charlotte, s'approche de la table en évitant de regarder le cadavre et lui dit calmement :

– C'est fini, plus personne ne vous fera chanter, Sergueï. Vous pouvez me dire la vérité en ce qui concerne la mort de Marieck.

Le médecin suspend son geste au moment où il allait sectionner la petite cage thoracique. Il relève alors les yeux vers Daza qui le fixe avec une sympathie inhabituelle.

Sergueï reste quelques secondes immobile, puis il repose lentement la scie, ôte son tablier et fait signe au commissaire de le suivre. Daza se débarrasse des habits de protection et rejoint le légiste.

Les deux hommes sortent de la salle et descendent au rez-de-chaussée. Depuis quelques semaines déjà, Sergueï partage son bureau avec Candice Miller.

La pièce est petite et donne sur le square aux arbres défeuillés.

On peut y trouver un ordinateur, des étagères croulant sous les dossiers et des livres d'anatomie, dont les Rouvières, un petit lavabo dans un coin, des blouses en tissu et des sabots.

Le légiste fait signe à Daza de s'asseoir et revient quelques minutes plus tard avec deux cafés.

– C'est du lyophilisé, il est un peu clair mais c'est mieux que rien, dit Sergueï pour rompre le silence.

– Merci, répond Eliah en trempant ses lèvres dans le liquide chaud. C'est infect, mais j'apprécie.

– Comment avez-vous su ? demande Sergueï d'un ton hésitant.

– Nous avons arrêté un membre important d'une bande organisée payée pour tuer Marieck.

Daza termine son café et allume une cigarette avant de reprendre.

– Comment vous ont-ils convaincu de mentir ?

En trois enjambées, Sergueï attrape son manteau. Il fouille la poche intérieure et en retire une enveloppe, qu'il tend à Daza. Le commissaire la saisit et l'ouvre. Dedans, des instructions très claires et une photo barrée d'une inscription qui lui fait froid dans le dos : *Souviens-toi de Cécile.*

– Les enfoirés, dit-il en hochant la tête. Ils connaissaient votre point sensible. Votre sœur, c'est ça ?

– Oui. Et sa petite fille.

– La contre-expertise ? reprend Daza.

– Un faux.

– Vous avez pris de sacrés risques… qui pourraient mettre votre carrière en…

Sergueï l'interrompt d'un geste.

– Ce n'est donc pas Kurtz qui menaçait ma famille ?

– Non, mais quelqu'un qui voulait sa peau et qui savait parfaitement ce qu'il faisait.

Le légiste pousse un profond soupir de soulagement.

– Ça veut dire que c'est fini. Elles n'ont plus rien à craindre ?

– Plus rien. Vous pouvez dormir tranquille. Et faire votre boulot… sereinement.

– Vous n'allez pas me dénoncer ?

– Vous êtes un de nos meilleurs éléments, toubib. Pourquoi irais-je faire une chose pareille ?

– Je croyais que vous me détestiez…

– Je ne vous apprécie pas particulièrement, c'est vrai. Vous avez un putain de sale caractère de slave mal embouché. Mais je sais reconnaître un type bien ! s'exclame Daza avec un petit sourire.

– Vous savez quoi ! Moi, je ne vous aime pas non plus. Vous êtes arrogant, insupportablement prétentieux et surtout, vous avez pris la place de Rufus. Nous étions très bien, sans vous, rétorque Sergueï avec un air plus sombre.

– Alors, c'est dit. Ce n'est pas ce soir que nous tomberons dans les bras l'un de l'autre !

Daza hausse les épaules comme il le fait souvent et reprend d'un ton plus grave.

– Sergueï, n'avez-vous rien d'autre à me dire ? Je sais que vous avez autopsié les deux tueurs envoyés pour assassiner Lavergne…

– Justement, je crois que Kurtz vous a laissé un indice…

Daza se penche vers Sergueï.

– Petit cachottier… Qu'est-ce que c'est ?

– Une carte de visite. Attendez.

Le commissaire se tortille sur sa chaise, incapable de cacher son impatience pendant que Sergueï cherche dans ses papiers. Après quelques secondes qui paraissent une éternité à Daza, il lui tend une pochette en plastique. À l'intérieur, un petit rectangle blanc, encore plié en accordéon.

– Je crois que c'est le nom d'une société, dit Sergueï pendant que Daza lisse la carte avec soin, je l'ai trouvée dans le rectum de la fille.

Daza n'a pas écouté, mais un grand sourire éclaire son visage.

– Nano Tech SAS, murmure-t-il pour lui-même. Ça y est, Dorléans, tu as perdu. Et c'est Lavergne lui-même qui m'a vendu ta peau.

65

« Tu bosses pour qui, fumier ? Kurtz ou Dorléans ? murmure Daza en allumant une cigarette. Non, c'est pas possible. Je dois me tromper. Personne ne peut se foutre de ma gueule comme ça. »

Le commissaire est seul dans son bureau, épuisé, à bout de nerfs.

Il est tard. L'enterrement de Béranger a eu lieu dans l'après-midi. Un moment éprouvant qu'il n'a pas pu éviter. Il y est allé avec Chopelle, Rinaldi n'ayant toujours pas donné signe de vie. Le divisionnaire a traîné les pieds, comme lui, peu désireux de s'y rendre. Pourtant, leur présence à tous les deux était nécessaire et attendue par toute la brigade et la famille du défunt.

Il y a croisé Rufus et Davron, juste passés pour jeter une rose sur le cercueil.

Ils n'ont eu ni un regard, ni un mot pour lui.

Alors, après avoir présenté ses condoléances à madame Béranger et à ses filles, Daza est rentré seul, préoccupé et le moral en berne.

Il ouvre la boîte d'allumettes posée à côté de son

paquet de Marlboro et en prend une poignée. Puis il les jette sur la table et les dispose une à une, en égrenant les noms.

« Alors. Si je compte bien, depuis que j'ai repris l'affaire, ce pourri de Lavergne en a zigouillé sept. Anna, les deux compagnons de cellule de Rufus… ça fait trois », dit-il cynique.

Trois allumettes rangées en U.

« Puis Béranger, quatre. »

Le carré de bois est complet.

« Martin Delafosse et Florcnce Piquet, la mère de famille qui était au mauvais endroit au mauvais moment. Six. »

Un carré à côté d'un V.

« Après tout, il n'y a pas de raison que je ne compte pas Michèle. Si elle est morte, c'est aussi à cause de lui. Alors, au total, ça fait sept. »

Un carré et un U.

« Et les prochaines victimes ? Rufus, si tu continues à vouloir faire le con… »

Une allumette pour l'inspecteur Baudenuit et ça fait deux petits carrés.

« Andréas Darblay, peut-être ? Il finira bien pendu, celui-là. »

Encore une.

« Davron ? Non. »

Eliah Daza secoue la tête.

« Non, lui va s'en tirer, c'est sûr. Lavergne ne touchera pas à cet oiseau-là. »

Il se frotte les yeux. Ils sont chauds. Un mal de tête lancinant cogne contre ses tempes.

« Et tous les autres. Ceux qui croiseront la route de ce fumier ! »

Le commissaire verse le reste de la boîte d'allumettes sur son bureau.

« Combien encore ? Dix, vingt, cent ? Et merde ! »

Il balaie le petit tas de bois blanc du revers de la main.

« Stop. Je reprends à zéro. Qu'est-ce que je sais de tout ce foutoir ? Tout d'abord, Michèle surprend l'assassin de son mari et le tue, puis elle se barre avec des documents que Charles avait planqués quelque part dans la maison. »

Il a sorti son petit carnet à la « Colombo » et prend des notes. Son écriture est saccadée.

« C'est ça ! Certain de retrouver facilement les papiers chez son gendre, Dorléans envoie dans le même temps des tueurs pour éliminer Lavergne, effaçant ainsi toute trace de son association avec lui. Mais ce petit malin réussit à le mettre en échec et le donne. Me le donne. »

Daza a un sourire satisfait. Il allume encore une cigarette. La nicotine l'aide à se concentrer.

« Davron retrouve Rufus par hasard, juste avant que Lavergne ne se décide à disparaître. Myriam pousse Michèle au suicide par excès de zèle. OK. Ça, c'est clair. Et Rinaldi dans tout ça ? Qu'est-ce qu'il fabrique avec ces relevés bancaires ? Et surtout, comment savait-il qu'ils existaient ? »

Daza sort un dossier du tiroir de son bureau et le feuillette avec fébrilité.

« Michèle n'a jamais évoqué ces papiers. Putain, c'est pas vrai. Pourquoi, t'en as pas parlé, Rinaldi ? Espèce de petite merde ! »

Le commissaire se lève d'un bond, traverse le couloir et pousse la porte du bureau de l'Italien. Il fouille systématiquement les lieux, sort tous les dossiers en cours, vide les étagères. Rien. Il n'y a aucune trace de ces documents.

Daza allume l'ordinateur et parcourt le rapport sur

l'assaut chez Craven. Rien non plus. Rinaldi ne fait mention nulle part de papiers que lui aurait remis Michèle Marieck.

« Ça expliquerait pourquoi tu as demandé à être nommé sur cette affaire… et pourquoi j'ai eu cette foutue impression que rien ne se passait comme il le fallait, marmonne-t-il en regagnant son bureau. Où m'as-tu embobiné, salopard ? Tu as tout fait pour me donner Dorléans ! Tes infos sorties du chapeau quand t'es arrivé à la brigade, ce soi-disant document retrouvé chez Simon dont j'ai jamais vu la couleur… T'es une salope de taupe à Lavergne ! C'est ça ! Alors, quid des passeports ? Et Pierre André Second ? Trop facile tout ça. Tu me baiseras plus, rital de merde. Ce soir, ça va être ta fête et celle du vieux péquenot. »

Le commissaire enfile son manteau, ramasse son arme, son paquet de cigarettes et décroche le téléphone.

C'est l'heure.

– Costa ? T'es en place ?

– Oui, commandant.

– Et Bassaut ?

– Le secteur est bouclé. Il y a trois groupes d'intervention sur place. L'avion est annoncé pour vingt heures trente-trois.

– La cible est à bord ?

– Elle est à bord.

66

« Il faudra bien tout désapprendre, si l'on veut que ce monde reparte d'un bon pied. Moi qui suis votre psychopathe préféré, celui que vous lisez chaque soir, celui dont vous vous vantez de connaître la vie intimement, celui qui vous fait respirer plus vite, celui qui vous fait mouiller vos culottes, mesdames, qu'en diriez-vous, si l'on essayait de tout désapprendre ?

Faire table rase de ce foutoir que vous avez collectivement soit contribué à bâtir, soit cautionné en vous inscrivant dans le système.

Mais ce monde-là est perdu d'avance !

Croyez-vous que les jeunes générations de nègres à venir resteront tranquillement à crever chez elles pendant que nous mourrons vieillards cacochymes tellement blindés d'antibiotiques, de silicone et d'antiviraux que nos dépouilles ne pourriront plus ?

Ce monde basculera.

Ses jours sont comptés.

Vous, les lubriques, consommateurs actifs ou simples spectateurs, vos jours sont comptés.

Croyez-vous réellement que soixante-dix pour cent des habitants de la planète regarderont encore longtemps CNN en trouvant que ça doit être bien joli là-bas, mais qu'ils ne peuvent pas y aller parce qu'ils n'ont pas de visas ?

Ce monde se craquelle !

Ben Laden n'est que le fer de lance d'un mouvement qui ira en se généralisant.

La raison du plus fort est caduque. Aujourd'hui commence une nouvelle ère où c'est la raison du plus déterminé qui gouverne le monde.

Un monde qui se boursoufle sous vos excès d'aujourd'hui, ceux que vous prohiberez demain. Ou que vos enfants condamneront et auxquels vous n'aurez rien à répondre.

Allez vous installer en Palestine, en Afghanistan ou en Bolivie et envoyez-moi des cartes postales pour me dire à quel point la vie est douce sous ces contrées ensoleillées.

Ce monde se délite.

Cette humanité ne peut pas s'épanouir, pas avec un cheptel aussi important.

Il faudra réduire le nombre d'enfants par foyer, un jour.

Y avez-vous pensé ?

Dans cent ans, une petite fille regardera une photographie de son arrière-grand-mère entourée de ses trois enfants en trouvant ça très folklorique, mais totalement inenvisageable.

Mais avant d'en arriver là, réfléchissez !

Vous avez individuellement des solutions. Elles concernent votre quotidien, votre petit confort de salopards de possédants.

Et pour ceux qui tiquent à la lecture de ces mots, dites-vous qu'à l'autre bout de la planète, posséder un livre est un privilège et que vous semblez l'avoir oublié.

Alors, éteignez vos télévisions, cessez de consommer comme une vache chie des litres de merde au quotidien, ne laissez plus aux publicitaires la possibilité d'envahir vos cerveaux immatures de messages pornographiques.

Vous valez peut-être mieux que ça.

Mais je n'en suis pas du tout convaincu.

Et pour ce qui concerne la tâche de la réduction du cheptel, je vais bientôt me remettre au travail. »

Texte tiré des *Voies de l'ombre* par Olivier Lavergne.

67

La zone de fret de l'aéroport de Roissy est immense. Elle s'étale sur des centaines d'hectares. C'est un parfait endroit pour faire atterrir le jet de Dorléans, mais Daza s'y est refusé. Il préfère prendre toutes les précautions. Dans cette affaire, nombre de protagonistes ont une fâcheuse tendance à disparaître prématurément. Il ne veut pas que l'industriel subisse le même sort. Et qu'il soit témoin ou coupable n'a pour le moment aucune importance. Il est primordial de le garder en vie.

C'est pourquoi il affronte les grands froids de la fin du mois de novembre, perché sur le côté d'un camion nacelle, en direction du bout de la piste 29. C'est tout ce que les services de sécurité ont bien voulu lui fournir. Ce n'est pas la plus éloignée de toutes les infrastructures, mais ça devrait suffire.

La neige a recommencé à tomber, gênant considérablement la visibilité.

Pour une fois, Daza apprécie ce caprice de la météo. Il voit cette fin de journée d'un bon œil. Si le vent s'est décidé à tourner en sa faveur, il va l'aider à maintenir son cap.

Sur le tarmac, à près de six cents mètres de la dernière construction, lui et son comité d'accueil seront perdus dans la tourmente, invisibles.

Le jet de Dorléans n'arrive pas avant une trentaine de minutes. Daza se moque du froid qui commence à mordre ses joues. Il veut sentir le terrain. Il veut avoir la possibilité de tout prévoir. L'occasion ne se présentera pas deux fois.

Il le sait, Chopelle aussi. Et il ne le ratera pas en cas d'échec.

Le camion décélère. Daza est arrivé au bout de la piste.

Un vent glacial souffle au ras du sol, emportant de longues traînées de neige sur son passage.

– Je fais quoi ? lui crie l'employé d'ADP [1] qui vient de le conduire.

Daza lui fait signe de repartir. Il n'a besoin de personne, pour le moment. Et ses troupes ne tarderont pas à le rejoindre. C'est lui qui leur a demandé de rester en retrait, de le laisser seul quelques minutes pour qu'il ait le temps de prendre la température.

Il s'accroupit sur le bout du tarmac, à la limite d'une herbe jaunie, recouverte d'une fine pellicule de neige qui tend à fondre aussitôt tombée.

Là, il fait lentement un tour sur lui-même, prenant tout son temps.

Où vas-tu te cacher, Rinaldi ? Tu n'as plus le choix à présent. Tu vas être obligé de tuer Dorléans, à moins que tu ne te sois fait la malle définitivement…

Il distingue encore les bâtiments qu'il vient de

1. Aéroports de Paris.

quitter. Les constructions fantomatiques font comme des ombres dans la grisaille.

Plus à droite, il y a trois pistes, mais la tour de contrôle s'est engagée à n'en utiliser aucune, tant que son opération ne sera pas achevée.

Daza tourne sur lui-même.

Dans cette direction, d'autres bandes d'asphalte se perdent dans la nuit. Certaines sont éclairées, d'autres non.

« Personne ne peut se planquer dans les parages, commente Daza. La scule solution, c'est d'utiliser un fusil et une visée infrarouge. »

Il attrape aussitôt son talkie sous sa vareuse et entre en communication avec ses anciens lieutenants de la BAT pour les informer de cette déduction. À eux ensuite d'adapter leur dispositif de sécurisation de la zone.

Un quart de tour supplémentaire et il aura embrassé la totalité de son environnement.

Là encore, le terrain est dégagé sur des centaines de mètres. Au bout, une haute clôture grillagée empêche toute intrusion intempestive.

Eliah Daza est rassuré. Il ne veut pas qu'on le prive de son témoin, peut-être le dernier qu'il ait à appréhender. Il pense un instant aux autres, ceux qui lui ont échappé, ceux qu'il n'a pas su voir, ceux qu'il aurait dû secourir. La liste devient un peu trop longue.

Si c'était à refaire…

Mais la vie ne sc déroule pas ainsi.

Il n'y a rien à refaire. Et pour Daza, il est temps de sauver les meubles.

Un bruit de moteur le fait se retourner.

Costa et six de ses hommes arrivent à bord de deux vans de la cellule d'intervention.

Les véhicules s'immobilisent sur l'herbe, à l'écart

du tarmac. Les silhouettes cagoulées en sortent rapidement et se dispersent selon une procédure prédéfinie.

– Bassaut et son équipe sécurisent les bâtiments les plus proches, annonce Costa en arrivant à hauteur de Daza.

– Parfait, acquiesce le commissaire en regardant sa montre. On va le ramener à la maison, notre gros poisson volant.

La piste 29 s'est allumée depuis quelques minutes. Le vent a forci et le ciel se dégage peu à peu. Daza maugrée en silence, tout en remontant le col de sa vareuse jusqu'au menton. Le temps l'a laissé tomber. Il hausse les épaules et se concentre sur le bout de la piste. Pour le moment, il ne voit rien. Il faut dire que des mouvements au-dessus de Roissy, il y en a beaucoup.

– La tour de contrôle m'annonce qu'il est en approche, prévient Costa.

– Ouais, ronchonne Daza. Ce sera pas trop tôt. On se les pèle, ici !

Une poignée de secondes plus tard, une paire de projecteurs se présente dans l'axe de la piste. Malgré la faible visibilité, le jet atterrit sans encombre et termine sa course en bout de piste 29, précisément là où se trouvent Daza et ses hommes. La porte latérale s'ouvre, dépliant automatiquement un escalier court.

Daza est déjà à son pied avant que le premier échelon ne touche le sol. La silhouette replète de l'homme d'affaires s'encadre dans l'ouverture.

– Monsieur Dorléans, veuillez m'accompagner, je vous prie, dit-il avec la plus grande neutralité dont il est capable.

Pourtant, Daza bouillonne intérieurement. Il jubile et est inquiet à la fois.

Dorléans a le visage surpris d'un parfait honnête homme. Il descend prestement les marches en métal recouvertes de moquette et s'immobilise devant Daza.

– Je pensais pourtant m'être clairement fait comprendre, commissaire, dit-il sur un ton autoritaire qui insupporte Eliah dès les premières syllabes. Je vous ai dit de vous adresser à…

– Arrêtez ce petit jeu, vous voulez bien ! le coupe Daza. L'affaire qui nous intéresse s'est particulièrement compliquée ces temps derniers. Je vous demande de ne pas en ajouter. Et pour votre information, certains éléments nous indiquent que votre vie est menacée. Alors, suivez-moi.

Dorléans se glace. Il n'avait sans doute pas prévu cet argument de la part du policier. Mais il n'est toujours pas prêt à collaborer.

– Menottes ou pas menottes ? interroge-t-il soudain. Parce que menottes, je suis suspect, pas menottes, je peux m'en aller.

Daza secoue la tête de dépit. Il a du mal à comprendre pourquoi la position de cet homme dans le monde le rend aussi arrogant.

Il hésite, ce qui comble Dorléans, puis il se décide.

– Costa, passe les bracelets au monsieur !

Costa s'exécute avec joie. Pour lui, menotter du bourgeois est un moment extatique, réjouissant. Daza connaît son petit penchant anarchiste, ce petit reste d'une adolescence banlieusarde dans les années 1970. Et pendant que Costa entrave les poignets de monsieur Dorléans, Daza en fait le tour pour venir se placer face à lui.

– Michèle Marieck est morte, dit-il tout bas à quinze centimètres du visage de Dorléans. Elle a été suicidée par quelqu'un de chez vous, une certaine Myriam Delafosse. Mais vous allez me dire que vous ne connaissez pas cette personne.

Dorléans n'a pas tiqué en apprenant la mort de sa fille.

– Absolument, rétorque-t-il. Vous vous méprenez totalement.

– Je vous dis que votre fille est morte par votre faute et ça ne vous fait ni chaud ni froid, siffle Daza. Vous l'abandonnez à sa naissance et vous lui faites l'affront trente-cinq ans plus tard de ne pas reconnaître sa mort ! Vous êtes une crapule, monsieur Dorléans. Une sinistre crapule que je vais envoyer en prison. Voyez-vous, nous avons en notre possession certains papiers qui pourraient bien vous embarrasser dans les décennies à venir.

Les ailes du nez de Dorléans tremblent légèrement. Mais, en dehors de ce petit signe presque anodin, il reste très digne, parfaitement campé dans son personnage d'homme intègre.

Il va ajouter un dernier trait de son cru quand il est projeté violemment en arrière. Une déflagration suit d'une demi-seconde l'impact. Puis une deuxième, une troisième. L'un des hommes de Bassaut gît sur le sol. Daza s'est instinctivement couché sur Dorléans. Lorsque la pluie de balles cesse, le commissaire se relève et déduit la position du tireur, quelque part sur sa droite, là où plusieurs pistes passent au-dessus de l'autoroute A1.

– Vous deux ! hurle-t-il à Costa et à l'un de ses lieutenants. Vous embarquez Dorléans vers l'hôpital le plus proche.

Puis il se penche vers l'homme à terre.

– Putain, c'est Gomez. Il est mort.

Il se relève et se tourne vers les agents restants.

– Vous quatre, vous foncez vers l'autoroute, moi, j'attrape l'hélico de la gendarmerie.

Daza bondit au volant du van et s'élance sur la piste 29.

– Bassaut, aboie-t-il dans son talkie. Fais démarrer l'hélico, j'arrive dans deux minutes.

Maintenant qu'il est assis derrière le volant, il se rend pleinement compte de ce qui s'est passé. Et il enrage. Bien sûr, ils n'ont pas eu le temps de se préparer vraiment, mais tout de même. Ça n'est pas si compliqué de ramener un suspect en entier ! Ou alors, ça signifie qu'il doit sérieusement se remettre en question. D'après la tache de sang qu'il a vu se former sur le costume de Dorléans, ses jours ne devraient pas être en danger, mais on ne sait jamais. Il y a des salopards qui savent mourir à point nommé.

Daza envoie un grand coup de poing sur le tableau de bord et passe la quatrième vitesse. Le compteur indique cent dix kilomètres heure.

Les bâtiments se rapprochent à toute vitesse. Daza ralentit. Il ne manquerait plus qu'il ait un accident.

Il se range à vingt mètres de l'appareil et abandonne son véhicule.

Le pilote l'attend. Bassaut se trouve déjà dans la cabine.

– Visez l'A1, direction Paris ! hurle Daza pour couvrir le bruit furieux des turbines. À partir des pistes qui passent au-dessus. On a un mort et un blessé par balle.

Le pilote répond par un signe affirmatif de la tête et fait décoller son engin.

Le sol s'éclipse en un clin d'œil. Une quinzaine de secondes plus tard, ils survolent l'endroit d'où le tireur embusqué les a pris pour cible. Les quatre agents sont déjà sur place, visiblement bredouilles.

– L'autoroute, désigne Daza au pilote. Vers Paris.

L'hélicoptère prend de la hauteur pour se déplacer au-dessus d'un flot ininterrompu de véhicules. Il est presque vingt et une heures. Les chutes intermittentes de neige et des travaux de voirie interdisent la fluidité du trafic.

Pendant deux minutes, Eliah Daza et Bassaud ne repèrent rien de particulier. Puis ils aperçoivent une moto qui utilise la bande d'arrêt d'urgence à une vitesse déraisonnable.

– Là, indique Costa en premier.

– Sans doute, rétorque Daza. C'est le moyen de transport que j'aurais utilisé à sa place.

– Tu sais qui c'est ?

– Je crois, oui. Rinaldi, un enquêteur de l'OCPRF.

– Quoi, quelqu'un de la maison ?

– Qu'est-ce que tu veux que je te dise, répond Daza d'un air faussement navré. Lui non plus ne devait pas se sentir assez payé.

L'hélicoptère est descendu. À présent, il se trouve pratiquement à l'aplomb du motard, qui est obligé de ralentir pour dépasser le goulot d'étranglement dans la circulation.

Ce point critique passé, la moto s'élance sur la portion d'autoroute dégagée.

– Il est à plus de 150, annonce Bassaud. À cette vitesse, je ne donne pas cher de sa peau.

Comme répondant à cette prévision, le motard, obligé de louvoyer entre les véhicules hésitant sur la chaussée enneigée, se couche brutalement sur le côté.

Une gerbe d'étincelles accompagne sa glissade sur plus de cent mètres.

La moto s'immobilise sur la voie de gauche.

Apparemment indemne, le pilote se redresse en chancelant.

Il semble désorienté.

Quelques voitures se sont rangées sur la bande d'arrêt d'urgence, feux de détresse allumés.

Mais le poids lourd, lancé à pleine vitesse, freine trop tard. La remorque passe devant la cabine, devenue incontrôlable. Le crabe de tôle percute de plein fouet le motard qui tentait de se réfugier entre les glissières centrales.

Le corps désarticulé est projeté au-dessus des voies. Il s'écrase sur les rampes de sécurité et dévale le talus en contrebas.

Le camion fou termine sa course contre le tablier d'un pont. Un jet de fumée blanche jaillit du moteur.

– C'est moche, critique Daza, j'espère vraiment qu'il n'y a pas d'autres blessés. Et cet enfoiré, qu'il aille au diable. Il s'est foutu de ma gueule trop longtemps.

68

Ils sont abasourdis et choqués.

Thomas Davron conduit, l'air un peu hagard.

À ses côtés, Rufus Baudenuit est sombre et renfrogné.

« Elle aurait quand même pu faire ça ailleurs. »

Cette phrase résonne encore dans leur esprit, les attristant jusqu'à la nausée.

Les deux hommes n'ont échangé aucun mot depuis leur départ du gîte. Ils sont partis comme des automates, sans un regard pour le propriétaire gesticulant, que Rufus aurait bien assommé si Davron ne l'en avait empêché.

Ce dernier n'a pu retenir quelques larmes.

Bien sûr, Michèle a choisi, elle a pris le chemin pour retrouver son Charles. Et personne ne doit condamner sa décision.

Mais le petit bout de femme virevoltant qu'elle était lui manque. Ces quelques heures passées à entrer chacun dans l'intimité de l'autre avaient été fraîches et pleines d'espoir. En fait, à ce moment-là, Thomas était certain de pouvoir la sauver. Certain d'être capable de l'empêcher de mener à terme cette vendetta ridicule.

Persuadé d'être celui qui les conduirait tous vers le pardon.

Et là, dans cette voiture, à côté de Rufus Baudenuit, le grotesque de sa théorie lui apparaît soudain.

Il n'a pas le pouvoir de choisir pour lui.

Il devra le soutenir, l'aider dans sa quête, lui redonner confiance.

Et jamais le juger.

Après une bonne heure de route, Thomas gare la voiture le long de la rue bordée d'arbres, juste devant le petit chemin qui mène à sa maison. Il contourne le véhicule, ouvre le coffre et décharge le bagage de Rufus ainsi que le paquet de Michèle.

Rufus saisit son sac et suit Davron, la tête basse et les yeux rivés sur ses pieds.

La neige est tombée en couche épaisse à Saint-Maur-des-Fossés.

Les deux hommes doivent lever un peu les jambes pour avancer sur le tapis blanc et crissant.

Ils entrent, posent leurs affaires et ferment les volets dans un ensemble parfait. Davron s'occupe de ceux de la cuisine, Rufus maltraite ceux de la porte-fenêtre qui donne sur la terrasse.

– On dirait qu'on a fait ça toute notre vie, dit Thomas, rompant un long silence.

Rufus s'affale sur le canapé.

– Vous avez un couteau ?

Davron reste interdit quelques secondes. Il revoit Michèle fouillant les tiroirs à la recherche d'un objet tranchant.

– Thomas ?

Il reprend vite ses esprits et envoie un canif depuis

le comptoir où il s'apprête à préparer un repas léger. Un fond de vin, quelques morceaux de fromage et du pain suédois grillé à la chaîne feront l'affaire.

Pendant ce temps, Rufus découpe soigneusement le scotch brun qui entoure le papier Kraft et déballe le tableau qu'il tend à bout de bras. Il observe le faux Monet d'un œil goguenard.

– C'était bien la peine de faire tout ce cirque pour une vieille croûte pareille !

Davron s'approche et pose le plateau-repas sur la table basse.

– Un verre de rouge ? dit-il en tendant un ballon à Rufus.

– Merci.

Les deux hommes trinquent.

– Elle était restauratrice d'œuvres d'art.

– Ah.

Rufus décolle la toile du cadre avec la pointe de son canif.

– Il n'y a rien là-dedans.

Il vérifie que l'ensemble en bois ne recèle pas de cachette particulière, puis le passe à Davron.

– Vous voyez quelque chose ?

Thomas secoue la tête.

Il se penche sur le plateau et déballe les morceaux de fromage. Il découpe de petites portions de chaque et les dispose sur les assiettes.

– Vous voulez une tartine ?

Rufus acquiesce, absorbé.

Il est en train de passer sa main sur la peinture, sondant les aspérités de la toile, du bout de la pulpe de ses doigts.

– Je ne suis pas un crack en la matière, mais je ne vois rien de suspect.

– Je suis certain qu'elle a mis quelque chose là-dedans. Tenez.

Rufus saisit le petit pain suédois garni de munster recouvert de carvi.

– C'est quoi ça ? dit-il en fixant la tartine.

– Du munster, répond Davron sans comprendre.

– Vous vous prenez pour ma mère ?

Thomas ne répond pas, termine d'écraser le fromage sur son pain grillé et porte le toast à ses lèvres.

– Elle voulait se venger, elle avait besoin d'aide. Elle possédait des indices, quelque chose qu'elle ne voulait donner qu'à vous, dit-il, la bouche pleine.

– Pourquoi moi ?

Davron avale son verre d'un trait.

– C'est vous qui les avez sortis des entrepôts Lavergne, elle et son mari. Ça me paraît logique.

– Que vous a-t-elle confié d'autre ?

– C'était une femme touchante, fragile et très marquée par les événements. Elle avait des propos assez confus.

– De la famille ?

– Un père. Avec lequel elle avait peu de contact. Un industriel important.

– J'ai lâché l'affaire juste après la découverte de la planque de Kurtz. Les Marieck ne faisaient pas partie des victimes que nous avions identifiées avant l'assaut. Peut-être étaient-ils enfermés là pour une tout autre raison. Qui leur a malheureusement coûté la vie.

– Ce que je ne comprends pas alors, c'est pourquoi Lavergne ne les a pas tués quand il les avait sous la main ? Il ne s'est jamais encombré de scrupules.

– J'en sais rien. On est peut-être totalement à côté de la plaque. En tout cas, si Michèle m'a laissé quelque chose, c'est malheureusement au prix de sa vie.

Rufus hésite devant l'assiette de tartines. Pendant

qu'ils parlaient, Davron a étalé les morceaux de fromage sur les petits pains.

– Là c'est du comté, là du chèvre et là…

– … du munster, je sais. Merci Thomas, au moins, c'est du vrai fromage et pas des pâtes cuites de merde.

Rufus engloutit un deuxième toast au munster et avale une rasade de vin. Puis il pose le plateau par terre pour étaler la toile devant lui.

– Si elle était restauratrice d'œuvres d'art, elle a pu planquer n'importe quoi là-dessous, murmure-t-il en désignant la peinture.

– Certainement. Mais comment le savoir ?

– J'ai un vieil ami qui barbouille à ses heures perdues. Demain, nous lui rendrons une petite visite.

– Vous avez terminé ?

Rufus opine.

Davron ramasse le plateau et le papier kraft qui entourait la toile.

– C'est quoi ça ?

Il pose devant l'ex-policier une enveloppe épaisse qui avait glissé à terre et va préparer le café. Rufus l'ouvre et en étale son contenu sur la table.

– Mazette !

– Quoi ?

– On est riches ! Voilà son héritage ! Y'a pas loin d'une centaine de billets de cinq cents !

– Rufus…

De retour au salon, Davron déplie le petit mot perdu au milieu des coupures roses. Il le lit à voix haute.

« *Inspecteur, Charles a été assassiné, j'en ai la preuve. Ma vie est menacée. Merci de garder ça pour moi. Je vous expliquerai tout bientôt. Prenez soin du tableau. Michèle Marieck.* »

Un long silence s'installe dans la pièce, juste perturbé par les crachotements de la machine à café. Les deux hommes fixent le joli tas de billets de banque posés en vrac sur la table du salon.

Rufus Baudenuit bouge le premier. Il attrape son verre de vin et s'enfonce dans le canapé avec un grognement de plaisir. Il envoie valser ses chaussures dans la pièce, sous l'œil amusé de Thomas Davron qui l'imite à son tour.

– À Michèle !

– À Michèle.

– On zappe ? demande Rufus.

– On zappe, approuve Davron.

Rufus attrape la télécommande et tripote les petites touches, passant allègrement d'une chaîne à l'autre.

– T'as pas le câble ?

– Non.

– Merde alors, on va se taper que de la daube.

Les deux hommes rient.

Thomas Davron lance un regard complice à Rufus.

Celui-ci affiche un air serein, reposé.

Ses prunelles sombres reflètent la lumière bleutée renvoyée par l'écran de télévision. On dirait qu'elles sourient.

Mais la lueur présente au fond de ses yeux n'abuse personne. Il n'a plus qu'un but. Quoi qu'il puisse lui en coûter.

Mettre la main sur Kurtz.

Et le massacrer.

69

Les pansements ont été changés tous les matins et tous les soirs. Les fils surveillés de près, afin que les berges des plaies restent bien bord à bord et rendent le résultat le plus discret possible.

Le patient chouchouté, il fallait bien gérer son appréhension et son impatience de découvrir son nouveau visage.

Chaque jour, le programme était sensiblement différent pour éviter de tomber dans la routine. Les premières heures – le réveil s'étant effectué sans encombre – ont été les plus douloureuses pour monsieur Konrad.

Heureusement, il a rapidement pu s'alimenter normalement et respirer avec aisance, malgré les redons.

Chaque matin, après un copieux petit-déjeuner, il avait droit à une séance de massage intégral réalisé par des spécialistes du genre. Chaque muscle était stimulé, chaque articulation sollicitée afin qu'il ne souffre pas trop de son immobilité forcée.

Puis on s'occupait de ses mains, les bandages étaient changés et les plaies nettoyées soigneusement.

Venait ensuite l'heure du déjeuner dans la véranda. Là, monsieur Konrad pouvait déguster des mets fins et délicats spécialement préparés pour lui par le chef des cuisines. Bien entendu, ces petits plats étaient équilibrés, riches en vitamines, minéraux et faibles en graisse.

L'après-midi était consacrée au temps libre. Les soins reprenaient le soir. Monsieur Konrad disposait d'une salle de cinéma privée où il pouvait visionner les films de son choix, d'un ordinateur relié à Internet pour gérer ses affaires courantes, où encore d'un bureau où il se consacrait à l'écriture via un dictaphone.

Il pouvait également aller et venir dans l'enceinte de la clinique, voire louer les services d'une limousine pour sortir en ville en toute discrétion.

En fin d'après-midi, une esthéticienne venait lui faire des soins de peau. Gommage, masques hydratant, pédicure…

Le docteur Yulen-Bloch' passait voir son patient chaque soir, après les soins.

Il restait de longues minutes avec lui, observant l'évolution de la cicatrisation des zones de suture et surtout le replacement des chairs encore enflées. Mc Conkey pour sa part s'en était déjà retourné en Irlande, laissant à son confrère la tâche de s'occuper des suites opératoires.

L'heure de retirer les pansements approchait et, ce jour-là, Yulen-Bloch' a pu sentir l'excitation de monsieur Konrad croître de façon exponentielle.

Cet homme, timide mais charmant, vibrait d'une force et d'une énergie nouvelle.

Il avait beaucoup souffert pendant son séjour.

D'ailleurs, Yulen-Bloch' avait pris un soin constant à ce qu'il ne manque de rien. Il avait veillé chaque jour à son confort. Le personnel qu'il avait recruté était hautement qualifié et surtout discret.

Les moments les plus délicats avaient été ceux de la toilette. Avec ses doigts bandés, monsieur Konrad ne pouvait ni uriner seul, ni s'essuyer après la selle, encore moins se laver. Pour que l'opération soit une parfaite réussite, il ne devait pas se servir de ses mains pendant une semaine complète.

Tout ce temps, il avait pu bénéficier des services d'une assistante pour ses affaires et d'une infirmière particulière.

Konrad avait exigé que la personne qui s'occuperait de sa toilette et de son intimité soit chaque jour différente, extérieure à la clinique et âgée d'au moins quarante-cinq ans.

Elle ne devait pas lui parler, se présenter le visage couvert d'un masque de papier et surtout ne jamais distinguer ses traits, fussent-ils encore brouillés. Quoi qu'il en soit, on ôterait les derniers pansements et les mèches enfoncées dans les narines de monsieur Konrad seulement lorsque ses nouvelles mains seraient opérationnelles.

Personne ici ne s'étonnait des demandes particulières de certains patients, *a fortiori* celles de monsieur Konrad. Ce dernier avait la réputation d'être un homme très riche et très puissant, qui payait chacun de ses caprices sans discuter, mais qu'il valait mieux respecter si on ne voulait pas finir au fond du lac Léman, avec un bloc de béton à la cheville en guise de bijou fantaisie.

Monsieur Konrad aimait d'ailleurs entretenir la légende. Il lui arrivait de temps en temps d'effrayer le personnel, surtout lorsqu'il n'avait pas suivi les consignes à la lettre.

Le docteur Yulen-Bloch' conduit lui-même monsieur Konrad dans un petit pavillon, dressé dans le fond du parc. L'été, on passe par les jardins. L'hiver, un tunnel creusé sous les bâtiments relie les deux ailes indépendantes.

Là, une salle de soins y est spécialement aménagée. Une salle à laquelle seul Christian Yulen-Bloch' a accès.

Il fait asseoir monsieur Konrad devant une table couverte de matériel, enfile une paire de gants et commence à ôter délicatement les derniers bandages. Le plus douloureux est l'extraction des mèches enfoncées très loin dans le nez.

Jacob Konrad serre les dents et Yulen-Bloch' redouble d'attention.

Bientôt le nouveau visage du patient apparaît, nu.

Monsieur Konrad apprécie ces premiers instants sans gaze sur sa peau. Il peut même sentir un léger souffle d'air sur ses joues.

– C'est très réussi ! s'exclame Yulen-Bloch'. Dans deux semaines, vous pourrez sortir dans la rue sans que personne soupçonne l'intervention. Dans trois mois, vos paupières seront parfaites et dans six mois votre nez totalement en place.

Jacob Konrad saisit le petit miroir posé devant lui et jette un rapide coup d'œil à son nouveau reflet. Il a un hochement de tête satisfait.

– Vous êtes encore bleu et très enflé. Vous poserez de la glace chaque jour comme je vous ai montré et cela passera vite. Avec un peu de maquillage, si vous y tenez absolument, vous pourrez même sortir fin de semaine prochaine.

Monsieur Konrad esquisse un vague sourire à l'intention de son chirurgien.

– J'espère vous revoir bientôt parmi nous. Vous avez été un patient hors normes. Si cela vous fait plaisir, je vous ferai un prix pour la liposuccion du ventre et des f…

C'est la proposition de trop. Celle qui insulte l'intégrité corporelle de monsieur Konrad.

Il a pivoté sur sa chaise et a interrompu Yulen-Bloch' avec violence, d'un coup de pied dans les parties génitales.

Le chirurgien se retrouve à genoux, le souffle coupé, les mains jointes sur son entrejambe.

– Merci pour tout, docteur, murmure Jacob Konrad.

Il attrape un scalpel sur la table et tranche la gorge de Yulen-Bloch' d'un geste sûr.

Puis il sort de la pièce.

Devant la porte, une limousine avec chauffeur l'attend.

La vitre teintée qui sépare l'habitacle du poste de pilotage est fermée.

La longue berline noire démarre avec un sifflement feutré, conduisant monsieur Konrad sur les berges du lac Léman.

70

– Eh bien ! s'exclame Milan Antisevic en relevant la tête. T'as de la veine que je me sois mis à la peinture ! Parce que c'est du grand art. Et c'est pas un barbouilleur du dimanche qui t'aurait trouvé ça ! Regarde !

Thomas Davron et Rufus Baudenuit se penchent au-dessus de l'épaule de Milan. Le faux Monet ressemble à une vieille toile délavée passée à la machine. Sur certains endroits, là où les teintes étaient plus sombres, des rangées de chiffres dactylographiés apparaissent. Une forte odeur de dissolvant parvient aux narines des deux hommes.

– Comment a-t-elle procédé ? demande Davron.

– Dis-nous plutôt ce que c'est ! le coupe Rufus.

– Des transactions bancaires. Sur des comptes numérotés. En tout cas, ça y ressemble fortement, dit Milan. Pour répondre à votre question, Thomas, elle a fait simple, mais efficace. Elle a dissous la peinture, a écrit et a protégé le tout avec un film plastique puis elle a repeint dessus. C'est son métier, non ?

– C'était… murmure Davron.

– Drôle d'idée quand même, elle aurait pu faire des photocopies, suggère Milan.

– Elle était assez fantasque…

– … et ça vous a donné une belle occasion de venir me voir ! ajoute Milan sur un ton grinçant.

Les trois hommes se sont retrouvés dans la matinée. Milan habite une maison à Sarcelles, en bordure de la N1, avec sa femme, Judith. Leurs deux filles, Alice et Marie, terminent leurs études en province.

Ils ont salué madame Antisevic et sont allés directement au fond du jardin, dans l'atelier que Milan s'est aménagé, depuis qu'il est retraité de l'OCRB [1].

Une pièce de soixante mètres carrés, bordée de grandes baies vitrées. Un joyeux chantier, des tableaux en pagaille, du matériel de professionnel et un coin apéro.

– Nécessaire quand on a la visite des copains ! s'est exclamé Milan en leur faisant faire le tour du propriétaire.

Pendant que Rufus recopie les numéros de comptes et les dates des transactions, Milan et Thomas s'installent autour de la table.

– Un petit coup de rouge ?

– Vous n'avez pas de café, Milan ? demande poliment Davron.

– Désolé, non. Ici, la boisson officielle, c'est le bordeaux !

– Moi, j'en veux un ! dit Rufus depuis l'autre bout de la pièce.

– Il est encore un peu tôt, murmure Davron.

– Il n'est jamais trop tôt pour les bonnes choses ! s'écrie Milan en servant deux verres.

---

1. Office central de répression du banditisme.

Il apporte le ballon de Saint-Émilion à Rufus et s'attable face à Davron.

– Alors c'est vous, Thomas Davron.

Davron le regarde étonné. Il n'a jamais rencontré Milan Antisevic, n'en a jamais entendu parler. Rufus a passé un coup de fil de quelques secondes le matin même, et, un quart d'heure après, ils faisaient route vers Sarcelles. Rufus lui a seulement parlé d'un vieux collègue de travail, à la retraite depuis peu.

– Pourquoi ?

– C'est Milan qui a fait le rapprochement entre ton dossier et ce salopard de Kurtz, lance Rufus. Sans lui, on serait sans doute pas là, ni toi ni moi !

– Grâce aux tatouages ! ajoute Milan avec fierté.

Davron hoche la tête lentement, en passant la main sur son ventre.

– N'empêche que si ce cinglé ne vous avait pas tous marqués comme du bétail…

– Je serais certainement encore en train de croupir en prison. Mais je ne vais pas le remercier pour…

– Pardon, le coupe Milan. Je ne voulais pas être incorrect.

Davron hausse les sourcils et baisse la tête avec un soupir. Il saisit un crayon sur la table et se met à dessiner sur une serviette en papier. Il fait des petits personnages, vaguement animaliers, qu'il croque depuis qu'il est gamin.

– Y a eu un truc spécial le six septembre dernier, les gars ? demande Rufus.

– L'attentat du Stade de France, peigne-cul ! T'y étais pas ? lance Milan après une courte hésitation.

– Et merde !

– Quoi ? Que se passe-t-il ? dit Davron sans arrêter de griffonner.

– J'en sais rien. Des virements. Des putains de virements. Il va falloir croiser ça avec le dossier Lavergne.

– Ça va pas être coton, Rufus, marmonne Milan.

Un silence s'installe dans l'atelier. Davron, face à Milan, continue à couvrir le papier de ses graffitis. Les deux hommes observent de temps à autre Rufus qui achève de reprendre les chiffres du tableau. Au bout de dix minutes, il relève enfin la tête.

– Ça y est, j'ai fini ! dit-il en rejoignant ses compagnons. Bon, Milan, tu peux voir ça avec ton pote de la brigade financière ?

– Oui. Tu me laisses quelques minutes. Je vais lui passer un coup de fil. Thomas, voulez-vous que je vous rapporte un truc à boire en passant ?

– Un café ?

– OK ! Je vais demander à Judith de vous faire couler un p'tit jus.

Milan sort de l'atelier d'un pas alerte, le papier à la main. Rufus se jette sur la chaise à côté de Davron en soupirant.

– Je sais pas ce qu'elle nous a légué, la petite Marieck, mais je sens que ça va être de la dynamite.

– Une piste pour coincer Lavergne ?

– J'en sais rien. Plutôt ses commanditaires, je dirais. Il devait bosser pour un tas de types pas clairs… Attends voir, j'ai une idée. Passe-moi ton téléphone.

Davron extirpe son mobile de la poche de son pantalon et le tend à Rufus avec un air interrogateur. Ce dernier compose le numéro des renseignements et obtient la mise en relation avec l'hôtel de ville de Saint-Denis. Il sort quelques instants dans le jardin et revient s'asseoir à côté de Davron.

– J'ai un vieux pote à la mairie. Il devrait me filer un tuyau.

– Quoi ? Quel tuyau ? demande Davron, un peu agacé par l'attitude de Rufus.

– Tu verras bien.

– Arrête tes conneries, Rufus.

– Je préfère parler quand je suis certain de ce que j'avance.

– OK.

Davron se lève, vaguement vexé. Il fait le tour de l'atelier, observant les toiles peintes par Milan. Ce dernier se débrouille assez bien. Il a tendance à reproduire souvent les mêmes choses : la vue qu'il a sur la maison, avec la glycine qui retombe du balcon en été sur la tonnelle et le visage d'une jeune femme, typée, les yeux en amande, les cheveux relevés.

– C'est Judith, murmure Rufus, juste derrière Davron.

– Elle a bien changé…

– Ouais.

– Peut-être devrions-nous nous consoler en nous disant que nos femmes seront toujours belles…

Davron s'allume une cigarette les mains tremblantes.

– Je pensais à Solange… désolé, dit-il froidement.

– Laisse tomber.

– On peut plus rien y changer, tente Davron avec un geste d'apaisement.

– T'as qu'à croire, gronde Rufus.

Il serre les poings, envahi par une soudaine bouffée de violence qu'il maîtrise difficilement. Il s'accroche au dossier de la chaise. Ses phalanges blanchissent sous la pression. Il serre encore plus fort. Le bois craque.

– Casse pas le matos, s'il te plaît ! s'exclame Milan en revenant dans la pièce. Votre café, monsieur Davron, ajoute-t-il en rigolant.

– Alors ? interroge Rufus.

– Des comptes numérotés. Îles Caïman, Suisse, Monaco.

– Le débiteur ?

– Une société écran, que la brigade de répression des fraudes a déjà à l'œil depuis un certain temps. Elle est reliée à un groupe français. La Nano Tech SAS. Ça vous dit quelque chose ?

Davron fronce les sourcils.

– Je crois que c'est la boîte du père de Michèle.

– Putain de merde ! s'exclame Rufus.

– Tu peux pas parler comme un être civilisé ? demande Milan en riant.

– Parce que j'ai l'air d'un type civilisé, moi ?

– Qu'est-ce qui te prend ?

– C'est Sergueï ! Il a trouvé une carte de visite sur un des cadavres chez Kurtz et je crois que c'était ce nom-là !

– Bon. Et à quoi ça nous mène, tout ça ? s'interpose Davron.

– Kurtz travaillait sur commande, et cette société, la Nano Tech, le payait pour des services, regardez ! On en a la preuve ici ! ajoute Milan en pointant une ligne du document bancaire du doigt. Ce versement-là, qui date du mois d'avril dernier, peut sans aucun doute être relié à l'entreprise d'export-import qui lui servait de couverture.

– Donc, si je comprends bien, articule Davron, grâce à ces papiers, on peut relier les activités de Lavergne à celles du père de Michèle ?

– Ouais ! Ce qui veut dire qu'elle risquait gros en se trimballant avec ça, ajoute Rufus.

– Poussée au suicide par son propre père…

– C'est pas Kurtz, c'est sûr. Il s'en tape de savoir qui a ces papiers. Ce cinglé sait très bien que la plupart des comptes répertoriés ici ne sont dangereux que pour son commanditaire. Lui peut les vider, en deux minutes s'il le veut !

– Et c'est probablement ce qu'il a fait ! rétorque Davron.

– Ce qui veut dire que ça ne nous sera d'aucune aide pour le retrouver… marmonne Rufus, contrarié.

– Mais ça pourra faire tomber le type qui est responsable de la mort de Michèle !

– Hors de question que je file un coup de main à cet enfoiré de Daza ! tonne Rufus.

Milan, qui était resté silencieux jusque-là, intervient en posant sa main sur le bras de son ami.

– Rufus, ce n'est que justice. Cette petite a payé de sa vie le fait d'avoir ces foutus papiers sur elle. Si c'est son propre père qui est derrière tout ça, il mérite mille fois la taule, tu crois pas ?

– Fais chier.

Rufus se lève et sort de l'atelier en claquant la porte. Milan lance un regard navré à Davron.

– C'est pas facile pour lui. Il en a bavé dans la cave. Je crois qu'il ne sera plus jamais le même.

– Qu'est-ce que ça a changé dans votre vie, à vous ? demande Milan.

– Difficile à dire. C'est Rufus qui m'a donné une seconde chance. C'est pour lui que je me bats chaque jour. C'est aussi grâce à lui si j'ai pardonné, si j'arrive à vivre avec ça, sans avoir envie de tuer la terre entière.

– C'est ce qu'il va faire, n'est-ce pas ? demande Milan en regardant Rufus tourner dehors comme un fauve, le téléphone contre l'oreille.

– Tuer la terre entière ? Non… répond Davron avec un petit sourire triste.

– Chercher Kurtz et le buter, précise Milan inutilement.

– Oui. Je le crois, oui.

– Vous allez l'en empêcher ?

– Croyez-vous vraiment que quiconque ait ce pouvoir ?

Milan Antisevic hoche la tête. Ses yeux sont humides. Il se sert un nouveau verre de vin qu'il avale à petites gorgées.

– Je resterai près de lui le plus longtemps possible. Je vous le promets, dit Davron doucement. Mais le jour où il partira, je ne le suivrai pas.

– Je suis heureux pour vous, dit Milan. Heureux aussi que vous l'ayez retrouvé.

– J'aimerais tant qu'il ne gâche pas tout. Mais il ne pourra pas vivre tant qu'il ne se sera pas vengé. Et je pense, malheureusement, que ce n'est pas ainsi qu'il arrivera à se libérer de son chagrin.

– Le revoilà !

Thomas Davron et Milan Antisevic regardent Rufus rentrer et s'asseoir près d'eux. Il a la mine des mauvais jours.

– C'est la Nano Tech qui risque de récupérer le marché de la sécurité du Stade de France. La commission des marchés publics se réunit bientôt pour choisir leur nouveau fournisseur de portail antibombe et installateur de protection électronique. Le groupe est en bonne place. On dit qu'ils ont une technique révolutionnaire de détection des explosifs.

– Ça veut dire que… bredouille Thomas.

– Ça veut dire que le père de Michèle, rétorque Rufus, est le fumier qui est responsable de l'attentat au Stade de France.

– Soixante morts… murmure Milan.

– Tout ça pour du fric…

71

« Changer de visage, un vieux rêve que je nourrissais depuis tant d'années.

Il a fallu que je passe par-dessus bien des répulsions pour y parvenir.

L'opération n'est rien. C'est la suite qui s'est révélée n'être qu'une longue succession d'humiliations.

Mes mains entravées de bandages étaient interdites de toute activité. La transformation des empreintes digitales demande une microchirurgie si délicate que tout contact est prohibé pendant des jours et des jours.

Et pendant tout ce temps, moi, Kurtz, qui ne suis qu'un homme, malgré ce qu'il me coûte de dire une chose pareille, j'ai bien dû m'alimenter, uriner, déféquer...

Alors j'ai essuyé tous les outrages.

Ces mains habiles qui torchaient mon derrière, ces doigts gantés qui s'attardaient sur mon anus, ces femelles ménopausées qui secouaient ma verge, la décalottaient pour qu'une complète hygiène de ma personne satisfasse leur amour zélé de l'après-médecine.

Ce fut la plus horrible expérience de mon existence, qui en compte pourtant certaines que je ne recommanderais qu'à mes ennemis.

Je suis sûr que ces vieilles salopes prenaient du plaisir à me voir échoué sur le dos, le cul à l'air, crotté, souillé. Je les ai voulues anonymes, vieillissantes, pour qu'elles ne se moquent pas, ce sont les jeunes qui se moquent. Les vieilles oublient.

Je ne l'aurais pas supporté. Et alors, Dieu seul sait ce que j'aurais pu faire.

Ou le Diable plutôt.

Avant de l'occire, j'ai discuté avec le docteur. Il aurait voulu changer le visage de tous les candidats du monde entier, qu'ils soient riches ou pauvres. Il est de cette trempe de menteurs qui osent prétendre que la société humaine peut supporter tous les mal-nés de la terre.

C'est avec des porcs de cet acabit que tous les tarés survivent à nos crochets.

Car moi qui vous parle, moi qui suis jugé psychopathe par l'élite, je paie des impôts. L'administration fiscale prélève sur mon travail de quoi entretenir dans leur inutilité les déviants physiques, les inutiles, les malformés, toutes ces monstruosités qu'en d'autres temps on aurait éliminés à juste titre.

Une société qui s'embarrasse de ces êtres-là ne peut que s'amoindrir, s'affaiblir et partir à vau-l'eau.

Si le plasticien responsable de la part physique de ma résurrection s'en était tenu à une analyse muette de mon nouveau visage, je l'aurais peut-être laissé en vie.

Mais là, après ce dégueulis de mièvreries, ce n'était plus possible.

Et comme c'était visiblement un bon praticien, il n'a pas beaucoup souffert. Il aurait même sans doute apprécié la qualité de la coupe. »

Texte tiré des *Voies de l'ombre* par Olivier Lavergne.

72

Les falaises de craie sont roses et la Manche, éclaboussée de petits moutons d'écume blanche, vire au mauve. Il est dix-sept heures.

Eliah Daza reste immobile, les yeux fixés sur cette fin du jour qui n'en finit pas. Pour une fois.

Il tripote sans y penser un petit bracelet de cuivre qui noircit ses gants.

Le soleil plonge enfin dans la mer, s'écrasant comme une baudruche d'un rouge sombre, embrasant quelques traînées de nuages paresseux. L'air est glacial. Le vent s'est levé avec la nuit.

Le regard du commissaire descend le long de la falaise. Là, il devine encore de vagues traces de fumée noirâtre, dernier vestige de l'explosion qui a eu lieu ici.

L'épave a été remontée à l'aide d'une grue fixée sur un camion. Dans les secousses du remorquage, elle a littéralement craché son passager qui s'est écrasé sur l'herbe verte, juste au bord du vide.

Croûte humaine carbonisée, méconnaissable, les

doigts racornis, la face hideuse, le corps a ensuite été emporté par les agents de l'IJ. Eliah a suivi du regard les feux arrière, jusqu'à ce qu'ils disparaissent au détour d'un virage.

Les artificiers et les pompiers ont immédiatement, sur demande du juge, tenté de trouver la cause de l'accident. Et découvert rapidement les restes d'un bidon d'essence, ces petits morceaux de cuivre fichés partout sur le cadavre et dans l'habitacle…

– Lavergne… murmure Daza.

– On est sûr que c'est lui. Il paraît qu'il a terrorisé la nana de la société de loc. À première vue, il a perdu le contrôle du véhicule. La chute, les explosifs dans le coffre, ça suffit… explique un pompier juste à côté.

– Oui. Peut-être.

Le commissaire remonte la pente herbeuse jusqu'à sa voiture et s'installe derrière le volant. Il actionne le démarreur et augmente le chauffage.

– On verra quand j'aurai l'ADN. Pas avant.

Un quart d'heure plus tard, il arrive sur le parking désert de l'hôtel à Étretat. Il attrape son sac posé sur le siège arrière, verrouille les portières et s'engouffre dans le hall du bâtiment. La chaleur du lieu enveloppe Daza d'une aura bienfaisante. Il laisse ses affaires à la réception et se dirige vers le bar. L'ambiance y est feutrée et calme. Une musique jazzy résonne dans les haut-parleurs cachés derrière des plantes vertes. Il s'installe confortablement dans un fauteuil en cuir noir et allume une cigarette.

– Qu'est-ce que je vous sers, commissaire ? demande le patron des lieux, un quinquagénaire à l'allure bonhomme.

– Une pression, merci. Avec des olives… si vous avez.

– Pas de problème, je vous apporte ça tout de suite.

Eliah Daza pousse un profond soupir. Il se sent mal à l'aise. Pourtant, l'enquête se conclut petit à petit. Il pourra bientôt dire qu'il a terminé le boulot.

Le cadavre de Rinaldi a été identifié. Le motard qui a tenté d'assassiner Dorléans, c'était bien lui. Difficile pour le commissaire d'évaluer ses sentiments. Il doit avouer qu'il appréciait la compagnie de l'Italien. Il lui trouvait ce charme drôle et fascinant qu'il aurait tant aimé avoir lui-même.

Mais, en déroulant les souvenirs de leurs conversations, il dénoue peu à peu les ficelles d'une manipulation qui aurait pu être dangereuse pour la brigade. Et Daza sent courir des frissons sur son échine, rien qu'à imaginer tout ce que Lavergne savait sur lui et sur ses hommes. Il aurait pu les massacrer tous, s'il l'avait décidé.

L'OCPRF en a pris un coup aussi. Ce service spécialement destiné à retrouver les personnes recherchées ou en fuite, les malfaiteurs les plus dangereux, a compté pendant des années dans ses rangs un félon, un homme qui n'aurait reculé devant aucune exaction pour servir les intérêts de son complice. Ou les siens propres.

« Comment t'en es arrivé là, Rinaldi ? As-tu rencontré Lavergne en Allemagne, à Francfort dans les années 1980 ? J'ai vérifié. Vous y étiez tous les deux au même moment. Si c'est le cas, tu as alors bâti ta carrière pour aider le psychopathe. Ce type est vraiment machiavélique », marmonne-t-il pour lui-même.

La blonde atterrit sur la table avec une coupelle remplie d'olives aux poivrons. Les préférées de Daza. Il trempe ses lèvres dans le breuvage doré. L'alcool réchauffe immédiatement ses entrailles, allumant un feu sur ses joues.

L'enquête administrative donnera des réponses. Et

ce n'est plus vraiment son affaire après tout. L'essentiel est fait. Rinaldi ne nuira plus et Lavergne, mort ou vivant, n'aura plus de taupe dans la police.

Daza sourit amèrement.

– Rien n'est moins sûr…

Reste maintenant l'affaire Dorléans. Pour l'instant, l'homme est à l'hôpital, sous bonne garde, transpercé d'une balle de 7.65, juste au-dessus du cœur. Une chance que le projectile ait raté l'aorte. Sinon, ce témoin-là n'aurait plus rien dit. Or, s'il faisait partie des ciblcs de Rinaldi, donc de Lavergne, c'est qu'il avait des choses à raconter.

Le commissaire prendra la route à l'aube pour l'interroger.

Pour l'heure, il fait bon ici. Il aime cet endroit déserté par les touristes l'hiver et fréquenté seulement par quelques VRP fuyant les chaînes hôtelières.

Eliah Daza relève les yeux. Son paquet de cigarettes est vide et, en dehors du bar de l'hôtel, il ne voit pas trop où il pourrait en trouver dans ce trou paumé, surtout à cette heure de la journée.

Le patron doit être occupé au restaurant. Il ne le voit nulle part.

Juchée sur un tabouret, une jeune femme sirote un bloody mary ou un jus de tomate. Daza ne l'a pas vue entrer.

Il se lève et se dirige vers elle. L'alcool lui donne l'audace d'aborder cette inconnue. Audace qu'il n'a jamais vraiment eue.

– Bonsoir, mademoiselle. Pardon de vous importuner. Savez-vous où je peux acheter des cigarettes à cette heure ?

La jeune femme lui lance un sourire lumineux.

– Tenez, servez-vous dit-elle en lui tendant d'une

belle main, noire comme l'ébène, un paquet entamé. Jc m'appelle Malia.

– Eliah.

– Eliah ? C'est de quelle origine ?

Les heures se sont écoulées. Elles ont défilé, au gré des regards, des rires et des cigarettes. Elles ont été ponctuées par quelques verres, un steak au poivre au restaurant de l'hôtel et un délicieux dessert au chocolat. C'est le patron qui a dû les chasser vers une heure du matin. Épuisé qu'il était de les chaperonner, ému de les voir si gais et si complices.

Eliah a fêté une dizaine de fois sa reprise du tabac, promettant que bientôt il arrêterait de nouveau. Malia lui a parlé de son pays, le Liberia, qu'elle a fui avec sa mère à l'arrivée d'André Jean Baptiste, le fou autoproclamé président. Daza lui a raconté l'histoire d'un type qui venait de mourir, peut-être, et qui aurait certainement aimé être un dictateur.

Malia lui a confié qu'elle était seule, qu'elle faisait quelques ménages dans des hôtels pour vivre, tout en suivant ses études à Paris et que là, elle était venue voir les falaises.

Dans le petit ascenseur qui les mène au dernier étage, ils sont proches à sentir leur haleine.

Eliah ne parvient pas à se libérer de ce regard noir qui luit entre les paupières sombres, cette prunelle sans fond, auréolée d'une belle sclérotique bleue. Et Malia ne peut quitter des yeux ce visage volontaire, ces petites rides de chaque côté des lèvres qui lui donnent une folle envie de l'embrasser.

Sur le palier, devant la porte de sa chambre, Eliah sent ses mains trembler. Malia s'est avancée un peu plus loin, faisant mine de rejoindre la sienne.

– Malia, attends… murmure-t-il, pas vraiment certain que ces mots sortent de sa bouche.

Comme un tourbillon, elle est déjà pendue à son cou.

La porte s'ouvre en claquant contre le mur, ce qui leur provoque un fou rire. Accrochés l'un à l'autre, ils se déshabillent comme des adolescents, impatients et malhabiles.

Elle est aussi grande que lui. Sa peau est ferme et tendue sur ses seins, ses fesses, rondes à mordre dedans.

Le contraste de leur peau les fascine et ils suspendent leurs gestes fébriles devant le miroir mural.

– Tu es si beau.

C'est la première fois de sa vie que Daza reçoit ces mots d'une femme. Et ils ont l'accent de la vérité. De la sincérité.

Quand il la pénètre enfin, lentement, il ne peut empêcher les larmes de jaillir.

L'amour. Il ne se souvient même plus de la dernière fois.

Cela fait bien longtemps déjà.

Trop longtemps.

73

– Tu te trompes, Thomas, rétorque Rufus. Il est là de son plein gré.

– Je ne vois pas très bien ce que ça change…

– Mais, tout, absolument tout ! Puisque Andréas n'a pas été interné de force, qu'il n'a pas été placé sous tutelle, ça veut dire qu'il peut sortir quand bon lui semble !

– Pourquoi maintenant ? Qu'est-ce qui te prend ?

– Pourquoi pas ? Moi, je me sens assez fort pour m'occuper de lui.

– Qui te dit qu'il en a envie ?

– Tu ne voudrais pas, toi, te retrouver en compagnie des deux seules personnes qui puissent te comprendre ? Dis-moi que tu n'en crèverais pas d'envie !

Thomas Davron observe son verre d'alcool en silence. Il est dubitatif, mais il n'a pas vraiment envie d'opposer plus d'arguments à son détracteur.

– Alors, demain, on va le chercher et on le sort de cet asile, poursuit Rufus un ton plus haut.

Il sait à cet instant qu'il a l'ascendant et il en profite.

– On ne peut pas le laisser là-bas, ça reviendrait à l'abandonner. Tu serais où toi, si je n'étais pas venu te chercher ?

Rufus est déterminé, Davron le sait et n'a pas du tout l'intention d'aller au conflit.

Et toi, Rufus ? Tu serais dans la cave de Kurtz en train de crever…

Alors, il reste muet, s'enfonce dans son fauteuil et vide son verre.

– De toute façon j'ai téléphoné à son toubib, hier, lâche Rufus.

Thomas s'étouffe à moitié avec la dernière gorgée.

– Quoi ! réussit-il à articuler après quelques secondes difficiles.

– Tu n'es pas obligé de m'accompagner, fanfaronne Rufus, les yeux pleins de malice, mais admets que ce serait une belle revanche d'aller le délivrer une seconde fois.

– Il n'y a pas eu de première fois, que je sache !

– Là, tu chipotes.

– Andréas Darblay s'est tiré tout seul.

Rufus attrape la bouteille de cognac et se ressert un demi-verre.

– OK. Mais ce n'est pas une raison pour le laisser croupir dans cet hosto. Alors, tu viens avec moi ?

L'esprit embrumé par les vapeurs alcoolisées, Davron s'entend dire oui. Il est fatigué, las des assauts répétés de Rufus. Il acquiesce maintenant, mais il sait qu'il pourra faire volte-face le lendemain.

Thomas Davron se sent idiot dans cette salle d'attente aux murs crasseux. Idiot et inutile. Son appréhension des conversations stériles en a peut-être fait un lâche. Il observe Rufus avec un vague sentiment nauséeux, cherchant à comprendre comment il a réussi à le traîner jusque-là.

Une silhouette humaine descend l'escalier au bras d'un infirmier. L'ombre d'un homme, Andréas Darblay. Il a les yeux vitreux. Il n'a passé que quelques jours dans ce lieu d'errance, mais il a déjà les caractéristiques physiques de ses compagnons de pavillon. Le regard perdu, les cheveux gras mouillés, un teint de déterré et une démarche lourde, les épaules rentrées et les bras ballants.

– Son toubib m'a dit que notre visite pourrait lui faire du bien, glisse Rufus à un Davron encore très mal à l'aise.

– Visite ! C'est bien le mot qu'il a employé ?

– En effet.

– Ce qui signifie qu'il n'est absolument pas question de le laisser sortir, n'est-ce pas ?

– Il y a toujours moyen de s'arranger, hasarde Rufus en chuchotant.

Davron est sur le point de tenter timidement de le convaincre, mais l'arrivée de l'infirmier l'en empêche.

– Monsieur Baudenuit ?

Rufus s'avance.

– C'est moi.

Le type en blouse blanche tend une main vers Rufus.

– Soutenez-le, explique-t-il. Andréas a eu un épisode violent il y a quelques jours et nous avons dû le protéger contre lui-même. Il a fait quarante-huit heures en isolement.

Rufus s'approche et cale Andréas contre lui. Il se laisse faire sans réagir.

– Mon Dieu ! C'est terrible, s'écrie Thomas Davron, l'air horrifié.

– Mais non, ici c'est courant, on a l'habitude et ça

leur fait du bien, répond l'infirmier. Après ils réfléchissent deux fois avant de ruer dans les brancards !

Davron secoue la tête.

– Vous n'avez pas lu son dossier ? Vous ne savez donc pas ce qui lui est arrivé ?

– Laisse tomber, Thomas, s'interpose Rufus. C'est fait. On ne peut plus rien y changer. Pour quelle raison l'avez-vous mis en cellule ?

– Il regardait la télévision avec les autres. Tout allait bien quand il s'est tout à coup jeté sur ses voisins.

– Il regardait les infos ?

L'infirmier acquiesce.

– Je vous le laisse, conclut-il. Faites-moi appeler à la fin de votre visite. Moi, c'est Étienne.

Andréas ne les a pas encore regardés. Il est resté là où l'infirmier l'a poussé, dans les bras de Rufus, la tête penchée en avant, les yeux perdus sur le carrelage de la salle d'attente.

– Andréas ? demande doucement Rufus. Andréas, c'est Rufus Baudenuit, l'inspecteur Baudenuit. Je suis venu vous chercher.

Andréas relève lentement la tête. Ses yeux sont vides de toute expression intelligible. Pourtant, un sourire est en train de naître sur ses lèvres. Un sourire mouillé d'un excédent de salive qu'il ne parvient pas à garder dans la bouche et qui s'écoule en un long filet vers le sol.

– Putain, Andréas ! répète Rufus, malheureux de ne pas le voir réagir davantage. Ça y est, je suis là ! Désolé d'avoir mis tant de temps.

Davron reste muet, incapable d'intervenir.

C'est Andréas qui va prendre les devants. Lentement, ses bras enlacent Rufus, de plus en plus fort. Puis une longue plainte parvient à sortir de sa gorge, elle aussi handicapée par la charge massive de psychotropes et d'antidépresseurs.

– Sortons, propose Davron. Allons faire quelques pas dehors.

– Excellente idée, acquiesce Rufus, en se détachant de l'étreinte d'Andréas avec d'infinies précautions.

C'est ainsi que le trio quitte l'enceinte du bâtiment pour s'enfoncer dans les allées du parc. Andréas marche à petits pas, soutenu par les deux hommes.

Il claque des dents. Thomas Davron passe sa veste sur ses épaules.

Puis, à la faveur d'une triste journée de novembre, sous un soleil aux airs absents, le patient en psychiatrie s'installe maladroitement sur la banquette arrière de la voiture. Là, Rufus lui enfile un manteau par-dessus le pyjama, avec autant de difficultés qu'il en aurait eu avec un nourrisson.

Davron s'installe au volant à contrecœur. Il aurait aimé faire plus.

Rufus monte à l'arrière, auprès d'Andréas qui pose sa tête sur son épaule.

Dans le silence à peine perturbé par le crissement des gravillons sous les pneus, ils s'enfuient de cet univers semi-carcéral en douceur, sans qu'on leur demande quoi que ce soit au poste de sécurité.

74

« (...) La contre-expertise menée au sein de notre établissement confirme les premiers résultats.

La structure de l'ADN de l'échantillon A/X1435 correspond exactement à celle de l'échantillon témoin. Pour arriver à ce résultat, différentes analyses ont été conduites (...) l'électrophorèse après PCR (...) les expérimentations réalisées sur deux chaînes de matériel différent, afin d'écarter tout risque d'erreur. »

Pr. Damien Forêt-Gentil.

– On dirait cette fois que c'est bien terminé, soupire Daza en reposant la lettre sur son bureau.

Il fait pivoter son fauteuil de droite à gauche, s'amusant des grincements produits.

– Félicitations, commissaire, dit Yann Chopelle sur un ton plutôt neutre.

– Je ne pensais pas qu'il finirait ainsi…

– Vous auriez préféré le voir sous les verrous !

– Au moins, je serais certain, rétorque Daza en se levant pour aller près de la fenêtre.

Le plafond nuageux est bas et quelques gros flocons dansent devant ses yeux.

– L'ADN coïncide parfaitement avec celui retrouvé chez Craven, que vous faut-il de plus ?

– J'en sais rien… J'aurais préféré lui coller le bâtonnet dans la bouche moi-même.

– Et les empreintes sont celles du fichier !

– Alors, peut-être est-ce moi…

– Le dossier Lavergne est définitivement clos.

– Et comme personne ne va réclamer le corps…

– Quelle drôle d'idée, critique Chopelle.

– On sait où il finira…

Daza quitte la fenêtre et récupère un paquet posé dans le coin de son bureau.

– Tenez, j'ai un cadeau pour vous. De la part de Michèle Marieck.

– Qu'est-ce que c'est ?

– Je l'ai reçu ce matin.

Le commissaire dépose le faux Monet sur son bureau. Yann Chopelle s'approche et examine soigneusement les chiffres.

– Ce sont des relevés de comptes. Qui impliquent Dorléans et Lavergne… explique Daza.

– Comment le savez-vous ?

– Thomas Davron a glissé un mot à l'intérieur. Il dit qu'en cherchant bien, nous devrions trouver un rapport avec l'attentat du Stade de France.

– Non ! Mais comment…

Daza esquisse un sourire.

– Rufus était… est un bon flic. Ils traînent ensemble. Je dirais que c'est pour réparer leurs blessures.

Yann Chopelle saisit le tableau et l'emballe précautionneusement dans le papier bulle posé à côté.

– Avec ça, le procureur Gillet ne pourra plus rien me refuser !

– Dites-moi…

Daza s'est à nouveau posté devant la fenêtre, les mains croisées sur la poitrine. Il tourne le dos à son interlocuteur.

– Oui ?

– Je vous trouve de plus en plus loquace, cher divisionnaire. Avez-vous un traitement spécifique pour ça ?

Chopelle regarde un instant Daza sans comprendre et éclate de rire.

– J'ai un coach.

– Ah ! répond Daza en se retournant.

Le divisionnaire attrape son manteau posé sur la chaise et l'enfile.

– Et Dorléans ? demande-t-il.

– Le dossier est prêt. Il n'attend que votre signature pour aller chez le juge. Il devrait être mis en examen demain au plus tard.

Chopelle ouvre la porte, impatient de couper court à l'entretien.

– Une dernière chose, lance Daza.

– Oui ?

Eliah Daza s'approche de lui. Il le dépasse d'une bonne tête et cela le réjouit de voir ce pauvre type si petit, si ridicule devant lui. C'est vrai, ils ont toujours su collaborer efficacement, mais Daza ne l'a jamais supporté. Encore moins maintenant qu'il va aller lécher les pompes des hautes instances pour avoir un poste plus important.

Il lui tend une enveloppe en lui disant :

– Ma démission.

– Quoi ? s'étrangle Chopelle.

– J’ai mis les dossiers en ordre. Je veux bien rester encore une semaine pour passer la main. Mais c’est tout.

Yann Chopelle repose le tableau et demande à Daza de s’asseoir face à lui. Le commissaire refuse.

– Restez, intime le divisionnaire.

Son visage s’empourpre sous l’effet de la colère.

– Non.

Eliah Daza récupère tranquillement son blouson et quitte le bureau sous le regard furieux de Chopelle.

Il descend les escaliers en chantonnant, salue ses collègues au passage et débouche à l’extérieur. Il reste quelques secondes en haut des marches, scrutant le trottoir d’en face sur toute sa longueur.

Elle est emmitouflée dans un grand manteau blanc, de la couleur de la neige qui virevolte autour d’elle. Ses cheveux bouclés sont cachés sous un bonnet multicolore.

Là, juste au coin de la rue, il y a Malia.

75

« Le monde est peuplé de pleutres, d'êtres sans ambition, de cerveaux sans originalité. Voilà de quoi les hommes sont faits.

Ils peuvent tous, individuellement, se jeter la pierre.

Nous pouvons.

Vous pouvez vous fracasser la gueule contre le miroir.

Pourtant, j'ai vu ce dont étaient capables les enfants de ces hommes-là. Des esprits brillants, mais brillants parce qu'en friche, parce que non encore ensevelis sous la gangue mortelle des codes, des règles, des morales et de toute cette panoplie d'horreurs censées élever les humains au-dessus de leur condition animale.

C'est dire si la frontière entre l'animal et l'humain est ténue.

Moi, je ne veux pas la voir. Je déclare solennellement que cette frontière n'existe pas !

Le petit être mouillé qui sort des sexes de vos

femelles hurlantes est un animal de pure intelligence.

Le malheur est qu'il grandit en se délitant jour après jour.

Posez-vous donc la question et voyez !

À quoi n'avez-vous donc pas encore renoncé dans votre vie ?

À quoi exactement ?

Et pour vous aider à renoncer, le vocabulaire s'est adapté, a amoindri les élans positifs de la jeunesse.

Que ne dit-on pas d'un idéal ? Ne dit-on pas qu'il est fait pour mourir avec l'âge des responsabilités ?

Moi, Kurtz, moi ce bourreau qu'on prétend sanguinaire, j'ai seul réussi à faire renoncer des hommes plus loin que quiconque avant cela.

Seul, entendez-vous ?

Seul !

Les uns après les autres, ils ont craqué. Les uns après les autres, ils sont venus quémander un peu de miel.

Ils ont abandonné toute idée de fierté, d'orgueil et d'amour propre pour que je les laisse respirer un jour de plus.

Tous !

Et ceux-là encore étaient les plus forts.

J'en ai vu certains qui n'ont jamais franchi le seuil de leur cellule de rééducation.

J'ai lu dans la presse ce que les malfaisants voulaient faire de mon œuvre. Ils ont appelé ça des cellules, des geôles, ont comparé mes merveilles à des fillettes. Ce ne sont que jets de salive de raclures rances. Mais vous êtes trop habitués à faire confiance à ces scribouillards. Vous ne pensez plus par vous-mêmes. Vous pensez à travers la vision qu'ont les journalistes du monde. C'est-à-dire que vous ne pensez pas, vous régurgitez en société ce que d'autres auront tronqué dans des salles de rédaction.

Pleutre, je vous dis ! La Terre est peuplée de pleutres !

Mais venez, ouvrez les yeux. Voyez comme ce joli monde n'est en fait qu'un terrain de jeu pour des êtres que vous êtes les premiers à traiter de sanguinaires, de bourreaux et de dictateurs.

Pleutres !

Ce monde se divise en deux. Les sanguinaires d'un côté et les agneaux à égorger de l'autre.

Tout n'est qu'affaire de choix, comme toujours.

À chacun de faire le sien.

Passez donc mes écrits à vos fils, vos filles.

Et proposez-leur de faire leur choix.

Pour vous, il est trop tard, vous avez déjà renoncé. »

Texte tiré des *Voies de l'ombre* par Olivier Lavergne.

III

Le monde est bien trop petit pour s'y cacher longtemps.

76

Le Touquet.

C'est le dernier lundi de janvier.

Le petit salon de la pension des sœurs Debusschère est enfumé comme jamais. Pourtant, ils ne sont que trois : Thomas Davron, Rufus Baudenuit et Andréas Darblay.

Il y règne une ambiance de plomb. Personne ne parle, personne ne se regarde, ou alors par intermittence, par petits coups d'œil rapides et méfiants.

Rufus tire sur un gros havane comme si c'était son dernier. Andréas a le regard perdu et le visage parcouru de tics nerveux. Seul Thomas Davron paraît calme. C'est lui qui a lâché la phrase responsable de cette lourde atmosphère.

Il vient d'annoncer son départ.

– Quand ? se contente de demander Rufus, brisant une interminable trêve orale.

– Nous ne pouvons pas rester éternellement ici à jouer aux cartes et à tourner en rond sur la plage, tente de s'expliquer Davron. Nous avons des vies… Andréas va un peu mieux, il a sa fille, moi je…

Il n'achève pas sa phrase. Toutes les explications du monde resteront vaines face au sentiment de trahison qui gouverne le cœur de ses amis.

– Quand ? répète Rufus.

– J'ai déjà préparé mes bagages, répond Thomas Davron. Et j'ai commandé un taxi pour 16 heures. Je vous laisse ma voiture. Là où je vais, je n'en aurai pas besoin.

Rufus reste silencieux. Il rumine de sinistres pensées, tirant à intervalles réguliers sur son cigare. Les volutes de fumées s'enroulent sur elles-mêmes avant de se fondre dans le brouillard ambiant, qui s'opacifie.

– Je déteste les adieux, s'écrie soudain Andréas en bondissant sur ses pieds. Et puis, tu as raison, Thomas. Aucun d'entre nous ne pensait réellement rester ici très longtemps.

– Merci, Andréas, soupire Davron. Tu me facilites la tâche.

– C'est l'heure de ma promenade, poursuit Andréas, sans même avoir écouté ce qu'il avait à lui dire. Alors, salut, Thomas. On se reverra sans doute un de ces jours.

Andréas a fait trois pas pour se tenir devant Davron, qui se lève.

– Je ne sais pas, hasarde celui-ci.

– Comment ça, tu sais pas ?

Le visage d'Andréas s'assombrit.

– Adieu, c'est pour toujours, murmure Thomas en posant ses mains sur ses épaules.

– Toujours…?

– On en a déjà parlé des dizaines de fois, Andréas. Il y a des…

– D'accord, si c'est ce que tu veux ! s'écrie

subitement Andréas en lui plantant un baiser sur la joue. Alors, adieu !

Il sort du petit salon en sautillant comme un gamin, laissant Thomas Davron interdit. Il le suit quelques instants du regard. Andréas dévale les marches de pierre qui mènent à la grande plage. La marée descendante emporte la mer très loin. Il a jeté ses chaussures et court vers l'eau grise, comme s'il voulait la retenir.

– Tu vois bien qu'il n'est pas prêt, grogne Rufus. Comment peux-tu nous laisser ?

– Arrête, Rufus, dit Thomas en se retournant. N'essaie pas de me culpabiliser. Tu sais très bien pourquoi je pars.

– Faire la folle dans le désert…

– Ça t'insupporte que je ne vous accompagne pas dans votre délire ! s'exclame Thomas, ignorant la remarque désagréable.

– Tu fais chier !

Rufus a donné un coup de pied dans le petit guéridon. Le gros cendrier se brise en deux morceaux sur le carrelage.

– Et merde ! marmonne-t-il.

Léonie Debusschère, la plus jeune des deux sœurs, qui devait être en embuscade dans le couloir, pousse aussitôt la porte vitrée et entre à petit pas.

– Ouh ! Ça sent pas bon ici ! Il faut ouvrir un peu la fenêtre ! Laissez, Rufus, ce n'est pas grave, je vais nettoyer ça !

Rufus serre les poings pour sourire à la petite vieille qui lui lance un regard soupçonneux en ramassant les débris.

– Tout va bien, monsieur Thomas ? demande-t-elle.

– Ne vous inquiétez pas, Léonie, dit-il en la reconduisant à la porte. Rufus et moi avons encore des choses à nous dire avant que je m'en aille.

Il referme doucement la porte derrière elle avec un geste rassurant et se rassied face à Rufus qui fixe le ciel à travers la baie vitrée.

Les mains de Thomas Davron tremblent, ses yeux sont humides, mais sa voix est posée.

– Je ne peux plus vous regarder vous détruire comme ça…

– Alors tu te défiles, comme le lâche que tu es.

– Je trouve votre attitude plus lâche que la mienne le sera jamais, Rufus. Vous refusez d'avancer, vous vous complaisez dans votre envie de vengeance suicidaire, dans votre stupide course après un fantôme. Tout mort qu'il est, votre folie le laisse vivant. Moi, j'ai envie d'autre chose.

– Laisse tomber tes arguments à deux balles et casse-toi, assène Rufus.

Thomas Davron reste immobile, les yeux fixés sur son ami, cherchant à accrocher son regard encore une fois. Il le revoit s'asseoir en face de lui à la prison de Dijon, faisant glisser sa carte de flic sur la table. Il l'entend presque encore lui dire que maintenant il n'est plus seul, que quelqu'un d'autre croit en lui.

– Rufus…

– Casse-toi, j'ai dit ! tonne Rufus en se levant, l'air menaçant. On ne veut plus voir ta gueule ici !

Devant l'attitude pétrifiée de Davron, Rufus sort du salon en maugréant.

– C'est pas vrai, ça !

Un autre Rufus, un homme qui n'a plus de loi que la sienne propre, un homme qui n'accepte plus avec lui que ceux qui le suivront sur son chemin.

Un autre chemin. Un chemin terrifiant.

Alors, Thomas Davron n'amorce pas un geste pour le retenir. Il le suit des yeux, les larmes au bord des paupières.

Il regarde Rufus prendre la direction de la plage, là où Andréas s'est élancé quelques minutes plus tôt. Rapidement, les deux silhouettes se rejoignent et s'éloignent sur le large banc de sable qui s'étire entre la mer et les dunes.

Lorsque les petites formes mouvantes disparaissent, il a la certitude, cette fois, qu'il ne les reverra jamais.

77

« Le contingent de morts humains qui a foulé cette Terre est de loin plus important que le nombre des vivants. C'est sans doute pour cela que les sociétés, les civilisations qui se sont succédé ont de tout temps voué un culte important à leurs défunts. Sans doute.

Et puis, à leur décharge, ils ont veillé sur leurs anciens comme ils auraient aimé que leurs enfants s'occupent d'eux-mêmes.

Je viens de perdre un fidèle. J'utilise intentionnellement ce mot car je ne me connais pas d'amis. Le génie ne peut être reconnu, apprécié, approché, que par un pair et je n'en ai jamais croisé. Je n'ai toujours eu besoin que de bras pour accomplir les actes grossiers que je m'interdisais.

Toute la difficulté de vivre dans une tour d'ivoire, c'est de ne pas perdre pied avec la réalité. Mais de quelle réalité parlons-nous vraiment ?

Pensez-vous que votre manière sommaire d'envisager le monde peut entrer dans le vocable de réalité ?

Il y a dans le fait même d'être un Occidental, quelle que soit son éthique, sa façon de consommer, sa prise de position, ses idées politiques, une acceptation tacite des lois qui gouverne les autres.

Tous les autres !

Si Mamadou, cinq ans, défie les lois de la gravité dans des mines d'or au Zimbabwe, c'est pour que vous puissiez vous asseoir tous les soirs devant votre écran plasma en bouffant des chips.

Juste avant de niquer bobonne.

Ou juste après.

C'est comme vous voulez.

De toute façon, bobonne se sera déjà fait niquer dans la journée, au bureau ou à la maison, en attendant que les enfants rentrent de l'école.

Quant à vous, vous aurez fait la même chose. Et si vous ne l'avez pas fait, vous y avez pensé si fort en matant le cul invraisemblable de cette fausse blonde, cette cambrure de négresse sur un corps de blanche, que ça revient au même.

Ce petit noir l'ignore.

Il ignore qu'il risque sa vie pour que vous puissiez vous plaindre de payer des impôts, pour que vous partiez cinq semaines en vacances, avec votre belle voiture, avec vos marmots, avec vos rêves de merde et vos idées salaces.

Il l'ignore.

Et vous, vous ne pensez pas non plus à lui.

C'est tout juste si vous avez parfois des scrupules à vous resservir de la purée devant les infos. C'est tout juste.

Il est rare que les humains aient une vision globale.

Parce qu'il faut y consacrer de l'énergie.

Mais aussi parce que c'est dérangeant.

J'ai bâti mon système avec la pleine conscience que chaque seconde passée alourdissait le carnage d'un côté et le résultat du grand baisodrome terrestre de l'autre.

Pensez-y à partir de maintenant.

Chaque seconde, statistiquement, trois humains calanchent et cinq autres sortent vagissant de la fosse d'aisance de leur génitrice.

Parfois, souvent même, au prix de la vie de leur mère.

260 000 morts pour 430 000 naissances.

Chaque jour.

Chaque jour !

Alors comment aurais-je pu avoir le moindre scrupule à me servir physiquement de femmes et d'hommes, sachant cela ?

Comment ?

La vie n'a de prix que si elle est rare.

Est-ce le cas ?

Bientôt sept milliards d'individus, moi, je n'appelle pas ça un produit difficile à trouver.

Je n'ai eu qu'à me baisser pour me servir.

La valse des morts est une danse où je me réjouis de jouer le rôle de chef d'orchestre. Un maître encore bien humble. J'ai d'illustres prédécesseurs, et en ce moment même, certains de mes contemporains jouissent d'un beau savoir-faire en la matière.

Mais je n'ai pas dit mon dernier mot.

Pendant que j'écris ces lignes, un projet fourmille en moi.

Mon grand œuvre se prépare, quelque part en ce monde et qui éclairera la multitude sur l'homme que je suis en réalité. Cet homme dans toute l'acception de ce terme, dont la main, faite pour tuer autant que caresser, n'aura de cesse de perfectionner sa technique. Car celui que vous penserez connaître en refermant ce livre n'est en réalité qu'un pâle avorton de ce que je vais devenir.

Ne cherchez pas la direction vers laquelle mes pas vont me porter.

Pour y parvenir, il faudrait être moi, mon égal. Et ça, vous n'en êtes pas capables.

Je viens de perdre un fidèle.

Une personne, parmi les 260 000 cadavres d'une journée, une personne comptait un peu pour moi.

Non que j'en aie éprouvé du chagrin, mais il me servait bien.

C'était un policier, de l'élite de cette détestable corporation.

Nous nous étions rencontrés en Allemagne, dans ce doux pays où l'on a encore le courage d'avoir des idées tranchées.

Nous avions vingt ans et il s'est pris d'admiration pour moi, pour ce que j'allais devenir et qu'il a eu la délicatesse et la finesse de deviner.

Qu'il repose en paix !

Pour les siècles des siècles. »

Texte tiré des *Voies de l'ombre* par Olivier Lavergne.

78

– Ça fait maintenant vingt-cinq jours que Thomas est parti.

Andréas creuse le sable mouillé avec ses mains. Rufus est assis à côté de lui, protégé du vent par un gros gilet en laine et un bonnet. Il ne se rase plus depuis quelque temps et sa barbe grisonnante lui pique les joues. Il se gratte régulièrement, en affichant le regard pensif d'un vieux sage.

– Et ? répond-il à Andréas sans quitter l'horizon des yeux.

– Il a écrit.

Rufus ne réagit pas. Il laisse passer des grains de sable entre ses doigts.

– Michèle et son mari sont enterrés ensemble au Père-Lachaise.

– Ah.

Rufus laisse traîner un silence avant de reprendre.

– Tu sais comment il s'appelait ?

– Charles, je crois, répond Andréas en hésitant.

– Non, pas du tout. C'est François, père François Lachaise…

Andréas scrute le visage de son ami, tentant de comprendre. Mais l'expression de Rufus reste lointaine.

– Il écrit aussi que le commissaire Daza a démissionné.

– Ah.

– Et qu'il prend l'avion demain matin pour Islamabad. Après, il se rendra à Muza… raffad.

– Muzaffarabad, c'est la capitale du Cachemire, corrige Rufus, ça vient du nom d'un sultan. La cité de Muzaffar.

– Waouh !

Andréas siffle d'admiration.

– Qui ?

– Qui quoi ? interroge Andréas.

– Qui prend l'avion ?

– Tu déconnes ?

– Oui, sourit enfin Rufus.

Mais le rictus est amer.

– Tu ne m'as toujours pas dit ce que tu fabriques quand tu te tires tout seul, demande Andréas à brûle-pourpoint.

– Rien. Rien du tout.

Andréas tasse une couronne de sable autour de la petite excavation. Il façonne ensuite une ouverture dans la paroi, puis un chemin tortueux qui serpente jusqu'à l'eau.

– Il va bientôt être balayé, ton palace, ricane Rufus. Ça fait des semaines qu'on vient ici tous les après-midi se peler les couilles dans le vent pour que tu joues à l'architecte. Mais t'as pas évolué d'un pouce.

– C'est ce que tu penses vraiment ? demande

Andréas, sans cesser de manipuler les petits grains blonds.

– D'après toi…

Andréas se désintéresse de lui. Il s'éloigne pour ramasser quelques coquillages. Rufus frissonne. Il a les lèvres gercées par le froid et le vent salé. Il ôte ses gants et trace, du bout de l'index, quelques lettres sur le sable.

Kurtz…

Toujours rien. Il a eu beau faire fonctionner tous ses réseaux. Pas un indice. Il semblerait bien que Lavergne soit mort. Ou qu'il se soit volatilisé…

Par l'intermédiaire de Sergueï, Rufus a vu le rapport d'expertise qui confirme l'identification du corps retrouvé au pied des falaises, non loin d'Étretat. Il y est d'ailleurs allé, prétextant une envie soudaine de revoir l'aiguille creuse. Il a fait le tour des hôtels, des bars, des commerces, espérant trouver le tout petit détail qui aurait échappé à la police.

Mais rien.

Pourtant, Rufus refuse de renoncer.

Il a cet instinct primal qui lui répète que Kurtz est vivant et qu'un jour ou l'autre, ils seront face à face.

Ce moment-là, Rufus l'attend comme le tournant de sa vie. Avec une détermination sans faille. Œil pour œil, dent pour dent. Chaque minute de souffrance sera payée au centuple. Il n'y a que de cette façon qu'il trouvera enfin la paix. Quoi que puisse en penser Davron…

– Tu me prends vraiment pour un imbécile, murmure Andréas à son oreille.

Rufus sursaute violemment et tente d'effacer la marque sur le sable.

– Tu crois que je suis devenu débile ? reprend-il.

Andréas s'assied en tailleur face à Rufus qui lui lance un regard noir en répondant :

– Non.

– Tu es certain de ce que tu dis ?

Devant la mine renfrognée de son ami, Andréas éclate de rire.

– OK. J'ai passé pas mal de temps dans les vapes. OK, je me suis comporté comme un gamin insouciant. Mais ça, c'était que la façade, tu comprends ?

Rufus ne bouge pas. Il frotte ses mains l'une contre l'autre pour les nettoyer et renfile ses gants. La mer est remontée jusqu'à eux. Elle envahit lentement la forteresse éphémère.

– Je n'ai jamais cessé d'y penser.

– Penser à quoi, articule Rufus.

– À ce que je pourrais bien lui faire, lorsqu'il sera face à moi.

Rufus ne répond pas. Il se contente de se lever et s'installe quelques mètres plus loin, pour éviter la marée montante.

Les vaguelettes écrasent le monticule de sable mouillé, ultime vestige du château d'Andréas. Elles le balaient jusqu'à ce qu'il n'en reste plus rien.

– Tu vois Rufus, dit Andréas en rejoignant son ami. J'ai longtemps cru qu'il avait fait ça de moi.

Rufus observe la lente destruction de l'édifice, avec une moue dubitative.

– Tu sais bien que c'est faux. Tu es le seul à lui avoir échappé.

– Et le seul à lui avoir dit ce qu'il voulait entendre.

Peut-être est-ce de la fierté qui pointe dans le ton d'Andréas, Rufus n'en est pas certain. Et il est curieux de connaître la suite.

– Quoi ?

– Oh ! Rien…

– Quoi ? insiste Rufus.

– Ils m'ont dit que tu étais fou et que tes méthodes étaient malsaines…

– Mais qu'est-ce que tu racontes ? s'exclame Rufus, pas certain de saisir pleinement le sens des paroles de son ami.

– C'est ça ! C'est ce qu'il voulait que je lui dise… murmure Andréas.

– Comment tu as su ?

– Le film. *Apocalypse Now*.

Le silence tombe sur les deux hommes. La luminosité de cette fin de journée est agréable. La mer est d'un beau gris-vert et le ciel, parsemé de lourds nuages à l'allure menaçante, défile lentement au-dessus de leurs têtes.

– As-tu trouvé quelque chose ?

– Rien.

– Tu me le dirais si tu avais une piste ? insiste Andréas.

– Si j'en avais une, je ne serais plus ici pour en parler avec toi.

– Tu me planterais comme une pauvre merde ?

Rufus hésite avant de répondre. Il détourne les yeux et observe un court instant un groupe de jeunes gens qui dévalent la dune et se précipitent vers la mer.

– J'en sais rien, Andréas.

– Tu me planterais là.

– Si tu le dis…

Andréas ramène ses genoux sous son menton et bascule d'avant en arrière, tentant de se réchauffer.

– J'ai le droit de savoir.

– Savoir quoi ? Ce que j'ignore ?

– Tu crois qu'il est vivant ?

– Combien de fois vas-tu me le demander ? râle Rufus.

– Tu es persuadé, comme moi, qu'il est vivant.

– Andréas Darblay, le type qui fait les questions et les réponses !

– Il est vivant, répète-t-il. Mais où ?

– Arrête de tourner en boucle. Tu me les brises.

Cette fois encore, la marée les a rattrapés. L'eau frémissante vient titiller les semelles de Rufus, qui retire son pied en jurant.

– On ferait mieux d'y aller.

Andréas et son compagnon se dirigent tranquillement vers la vieille bâtisse, seule rescapée du passé au milieu des blocs de béton qui maculent la côte d'Opale. Il leur reste deux cents mètres à parcourir avant de rejoindre la chaleur douillette de leur foyer.

– Thomas me manque, Rufus. Je sais pourquoi il est parti et je ne lui en veux pas. Mais j'aurais aimé qu'il poursuive avec nous.

– Tu vas rentrer, Andréas. Clara a besoin de son père.

– Je veux la peau de Kurtz au moins autant que toi, dit Andréas avec force.

– Je ferai ça pour nous deux. Tu as encore une famille. Moi, je n'ai plus personne. Alors, je peux consacrer le reste de mes jours à retrouver cet animal et à le massacrer si j'en ai envie. Et c'est ce que je ferai.

– Écoute, Rufus. Il m'a enlevé, torturé. Il a gardé Clara prisonnière je ne sais où, l'a traumatisée à vie. Il a voulu me détruire pour me reconstruire à son image. J'ai cru mourir cent fois. J'ai eu peur, je suis devenu un animal sans cervelle. J'ai frappé ma gosse ! Tu te rends compte ! D'un coup de poing, j'aurais pu la tuer !

Andréas déglutit difficilement. Il s'arrête de marcher avant de continuer.

– Maintenant, je n'ai plus peur.

– Que tu crois, murmure Rufus, sceptique.

– Pardon ?

– Je disais, c'est le moment de retrouver la petite, élude Rufus. Ici, on est bon à rien. On n'en branle pas une de la journée. La vie, c'est pas ça.

– Tu ne paraissais pas d'accord avec Thomas lorsqu'il nous disait la même chose, rétorque Andréas.

– Je sais. J'ai été stupide, aveuglé. Je voulais tous vous entraîner dans une histoire qui n'est pas la vôtre… J'ai eu le temps de réfléchir, ici, on a que ça à foutre… Kurtz ne t'a enlevé que ta dignité, Andréas. Tu m'entends ? Juste ta dignité. Et c'est justement ce que tu es en train de retrouver. Tu vas pouvoir poursuivre ta vie à peu près normalement. Ta fille aussi. Alors, arrête de jouer au con et lâche l'affaire. Tu as mieux à faire, crois-moi ! Allez, viens.

La véhémence qui a accompagné les mots de Rufus laisse Andréas sans voix. Les arguments sonnent juste, le raisonnement aussi. Si bien qu'Andréas ne sait que regarder l'extrémité de ses chaussures.

Les premières gouttes d'une pluie fine et abondante leur font accélérer le pas.

– Tu me promets d'y réfléchir, Andréas ?

– Tu me laisses le temps, Rufus ?

– Je voudrais bien. Mais Clara grandit. Elle a besoin de toi.

79

Huit heures trente.

Comme chaque matin, la sonnette de la pension Debusschère retentit. Trois coups de carillon comme il ne s'en fait plus depuis longtemps.

Une série de petits pas frappent le parquet, accomplissant ainsi la seconde partie de ce rituel immuable, accompli six jours par semaine, depuis bientôt vingt-cinq ans. Et la vieille Emma entend bien que les choses restent ainsi, pendant au moins la même durée à venir.

La porte s'ouvre sur le facteur. C'est invariablement le même, exception faite des périodes de congés payés.

L'homme répond au prénom d'André. Il ouvre sa sacoche et en extirpe une volumineuse enveloppe grand format.

– C'est pour monsieur Darblay, dit-il d'un air blasé. Et je vous assure que ça fait son poids !

L'enveloppe passe dans les mains d'Emma qui la fixe avec des yeux gourmands.

Sitôt la porte refermée, elle se dépêche de retourner derrière son comptoir. André présent, elle ne se serait pas permis, mais maintenant qu'elle est seule. Personne ne pourra jaser.

Et puis, elle ne va pas l'ouvrir, juste la soupeser, relever des indices sur sa provenance, ce genre de choses. Ce n'est pas un crime, bien qu'elle ait tout de même un peu honte. C'est normal. Emma a été élevée chez les sœurs. Et dans ces établissements-là, on apprend comment se conduire convenablement dans la vie. Épier le courrier de ses clients ne l'est manifestement pas.

« Juste un peu », s'encourage-t-elle.

Alors ses mains s'emparent de l'objet de sa convoitise. En professionnelles, elles apprécient le poids : dans les deux kilos. Le contenu est souple et lourd, sans doute du papier. Sur la face, trois timbres impeccablement parallèles révèlent un cachet et une date : Thollon-les-Mémises, le 25 février.

Emma jubile. Elle se sent investie d'une mission de limier et elle aime ça.

L'enveloppe se retrouve renversée sur le comptoir en une fraction de seconde. Et là, rédigés d'une belle écriture, il y a un nom et une adresse.

« Charles Marleau, poste restante, Thollon-les-Mémises », lit-elle à haute voix.

Un bruit dans son dos la fait sursauter. Emma abandonne l'enveloppe et se précipite derrière le comptoir, où elle s'affaire aussitôt autour du percolateur.

Andréas entre dans la pièce. Il est inhabituellement matinal.

– Bonjour, Emma, dit-il en allant s'asseoir directement à sa table.

– Bonjour, monsieur Andréas, répond-elle, le visage empourpré. Avez-vous passé une bonne nuit ?

– On dort toujours bien chez vous.

Emma glousse de plaisir. Elle actionne le percolateur et prépare le plateau du petit-déjeuner.

– Le facteur est passé, glisse-t-elle sur un ton qu'elle espère anodin. Il a laissé quelque chose pour vous.

– Ah, qu'est-ce que c'est ?

– Cette grosse enveloppe, là.

Andréas se lève, s'empare du paquet et retourne s'asseoir.

Sans le savoir, il répète les gestes exécutés un instant plus tôt par Emma, qui le regarde du coin de l'œil. Elle note le rictus incertain d'Andréas, lorsqu'il découvre le nom de l'expéditeur. Mais elle ne parvient pas à trancher sur son sens. Était-ce du doute ? De la colère ? Un émoi inattendu ?

Elle n'en perd pas une miette. Andréas a maintenant une attitude curieuse. Il se lève à moitié, hésite entre rester et quitter la pièce, puis il se rassoit. L'irruption de Rufus vient de le décider.

– Bonjour tout le monde, ronchonne-t-il en se dirigeant tout droit vers la table d'Andréas.

Andréas fait un geste vers son colis, mais il est trop tard. Rufus l'a déjà remarqué.

– C'est quoi ? demande-t-il sans complexe.

– Bah, je sais pas, je l'ai pas encore ouvert.

– Tu attends quoi ?

– Que tu me lâches la grappe, peut-être.

Emma ferme les yeux, à défaut de pouvoir se boucher les oreilles. Les mots des deux hommes la choquent souvent. Mais elle reste. Elle aussi brûle de savoir ce que contient cette enveloppe dodue. Du courrier, seul Rufus en a reçu. Ah ! Non… Elle oubliait cette carte de monsieur Thomas adressée à Andréas où il leur passait le bonjour.

Mais sa curiosité risque de ne pas être satisfaite.

Andréas vient de se lever. Il serre son bien contre lui, le cachant à la vue de Rufus.

– Emma, vous voulez bien monter le petit-déjeuner dans ma chambre ? dit-il en s'éloignant vers les escaliers. J'ai besoin de calme ce matin.

Emma jette un regard intrigué vers Rufus, qui s'est renfrogné, peut-être plus que d'habitude.

– Bien sûr, assure-t-elle sans y penser. J'arrive tout de suite.

Mais elle ne va pas le faire. D'après les règles tacites de la maison, les sœurs Debusschère s'occupent toujours en premier d'un client physiquement présent. Pour elles, c'est une question de respect. Rufus passera donc avant Andréas.

Dix minutes après, Emma frappe enfin à la porte d'Andréas. Comme il ne répond pas, elle ouvre avec son passe, une main chargée d'un plateau.

– Excusez-moi, je me suis… dit-elle pour s'annoncer.

Mais elle ne peut terminer sa phrase. Le visage livide d'Andréas l'en empêche. Il est assis sur son lit défait, l'enveloppe ouverte sur les genoux. Dans ses mains, il tient une lettre. Et pour ce qu'elle peut en juger, il s'agit de la même écriture que celle figurant sur le courrier.

– Que se passe-t-il, monsieur Andréas ? s'inquiète Emma en déposant le plateau sur le petit bureau. Vous n'avez pas l'air bien…

– Laissez-moi, lâche sèchement Andréas. Laissez-moi tranquille, s'il vous plaît.

Puis, comme Emma demeure interdite au milieu de la chambre, les yeux scrutant les feuilles qui s'éparpillent sur les draps, Andréas tend un bras vers la porte.

– Dehors, maintenant ! ordonne-t-il sans plus aucune retenue. Foutez-moi la paix.

La bouche d'Emma s'arrondit d'indignation. Elle ne trouve rien à ajouter et tourne le dos.

C'est la première fois de sa vie qu'elle sort d'une chambre en claquant la porte.

De nouveau seul, Andréas regarde ses mains. Elles tremblent tant qu'elles sont incapables de saisir la feuille manuscrite. Alors il se penche vers elle et la relit dans une position inconfortable dont il se moque éperdument.

80

Cher Andy,

Je te l'ai dit, je ne te quitterai jamais complètement.

J'ai toujours su où te trouver. Tu verras, nous vieillirons ensemble, brave soldat. C'est tout le mal que je te souhaite.

Mais pas encore. Aujourd'hui, c'est un service que je te demande.

J'ai terminé le manuscrit ce matin. Personne encore ne l'a lu. J'ai pensé que tu apprécierais d'être le premier, et moi, j'ai besoin d'un avis critique. Tu es le seul vainqueur de l'arc-en-ciel, tu es le seul en qui j'ai confiance.

D'ici peu, le livre sera publié, mais j'aimerais avoir ton sentiment avant.

Ne me ménage pas, je cherche vraiment à le parfaire, même si je ne doute pas qu'il soit déjà magnifique en l'état.

Voilà, c'est à toi, soldat !

Ton cher Kurtz viendra en personne recueillir tes remarques.

Dans trois jours, au bout de cette plage où tu aimes

te promener, juste devant les hôtels de curistes. Évidemment, je te demande de venir seul. Je suis certain que tu sauras te débrouiller pour te débarrasser de ton encombrant compagnon.

Bien à toi.

Kurtz.

Andréas a récité le contenu de la lettre d'une traite. Il l'a lue et relue à s'en brûler les yeux. Il la connaît par cœur. Chaque mot, chaque virgule, chaque ligne. Chaque non-dit.

« Kurtz. »

Les lèvres d'Andréas s'avancent pour former le son KU, laissent la gorge rouler le R et la langue frapper les dents sur le T et le Z.

« Bien à toi, Kurtz, répète-t-il encore une fois. Évidemment, je te demande de venir seul. Je suis certain que tu sauras te débrouiller pour te débarrasser de ton encombrant compagnon. »

Ses mains s'accrochent désespérément au garde-fou du petit balcon qui s'ouvre sur la mer. Son visage est giflé par un vilain crachin glacé qui le trempe jusqu'aux os.

« Évidemment… évidemment. »

Andréas est en larmes.

Il n'est quasiment pas sorti depuis la veille au matin, date à laquelle il a reçu la grosse enveloppe jaune. Juste quelques minutes, le temps que mademoiselle Emma fasse la chambre. Elle a tellement insisté.

Il est parti précipitamment, laissant le manuscrit et le courrier dans le petit secrétaire qui ferme à clé. Il a fait quelques mètres sur la plage, est entré brusquement dans l'agence de voyages située juste à côté de la pension, puis est remonté presque en courant. Emma n'avait pas terminé.

Il a attendu dans le couloir, un paquet à la main, faisant les cent pas comme une bête fauve, craignant de croiser Rufus.

Depuis, il garde la chambre, prétextant une forte migraine. Jusque-là, il a réussi à repousser chaque tentative de visite de l'ex-policier, dont l'inquiétude à son sujet va grandissant.

– Andréas ! Ouvre bon Dieu !

Les coups frappés à sa porte se font de plus en plus insistants. Bientôt, elle va sortir de ses gonds ou voler en éclats. Alors qu'elle est ouverte.

– Entre donc, au lieu de cogner dessus comme une brute ! crie Andréas en ravalant ses larmes.

– Putain ! Mais t'es pas bien toi ! tonne Rufus en entrant dans la chambre.

Léonie est derrière lui. Elle tente une intrusion, mais Rufus la décourage d'un geste. Il lui referme la porte au nez en bredouillant une vague excuse.

Andréas a fermé la fenêtre et s'est assis sur le bord du lit, grelottant.

– Qu'est-ce qui t'arrive, Andréas ? C'est quoi ce merdier ?

– Rien, rien. Tout va bien.

– Non, je ne crois pas. Qu'est-ce que tu as reçu qui te met dans un état pareil ?

Andréas tente un maigre sourire.

– Tu veux parler de ça ?

Il se penche d'un côté du lit et ramasse une pile de revues posées en vrac sur la moquette. Il les jette devant Rufus.

– Tu te fous de moi ?

– Mais non ! J'ai téléphoné à la nana de l'agence en dessous pour qu'elle m'envoie ça.

Rufus écarte les brochures de voyages étalées devant lui avec des gestes brusques.

– Tu te fous de moi, répète-t-il. Pourquoi tous ces mystères ?

– C'est pas vrai.

La voix d'Andréas se brise.

– Tu deviens complètement parano ! reprend-il en reniflant. Je voulais emmener Clara dans un endroit sympa. Lui faire une surprise.

Rufus s'assied à côté d'Andréas, troublé par ses larmes. Les deux hommes restent immobiles, les yeux dans le vague, conscients que le calvaire ne fait que commencer.

– Je suis désolé, marmonne Rufus. J'étais inquiet, voilà tout.

– Tu verras, nous vieillirons ensemble brave soldat, bredouille Andréas entre deux sanglots.

Il a posé sa tête sur l'épaule de Rufus, qui s'est raidi, incapable de lui ouvrir ses bras.

– Qu'est-ce que tu as dit ? demande-t-il après un long silence.

– Tu verras, hoquette Andréas, tu verras. Nous vieillirons ensemble.

81

« Moi que l'on aurait pu appeler le grand fossoyeur, le génial faucheur, je n'ai eu qu'à me baisser pour récolter les têtes.

Je n'ai eu qu'à tendre la main.

Pour prendre d'autres mains, presque tendues vers moi. Celles d'êtres étonnés de me voir surgir et qui n'existaient finalement que pour me satisfaire.

Je n'ai eu qu'à utiliser ce qui vous prend les tripes, vos pseudo-éthiques et morales prédigérées.

Je n'ai eu qu'à vous couper de ce qui vous était cher.

Qu'est-ce qui fera courir un homme ?

Qu'est-ce qui le contraindra à effectuer ce que sa morale réprouve ?

En menaçant l'intégrité de ce qu'il adore.

Sa femme.

Je l'ai fait, mais les hommes ne reviennent qu'un temps pour sauver leur compagne.

Hélas, tout a une fin, même ce sentiment prétendu durable, avalisé, pour le meilleur ou pour le pire, n'est qu'une promesse d'ivrogne.

Et la fiancée n'a pas le vin joyeux.

Qu'est-ce qui fera courir un homme jusqu'à la fin de sa vie ?

La réponse ne m'est apparue qu'après quelques tâtonnements.

Son enfant.

Il suffisait d'y penser. Jamais il ne l'abandonnera, surtout si l'enfant est tout ce qui lui reste. Plus de femme, peu ou pas de famille, presque pas d'amis. Un homme solitaire par nature ou par apprentissage, un homme que la vie a blessé comme il convient.

Car la vie est une chienne qui apporte sa justification par les blessures.

Il me faut un homme de cette trempe.

Un bon soldat dressé pour rapporter.

Lui reviendra toujours.

Toujours.

Il suffit de s'en prendre à ce que vous avez de vraiment cher pour que tous vous vous mettiez à courir au moindre de mes coups de sifflet.

Au moindre coup ! »

Texte tiré des *Voies de l'ombre* par Olivier Lavergne.

82

La pendule égrène lentement deux coups.

Andréas pose sa tasse de café sur la petite table du salon d'hiver.

Rufus est monté dans sa chambre, assommé par l'alcool ingurgité.

Il a englouti à lui seul une bouteille de bourgogne et trois pousse-café.

À présent, il est parti pour deux bonnes heures de sieste.

Andréas est satisfait. C'est exactement ce dont il avait besoin. Du calme, le temps d'agir, une grande marge de manœuvre.

Les sœurs Debusschère elles aussi se reposent en début d'après-midi. C'est un rituel qu'elles outrepassent rarement. À vrai dire, depuis bientôt trois mois qu'Andréas occupe une chambre dans la pension, il ne l'a jamais constaté.

Le champ est donc libre.

Andréas se lève discrètement et se rend dans la cuisine. Il n'a pas le droit de s'y trouver. Il le sait. Les sœurs gâteaux n'apprécient pas qu'on entre dans ce qu'elles nomment leur *popote*.

Mais Andréas n'y fera qu'un court séjour. Il a besoin d'un objet pour se réconforter. Quelque chose qui pèsera dans sa main au moment de… Quelque chose qui le rassurera. Même s'il garde en mémoire que rien ne peut abattre Kurtz. À moins qu'il ne l'ait décidé. Ou mis en scène.

Son regard erre à la surface du plan de travail, néglige de longs couteaux à désosser et s'arrête sur un hachoir. La lame est belle, rectangulaire, lourde, et le manche lui aussi est une arme en puissance. Son bout ferré marquerait une tempe ou une mâchoire à tout jamais.

Au début, il a pensé marcher sur la plage, mais l'immensité déserte l'a vite dissuadé. Alors, il est entré dans la ville. Les rues parallèles à la grève ne manquent pas. Il peut en changer à loisir, constater de temps à autre que personne ne le suit.

La sensation qu'il éprouve au creux de son bas-ventre est aiguë, piquante, désagréable. Quelque chose le tire vers l'intérieur. S'il ne s'en méfie pas, il va se ratatiner, imploser. Mais il ignore s'il ressent de la peur ou de l'excitation. Ce doute génère en lui une forme de honte solitaire qu'il préférerait voir disparaître.

C'est en tout cas ainsi qu'il le vit. Qu'il le subit.

Tout en marchant contre le vent, Andréas essaie de réfléchir.

Pourquoi n'a-t-il pas parlé à Rufus ?

C'est la question essentielle. Celle à laquelle il ne parvient justement pas à apporter une réponse convaincante.

Ses maigres tentatives de justification lui laissent un goût de mensonge et de trahison, outre le fait qu'il court infiniment plus de danger à se rendre seul à ce rendez-vous insolite.

Après vingt minutes de marche, Andréas arrive en vue des hôtels pour curistes. C'est là qu'il est censé se rendre, sans rien connaître de l'horaire ni du nouveau visage de Kurtz.

Une peur panique manque le submerger. Andréas s'arrête.

C'est pas le moment, mon vieux, s'encourage-t-il. *Il ne t'arrivera rien. C'est une plaisanterie de mauvais goût...*

Mais cet argument est bancal. La peur est un sentiment normal, une réaction hormonale prévue par l'évolution pour aider les espèces à survivre.

Survivre. C'est exactement le mot qu'il lui fallait.

Andréas a besoin de comprendre ce qui le dérange tant dans son acceptation quasi immédiate du retour de Kurtz.

Le savoir en vie l'a soulagé, bien plus qu'il n'a voulu se l'avouer.

Mais pourquoi ? Ça aussi, il aimerait le savoir.

La seule façon, c'est d'y aller !

L'attente est son unique alliée.

L'attente et la discrétion.

La plage déserte ne lui dit rien qui vaille. Mais la dune qui la domine ressemble à un refuge idéal.

Andréas contourne les hôtels et se hisse sur l'éminence sableuse stabilisée par de hautes herbes.

Le hachoir pèse lourd dans la poche de son imperméable, mais son contact le rassure.

Parvenu au sommet, il trouve un creux protégé du vent et s'y installe. De là, il pourra voir sans être vu. Commence alors une longue attente, avec pour seules compagnes quelques mouettes criardes et les pages rédigées par Kurtz qui tournent dans son esprit avec furie.

Andréas les a lues d'un trait. Une première fois.

Pendant cinq heures, il est resté cloîtré dans sa chambre, découvrant au fil des lignes la teneur de l'esprit de cet homme.

Malade, c'est le mot qui s'est imposé à lui lorsqu'il a refermé le manuscrit. Un malade total. Pervers, misanthrope, paranoïaque, manipulateur, totalement égocentré et mégalomane. Un fin cocktail de différentes pathologies mentales qui, prises une par une, suffiraient à handicaper un cerveau.

Andréas a eu besoin de sortir pour respirer un peu. Il a marché sur la plage, restant au plus près d'un groupe d'adolescents qui équipaient leurs dériveurs pour une sortie en mer.

Puis il est rentré à la pension. Et il a relu le manuscrit.

La pensée de Kurtz a pénétré sa psyché, elle s'y est installée, y a été distillée, finement. Et Andréas a commencé à entrevoir qu'il n'y était pas aussi étranger qu'il avait voulu le croire de prime abord. Bien sûr, à la première lecture, tant de haine et de volonté de nuire l'ont choqué. Mais en y réfléchissant…

Une silhouette entre dans son champ de vision.

Andréas se crispe.

C'est un homme. Il porte un seau et un crochet dans une main. Fausse alerte, l'homme passe et ne s'arrête pas.

… la vision qu'Andréas a du monde n'est pas si éloignée de celle de Kurtz. Elle est moins tranchée, moins à l'emporte-pièce, mais lui aussi considère que la société *part en couilles*, que plus personne ne respecte grand-chose et que la loi du *tout pour ma gueule* s'est largement imposée.

De là à dire qu'il faudrait tout raser pour tout reconstruire, il y a un énorme pas qu'Andréas ne se sent pas prêt à franchir.

Mais tout de même…

Il réprime un frisson désagréable. Une idée s'est formée à la surface de sa conscience. Une idée si punissable qu'Andréas a du mal à croire qu'elle vient bien de son propre cerveau.

Le sentiment d'être…

Il vient tout juste de s'en apercevoir. Ou plutôt, il vient seulement de le verbaliser, de l'accepter.

Jamais il ne s'est autant senti vivant que lorsqu'il se trouvait entre les griffes de Kurtz…

Réaliser cela est extrêmement déstabilisant.

Andréas sent son cœur s'emballer. Une légère sudation perle sur son front, comme s'il était grippé.

Putain, c'est pas vrai ! Je suis aussi malade que…

Andréas se ressaisit. Il cherche des contre-arguments, des bouées de sauvetage, mais il n'en voit pas beaucoup.

J'aime les gens, moi. C'est même pour ça qu'on m'appréciait au boulot, parce que j'étais sympa…

Mais non, il est bien obligé de s'avouer que si cette proposition a pu être vraie un jour, elle ne l'est plus. Plus du tout. Andréas s'est lui aussi retranché sur lui-même. Il ne fait confiance à personne, ne délègue rien, est devenu autoritaire, intransigeant. Il a appris à mentir, à manipuler son monde. Il a appris à ne plus aimer, tout simplement.

Alors, que va-t-il se passer ?…

Quel pourra être son devenir s'il s'est transformé en ce qu'il détestait autrefois ? Et Clara ? Que va devenir Clara ?

Andréas ravale cette dernière pensée. Clara est toujours présente dans son cœur, mais il ne se sent plus du tout capable de s'en occuper.

Sa mâchoire tremble légèrement. Des larmes troublent sa vision.

Il n'y a plus qu'à attendre. Si Kurtz vient au rendez-vous qu'il a lui-même fixé, Andréas saura alors à quoi s'en tenir.

83

Rufus boit trop.

Ou plutôt, la dégustation de la succulente épaule d'agneau des sœurs Debusschère ne se conçoit pas sans un bon verre de vin. Plusieurs bons verres de vin et deux ou trois calvas. Et à midi, ça ne pardonne pas. L'invariable balade digestive sur la longue plage du Touquet s'est alors transformée en sieste postprandiale, au fond d'un lit douillet.

Depuis le départ de Thomas Davron, véritable amateur de bons cépages, Rufus est à présent seul à consommer de l'alcool. Après sa mémorable cuite du nouvel an, Andréas a décidé que ce genre de breuvage n'était décidément pas fait pour lui. Il se contente de goûter différents types d'eau minérale et de les accommoder avec les mets proposés au menu. Cette nouvelle lubie fait un peu râler Léonie, responsable des fournitures pour la cuisine. Elle a dû diversifier son stock. Eaux minérales, eaux de source. Eaux gazeuses plus ou moins salées, plus ou moins pétillantes.

Andréas choisit ses boissons avec soin. Il parvient même depuis quelques jours à différencier certaines eaux plates et à les nommer.

Cela a le don d'agacer Rufus. Il ne saisit pas l'intérêt de marier de l'eau avec une viande. Pour lui, c'est une hérésie, une perte de temps. Du snobisme parisien peut-être, mais certainement pas du bon sens. Seuls les crus à robe rubis exhalant un doux parfum de cerise ou de bois mûr méritent de tels égards.

C'est avec ces pensées embrumées qu'il émerge lentement d'un sommeil sans rêve. Sa nuque et le bas de son dos sont raides. Il pousse un grognement en se redressant pour s'asseoir au bord du lit. Sa bouche est pâteuse.

Il se lève et se dirige vers la salle d'eau pour se désaltérer. Comme le réduit toilette est exigu, il doit poser un pied dans la douche pour accéder au lavabo. Il lui arrive même d'uriner directement dans la vasque en PVC couleur pêche, le W-C étant coincé derrière la porte et quasi inaccessible.

Il se rafraîchit, rentre son tee-shirt dans son pantalon en velours côtelé, enfile son pull et sort sans verrouiller la porte.

Le couloir est éclairé. Dehors, le ciel est d'un gris de plomb.

Rufus avance de quelques mètres jusqu'à la chambre d'Andréas. Il pose sa main sur la clenche, hésite quelques secondes, toussote et finit par gratter le bois du bout des ongles.

Pas de réponse.

« Andréas ? »

Il frappe un peu plus fort.

« Tu dors ? »

T'es stupide, mon vieux. C'est vraiment une question débile !

Rufus appuie sur la poignée de la porte qui résiste. Il fronce les sourcils. Ce n'est pas dans les habitudes de son compagnon de fermer à clé. Ils ont vite décidé que rien n'avait suffisamment d'importance pour leur manquer, que les sœurs veillaient au grain et surtout que ces lourds porte-clés clinquants étaient bien encombrants dans les poches.

Où es-tu passé ?

Rufus dévale les marches recouvertes d'un épais tapis du plus mauvais goût. Il trouve Emma derrière son comptoir, occupée à préparer le café.

– C'est l'heure du gâteau, Rufus. Je vous ai préparé un délicieux quatre-quarts. Vous allez m'en dire des nouvelles.

Rufus s'apprête à assaillir Emma de questions, puis se ravise. Cette technique de flic au rencard risque de la froisser, voire de l'effrayer. Il va employer la manière douce. La petite mamie sait tout ce qui se passe dans cette maison, elle et sa sœur occupent leurs journées à les épier, à cancaner. Son flair de vieux limier lui souffle qu'elle doit posséder les réponses. Sinon, il ira séduire Léonie à la cuisine.

– Quelle bonne idée, Emma ! Avec joie ! s'exclame Rufus sur un ton enjoué.

– Un petit café ?

– Oui, merci.

Emma dispose une tasse fumante et une part de gâteau devant Rufus, qui avale la première bouchée presque aussitôt.

– Quel délice ! Dommage qu'Andréas ne soit pas là pour partager ce festin avec moi !

– Il est sorti tout à l'heure.

– Ah… Savez-vous où ?

– N… Non. En tout cas il ne m'a rien dit.

Rufus prend un air contrarié et inquiet. Il hoche la tête en soupirant.

– Que se passe-t-il, monsieur Rufus ? Vous avez l'air tout chose.

– Eh bien… Je ne vous cache pas que je me fais du souci pour Andréas.

– Moi aussi, croyez-moi.

– Et… Il a fermé sa porte à clé alors qu'il ne le faisait jamais avant. Je le trouve perturbé. Très perturbé depuis que…

– Qu'il a reçu son paquet ? l'interrompt Emma, tout excitée d'être pour une fois dans la confidence de cet homme si secret.

– Son paquet ? Ah oui ! Je ne me souvenais pas. Vous ne trouvez pas qu'il est bizarre ?

– C'est vrai. Il parle moins, on dirait qu'il est triste.

– Qu'il n'a plus envie de rien. J'espère qu'il ne déprime pas…

Rufus marque une courte pause, boit une gorgée de café et repousse l'assiette vers Emma.

– Vous n'en voulez plus ? demande-t-elle avec une moue affligée.

– C'est que je me demande vraiment ce qui tracasse Andréas comme ça. J'espère qu'il n'a pas d'ennuis. Ce serait vraiment dramatique pour lui. Pour sa santé, je veux dire. Il est si fragile…

– Oui, se contente de dire Emma, visiblement très gênée.

– Cette histoire de colis est étrange. Il allait si bien, il faisait de tels progrès…

Emma semble de plus en plus mal à l'aise. Elle se tortille les mains en se dandinant d'un pied sur l'autre.

– Bon. Je vais essayer de le retrouver, dit Rufus en

faisant mine de partir. Je ne peux pas le laisser comme ça.

Il s'approche du portemanteau et saisit son blouson.

– Attendez, monsieur Rufus. Je crois savoir où il est !

Rufus retourne s'asseoir sur le tabouret face à une Emma rougissante.

– Où donc, ma chère Emma ?

– Il a rendez-vous au bout de la plage, là où commencent les dunes. Vous voyez ?

– Rendez-vous ?

Un filet de sueur mouille le dos de Rufus et glisse le long de sa colonne vertébrale. Il inspire lentement, tentant de maîtriser les battements de son cœur qui vient de s'emballer.

– Vous a-t-il dit avec qui ?

– Oh ! monsieur Rufus… Vous promettez de ne pas le répéter ?

– Bien sûr, Emma, la rassure-t-il. Vous pouvez compter sur moi.

– D'abord, je veux que vous sachiez que ce n'est pas dans mes habitudes.

– Quoi ? relance Rufus.

Il a de plus en plus de difficulté à garder son calme.

– J'ai vu ce qu'il y avait dans l'enveloppe, dit Emma avec un air mystérieux.

– Et ?

– C'était dans le secrétaire. Il y avait un manuscrit et une lettre.

– Un manuscrit, répète lentement Rufus. Qui a envoyé ça ? Vous avez pu voir le nom ?

Emma, ravie de constater l'intérêt de Rufus pour sa trouvaille, se penche vers lui et lui murmure sur le ton de la confidence.

– Un certain monsieur Marleau. De Thollon-les-Mémises.

– Monsieur Marlow ? M.A.R.L.O.W ? épelle-t-il lentement.

– Non… E.A.U.

– Vous êtes observatrice, articule Rufus en déglutissant avec difficulté.

– Oh ! Vous savez, avec les mots croisés que je fais tous les jours, je garde une mémoire de jeune fille, répond-elle en gloussant.

– Vous avez lu la lettre ?

– Oui, monsieur Rufus. Et j'ai bien fait, hein ?

– Je crois… Que disait-elle ?

– Que le monsieur voulait l'avis de votre frère avant de faire publier son livre. Et qu'il lui donnait rendez-vous dans trois jours, donc aujourd'hui, devant l'hôtel des curistes sur la plage.

– Et… c'est tout ?

– Oui, à peu près, acquiesce Emma.

Cette fois Rufus se lève avec la ferme intention de sortir et de retrouver Andréas sur-le-champ.

– Merci pour le café, mademoiselle Emma, lui glisse-t-il sur le pas de la porte.

– Y'a quand même quelque chose de drôle, ajoute-t-elle de sa voix pointue. C'était pas le même nom sur l'adresse et sur le courrier.

– Dites-moi, souffle Rufus d'une voix blanche, certain de connaître déjà la réponse.

– Kurt, ou quelque chose comme ça.

– Vous voulez dire Kurtz ? dit-il d'un air lugubre.

– Voilà !

Le lourd panneau en bois brut se referme sur la haute silhouette de Rufus. Le vent s'est engouffré quelques secondes dans le vestibule, a tournoyé, puis s'est invité à la réception, faisant frissonner Emma de la tête aux pieds.

– Sale temps, marmonne-t-elle en débarrassant. Ils feraient bien de rentrer vite, mes petits protégés, sinon ils vont attraper la mort.

84

« Je sais qu'ils viendront. C'est inévitable, c'est nécessaire.

Je le sais parce que je connais intimement leur nature profonde.

Il est dans l'intérêt de l'ennemi de faire tomber la tête de l'adversaire.

S'ils réussissaient, mes troupes deviendraient aussitôt folles, comme une fourmilière privée de sa reine ne parvient plus à accomplir son grand œuvre.

Je le sais. Je ferais la même chose, si cela était possible.

Mais l'ennemi ne répond pas à un plan ordonné. Il est vulgaire, inenvisageable parce que ne répondant justement à aucune éthique martiale.

Les guerres d'aujourd'hui ne connaissent plus de loi. Ou alors elles en ont tant que le schéma n'est plus lisible. Il faudrait être à la fois à l'intérieur et à l'extérieur.

Mais je sais qu'ils viendront.

Ils seront deux, le blanc et le noir, l'aimable et le désagréable, les deux versants perdus d'un seul personnage.

Et je sais que le doute se sera installé entre eux. Cela aussi est inévitable. Le doute, peut-être une certaine forme de désarroi.

Le parfum de la trahison flottera autour d'eux.

C'est justement ce qui les perdra.

Je le prétends.

Je le prédis.

Ma vie ressemble à une tragédie antique. Tout y est à sa place, chaque pièce est prête à intervenir, chaque campagne en passe d'être jouée.

Mais moi seul en connais le dénouement... »

Texte tiré des *Voies de l'ombre* par Olivier Lavergne.

85

Rufus a enfoncé le bas de son visage dans le col de son blouson. Une pluie fine et glacée, renforcée par un vent tourbillonnant, s'immisce partout, rendant presque inutiles ses tentatives de garder au sec la moindre partie de sa personne. Mais il s'en moque et fonce à travers les intempéries. La voiture laissée par Thomas Davron se trouve sur une vaste zone de stationnement, à une centaine de mètres de là, juste devant le complexe de jeux aquatiques d'été.

Il préférerait arriver discrètement, à pied de préférence, mais il n'a pas le temps de s'offrir ce luxe. Kurtz est peut-être réellement dans les parages, même s'il en doute.

Claquement de portière, bruit de démarreur. Une fois, deux fois. L'explosion se réalise à la troisième tentative. L'humidité et l'inactivité ont bien failli le tenir en échec.

Rufus s'engage sur la chaussée déserte et prend la direction de la sortie de la ville par le littoral.

Deux minutes plus tard, il tourne d'un coup sec et

monte sur le parking du centre de thalassothérapie. De cet endroit, il domine le bout civilisé de la plage du Touquet. La vue qu'il a du lieu indiqué par Emma Debusschère est exhaustive et cette vision ne lui plaît pas. Pas plus qu'à Andréas trois heures plus tôt. C'est le désert. La mer s'est encore retirée très loin. Trois cents mètres peut-être.

Rufus bouillonne intérieurement. La longue bande de sable se confond avec le ciel, gris et très bas. La seule limite perceptible est matérialisée par des bouées échouées sur la grève, où des algues sombres, en attente de la marée, prouvent qu'il existe encore en ce monde un reste de contraste sur le gris environnant.

D'un bref coup d'œil, Rufus s'assure qu'il n'y a vraiment personne.

Les dunes, pense-t-il alors. *Il a dû partir attendre là-bas. À moins qu'il ne soit allé guetter à partir du bar d'un de ces hôtels.*

Rufus hésite. Puis se décide. Andréas déteste avoir du monde autour de lui.

Il ressort du parking et part se garer à quelques centaines de mètres de là, le long d'une rue garnie de pavillons cossus.

À présent, la pluie le gifle avec plus de violence. Rufus ferme sa portière doucement et s'engage dans un chemin communal qui serpente à travers les dunes jusqu'à la localité voisine.

Tu t'es planqué où, mon salaud ?!

Parvenu au sommet de l'éminence, Rufus franchit les barrières de protection des essences endémiques. Si Andréas s'est caché ici, ce ne sera pas sur le chemin.

Petit con !

Il sort alors un pistolet automatique qu'il a ramené d'une de ses escapades au Havre et l'arme. Le contact avec la crosse lui fait du bien. Des décennies de souvenirs et de réflexes affluent en une fraction de seconde.

Rufus retrouve aussitôt ses attitudes de chasseur, celles qui lui ont permis de rester en vie pendant ces années passées à œuvrer dans le Milieu parisien.

Petit merdeux ! Sale petit merdeux !

Par petits bonds discrets, il se retrouve au plus près du meilleur endroit pour surveiller la plage. Et là, dans un creux de sable, il voit Andréas, perdu dans la contemplation de ce paysage à l'ennui certain. Il tient dans sa main un couteau hachoir. Ses phalanges blanchies montrent qu'il doit se tenir au manche comme un alpiniste suspendu dans le vide s'accroche à la roche.

Rufus manque sourire, mais un sentiment plus désagréable le harcèle depuis qu'il a découvert le petit jeu d'Andréas. Une somme de sentiments désagréables. La colère d'avoir été berné, la déception d'avoir été trahi, la frustration de n'avoir pas compris, la peur d'être dépossédé de sa seule raison de vivre encore.

– Darblay ! appelle-t-il dans le vent. Il a dû te poser un lapin, sinon, tu ne serais pas là à te cailler les miches.

Andréas se retourne. Il est blanc comme un linge. Mais il a beau chercher, il ne parvient pas à deviner la position de son interlocuteur.

– C'est qui ? hurle-t-il en se levant à moitié. C'est toi, Rufus ?

Le sable instable roule sous ses pieds et la violence de la tempête qui se lève le fait chanceler. Andréas s'écroule comme un pantin privé des forces de son manipulateur. Il se relève, le regard perdu, le couteau braqué devant lui dans une ultime parade de défense.

– Tu comptais faire quoi avec ça ? demande Rufus en se levant à son tour.

Les deux hommes sont à trois mètres de distance dans un équilibre précaire, fouettés par la pluie dans un tourbillonnement de grains de sables.

– Tu comptais faire quoi ? Hein ? braille Rufus, les yeux rougis de colère. Tu voulais l'avoir pour toi tout seul, c'est ça !

– Mais non, s'écrie Andréas. Je ne te l'ai pas dit parce que…

Andréas n'a pas le temps d'achever sa phrase. Rufus a bondi.

D'une main, il écarte le hachoir et de l'autre, il prend Andréas par la gorge pour le faire basculer sur le sol meuble.

La lame jaillit vers le ciel tourmenté et retombe quelques mètres plus loin.

– Tu vas me le payer, sale petite merde ! gronde Rufus en le secouant brutalement. Kurtz est à moi, tu m'entends, Andy ? Il est à moi !

Andréas n'a pas la possibilité de répondre quoi que ce soit. Toutes ses forces, il les jette dans cette lutte dont il connaît l'issue, à moins que la folie qui s'est emparée de Rufus ne s'évanouisse subitement.

– À moi ! continue de crier Rufus. À moi et à personne d'autre !

Le visage d'Andréas est devenu rouge. Les pouces de Rufus s'enfoncent de plus en plus loin dans les muscles de son cou. Les carotides peinent à charrier vers le cerveau le sang nécessaire à sa survie.

Lentement, les yeux d'Andréas se révulsent.

Il suffoque et se débat désespérément.

Sa conscience vacille, puis le noir l'envahit.

Lorsqu'il ouvre les yeux, Andréas ne se souvient pas clairement des derniers événements. Il fait nuit.

Une peur intense paralyse encore ses capacités intellectuelles. Il se sent juste porté par des bras puissants.

Il se détend progressivement, relâchant la tension qui durcit ses muscles douloureux. Son visage est mouillé d'un liquide chaud, qui tombe goutte à goutte sur ses joues. Le moment est douillet, quasi maternel.

– Pardonne-moi, murmure une voix dans le creux de son oreille. Pardonne-moi, Andréas. Je n'ai pas voulu te faire de mal…

Rufus pleure et serre Andréas contre lui, le berçant doucement.

La tempête s'est déplacée un peu plus loin, laissant au-dessus des deux hommes enlacés un petit coin de ciel où brillent quelques étoiles.

Rufus se redresse et aide Andréas à se remettre sur ses jambes. Comme elles le portent difficilement, il le soutient, le saisissant fermement par la taille.

En silence, ils redescendent le chemin communal qui mène à la route. Rufus a les yeux fixés sur leurs pieds, pour éviter les pièges de cette marche nocturne.

Andréas lui, scrute le sommet de la dune, incapable de détourner son regard d'une silhouette sombre et immobile, découpée par la lueur de la petite ville édifiée en contrebas.

86

Le Touquet - Amiens - Reims.

Rufus roule depuis près de trois heures, avalant les kilomètres d'asphalte comme s'il cherchait à fuir. Fuir ces instants sur la plage où il a presque tué. Où le monstre créé par Kurtz a manqué prendre la place de l'homme. Définitivement. Les images de sa confrontation avec Andréas sur la dune, au milieu des éléments déchaînés, passent inlassablement devants ses yeux gonflés par le chagrin.

Il roule sans desserrer les dents, sans un regard pour son compagnon allongé en chien de fusil près de lui, les paupières closes.

Après avoir ramené Andréas de la plage, il a garé la voiture devant la pension Debusschère et s'est engouffré dans le bâtiment. Il a rangé ses affaires, vidé la chambre de son comparse, fracturé la porte du petit secrétaire pour emporter le manuscrit et, sans dire un mot, réglé le montant du séjour à une Léonie pétrifiée derrière son comptoir.

Puis il est retourné dans la voiture où Andréas

attendait, pâle et tremblant. Il l'a aidé à ôter son imperméable trempé, l'a recouvert d'une couverture *empruntée* aux demoiselles, a baissé le dossier du siège, roulé son gilet pour en faire un oreiller de fortune et démarré en trombe, direction l'autoroute.

Andréas s'est laissé faire comme un enfant.

À présent, son regard traîne sur les éclairages de la ville de Reims et la cathédrale illuminée, déformée par les gouttes de cette pluie incessante qui les suit depuis le bord de mer. Le balai grinçant des essuie-glaces ponctue d'un rythme régulier le silence devenu pesant au fil des heures.

Andréas ne supporte plus cette absence de bruit, de vie entre les deux hommes. Mais sa gorge meurtrie et douloureuse peine à libérer quelques syllabes. Il déglutit avec difficulté.

Son estomac crie famine. Aussi fort que lorsqu'il était môme, quand il résonnait en plein cours et lui infligeait les moqueries de ses camarades de classe.

Andréas s'attarde quelques minutes sur cette époque, cherchant à retrouver le nom de ce professeur d'allemand si drôle qui avait toujours un biscuit pour l'aider à calmer ses ardeurs stomacales.

Puis, ses pensées dérivent peu à peu et redescendent le cours du temps. L'École des beaux-arts, les cours d'informatique, son premier job comme infographiste. Ce connard de Philippe Balke, ce collègue mielleux et hypocrite, à qui il cassera la gueule s'il le recroise un jour sur son chemin.

Puis Sami, son ami d'enfance, *grand argentier* de leurs premières vacances. Les longues virées à mobylette, jusque dans le sud de la France, du côté de La Ciotat. Là où il a découvert la mer. Les premières cigarettes, les âneries d'adolescent…

Sami, célibataire sans enfant par choix, responsable

involontaire depuis quelques mois d'une ravissante fillette aux cheveux longs. Clara.

Andréas en rêvait de cette blondinette aux yeux bleus et aux pommettes roses. Ces joues rebondies, ces petites mains potelées. Cet être minuscule, sorti des entrailles de la femme qu'il aimait, en emportant sa vie.

Sarah, qu'il adorait peloter quand elle travaillait sur l'ordinateur avec des grognements de fou furieux. Sarah, si jolie et si gaie, rencontrée à l'école, croisée, admirée puis perdue de vue, et retrouvée par hasard dans une station de métro. Laquelle déjà ? République. Oui, c'est ça. République. Non. C'était juste à côté. La station Parmentier dans le 11e. Celle où il y a des photos de patates au mur.

– Je mangerais bien des frites, laisse-t-il échapper.

Rufus lui lance un regard empreint de douceur et de reconnaissance.

– Tu parles. Enfin.

– J'ai faim, Rufus, dit Andréas en redressant le dossier du siège. Tu t'arrêtes bientôt ?

– On vient de passer le péage de Taissy. Il y a une station à vingt bornes d'ici.

– Merci.

Pas besoin de donner la destination. Les deux hommes assis dans cette voiture savent pertinemment qu'ils ont mis un trait sur un retour à une vie normale.

L'accès au restaurant de la station-service se fait par un pont qui enjambe l'autoroute. Rufus a préféré aller à la cafétéria de l'autre côté plutôt que de s'infliger, ainsi qu'à Andréas, un casse-croûte mollasson sous cellophane.

Mais l'endroit est bondé. C'est l'heure du dîner et les quelques automobilistes et routiers qui affrontent ce temps de chien sur l'A4 semblent avoir tous eu envie de grignoter quelque chose au même moment.

Rufus s'extrait de la voiture, puis étire ses muscles endoloris par les heures de conduite avec un long gémissement. La pluie s'est enfin calmée et le froid est mordant. Il en profite pour féliciter le ciel de ne pas leur proposer une petite averse de verglas ou une bonne floconnée de neige bien collante.

Il fait le tour du véhicule et s'approche de la fenêtre d'Andréas. Ce dernier actionne la vitre électrique.

– Qu'est-ce que tu veux ? demande Rufus, conscient que cet endroit bondé n'est pas un lieu pour Andréas qui déteste toujours autant se mêler à la foule.

– Je sais pas, moi. Des frites, c'est sûr, et un sandwich. Avec un Coca.

– Je reviens tout de suite.

Andréas suit Rufus des yeux jusqu'à ce qu'il entre dans la boutique de la station-service, puis il verrouille les portières et s'enfonce dans le siège.

Sa solitude, si brève soit-elle, lui pèse. Et la peur d'être agressé sur cette aire d'autoroute l'envahit soudain. Il examine les alentours avec un soin teinté d'appréhension. Les lampadaires éclairent le bitume. Quelques voitures sont stationnées en épi. Il n'y a personne à l'intérieur. Pourtant, Andréas est sûr que quelqu'un l'observe. Si c'est bien Kurtz qu'il a vu sur la dune, alors il pourrait les avoir suivis en voiture. Et il serait là, sur ce parking, quelque part.

Lorsque Rufus revient, les bras chargés de provisions, il trouve Andréas bouleversé.

– Qu'est-ce qui se passe, mon vieux ? le questionne-t-il. J'ai fait vite pourtant.

– C'est pas ça, tente de s'expliquer Andréas. J'ai eu un coup de flippe, c'est tout.

Rufus pose les sacs aux pieds du passager. Lorsqu'il

relève le visage, Andréas devine que quelque chose ne va pas chez lui non plus.

– Ici ? s'emporte aussitôt Rufus. Tu fais un coup de flippe sur une aire d'autoroute blindée de monde ! Alors, raconte-moi pourquoi t'es allé seul sur la dune !

Andréas détourne le regard. Il ne supporte pas les questions, surtout celles qui le dérangent.

– On bouffe dans la bagnole, achève Rufus. Ça nous évitera de croiser des barges qui pourraient faire peur à monsieur. Et ferme ta gueule par la même occasion, ou alors si tu parles, fais en sorte que ça soit pour répondre à mes questions.

Rufus roule jusqu'à Dijon, où il s'arrête, épuisé. Et comme Andréas redoute de conduire la nuit, ils dorment dans un hôtel bas de gamme, situé dans une zone industrielle aux abords de l'autoroute.

Rufus refuse de prendre deux chambres. Il ne fait plus confiance à Andréas. Les deux hommes se mettent au lit sans un mot, dans une atmosphère délétère.

Au cours de la nuit, Rufus se réveille à plusieurs reprises. À chaque fois, son premier geste consiste à vérifier que son voisin est toujours là. Vers cinq heures du matin, fatigué et stressé par cette nuit chaotique, il décide de se coucher devant la porte. Ainsi, Andréas ne pourra pas sortir sans le réveiller.

C'est dans cette position que ce dernier le retrouve, trois heures plus tard. Andréas lui, a bien dormi. Il s'étonne d'abord de sa curieuse posture, puis s'en désintéresse. Il va dans la salle de bains pour se préparer.

Les lubies de Rufus, il a donné, et maintenant il ne s'inquiétera plus de rien.

Ils ont repris la route vers neuf heures, après un café croissant pris au distributeur de l'hôtel.

Depuis les premiers kilomètres, Rufus est nerveux, d'autant plus que la neige s'est mise à tomber. Il ne cesse de freiner des deux pieds et de s'accrocher au tableau de bord, dès qu'Andréas accélère pour effectuer un dépassement.

Mais il fait un effort et réussit finalement à se plonger dans la lecture du manuscrit de Kurtz. Il ne lèvera plus la tête.

Pendant le temps nécessaire à cet exercice, Andréas va supporter ses grognements. Rufus ne semble pas apprécier la prose du psychopathe et il s'en ouvre vertement, par des commentaires souvent obscènes.

À la fin de sa lecture, Andréas attend qu'il lui en parle, mais Rufus se mure dans un silence inquiétant, le regard perdu sur la bande d'asphalte qui défile.

– T'en penses quoi ? tente alors timidement Andréas.

Rufus ne répond pas. Il demeure apathique, légèrement avachi dans son siège. Il a ôté ses chaussures et ses chaussettes pour se tripoter les doigts de pied.

– Ces voies de l'ombre ont tout de même un sens, non ? le relance Andréas avec un ton qu'il voudrait plus désinvolte.

Rufus tourne lentement la tête vers le conducteur.

– C'est de la merde ! C'est tout.

Andréas est sur le point de dire autre chose, mais Rufus l'en empêche.

– Il faut écarter ce type de la société ! assène-t-il. C'est encore pire que ce que je pensais. C'est un malade et il le prouve dans ces pages. Alors ne viens surtout pas me dire que tu y trouves un sens, parce que je vais finir par penser qu'il faut te faire la peau à toi aussi !

Un froid durable s'installe entre les deux hommes, dans l'espace exigu de l'habitacle. Plus un mot n'y sera prononcé, jusqu'à ce qu'ils atteignent leur destination, dans le milieu de l'après-midi.

87

– C'est quoi le plan maintenant ? demande Andréas, les mains encore sur le volant.

– Comment ça, c'est quoi le plan ?

Andréas retire la clé de contact et se tourne vers Rufus.

– Ben oui, quoi ! On vient de traverser la France en diagonale. Ça, c'est fait. Mais on ne sait pas à quoi il ressemble à présent. Tu as lu comme moi qu'il s'est fait refaire le visage. Alors ?

Rufus se masse les tempes un instant avant de répondre.

– Tu m'aurais fait un fin limier, toi ! dit-il en bougonnant. On dispose de quoi, exactement ? D'un nom et d'une boîte postale. Pour le nom, il n'y a pas d'abonnés au téléphone, j'ai vérifié. Et pour la poste, on est juste devant.

– Donc ?

– Il n'y a plus qu'à attendre.

– Faudrait peut-être envoyer le manuscrit, si on veut qu'il vienne le prendre.

– Minute, on vient d'arriver, contre Rufus. On va d'abord se trouver un petit hôtel et ensuite, on passera à la poste. Si ça se trouve, ils nous donneront l'adresse directement. C'est un petit bled, ici et les boîtes postales, ça doit marquer les esprits.

– Si tu le dis.

Rufus regarde Andréas comme s'il était transparent.

– T'y vas ou j'y vais ? reprend-il.

Andréas est surpris par la question. Il ne sait pas à quoi il doit répondre.

– Où ?

– Trouver un hôtel.

– Ah ! dit Andréas. Vas-y. J'en ai plein le dos, moi. La conduite, ça me fatigue.

Rufus s'extirpe de la voiture sans un mot.

Il ouvre le coffre et en sort une paire de bottes fourrées. Elles conviendront mieux à la neige que ses chaussures de ville.

Puis il s'éloigne vers l'office de tourisme, les yeux aux aguets du moindre mouvement derrière les fenêtres des chalets alentour.

Andréas regarde Rufus rapetisser sur le trottoir, puis il reporte son attention sur la poste.

Il doit y avoir quatre ou cinq clients à l'intérieur, principalement des femmes. Il les détaille un instant, puis se lasse.

« Fais chier, lâche-t-il en redémarrant la voiture. Il fait un froid de canard ici. »

Il attrape son manteau sur la banquette arrière et l'enfile. Puis il se cale dans le fauteuil, allume la radio et tente de reprendre la surveillance des lieux.

À peine cinq minutes plus tard, ses paupières trop lourdes se ferment naturellement. Andréas s'endort du sommeil du juste.

Ses rêves l'emportent hors de la petite station des Alpes, dans un amphithéâtre où s'entassent des étudiants. Sur une estrade, il y a un vieux bureau en bois recouvert de photographies de cadavres. Andréas s'en approche. Il reconnaît certains visages. Ce sont ceux de ses compagnons de cellule, ceux qu'il a contribué à libérer des geôles de Kurtz.

Soudain, une porte s'ouvre sur un homme qu'il ne connaît pas, mais qui ressemble beaucoup à son père. L'homme vient à sa rencontre, lui tend une main, un grand sourire sur les lèvres.

« Bonjour, Andy, dit-il sur un ton qu'Andréas connaît trop bien. J'apprécie beaucoup ton aide, le sais-tu ? »

Il reste muet. Son corps ne répond plus aux injonctions de son cerveau. L'homme lui envoie un rire qui se transforme en ricanement.

« Andy a peur de sa propre ombre, répète-t-il en se tournant vers l'assemblée. Andy a peur de son ombre. »

La phrase est reprise en chœur par les dizaines d'étudiants, qui se mettent à taper des pieds en cadence.

Boum, boum, boum…

Toc, toc, toc…

Andréas se réveille en sursaut.

Rufus est de l'autre côté de la portière. Il martèle la vitre frénétiquement.

– Ouvre, bordel ! hurle-t-il. Et pousse-toi de là !

Andréas s'exécute. Encore englué dans les restes de son rêve, il est dans l'incapacité de réagir autrement. Il ouvre la portière et enjambe le levier de vitesse pour céder sa place au volant.

Rufus s'y installe et démarre en trombe.

– On fait quoi ? demande Andréas d'une voix pâteuse. T'as trouvé un hôtel ?

– Tu verras bien.

Rufus ne desserre plus les dents. Il quitte la ville et bifurque au premier carrefour sur une petite route de montagne.

Cinq cents mètres plus loin, il s'arrête sur une aire de parking, coupe le moteur et sort de la voiture.

Andréas le regarde faire sans comprendre. Puis, faute de trouver une réponse appropriée, il sort à son tour et le rejoint.

Le parking semble dominer le monde, au ras de la cime de sapins couverts d'un épais manteau blanc. Sur leur droite, la ville de Thollon s'étire le long de la départementale 24, qui s'achève en cul-de-sac mille mètres plus haut. Loin en dessous, le lac Léman brille dans la lumière idéale du jour finissant.

Une minute silencieuse s'installe entre les deux hommes.

– Qu'est-ce que tu fais ici, Andréas ? demande soudain Rufus.

Le calme de sa voix n'est qu'apparent. Ses poings fermés l'attestent.

Andréas reste debout aux côtés du policier, les pieds à quelques centimètres d'un petit ravin.

– Je ne te suis pas très bien, répond-il après une seconde de réflexion.

– Non, c'est moi qui ne te suis pas très bien, le reprend Rufus, un ton plus haut.

– Explique-toi dans ce cas.

Rufus se tourne vers Andréas, qui ne bouge pas la tête et continue de contempler les miroitements sur le lac en contrebas.

– Regarde-moi quand je te parle, crie presque Rufus. Parce que j'en ai marre de m'adresser à un zombie !

– Tu me les brises avec tes airs autoritaires. J'ai passé l'âge de me faire engueuler comme un gosse.

– Mais écoutez-moi ça, ricane Rufus. C'est que ça a de la répartie !

Andréas recule d'un pas pour s'éloigner du vide et faire face à Rufus.

– Qu'est-ce qui te gêne ? C'est parce que je me suis endormi dans la voiture tout à l'heure. C'est ça ?

– Ouais, c'est ça ! hurle à présent Rufus. Exactement ! Et il n'y a pas que ça, figure-toi.

– Et ben, vas-y, vide ton sac, après, tu me foutras la paix.

– J'aimerais savoir ce que tu comptes faire ici ! Parce que, dans peu de temps, on va se mettre aux basques de Kurtz. Tu feras quoi quand on l'aura repéré ? J'ai besoin de savoir si je peux compter sur toi ou pas. J'ai besoin de savoir si je suis tout seul, Andréas ! Tu m'entends ? C'est moi qui vais avoir la peau de cet enfoiré, pas lui. Et pour ça, je dois pouvoir compter sur mes ressources, sur mes vraies ressources !

Andréas encaisse difficilement. Les questions de Rufus, il se les est posées des dizaines de fois. Et il commence à douter de ses choix.

– Si tu veux savoir si je suis avec toi, c'est oui, dit-il enfin, la gorge nouée.

– C'est déjà ça, rétorque Rufus, qui s'est un peu calmé. Quoi d'autre ? Tu es avec moi jusqu'où ?

– Je ne pourrai pas tuer Kurtz, si c'est ce que tu veux savoir…

– Mais personne ne te le demande, bondit Rufus. Kurtz est à moi, je te l'ai déjà dit. C'est moi qui l'achèverai. Mais pas avant qu'il ait payé.

Andréas laisse échapper un soupir.

– De toute façon, je ne pourrais pas, murmure-t-il. Je ne pourrais pas, c'est tout. Je ne suis pas un assassin.

– Sois bien sûr de toi, Andréas. Quand on aura Kurtz

en ligne de mire, il sera trop tard pour changer d'idée, tu y as pensé ?

Andréas acquiesce d'un signe de tête.

– Non, je veux t'entendre le dire, aboie Rufus. Dis-moi que tu seras à mes côtés jusqu'au bout !

– D'accord, Rufus, tu peux compter sur moi.

– Sûr ?

– Sûr.

– Alors viens là, vieux frère, s'exclame Rufus sur un ton adouci. Je t'aime, Andréas, tu sais ça ? Je t'aime.

Rufus enlace Andréas qui reste pétrifié dans ses bras.

– On va l'avoir, poursuit Rufus tout bas à l'oreille de son compagnon. On va lui niquer sa gueule à ce porc !

Andréas qui étouffe, se défait doucement de l'étreinte puissante de Rufus.

– Désolé, s'excuse-t-il. J'aime pas trop ça. Tu le sais.

– On s'en fout ! l'absout Rufus. Viens, maintenant qu'on est raccord, on retourne à la poste. Je suis certain qu'ils ont son adresse.

88

« Comment faire un loup d'un agneau ?
Comment faire d'un agneau un loup ?
C'est la question essentielle.
Celle qui est tant attendue par tous les voyeurs, les impuissants, tous ceux qui aimeraient bien mais ne feront pas, les pleutres, les maniaques et les flics, qui n'ont toujours pas compris.

Comment parvient-on à enlever le vernis de la civilisation sans faire perdre la tête au cobaye ?

Comment redevient-on un animal ?

Prenons un couple, ou mieux, un jeune père veuf avec son enfant orphelin. Le sexe de l'enfant importe peu, même si je penche plutôt pour une association père/fille, vous aurez ainsi toutes les chances d'aboutir.

Séparez-les.

Faites macérer le père dans un sommeil artificiel, disons entre sept et douze jours. Il est important de respecter une période minimale de sept jours. Le sujet doit être déboussolé à son réveil. Mais cela impliquera que vous le laviez, le torchiez et l'alimentiez tout au long de cette période. Réfléchissez donc bien avant de vous lancer dans pareille aventure !

Le point de réveil atteint, laissez-le refaire surface, assez longtemps pour qu'il prenne des repères dans sa cage, qu'il redécouvre l'existence de son enfant, la responsabilité qui lui incombe, la culpabilité aussi.

La culpabilité est très importante. Elle permet au sujet de se surpasser et d'obéir à son dresseur. Si vous avez par erreur utilisé un sujet dénué de culpabilité, supprimez-le et recommencez, en faisant attention cette fois.

Ne le laissez pas sortir tout de suite.

Donnez-lui vraiment le temps de refaire surface, de se poser toutes les questions nécessaires à sa survie mentale. Questions auxquelles il n'obtiendra évidemment aucune réponse.

Rapidement, le sujet s'énervera, hurlera contre vous, puis vous implorera d'épargner son enfant.

Laissez-le dans cet état.

Puis replongez-le dans un sommeil artificiel. À l'occasion d'une prise de ration alimentaire par exemple.

Cette seconde phase est primordiale.

Votre cobaye aura eu le temps d'estimer sa misérable condition, son total dénuement.

Il aura eu le temps de comprendre le sens du droit de vie et de mort. Et cela fera son chemin dans sa tête.

Pendant qu'il dort, vous avez plusieurs options. Pour ma part, je les tatouais et leur installais un bracelet de mon invention au poignet.

Le tatouage sert à avilir l'orgueil. Mais aussi à identifier votre cobaye. Ils se ressemblent tant, au début.

Au réveil suivant, il est temps de faire sortir le cobaye de sa cage pour lui faire subir une petite évaluation, une batterie de tests d'obéissance qu'il faut soigneusement mettre au point.

S'il ne sort pas de sa cage, ne vous énervez pas, c'est assez habituel.

Punissez-le !

De la manière qui vous conviendra et sur une période assez longue.

À partir de ce point, le cobaye est mûr. Il peut être envoyé sur ses tests d'aptitude. Il vous appartiendra de lui faire comprendre que la réussite à ces petites épreuves est essentielle à la survie de sa femelle ou de son enfant.

Par la suite, faites pression sur son moral, dans les deux sens.

Faites-lui penser qu'il va pouvoir s'en tirer et sauver la vie de son enfant.

Punissez-le aussi souvent que nécessaire. Longtemps, même très longtemps s'il le faut.

C'est pourquoi je ne cesserai de vous recommander de posséder plusieurs sujets, si vous ne voulez pas vous retrouver le bec dans l'eau.

Vous savez maintenant tout ce qu'il y a à savoir. À quelques détails près.

Cela fait-il de vous de potentiels dresseurs ?

Laissez-moi rire.

Il faudrait pour cela que vous ayez développé un appétit pour la chasse, une envie irrésistible de réussir dans cet art difficile, que vous soyez prêt à consacrer vingt-quatre de vos heures par jour à vous occuper de ces créatures ingrates que sont les cobayes, à aimer le faire, à être attentif à tout.

À tout, tout le temps !

Même si j'ai livré une partie de mon expérience, je reste en situation de monopole. La concurrence n'est pas près d'arriver sur le marché. »

Texte tiré des *Voies de l'ombre* par Olivier Lavergne.

89

Rufus est allé à la poste, située dans le même bâtiment que la mairie, juste à côté de la chapelle. Andréas a refusé de l'accompagner, encore vexé et meurtri par leur altercation. Rufus l'a laissé aller. Il a compris qu'un peu d'air lui ferait du bien et il n'a de toute façon aucun besoin de lui pour le moment.

Andréas s'est installé à la terrasse de l'unique café de la petite ville. Le temps est clair et les toits couverts de neige fraîche accrochent les rayons du soleil.

Il aime l'idée de boire un chocolat chaud à l'extérieur, malgré la température. Les rues grouillent de bambins en doudoune, de parents tirant des traîneaux et de skieurs, matériel sur l'épaule. Février se termine à peine, et la saison touristique bat son plein dans cette jolie station. Située à près de mille mètres d'altitude, elle a le mérite d'offrir à ses résidents une vue imprenable sur le lac Léman et les montagnes qui l'entourent. Où que se pose le regard, il est comblé par une nature imposante et encore intacte. Seul un petit téléphérique, appelé « les œufs » par les habitants, serpente sur le versant nord, rappelant l'activité humaine. Il mène au sommet du pic des Mémises, à la gare haute, puis à la route des crêtes.

Andréas fixe les allées et venues dans l'artère principale avec appréhension.

Peut-être est-il là, remontant la rue à pied ou en voiture, devant cette petite boutique de souvenirs où les marmottes en bois rivalisent avec les cartes postales. Ou plus bas, dans le chalet de location de ski, ou encore plus bas, à la boucherie, la boulangerie. Elles sont côte à côte, comme si l'une ne pouvait pas se concevoir sans l'autre. Là, les véhicules sont garés pêle-mêle, au gré des arrivées, entre les congères qui s'amassent le long de la chaussée, créant une joyeuse pagaille.

Il faut dire que Thollon est un village-rue, traversé par la départementale 24, qui grimpe le long du flanc du massif alpin. Alors, pour éviter les accidents, la mairie envoie ses déneigeuses régulièrement. Les touristes amateurs de jeux d'hivers ne sont pas toujours de bons conducteurs sur la neige. Ici, on a envie que les gens reviennent, se sentent comme chez eux, parce que la concurrence est rude avec Chamonix et le Mont-Blanc, à quelques kilomètres à vol d'oiseau, derrière le massif des Mémises.

Alors, tout est parfait.

Le chocolat est servi dans un grand bol, fumant et odorant. Une soucoupe couverte de biscuits l'accompagne, le tout avec le sourire radieux de l'étudiant en vacances, visiblement ravi d'être là. Il faut dire que son service se termine dans une demi-heure et qu'il aura bientôt tout loisir de s'élancer sur les pistes de surf.

Andréas échange quelques mots avec lui, presque étonné de savoir encore comment prendre le ton badin des conversations inutiles. Peut-être n'est-il pas si effrayé que ça. Peut-être sait-il au fond de lui que Kurtz ne va pas le tuer là, à cette terrasse, en plein village, au milieu des enfants qui jouent à se lancer des boules de neige.

Clara.

Ils allaient ensemble à Courchevel. Elle aimait bien skier. À trois ans, elle fonçait déjà, inconsciente du danger. Elle ne tombait pas de haut, certes, mais quand même…

Andréas ébauche un sourire. Il pense à elle, comme s'il se souvenait d'une autre vie, d'un film, agréable et divertissant, dans lequel Clara avait le rôle d'une petite fille gaie, jouant avec un papa attentionné et prévenant. Un père. Et lui, assis seul devant son chocolat chaud, regarde ce père et se dit qu'il ne connaît plus cet homme-là. Que sa propre fille, lointaine et inaccessible, ne lui provoque guère plus qu'un léger pincement au cœur. Comme un vague regret trop ténu pour faire souffrir et pourtant là, installé quelque part à jamais.

Le chocolat est tiède et délicieux, épais comme il faut, onctueux, crémeux. Andréas lèche sa lèvre supérieure avec un soupir de contentement.

– Il est bon, n'est-ce pas ! Moi, je dois avouer que je ne m'en lasse pas.

La voix est légèrement rauque et rieuse, vaguement familière. Andréas se tourne vers l'homme qui vient de lui parler.

Tout son corps se fige.

L'inconnu a le teint hâlé. Ses pommettes sont hautes et ses traits harmonieux. Il porte un bonnet noir et un gros blouson.

Andréas a déjà vu ce visage quelque part, il en est

certain. C'est celui du colonel Kurtz dans *Apocalypse Now*. Ce type ressemble à Marlon Brando.

– Pardon ? bredouille-t-il.

– Oh ! Excusez-moi. Je disais juste que le chocolat est délicieux. Je viens toujours en déguster un en attendant les enfants. Je ne skie pas, moi. J'ai horreur de ça.

– Les enfants ? répète bêtement Andréas, incapable de réfléchir plus avant.

L'homme sourit à Andréas et reprend.

– Ça fait longtemps que vous êtes arrivé ?

Andréas tente de se calmer et de reprendre ses esprits.

Arrête la parano maintenant. Ce type attend ses enfants. Il est seul, c'est vrai, mais ça n'en fait pas un Kurtz pour autant.

– Désolé, répond Andréas. Mais vous ressemblez tellement à…

– Brando ? Oui, je sais ça. Enfin il paraît que j'ai des airs. C'est ma femme que ça ennuie le plus. Elle déteste voir les nanas me draguer.

– Ah, ponctue Andréas, signifiant à son interlocuteur qu'il ne souhaite pas poursuivre.

L'homme n'insiste pas. Il retourne à son chocolat en observant les enfants tourner avec des luges sur la place, juste devant.

Andréas respire profondément. Décidément, il n'est pas prêt. Rufus a raison. Il risque de perdre ses moyens face à Kurtz et de rendre la situation encore plus délicate. Et puis, est-il vraiment d'accord pour assister à la mise à mort d'un homme, tout psychopathe soit-il ? Car c'est de cela qu'il s'agit, une exécution pure et simple. La justice rendue par les victimes elles-mêmes. Ne devient-on pas pareil au monstre si on l'abat soi-même ? Et si on est trop lâche pour le faire, peut-on déléguer cette responsabilité à un autre homme ? Ne devrait-on pas plutôt s'en remettre à la décision de Dieu ?

Dieu ?

Dieu !

Quel Dieu ? Où était-Il lorsque Andréas et Clara étaient prisonniers des geôles ? Où était-Il lorsque Anna est morte devant les yeux d'un Rufus impuissant et fou de douleur ? Où était-Il lorsque Kurtz est venu au monde pour détruire leurs vies à tous ?

Bouleversé, Andréas pose son visage entre ses mains, retenant ses larmes. Il relève la tête quand son voisin de table repousse sa chaise pour régler la note. L'homme entre dans le bar et en ressort quelques secondes plus tard.

Andréas le voit adresser un petit signe à un groupe d'adolescents qui approche, skis en main.

– Les voilà ! s'exclame-t-il.

Il se retourne et lance un regard amusé à Andréas.

– Andy, tu as lu mon livre, non ? Alors, tu t'es décidé ? Tu as enfin choisi ton camp ?

Andréas est d'abord abasourdi, incapable de prononcer un mot ni de faire le moindre geste. Il lance un coup d'œil inquiet vers la grande silhouette de Rufus qu'il voit redescendre la rue d'un pas rapide.

Pendant quelques secondes, les deux hommes sont comme figés dans un espace-temps improbable.

Puis la stupéfaction fait place à l'instinct de survie, au refus de se laisser encore écraser comme un moucheron, à la rébellion, au désir de confrontation.

Andréas lève crânement la tête vers Kurtz et plante son regard dans le sien.

– Bonjour, monsieur Marleau, ou… comment dois-je vous appeler ?

– Je vois que tu as besoin d'encore un tout petit peu

de temps, Andy. Je vais te le donner parce que c'est toi et que je t'aime, murmure Kurtz en se penchant si près, qu'Andréas peut sentir son odeur.

Un mélange de bergamote et de jasmin amoindrit une sudation musquée.

– Mais fais vite. Le moment des grandes décisions est proche !

Kurtz tourne les talons et remonte tranquillement la D24. Arrivé à la hauteur de Rufus, il le salue d'un geste bref.

Andréas le suit des yeux. Ses mains tremblent sous la table. Il se sent envahi par une bouffée de joie violente et sauvage à la fois.

90

– Ça y est, j'ai l'adresse ! annonce Rufus en se laissant tomber sur la chaise face à Andréas.

Il affiche un air triomphant et conquérant.

– Dans deux jours au plus, ce sera une affaire réglée… reprend-il.

– Deux jours ?

– Enfin, peut-être, continue Rufus en ignorant la remarque d'Andréas. Maintenant que j'ai la recette du parfait dresseur, je vais certainement avoir envie de la tester sur cette ordure !

– T'es sérieux ? demande Andréas sur un ton légèrement sarcastique.

Rufus lui lance un regard noir avant de poursuivre.

– Tu sais, si tu ne te sens pas les couilles, t'es pas obligé de me suivre. On peut très bien en rester là, toi et moi.

– On en a déjà discuté, Rufus. Je viens.

– Alors, prépare-toi. Ça sera le plus beau jour de notre putain de vie !

Andréas regarde Rufus, un sourire fugace sur les

lèvres. Son visage est détendu, il paraît serein, beaucoup plus qu'il ne l'était encore le matin même. Il semble totalement libéré de ce stress qui l'a rongé pendant les dernières vingt-quatre heures.

– Ça va ? demande Rufus, alors qu'il vient de remarquer ce changement dans le comportement d'Andréas.

– Très bien. Tu devrais goûter le chocolat, il est délicieux.

– Oui ? Je préfère un bon vin chaud.

– Comme tu voudras.

Andréas fait signe au patron des lieux qui vient de prendre son service et passe commande d'un chocolat et d'un vin chaud.

– C'était qui le type avec qui tu parlais ?

– Un gars du coin, répond Andréas sans se démonter. Pourquoi ?

– Il m'a salué en passant. Tu lui as parlé de moi ?

– Non. Pas du tout. Il nous a peut-être croisés ensemble.

Rufus observe Andréas, tentant de débusquer le moindre signe qui le trahirait. Mais ce dernier lui oppose une attitude calme et posée.

– Ça m'étonnerait. Il t'a dit quoi ?

– Arrête, Rufus. On a parlé du chocolat, qui est succulent et de ses enfants qui font du ski dans le coin.

– On n'est jamais trop prudent.

– Je l'aurais reconnu, je pense.

– Tu oublies qu'il s'est fait refaire le portrait par un pauvre type qui bouffe les pissenlits par la racine. Tout ça parce qu'il a croisé la route de ce malade.

– Bon, qu'est-ce qu'on fait maintenant ? demande Andréas en trempant ses lèvres dans le breuvage brûlant qu'on vient de lui apporter.

– Il n'y a plus rien ici. Il va falloir poser nos guêtres

à Évian. J'ai trouvé de la place à l'hôtel Continental. De là-bas, on pourra tout préparer.

– Préparer quoi ?

– Tu ne penses tout de même pas qu'on va y aller la fleur au fusil ? Il nous faut des armes, des munitions, de quoi le surveiller quelques heures avant d'attaquer, une bagnole capable d'aller jusque là-bas. Il crèche dans les hauteurs. On m'a dit que c'était pire qu'un nid d'aigle, là-haut.

– Très bien. Alors on ne devrait pas tarder.

– Tout doux, Andréas. Laisse-moi boire mon coup tranquillement.

Les deux hommes se murent ensuite dans un silence songeur.

Rufus prépare déjà les plans de son attaque.

Andréas, quant à lui, se félicite d'avoir su affronter le regard de Kurtz sans faiblir.

Finalement, c'était moins difficile qu'il l'avait imaginé.

Finalement, dans la lumière, c'est un homme, tout ce qu'il y a de plus banal. Un homme, avec une voix agréable, un physique agréable. Un homme capable d'une vie sociale, qui mange, qui boit, qui respire.

Un être humain, quoi.

91

« Qu'est-ce qu'être un homme ?

À quoi peut-on résumer cette banalité ? Comment répondre en quelques mots à cette question qui hante les philosophes depuis les prémices de la pensée ?

Je me suis longtemps penché sur cet épineux problème.

Et j'ai fini par trouver une solution simple. Pas même simple, simplissime !

Un homme, c'est un projet. Pas de qualité humaine sans une projection de soi. Je laisse donc au bétail privé d'envergure la seule capacité de se faire égorger.

Pourquoi pas par mes soins.

La conscience doit être tendue vers son objectif pour que l'impact soit précis.

Pendant des années, j'ai dressé des hommes à obéir au moindre de mes désirs. Cette œuvre majeure m'a occupé l'esprit depuis ma sortie du monde des pleutres.

Aujourd'hui, j'ai dans mon domaine acquis la maturité qui sied aux grands hommes. Je peux donc passer à la deuxième phase de mon art, celle qui dévoilera vraiment l'avant-gardisme de ma pensée.

Qui puis-je envisager ?...

Après m'être attelé à modeler les individus. Un par un, aiguisant ma connaissance de l'humain par de savants ajustements.

Je me rends compte combien ce préambule était mesquin, étriqué, en regard de la tâche qui m'attend.

Car, pour répondre à la question que je soulève...

Après l'individu, je veux m'attaquer au groupe.

Quelle plus noble entreprise puis-je espérer réussir, sinon dresser une collectivité tout entière ?

Dresser des dizaines d'individus, pourquoi pas des centaines ?

Je ne puis en dévoiler ici la localisation, vous comprendrez que dans ma position, une telle imprudence n'est pas possible.

Mais je sais parfaitement où la chose se passera. Je la prépare depuis longtemps. J'y ai déjà consacré beaucoup de temps, beaucoup d'argent.

Mais j'attends encore un dernier élément avant de me lancer.

J'aurai besoin d'un lieutenant, d'un homme de confiance et non plus de valets, comme c'était le cas auparavant.

Cet homme arrive. Il arrivera à moi, c'est inéluctable.

Je le libérerai de ses dernières entraves.

Et alors, ensemble, nous partirons. »

Texte tiré des *Voies de l'ombre* par Olivier Lavergne.

92

La nuit est tombée depuis longtemps sur le lac Léman, apportant avec elle son cortège de nuages. Les lumières de Lausanne, habituellement visibles du rivage, sont masquées derrière un épais rideau de brouillard. Une bruine ondulante mouille les trottoirs et donne à l'asphalte un aspect scintillant au pied des réverbères.

Les rues sont désertes à cette heure. Andréas frissonne et remonte le col de son blouson. Rufus accélère le pas.

– Si ça se trouve, il neige là-haut.

Il actionne à distance l'ouverture du coffre de la voiture et y jette deux lourds sacs de voyage. Andréas contourne le véhicule et monte côté passager. Rufus le rejoint presque aussitôt.

– T'as perdu ta langue ou quoi ? dit-il en actionnant le démarreur.

Le moteur diesel ronronne doucement. Les essuie-glaces repoussent les gouttes d'eau sur le côté du pare-brise, sans améliorer la visibilité.

– Tu crois vraiment que ça vaut la peine d'y aller maintenant ? demande Andréas.

Rufus secoue la tête en levant les yeux au ciel. Il fait demi-tour et s'engage vers la sortie de la ville, direction les Mémises.

– Non, parce que de toute façon, il nous attend, alors…

Rufus ne répond toujours pas. Il roule tranquillement, sans à-coups, montrant une réelle aptitude à conduire sur des routes de montagne. Ce qui n'est pas le cas d'Andréas.

Rufus a passé deux jours à constituer leur arsenal. Deux jours seulement pour rassembler de quoi donner l'assaut à une forteresse. Cette accumulation d'armes en tout genre a tout d'abord rebuté Andréas, puis il s'y est intéressé.

Le permis de port d'armes de Rufus toujours valide a facilité les choses et certaines connaissances lui ont ouvert les portes.

Il a tenu à tout régler en liquide et a même acheté quelques silences, dilapidant la réserve d'argent laissée par Michèle Marieck.

Fusils à pompe, pistolet automatique 9 mm, grenades lacrymogènes, gilet pare-balles, fumigènes, il a même déniché un bouclier antiémeute en kevlar.

Dans le deuxième sac, Rufus a enveloppé le matériel d'écoute et de surveillance. Ces petits bijoux de technologie leur ont coûté les yeux de la tête, mais il a insisté. Il s'attend à devoir tenir un siège et ces gadgets leur seront indispensables.

Rufus dégrafe le haut de son blouson, dévoilant le gilet pare-balles qu'il porte dessous.

– Pourquoi tu dis qu'il nous attend ? lance-t-il subitement en accélérant.

Surpris par le côté abrupt de la question, Andréas met quelques secondes à répondre.

– T'as lu le livre comme moi, non ?

– Il ne parle pas de nous. Il parle d'un homme qu'il attend. Pas de deux.

– Tu te trompes, Rufus. Il dit qu'il y aura deux hommes. Ses ennemis.

– Putain, Andréas, je sais que tu mens, articule Rufus.

Les pneus hurlent dans les virages. Andréas s'accroche au tableau de bord.

– Tu vas nous tuer, merde !

– Parle, bon Dieu !

– Je l'ai vu.

Rufus stoppe le 4 × 4 en plein milieu de la chaussée, d'un coup de frein brutal. L'ABS lance de brefs claquements.

– Tu l'as vu où ? hurle-t-il à la figure d'Andréas qui a un brusque mouvement de recul. Où ?

– Au bar. Le type au chocolat. C'était lui, lâche-t-il au bout d'un moment.

– J'en étais sûr, tu avais une tête de Judas !

Rufus déverrouille les portières.

– Descends ! ordonne-t-il.

Andréas le regarde sans comprendre.

– Mais ?…

– J'ai dit, descends ! réitère Rufus. Ne me fais pas répéter !

– Arrête, rétorque Andréas, j'en ai plein le cul de tes mouvements d'humeur.

Rufus glisse une main dans son blouson et en retire un automatique, qu'il colle sur la tête d'Andréas.

– J'ai dit, dégage, gronde-t-il sourdement. Moi, j'en ai plein le cul de ta tronche en coin et de tes faux airs !

Andréas pose un pied sur l'asphalte et s'extirpe en silence du véhicule. Son souffle projette un nuage de vapeur autour de son visage. La nuit promet d'être froide.

Rufus se penche dans l'habitacle pour attraper la poignée de la portière.

– Faut pas se foutre de ma gueule trop longtemps, Darblay !

L'air mauvais qu'il affiche glace Andréas.

Rufus claque la portière et démarre en trombe.

– Enfoiré ! hurle Andréas en fixant les feux arrière qui disparaissent bientôt dans un virage.

Il ferme son blouson et se lance sur la route en courant.

Peut-être Rufus l'attend-il un peu plus loin. Peut-être le remord l'a-t-il envahi plus tôt que prévu.

– C'est vrai ça, merde ! J'allais pas nous pourrir les deux jours de prépa avec cette histoire ! De toute façon, y avait rien à dire !

Rufus ne peut tout de même pas laisser son compagnon en pleine nuit, dans la montagne, sur une départementale peu fréquentée, à trois ou quatre kilomètres du premier village.

Après une course de quelques minutes, Andréas doit se rendre à l'évidence. Rufus est bien parti sans lui.

Le salaud.

Essoufflé par l'effort, il ralentit l'allure mais continue à trottiner, pour ne pas se refroidir. Une chance que la pluie qui sévissait sur le lac se soit installée plus bas. Les nuages, écrasés par le froid, doivent trouver dans cette immense cuvette un endroit douillet pour déverser leur trop-plein.

Alors qu'il avance dans le noir, une angoisse subite saisit Andréas à la gorge. Il n'aime pas du tout l'idée de savoir Rufus là-haut tout seul, même s'il est armé jusqu'aux dents. Kurtz leur a démontré qu'il était vicieux, doté d'une intelligence redoutable et, surtout, d'une connaissance de la nature humaine vaste et impressionnante. La preuve, il les attendait, tous les deux. Il savait qu'ils allaient venir, seuls, sans l'aide des forces de l'ordre. Il avait deviné où ils s'arrêteraient, comment ils trouveraient son adresse.

Il les a conduits jusqu'à lui. Alors forcément, il doit les attendre de pied ferme.

Andréas recommence à courir. Au loin, il voit les premières lueurs de Thollon-les-Mémises. Le village s'étire sur plusieurs centaines de mètres. Les muscles de ses cuisses, trop peu sollicités ces derniers temps, s'asphyxient, lui envoyant des signaux brûlants. Pourtant, il continue. Il doit se l'avouer, il sera plus tranquille lorsqu'il aura atteint les premières habitations.

Et après ? Après, il devra remonter la D24, jusqu'au bout, là où elle se termine en cul-de-sac, puis suivre un chemin sur quelques kilomètres. Un rapide calcul lui permet de déduire qu'il devrait arriver sur place vers trois heures du matin. C'est long quatre heures, quand il fait froid et qu'on est seul au milieu de la nuit.

Que va-t-il se passer ? Comment Rufus peut-il le stopper tout seul ?

Comment Rufus va-t-il entrer ? Que fera Kurtz quand il le verra ? Vont-ils s'entretuer ? Kurtz va-t-il enfermer Rufus, le torturer ? Et Rufus, s'il parvient à prendre Kurtz, que va-t-il faire ?

Peut-être Kurtz est-il parti.

Peut-être n'était-ce que de l'esbroufe pour les affoler ?

Il est sûrement déjà loin, oui, ça doit être ça.

Andréas arrive en vue du panneau indicateur de

Thollon-les-Mémises. Il va souffler un peu et se prendre de quoi boire et manger au distributeur, sur la petite place, juste à côté du bar où il a bu un chocolat deux jours plus tôt.

Tout en marchant, il revoit la scène, Kurtz assis à côté de lui, puis son souffle sur sa peau quand il lui a murmuré qu'il l'attendait.

Rufus avait raison. Il savait qu'Andréas était quelqu'un de spécial pour Kurtz. Sinon, pourquoi l'avoir laissé vivant à l'hôpital juste après l'assaut, alors qu'il tenait sa dernière occasion de le faire disparaître à jamais.

Non, il n'est pas parti. Il attend. Il m'attend.

Un long frisson parcourt l'échine d'Andréas.

Là-bas, dans les geôles de Kurtz, il est enfin devenu un homme. Et cette idée larvée au fond de son cœur est devenue une certitude lorsqu'il l'a vu, ici, pour la première fois en pleine lumière.

Maintenant, Andréas sait qu'il n'a plus vraiment le choix.

Il doit rejoindre Rufus, l'aider à stopper les agissements de Kurtz. Cet être machiavélique, qui a su trouver en lui le côté sombre qu'il refoulait depuis toujours. Qui a toujours su ce qu'il pensait, comment il agirait, quand le punir et quand le récompenser.

Oui. Andréas doit trouver Kurtz et le tuer. Pour ne jamais être comme lui. Le tuer pour se défaire de son emprise. Se libérer de la fascination qu'il ressent pour cet homme et ses idées. Il doit l'éliminer pour oublier cette dualité, cette ambivalence qui vit en lui maintenant.

Tout en réfléchissant, Andréas se rend compte que les choses ne sont pas si simples. Car assassiner Kurtz ou être complice de son assassinat reviendrait à devenir un meurtrier. Donc, lui ressembler un peu.

D'ailleurs n'en est-il pas déjà un ? N'est-ce pas lui qui a apporté un ballon piégé au Stade de France, pour sauver sa fille ? N'a-t-il pas décrété, ce jour-là, qu'une vie valait plus que des dizaines d'autres ?

N'a-t-il pas déjà fait son choix ?

Andréas s'arrête devant le distributeur pour choisir une boisson sucrée et plusieurs barres de céréales. Il s'installe juste à côté, se reposant contre le capot d'une voiture.

Les volets sont presque tous clos. Le village dort. Seule une demi-douzaine de fenêtres, zébrées de reflets bleus, attestent la présence d'insomniaques traînant devant la télé.

La chapelle sonne une heure.

L'angoisse, qui n'a pas vraiment quitté Andréas, revient en force. Il a encore beaucoup de chemin à faire et qui sait ce qu'il va trouver là-haut ? Des images sanglantes envahissent son esprit. Il voit Rufus s'acharner sur le corps de Kurtz, jusqu'à le transformer en bouillie informe.

Putain, Rufus, pourquoi t'es parti tout seul ?

Il reprend la route en courant, pour oublier cette vision. Et puis, tant que la déclivité n'est pas trop importante, il peut forcer sur ses jambes. Plus loin, sur les chemins caillouteux, dans le noir, il aura plutôt intérêt à être prudent.

Kurtz mort, que deviendra-t-il ?

Tu rentreras chez toi, avec Clara. Et tout redeviendra comme avant.

« Oui, c'est ça. Tout redeviendra comme avant. Maintenant, il faut en finir et vite », murmure-t-il entre deux inspirations.

En finir.

Sortir du cauchemar.

Sortir du village.

Prendre la route jusqu'au bout et grimper sur le flanc de la montagne, où vont se jouer leur vie à tous les trois.

À moins que ce ne soit déjà fait.

93

Rufus entre en trombe dans Thollon. Le village est endormi. Il le traverse sans ralentir et bifurque à la fin de la D24 sur un chemin de montagne. Là, il s'arrête un instant et déplie une carte d'état-major.

Le chemin dessert deux propriétés. Une première, située à deux mille mètres, est une colonie de vacances. La deuxième, totalement isolée à plus de six kilomètres du village, lui a été indiquée comme étant la résidence d'un certain Charles Marleau.

Rufus replie sa carte et enclenche la première. Il s'agit d'être prudent. Sur cette piste privée, la DDE ne passe pas. Il cale ses roues dans le passage laissé par d'autres véhicules et commence à monter lentement.

Il est vingt-trois heures trente lorsqu'il atteint la colonie de vacances. La neige devant le bâtiment est intacte. Tous les volets sont fermés. Rufus soupire. Il détestait l'idée que Kurtz ait pu vivre à côté d'une centaine d'enfants ou d'adolescents.

À partir de là, l'ascension se fait plus aisément.

Juste avant minuit, le chemin s'incurve sur la droite et s'ouvre sur une sorte de cour dominant la vallée.

Rufus a décidé d'agir vite. D'un rapide coup d'œil, il embrasse les lieux, comme il l'a fait pendant trente ans de carrière.

Dans la lumière des phares, la demeure paraît ancienne. Basse, ramassée sur elle-même, elle semble attendre dans la nuit. Au rez-de-chaussée, trois fenêtres sombres ouvrent des yeux vides sur la façade en pierre grise. Deux soupiraux indiquent la présence de sous-sols. Rufus les repère aussitôt. Il est presque heureux de cette découverte. Sans cave, il aurait pu douter de l'identité du résident. Maintenant, il aura juste quelques petits détails à vérifier pour en être certain. Après tout, il est possible qu'un authentique Charles Marleau habite ici. Rufus n'a pas encore complètement perdu toute sa lucidité.

La neige ensevelit partiellement des ruines qui courent de la maison jusqu'à un précipice, à quarante mètres de là. Un semblant de mur en partie écroulé atteste l'existence d'un autre corps de bâtiment. Plus loin, ce qui a dû être une chapelle se dresse encore, témoin fantomatique d'une société révolue.

Rufus éteint le moteur et les phares, puis il sort de la voiture et ouvre le coffre. Ses gestes sont rapides, sûrs, efficaces. Il s'empare du fusil à pompe, qu'il a préalablement chargé et fourre deux grenades lacrymogènes dans chacune de ses poches. Enfin, il fixe sur son crâne un dispositif de vision nocturne. Il est prêt.

Le temps de la réflexion est échu.

Il se précipite vers la porte d'entrée. Il va tirer dans la serrure quand l'idée lui vient qu'elle n'est peut-être pas verrouillée.

Un minimum de discrétion et tu gardes toutes tes chances, mon vieux.

La poignée tourne lentement, faisant claquer sèchement le pêne dans son logement et la porte s'ouvre en grinçant.

Rufus se rue dans la maison par un étroit couloir d'une quinzaine de mètres. Une chanson des Doors retentit quelque part, mais le son en partie étouffé indique à Rufus que sa source doit être éloignée. Dans le système oculaire, les pièces sont distordues. Les lignes droites s'incurvent légèrement dans un brouillard de particules à dominante vert fluorescent.

À droite, une porte fermée.

À gauche, deux portes, dont une est ouverte.

Rufus distingue une légère luminosité dans cette direction. Il s'y dirige. L'ouverture donne sur une pièce encombrée de meubles hétéroclites. Dans un angle, un bureau a été installé. Une lampe, un pot contenant quelques crayons, un ordinateur portable ouvert. Sur l'écran, une image affichée plein cadre.

Rufus s'approche et retire ses lunettes. La luminosité est trop forte et sature les capteurs électroniques.

S'il émettait quelques doutes prudents une minute plus tôt, Rufus acquiert à cet instant la certitude qu'il se trouve au bon endroit.

Ce n'est pas une image, mais la couverture d'un livre qui brille sur la surface synthétique. Quelques silhouettes anonymes, dos tournés au spectateur, se fondent dans un dégradé de gris. Dans le tiers supérieur de la couverture virtuelle, *Les Voies de l'ombre* apparaissent en lettres rouges.

Rufus sent son cœur s'emballer. Une pellicule de sueur commence à mouiller ses mains et son front.

« C'est pas le moment de flancher, murmure-t-il en se dirigeant vers une porte entrebâillée. Il est là et tu vas te le farcir ! »

Le morceau des Doors vient de s'achever. Rufus

arrête son geste. Surtout, ne pas faire craquer le plancher. Une autre chanson prend aussitôt le relais pour couvrir son approche.

C'est lui ou moi, de toute façon. Et ce sera lui !

Rufus pousse la porte. Elle donne sur un escalier.

T'es à la cave, mon petit enfoiré ! Tu te terres, comme d'habitude.

Les marches sont usées, anciennes. Rufus est obligé de se courber pour descendre. L'escalier s'achève sur un couloir. Le son s'est amplifié. À présent, Jim Morrison chante *Les cavaliers de la tempête*.

Rufus avance prudemment, son fusil braqué devant lui.

Il revoit Anna, enfermée de l'autre côté de cette paroi en verre. Il revoit sa lente agonie, son regard perdu. Il perçoit maintenant ses cris, qu'il n'avait pas entendus.

C'est pas le moment, merde !

Mais il n'y peut rien. Il a beau essayer de chasser ces images, elles reviennent, tirant ses sens vers des bas-fonds sordides où il ne veut pas se laisser sombrer. Pas maintenant.

L'image d'Anna se fond lentement dans celle des femmes qu'il a sauvées des mains de Kurtz, des mois plus tôt. Combien étaient-elles ? Rufus ne le sait plus. Trois, quatre, peut-être cinq. Cinq fantômes qui attendaient de mourir dans la nuit, dont Michèle Marieck. Pour elles, il a réussi. Mais pas pour Anna.

Rufus ferme son esprit. Il se concentre sur les battements de son cœur. C'est le seul moyen de ne pas se disperser. Cette technique lui a permis de tenir sur des flags, mais cela remonte à une époque dont il doute qu'elle ait vraiment existé.

Au bout du couloir, il y a une nouvelle porte. Celle-ci est ouverte, totalement. De sa position, Rufus distingue parfaitement une partie de la pièce. Les pierres taillées qui la constituent sont énormes. On dirait le soubassement d'une construction moyenâgeuse.

Un nouveau son vient de retentir, couvrant presque entièrement la musique. Un son strident, désagréable.

Rufus se poste dans l'embrasure et observe.

Au sol, des blocs de roche traînent çà et là. Certains sont brisés. Sans doute sont-ils tombés.

Rufus lève les yeux vers le plafond et découvre une charpente métallique de facture récente. Les poutrelles en acier ne sont même pas corrodées.

Vu l'angle de l'escalier, cet endroit ne doit pas se trouver sous la maison.

Le son rebondit contre les murs, rendant difficile sa localisation.

Là, devine Rufus. *Il est là.*

Sur sa gauche, une structure en bois posée sur le sol couvre quelque chose que Rufus ne voit pas. Le bruit vient de cette direction.

Maintenant…

Rufus fait un pas, puis un autre. Jusqu'à ce que le canon de son fusil se pose sur la nuque d'un homme dont il ne peut pas voir le visage, caché par un masque de soudeur. Au contact, la main de l'homme lâche la scie sauteuse qu'elle tenait. Le silence tombe sur la scène.

– Retourne-toi !

L'homme s'exécute sans broncher, tout en retirant le masque de son visage.

Rufus est troublé. Il connaît le visage d'Olivier Lavergne. L'homme qui se tient devant lui n'a plus rien à voir avec le psychopathe. Et c'est vrai qu'il partage des traits avec Marlon Brando, notamment des arcades sourcilières prononcées et des pommettes hautes.

– Ce n’est pas toi que j’attendais ! dit-il. Mais j’aime les surprises.

Le visage est différent, la voix n’a pas changé.

Rufus sent ses tripes se serrer et une formidable envie de tuer manque le submerger.

– Non ! hurle-t-il en soulevant son fusil. Tu vivras !

La crosse s’abat sur la tempe de Kurtz qui s’effondre sans un cri sur le sol en terre battue.

94

Encore quelques mètres et il sera arrivé à destination. Andréas se félicite d'avoir pensé à prendre un peu de ravitaillement au distributeur du village. Sans ça, il n'aurait pas tenu le choc. Trop froid, trop loin, trop fatigué. Il a dû s'avaler une bonne dizaine de bornes dans le froid glacial de cette nuit sans étoile. Pourtant, s'il y a un endroit où on peut encore les observer, c'est bien en montagne, loin des villes et de la pollution lumineuse. Mais Andréas a beau scruter le ciel, il n'en voit pas une. Il aurait aimé apercevoir une dernière fois la Grande Ourse, avant d'entrer dans cette demeure où l'enfer a probablement installé ses quartiers.

Pas un bruit autour.

Pas une lueur à l'intérieur.

Il n'en distingue qu'une masse sombre et imposante.

Andréas n'en peut plus. Ses muscles sont durs. Il a été obligé de s'arrêter deux fois à cause de débuts de crampes. Ses poumons sont brûlants et sa respiration est haletante.

Il fait les derniers mètres presque sur les genoux.

Le tout-terrain de location est garé au bout du chemin qui se termine dans une cour. Andréas peut apercevoir d'autres bâtiments se découper dans le bleu pâle de la neige accumulée sur les flancs de la montagne. Sa vision s'est peu à peu habituée à la nuit et il distingue des détails qu'il n'aurait jamais vus auparavant.

Il contourne le véhicule et ouvre le coffre. Les deux sacs sont ouverts et vidés d'une partie des armes et des munitions. Andréas met la main sur le deuxième automatique, qu'il charge, puis il attrape une lampe de poche et se dirige vers la porte d'entrée.

Il peut suivre les pas de Rufus dans la neige. Apparemment, Kurtz n'a eu qu'un seul visiteur.

Le lourd panneau en bois est entrouvert.

Andréas respire plus lentement, afin de contrôler au mieux son rythme cardiaque.

Il pénètre dans la maison, le pistolet braqué devant lui et la lampe dans l'autre main. Il a vu faire les flics dans les films. Jamais il n'aurait pensé avoir à les imiter un jour.

Devant lui, un long couloir s'ouvre sur plusieurs portes.

La cave. Je dois trouver la cave.

Une vague lueur bleutée émane d'une pièce au fond à gauche. Andréas avance, les genoux tremblants, les mains moites. À chacun de ses pas, il a la certitude qu'ils vont le conduire dans un endroit d'où il ne reviendra jamais. Et pourtant, chaque fois, il met un pied devant l'autre parce qu'à cet instant, la fuite n'est plus envisageable.

Et il ignore lequel il va devoir combattre.

Rufus ?

Kurtz ?

Ou les deux ?

Il entre dans une chambre qui doit servir de bureau. La lueur aperçue un peu plus tôt provient d'un ordinateur allumé.

Andréas traverse la pièce et descend quelques marches.

Au fond d'un souterrain creusé à même la roche et soutenu par de gros blocs de pierre, il y a une cave.

Au milieu de cette cave, un corps est allongé, sous la lumière tremblotante d'une ampoule nue.

Andréas se précipite, fou d'angoisse, oubliant toute règle de prudence.

– Rufus ! C'est pas vrai ! Rufus !

Il tombe à genoux et secoue le corps avachi.

– Rufus !

Un grognement sourd passe entre les lèvres de Rufus. Une forte odeur de whisky arrive aux narines d'Andréas.

– Putain, Rufus, t'es vivant ! T'es vivant.

Andréas tente de le soulever en le prenant sous les bras, mais il ne semble pas vouloir changer de place. Il se débat en protestant.

– Où est-il ? murmure Andréas. Où est Kurtz ?

Rufus esquisse un sourire.

– Je l'ai baisé, ce fils de pute ! Il est dans le trou. C'est fini pour lui !

Andréas prend les mots comme autant de coups de poing dans l'estomac.

– Tu l'as…

– Oui, j'te dis. Je l'ai eu !

Andréas regarde tout autour de lui avec fébrilité.

– Il est où, merde ? Tu l'as mis où ?

Rufus soulève à peine son torse et lui indique le panneau d'une trappe sur laquelle il est allongé. Puis il saisit la bouteille déjà bien entamée et en avale quelques gorgées.

– Viens, Rufus, dit Andréas la voix tremblante. Partons, on n'a plus rien à faire ici.

– Fais pas chier. Je dors là-dessus.

Épuisé, Andréas fixe Rufus quelques instants sans bouger.

L'ancien flic semble ne pas vouloir bouger d'un millimètre.

Alors il n'insiste pas. Il sera temps de régler le problème quand il fera jour.

Il se relève et remonte au rez-de-chaussée.

Il a froid.

Dans le salon, il y a une grande cheminée ancienne et un panier de bois sec juste à côté.

Andréas empile quelques brindilles et les allume. Ensuite, il dispose soigneusement des morceaux d'écorce jusqu'à ce qu'ils s'enflamment, puis des petites branches et enfin des bûches. Le bois flambe immédiatement, avec un joyeux crépitement.

Il traverse le couloir et trouve la cuisine, sans allumer la lumière. La petite lampe torche lui suffit amplement. Là, il fait chauffer un peu d'eau pour se préparer un thé.

En attendant que le liquide frémisse, il sort et récupère dans la voiture la couverture des sœurs gâteaux, que Rufus avait empruntée pour lui. Il a hésité quelques secondes, mais l'idée d'entrer dans la chambre de Kurtz pour chercher de quoi se couvrir lui paraissait incongrue.

Andréas retourne dans la cuisine, prend son thé et va s'installer devant la cheminée. Il s'assied par terre sur un coussin et s'adosse au canapé. Puis il s'enroule dans la couverture, les genoux sous le menton.

Il grelotte. Pourtant, la température près du feu est agréable.

Les lueurs orangées des flammes hautes illuminent la pièce, dévoilant le mobilier.

Mais Andréas ne regarde pas.

Ses yeux absents sont fixés sur le foyer dansant.

Il a peur de ce qu'il éprouve.

Ces sentiments lui font horreur.

Kurtz est mort.

Il se sent vide.

Comme s'il avait du chagrin.

95

« Fascination pour la morbidité.

Le sel de la vie.

Ne serait-ce pas la mort, par hasard ?

Qu'est-ce qui fascine les foules, retient leur attention, les garde en haleine ?

Les raz de marée, les guerres à l'autre bout du monde, les tremblements de terre, les enlèvements, les carambolages. Tout ce qui peut montrer de la barbaque humaine à l'heure où l'on se remplit l'estomac. Et pas question de vomir. La chair humaine, ça n'est pas vomitif, c'est fascinant. Ça rappelle au vivant que c'est ce qui l'attend, d'une façon ou d'une autre, un jour prochain que l'on souhaite le plus éloigné possible.

Et quand il ne s'agit pas d'images réelles, les foules se gavent de fictions, de probables réalités.

Mémère aime se faire peur.

Mémère aime mouiller sa culotte en regardant des histoires sanglantes.

C'est moins drôle quand l'histoire devient réelle, quand l'horreur entre dans sa vie et la transforme en charogne puante. Mais ça fera jouir la voisine, le soir devant le JT. Ça s'est passé si près de chez elle. Pour un peu et c'est elle qui faisait la une.

Passer à la télé, une grande idée qui gouverne les esprits faibles en manque de réussite.

L'adulte est un enfant qui a grandi sans vraiment s'en apercevoir. Les gosses aiment qu'on leur raconte cent fois la même histoire.

Les adultes sont pareils.

Ils fonctionnent tous sensiblement de la même façon. J'ai testé bien des procédures pour dresser mes chiens d'attaque. J'ai cherché à innover, à les rendre plus performants en essayant des variantes de mon programme.

Mais j'ai vite compris que cela ne servait à rien.

Les hommes se ressemblent tant. Placés devant l'essentiel, dans des conditions extrêmes, ils se pissent dessus au même moment, reprennent espoir ou s'effondrent pratiquement à la même minute. Je tenais de petits carnets à l'époque. Un par cobaye. Pour travailler de manière scientifique, pour comparer les résultats, ne pas laisser aux seuls souvenirs le soin de guider mes choix. Et puis, au-delà de l'étude clinique de mes patients, il y avait des dosages de chimie à respecter, à affiner, ne pas faire n'importe quoi, ne pas risquer de perdre un cobaye en plein apprentissage par maladresse empirique.

Je les regrette, ces carnets. Ils étaient de fins témoins de la progression de mon art. Je ne les reverrai pas. Je doute que les dites forces de l'ordre me les rendent jamais.

Mais y comprendront-ils quelque chose ? Ces bonnes gens du quai des Orfèvres réussiront-elles à percer l'intérêt de ma prose ?

Je sais, ils y verront un conte scabreux, sordide. Ils me traiteront de sanguinaire.

Mais comment appelle-t-on ceux qui pourchassent le sanguinaire ?

Comment nomme-t-on les chiens lancés aux basques du dresseur ?

Des pantins.

Comme vous l'êtes tous en ce moment à lire ces pages, des marionnettes entre les mains du manipulateur, des esprits entravés avides d'autonomie, de futures carcasses que l'on jettera au feu ! »

Texte tiré des *Voies de l'ombre* par Olivier Lavergne.

96

Andréas ouvre les yeux.

Une lumière éclatante traverse les lattes déformées des volets en bois, balayant le salon d'une alternance de raies claires et foncées. L'illusion est belle et il s'attarde quelques instants à l'admirer. Les couleurs sont chatoyantes, tantôt tristes, tantôt gaies, sur le même tissu, la même pierre ou le même morceau de bois. Les tomettes anciennes qui couvrent le sol s'amusent de ces rayons en leur renvoyant des reflets changeants.

Une agréable odeur de vieil âtre flotte dans l'air.

La pièce est vaste et peu meublée. Un canapé fleuri défoncé, un large fauteuil en cuir rouge. Dans un angle, Andréas peut voir des piles de cartons contenant du carrelage neuf, des plinthes en chêne, prêtes à être posées, et du matériel d'isolation type laine de verre. De l'autre côté, il y a un établi, installé sur des tréteaux métalliques, et quelques outils posés en vrac dans une caisse.

Andréas se redresse difficilement. Son corps est pétri

de courbatures et un mal de dos fulgurant le plie en deux. Il passe quelques minutes à assouplir ses muscles, puis décide de visiter la maison avant de descendre retrouver Rufus, qui doit encore cuver sur sa trappe.

Il doit surtout admettre que la perspective de voir le corps de Kurtz le terrifie.

Pourtant, il faudra bien qu'il se confronte tôt ou tard à cette vision. Regarder la dépouille d'un être cher déclenche le processus de deuil. Les médecins avaient insisté sur ce point, à la mort de Sarah, le persuadant que c'était la seule façon pour lui d'intégrer pleinement son décès. Et de ne pas en faire rejaillir la responsabilité sur sa fille.

Sarah et Kurtz. L'association de ces deux noms le fait frémir. L'idée qu'il ait pu ne serait-ce qu'un instant comparer la perte de l'une à la disparition de l'autre lui donne la nausée.

Des spasmes violents lui coupent la respiration. Il se précipite au-dessus de l'évier de la cuisine pour y vomir de longs traits de bile.

Bouleversé, il reste penché sur la vasque en inox, les yeux perdus sur la mousse jaunâtre qu'il vient de régurgiter.

Puis il s'essuie la bouche avec sa manche, boit un peu d'eau et retourne dans le couloir. Il y a encore une porte close sur la droite, qui l'attire irrésistiblement. Probablement la chambre de Kurtz.

Il hésite un long moment, la main tremblant sur la clenche, comme s'il s'apprêtait à commettre un sacrilège. Pourtant, ici, il n'y a rien de sacré, il en est conscient. Seulement l'intimité d'un homme aujourd'hui disparu, qu'il a longtemps craint, haï puis admiré, peut-être…

La porte s'ouvre avec un léger grincement qui le

tétanise. Il suspend son geste, le cœur au bord des lèvres, prêt à vomir de nouveau.

Andréas prend une profonde inspiration pour se donner du courage et la pousse un peu plus hardiment.

La pièce est vaste et entièrement refaite à neuf. Du carrelage au sol, comme celui aperçu dans le salon et des parois en plâtre, nues, tout juste montées. Le lit une place est disposé le long du mur à droite. Une pile de livres fait office de table de chevet. Quelques vêtements épars sont posés sur la chaise ou à même le sol, à côté d'une grosse valise ouverte remplie d'affaires. Au milieu trône une antique baignoire sur pieds et un porte-serviettes. À gauche, Andréas peut voir une table surmontée d'un grand miroir et un nécessaire de toilette. Dans un angle derrière la porte, il y a les W-C, dissimulés par un rideau porté par une tringle posée en demi-cercle.

Andréas ose un premier pas, puis un second. Il referme la porte derrière lui et reste quelques minutes immobile, observant les lieux avec attention.

La chambre de Kurtz…

Andréas est là, excité comme s'il avait pénétré l'intimité d'un grand de ce monde.

Il ramasse un des pulls posés sur la chaise et passe ses doigts sur la laine sombre et râpeuse. Puis il s'assied du bout des fesses sur le lit. Les draps en coton blanc sont froissés. Il passe le chandail au-dessus de sa tête et l'enfile. Sa peau se couvre de frissons.

Le miroir lui renvoie le reflet d'un homme pâle aux cernes marqués. Il se regarde avec distance, comme s'il jaugeait un inconnu.

Puis, avec des gestes lents, il s'allonge sur le matelas. Il pose délicatement sa tête sur l'oreiller et en respire l'odeur avec jubilation, jusqu'à ce que le sommeil le happe à nouveau.

97

« Le monde est beaucoup plus fou qu'il n'y paraît.

Le monde est beaucoup plus dément que les déments qu'il enferme.

La civilisation occidentale, car on peut à présent parler de civilisation, est basée sur le pardon.

C'est un postulat de ma part.

Mais je défie quiconque de me prouver le contraire.

Faites un essai, pour voir...

Ne nomme-t-on pas cette civilisation "judéo-chrétienne" ?

Et que trouve-t-on à la base du christianisme ?

Le pardon, vous m'enlevez les mots de la bouche.

Où donc se trouve le pardon dans vos rues, vos villes, les cours de vos écoles, les parloirs de vos prisons, les antichambres de vos hôpitaux psychiatriques ?

Où ?

Alors, voilà un sujet qui mérite qu'on s'y penche !

Quelle place peut aujourd'hui occuper ce Christ sur la parole duquel ce monde s'est bâti ?

Où trouve-t-on son écho dans les lois qui vous gouvernent, dans les quotas d'étrangers que vous acceptez, dans les programmes de réinsertion des jeunes délinquants, dans les prisons surpeuplées, dans le travail-consomme et ferme ta gueule ?

Où ?

Le pardon...

Un ramassis de conneries.

Où exactement ? Je n'entends pas bien.

Tendre la joue gauche, pardonner à son ennemi, aider son prochain, aimer l'humanité tout entière...

Un beau ramassis de conneries.

Qui des deux est l'être amoral ?

Celui qui se moque ouvertement des lois et des codes ? Ou celui qui accepte tacitement l'amoralité de ce monde en faisant semblant de croire que tout va pour le mieux ?

Je dors bien, je mange bien, je défèque bien. Tout va bien.

Moi, ça ne me gêne pas que des gosses descendent tous les jours au fond de la mine.

Et vous ?

Moi, ça ne me défrise pas que la moitié du monde crève la gueule ouverte pendant que ma pharmacie est pleine.

Pas vous ?

Ah bon, alors tout va bien. Je savais qu'on allait pouvoir se comprendre.

Un beau ramassis de conneries, oui !

J'en entends d'ici crier au bolchevique, au rouge infâme, au fauteur de trouble et à l'agitateur !

Criez donc, tant que vous le pouvez encore.

Moi, Kurtz, le dresseur amoral, je ne fais qu'observer. La conclusion de cette grande Histoire des maîtres de l'Ouest m'indiffère totalement. Je la regarde comme le pêcheur observe la rivière couler. Je sais qu'il y a des poissons sous la surface, mais je suis surtout venu là pour boire un coup de blanc et échapper quelques heures aux remontrances de ma rombière.

Ce monde a le cul entre deux chaises.

Et c'est justement pour ça qu'il se cassera la gueule.

Bientôt.

Et le plus tôt sera le mieux.

Que je puisse voir de mon vivant s'établir un nouveau monde où seules les règles que je respecte seront la norme.

Bientôt !

Vous verrez... »

Texte tiré des *Voies de l'ombre* par Olivier Lavergne.

98

Sa langue est épaisse, la salive passe difficilement. Une sensation de soif inextinguible le lance, mais Rufus ne bouge pas. Il a déjà essayé de se lever, de descendre de cette structure en bois sur laquelle il s'est endormi dans la nuit. Le démarrage vers la station debout est parti dans un tel roulis qu'il s'est aussitôt recouché. Il serait plus prudent de laisser retomber le taux d'alcool vers des chiffres acceptables, il en a conscience, mais la soif est tenace.

Et cette douleur naissante au niveau de son bas-ventre lui crie qu'il ne pourra plus l'ignorer bien longtemps. Il peut attendre pour boire, même si c'est désagréable. Par contre, il urinera sur lui dans l'heure s'il ne trouve pas une solution.

Alors, il se redresse. Dans le mouvement, Rufus découvre un détail qu'il n'a pas remarqué la veille : la structure en bois surmontée d'une trappe est elle-même surplombée d'une corde enroulée autour d'une poulie. En quelque sorte, le passe-plat breveté par Kurtz.

La position à genoux est encore aisée, mais la corde reste inaccessible. Il faut que Rufus se lève, quoi qu'il lui en coûte. Et puis, il devra retirer ses pieds de la trappe, s'il veut pouvoir l'ouvrir.

Le roulis est un peu moins fort que lors de sa première tentative, même si les embardées restent sérieuses. Rufus arrive à empoigner la corde et s'y accroche comme un forcené.

À présent, il doit ouvrir la trappe.

Kurtz a pensé à tout. La corde se déroule sur quelques mètres, puis stoppe en bout de course. Rufus peut enfin attraper la poignée.

Le panneau en bois retombe avec fracas en faisant douloureusement jouer les charnières. Pour Rufus, cet instant est un régal. Il n'a vécu ces dernières semaines que pour le goûter. Et dans ses fantasmes, jamais il n'avait imaginé des conditions aussi idéales.

Agrippé à la corde, il se penche au-dessus du trou béant. Et pour éviter la chute, il s'assied sur le rebord de la trappe, les jambes dans le vide.

– Putain, qu'est-ce que tu vas manger ! s'extasie-t-il en glissant un regard vers le trou.

Le sol de la fosse est à quatre mètres en contrebas. Il peut distinguer un lit, une table, une chaise. Pas d'évier, pas de sanitaire. Rien qui puisse permettre à l'homme qui se trouve allongé sur le matelas crasseux de conserver un semblant de dignité.

Rufus descend sa braguette, extirpe tant bien que mal sa verge de son slip et commence à uriner dans le vide.

– Prends ça, mon con, beugle-t-il, la diction laissée incertaine par le whisky. C'est du belge !

L'homme ne bouge pas. Il demeure impassible,

malgré l'urine qui le souille, giclant sur son visage et mouillant ses vêtements.

– Tu es vilain, Rufus ! dit la voix de Kurtz depuis le fond de sa geôle. Et tu sais ce que Kurtz fait aux chiens désobéissants ? Tu le sais ?

Le visage de Rufus se crispe, annihilant le sourire presque obscène qui l'enlaidissait un instant plus tôt. Ce n'est pas la réaction qu'il attendait.

– Ta gueule, Olivier, tente-t-il pour reprendre l'avantage. Je suis sûr que t'en crevais d'envie. Bouffe, t'as pas fini !

– Il les punit, Rufus. Voilà ce qu'il leur fait, continue Kurtz avec sa voix de fausset. Tu te souviens avoir été puni ? Je me suis occupé de ta truie, mais toi ? J'ai été gentil avec toi, Rufus. On dirait que le vilain policier a oublié les bonnes manières.

Sa vessie vidée, Rufus range son sexe et referme la braguette de son pantalon.

Pendant quelques secondes, son visage n'exprime rien, puis une colère sans nom déforme ses traits. Il se met à hurler tous les noms d'oiseaux qu'il connaît. Si bien qu'il n'entend pas arriver Andréas.

– Qu'est-ce qui te prend ? place ce dernier entre deux vociférations. Tu m'as réveillé avec tes hurlements de sauvage !

Rufus cesse ses cris et se retourne. Il avait oublié qu'Andréas était encore là. Il hausse les épaules et reporte son attention vers la fosse.

– Va te faire foutre, grogne-t-il en levant son majeur dans un geste obscène.

– Quand tu m'auras dit pourquoi tu gueules comme un veau.

Au bord de la nausée, Andréas s'approche lentement de l'ouverture dans le sol.

Un regard suffit. Le sang se retire de son visage.

Andréas s'attendait à voir un cadavre.

– Andy ! Tu es là ! dit Kurtz avec un grand sourire. Il faudra dire à ton apprenti qu'il doit être sage. Sinon… tu sais ce qui se passera !

Avec un cri rauque, Andréas recule jusqu'à se plaquer contre le mur humide. Ses lèvres se mettent à trembler. Il est livide.

– Mais… tu m'avais dit… bredouille-t-il à l'attention de Rufus.

– Quoi ? mâche Rufus. J'ai dit quoi ?

– Quoi ? Qu'est-ce qu'il a dit, Andy ? susurre Kurtz.

– Ta gueule ! aboie l'ex-policier à l'attention de son prisonnier.

– Que… que tu l'avais tué ! souffle Andréas.

Rufus se détourne d'Andréas et observe Kurtz en faisant basculer ses jambes sur la structure en bois. Ce dernier s'est levé et place son visage dans la lumière.

– Tu te caches, Andy ?

Rufus ricane en hochant la tête.

– Mais tu n'as rien compris, Andy, reprend Kurtz. Rufus a envie de jouer. N'est-ce pas, Rufus ? C'est à son tour. Ensuite, ce sera à toi. Et tu n'as pas idée comme tu vas…

Rufus bondit sur ses pieds et referme la trappe, coupant la fin de la phrase.

– Faut que je boive un coup, argue-t-il en se dirigeant vers l'escalier.

Il s'arrête devant Andréas

– Tu fais quoi ? Amène-toi, maintenant, on a tout notre temps.

Puis il poursuit son chemin et disparaît dans le couloir.

Andréas demeure quelques instants, les yeux rivés sur la plaque de bois qui masque l'ouverture, incapable du moindre mouvement.

– Viens, bordel, le relance Rufus. On va fêter ça !

Andréas s'extirpe enfin de cette torpeur qui le paralyse. Il fait un pas vers la trappe, hésite, puis bifurque et rejoint Rufus en courant.

99

– Je veux lui parler !

Rufus abandonne à regret le placard à alcools et se retourne pour toiser Andréas.

– Pas question, répond-il.

Il est calme à présent. L'air glacé qui pénètre par la fenêtre grande ouverte de la cuisine semble l'avoir dégrisé en un rien de temps.

– Pourquoi m'as-tu dit que tu l'avais tué hier soir ?

– Je ne m'en souviens pas.

– Arrête, bourré comme un coing ou pas, tu ne m'as pas dit ça par hasard.

Rufus fait un pas vers Andréas. Il pose ses mains sur les épaules de son cadet.

– Tu voulais observer ma réaction parce que tu ne me fais pas confiance, poursuit Andréas. Ose me dire le contraire !

– On l'a eu, camarade, argumente Rufus en frictionnant le haut des bras d'Andréas. Alors, on va pas se prendre la tête, tu crois pas ? On est peinard maintenant. On a le temps, tout notre temps pour s'occuper de cette petite salope. C'est pas ce que tu veux ?

D'un geste, Andréas se défait de l'empoignade fraternelle de Rufus. Puis il recule d'un pas, pour se tenir à distance des grands bras de son compagnon.

– Précisément, ce que je voudrais savoir, c'est ce que tu comptes faire, toi !

Rufus fait un pas vers Andréas, puis il se ravise. Une ombre passe sur son visage.

– Alors quoi ? rugit-il soudain. J'ai pas bien compris ce qui vous est arrivé, à ta fille et toi ? Il ne vous a pas séquestrés, ce salopard ? Il ne t'a pas envoyé faire ses basses besognes pendant qu'il tenait Clara en otage ? Tu as une idée de ce qu'elle serait devenue si tu n'avais pas réussi à te libérer, hein ? Tu as une idée ?

– Je veux voir Kurtz, répète Andréas. Je veux lui parler.

– Et tu vas le flinguer pendant que j'aurai le dos tourné. Pas question. Il est à moi, je te l'ai dit.

Le visage d'Andréas s'empourpre. La colère est sur le point de le dépasser.

– Mais vas-y, te gêne pas, l'excite Rufus. Sors de tes gonds pour une fois, que je vois ce que tu as dans le ventre.

Andréas fait un effort sur lui-même et parvient à se maîtriser.

– OK, dit-il un ton plus bas. Tu as décidé de te transformer en Kurtz. Tu as…

– Pas toi ? le coupe Rufus. Tu ne veux pas lui faire payer ?

– Œil pour œil ?

– C'est ça, œil pour œil, répète Rufus, satisfait par la métaphore. Et deux pour un, même. Tu n'es pas d'accord ?

– Je ne sais pas, lâche Andréas, le regard fuyant.

– Eh bien, pendant que tu réfléchis, on va instaurer des règles. Toi, tu restes ici, dans ton gourbi, et moi, je m'occupe du bien-être de notre hôte !

Sans attendre un commentaire d'Andréas, Rufus s'empare de deux bouteilles d'alcool fort et s'éloigne en direction de la cave.

100

La journée tire à sa fin. Rufus n'a pas reparu et Andréas est resté dans la cuisine. À plusieurs reprises, il est allé dans la cour. Le temps est resté clair et la vue sur le lac Léman est de toute beauté. Pourtant, il n'a pas eu le cœur à admirer le panorama. Tout au long du jour, où que l'aient conduit ses pas, il a gardé ses pensées tournées vers la situation présente.

Rufus a raison, je suis là pour quoi ?

Répondre à cette question est essentiel. Et Andréas n'a pas réussi à trancher. Une part de lui-même l'attire aux côtés de Rufus. Une autre part le happe vers une zone sombre qu'il se refuse à regarder en face.

Alors, vers vingt heures, il décide de préparer des sandwiches et de les descendre. Il en confectionne trois, un pour Rufus, un pour lui et un dernier pour Kurtz, pensant que s'ils doivent le garder en vie, l'alimenter est un premier pas. Sur un plateau, il dispose aussi deux verres et une bouteille de Médoc qu'il a dénichée dans une maie remisée dans la première pièce de la maison.

– Je propose une trêve, annonce-t-il en entrant dans la curieuse cave.

Rufus se trouve assis sur le rebord de la trappe. Il regarde fixement vers la fosse.

– Tu m'ennuies petit poulet, est en train de lui dire Kurtz de sa voix légèrement nasillarde. Je vais bientôt me lasser et je te ferai faux bond.

– Ta gueule, lui rétorque Rufus. Ferme-la, tu veux. C'est moi qui tire les ficelles à présent. Alors, tu la boucles !

Mais Kurtz ne l'entend pas de cette oreille.

– Je m'occupais mieux de vous que tu ne sauras jamais le faire, poursuit-il. Jamais. Tu es un bien piètre dresseur, petit poulet. Et je vais bientôt venir te croquer. Tout cru ou tout cuit ? C'est bien la seule interrogation qui me reste.

Rufus émet un drôle de ricanement, puis il se tourne vers Andréas.

– Une trêve, tu dis ? Ma foi, c'est pas con. Et si tu apportes de la bouffe, tu es le bienvenu.

– J'ai pensé qu'on devait discuter, s'amende Andréas. On s'entendait bien, avant.

Rufus élude la proposition d'Andréas. Il continue sur sa lancée.

– On est devenus potes avec Kurtz. Il m'appelle son petit poulet. J'apprécie.

Andréas ose un sourire.

– C'est Andy qui est là ? crie la voix de Kurtz depuis la fosse. Viens, Andy. J'en ai soupé de ton apprenti.

– Ferme ça, demande le nouvel arrivant en désignant le cadre de bois.

Les mots se perdent dans le claquement de la trappe que Rufus vient de rabattre.

– Il est pire que je le pensais, commente-t-il en se levant. J'ai faim. C'est une riche idée. Qu'avons-nous là ?

Rufus s'approche du plateau qu'Andréas tient dans les bras.

– Pourquoi trois sandwiches ? Tu comptes le nourrir ?

– On a plutôt intérêt, si on veut le garder en bon état.

Les sourcils de Rufus se cabrent, puis son visage s'éclaire d'un sourire.

– Tu es revenu à la raison ! s'exclame-t-il. Bravo, Andréas. Il n'y avait pas de meilleur choix. Mais je ne crois pas que nous le nourrirons tout de suite. Il doit apprendre le goût des privations.

Andréas pose le plateau sur la structure qui entoure la trappe.

– Comme tu veux, après tout, je m'en fous.

– En revanche, il doit nous entendre mastiquer. C'est important pour son moral qu'il sache que nous ne nous laissons pas abattre.

Rufus achève sa phrase par un énorme éclat de rire. Il rouvre la trappe et commence à manger un sandwich, en prenant soin de laisser tomber quelques miettes dans le vide.

Kurtz grommelle des paroles inaudibles, tandis qu'Andréas s'approche à son tour du cadre de bois.

– As-tu vraiment réfléchi à la liberté ? lâche-t-il dans un murmure. Que t'ont-ils dit ?

Quatre mètres plus bas, le monologue sourd de Kurtz s'arrête net. Il lève la tête, les yeux à l'affût.

– Qu'est-ce que tu racontes ? interroge Rufus. C'est quoi ce charabia ?

– Oh, ça, explique Andréas. C'est une chanson qu'il

me servait souvent, dans les fours. Il ne te l'a jamais demandé ?

– Ma foi, non, rétorque Rufus, l'air à moitié navré. Et tu répondais quoi ?

– Au début rien et j'ai bien cru que ça allait me rendre barge.

– Et après ?

Andréas va éclairer Rufus, quand il se rend compte que la mélopée de Kurtz a recommencé.

– Je comprends rien, s'énerve Rufus. Qu'est-ce qu'il raconte ?

– Il répète un dialogue d'*Apocalypse Now*. Il dit : « Ils m'ont dit que vous étiez devenu fou et que vos méthodes étaient malsaines. »

– Ça n'a pas de sens, lâche Rufus.

– Si, au contraire. Sauf que maintenant, ça doit le secouer.

– Pourquoi ?

– Parce que j'ai inversé les rôles. C'est moi qui prononce les dialogues de Kurtz !

Les deux hommes finissent leurs sandwiches dans cette bonne ambiance retrouvée. Puis ils s'attaquent à la bouteille de Médoc.

Moins d'un quart d'heure après leur premier verre, qu'ils ont avalé d'un trait pour fêter leur réconciliation, un curieux phénomène vient les priver de leurs retrouvailles.

C'est Andréas qui se plaint en premier de ses paupières devenues trop lourdes d'un seul coup. Dans la foulée, Rufus présente des symptômes identiques, qui s'aggravent rapidement. D'abord les paupières, puis c'est au tour de la tête et enfin le corps en entier qui réagit bizarrement à l'attraction. Si bien qu'en moins de deux minutes, Rufus et Andréas s'effondrent sur le sol. Dans un dernier sursaut de lucidité, Rufus trouve la force de fermer la trappe et de pousser le loquet qui la maintient close.

Après quoi, il glisse vers un sommeil épais dont il ne sortira que des heures plus tard.

101

Allongé sur le matelas, Kurtz a attendu, patiemment. Il sait que le temps joue en sa faveur, depuis le départ. Lui qui se targue de connaître intimement la nature humaine ne peut que se réjouir du dialogue auquel il assiste en témoin privilégié. Quatre mètres au-dessus de lui, Andréas et Rufus semblent marcher sur le chemin de la réconciliation. Kurtz juge ce revirement salutaire. Dans son esprit, jamais deux futurs ex-amis ne se tourneront définitivement le dos sans avoir tenté une ou plusieurs manœuvres de réconciliation. Jamais deux futurs ennemis ne se déclareront une guerre totale sans avoir tenté l'ultime recours.

Tout à leur joie entachée de soupçons, ils ne pensent presque plus à leur ancien bourreau. Ils mangent, ils boivent. Son vin, à sa santé. Et ils se gaussent, se gargarisent de leur victoire, fourbissent des plans de lendemains qui chantent.

Kurtz, lui, attend. Le vin agira vite, surtout avec la dose de somnifères qu'il a réussi à glisser dans chaque bouteille de la maison à l'aide d'une fine aiguille. Ça n'a pas été facile. Il en a cassé plusieurs, mais la technique venant avec l'usage, il y est arrivé.

Rufus a eu le temps de refermer la trappe. Kurtz ne l'a pas vu faire, mais il est sûr que c'est lui. C'est le plus coriace des deux, le plus hostile.

Il patiente encore quelques minutes. Parce qu'il suppose que les autres utilisent sans doute les mêmes procédés que lui, il se méfie. Personne n'est à l'abri d'une fourberie, pas même lui, aussi brillant et manipulateur soit-il.

Mais il n'y a vraiment plus aucun bruit.

Alors il se redresse et se cale sur les coudes, la tête orientée vers la trappe. Puis il envoie de grands coups de reins vers le plafond, dans la pantomime ridicule d'un acte sexuel. Le résultat de son manège ne se fait pas attendre. Le vieux sommier à ressorts se met à grincer en cadence, ce qui ne manquera pas d'attirer la curiosité de ses geôliers, s'ils sont aussi fourbes que lui.

Mais non, rien. La trappe reste close. Kurtz en est presque déçu. Il espérait un peu plus de combativité de leur part, un peu plus d'esprit sournois.

Tant pis, ils apprendront à leurs dépens.

Kurtz descend du lit et se glisse dessous. Là, il descelle une plaque de bois imitant la pierre, qu'il pose délicatement contre la paroi. Derrière ce trompe-l'œil, le mur s'évase pour s'ouvrir sur un conduit rectangulaire de cinquante centimètres de côté. Il s'y introduit sans un bruit et se faufile dans un boyau qui s'élargit peu à peu, jusqu'à lui laisser la possibilité de se tenir à quatre pattes.

Cette sortie secrète est sa grande fierté. Il a aménagé cet endroit sur les fondations d'une construction remontant à l'an 1346. C'est pour cette raison qu'il a loué la maison. Son isolement lui plaisait beaucoup mais, dans la région, il n'avait que l'embarras du choix. En revanche, l'existence de vestiges et de ces vestiges, en particulier, l'a immédiatement enthousiasmé. Et comme personne n'en voulait – la présence de blocs de pierres taillées et d'une fosse dans un jardin rebute la plupart – Kurtz a négocié un bail de trois ans pour une somme mensuelle des plus modiques. Ses moyens sont larges, mais il ne résiste jamais au plaisir de déposséder au maximum un propriétaire sans scrupule.

Ensuite, il n'y avait plus qu'à se retrousser les manches, en attendant que ses poulains arrivent. Car il était certain qu'ils viendraient et qu'ils viendraient seuls, sans faire appel aux forces de l'ordre.

Il n'a finalement pas eu autant de travail qu'il l'avait cru de prime abord. Couvrir les vestiges et la fosse d'une charpente n'a pris qu'une semaine. Ensuite, créer une sortie cachée depuis le fond de la fosse jusqu'à l'extérieur a été un peu plus long. Mais il a pu travailler tranquillement, à l'abri d'une couche de neige qui n'a cessé de croître avec le durcissement de l'hiver. Relier la nouvelle cave à l'ancienne a été un jeu d'enfant pour ce terrassier infatigable. Quant à la dernière partie, la construction de la trappe, ça a été plus qu'un plaisir. Après l'esprit humain, le bois est de loin la matière que Kurtz aime le plus travailler.

Cinquante centimètres, ça n'est tout de même pas large, même si Kurtz a considérablement réduit sa masse pondérale quand il incarnait le personnage de Virgile Craven.

L'effort est pénible, mais après deux minutes de contorsions aveugles, il touche enfin la neige qui obstrue la sortie. Il n'y a plus qu'à creuser et c'est avec une joie sauvage qu'il aperçoit enfin une Lune toute ronde briller entre deux sapins qu'il a lui-même plantés dans un coin du jardin, dans l'angle des ruines de la petite chapelle.

La nuit est belle, glaciale et remplie du silence de la montagne.

Après bientôt vingt-quatre heures de séquestration volontaire, Kurtz laisse ses poumons se remplir d'un délicieux air pur.

Puis il s'active. Il commence par visiter la voiture de ses visiteurs. Dans le coffre, il trouve les sacs préparés par Rufus. Il fait main basse sur les munitions, qu'il jette directement au fond du puits. Mais il se garde de se débarrasser des emballages et les garde en main. Après quoi, il entre dans la vieille demeure.

Son premier geste est d'ouvrir le réfrigérateur. Lui seul connaît les aliments qu'il peut ingurgiter sans craindre de s'endormir prématurément.

Lorsque son estomac est enfin satisfait, il se dirige vers sa chambre.

Immédiatement, il remarque les traces du passage d'Andréas. Il s'approche du lit, effleure l'oreiller de ses doigts avec un léger sourire. Puis il se poste devant le miroir, s'admire quelques secondes. Il se trouve beau avec cette barbe naissante qui grise ses joues. Il saisit un tube dans la trousse de toilette et étale une noisette de crème hydratante sans parfum sur son visage, insistant sur les pommettes et les minuscules cicatrices sous le menton.

Il redescend enfin dans la cave avec un petit rire satisfait.

Rufus et Andréas dorment à poings fermés, dans la position où les somnifères les ont vaincus.

Rufus a perdu la partie sur la trappe, tandis qu'Andréas a succombé au sommeil à même le sol, sur des dalles de pierres posées près de sept siècles plus tôt par une communauté de moines.

Il les regarde avec gourmandise. La tentation de les jeter au fond de la fosse est grande. Reprendre ses activités de dresseur le taraude, même s'il ne les a provisoirement laissées de côté que depuis quelques semaines.

Mais il tient bon. Craquer maintenant reviendrait à se priver d'un plaisir à venir infiniment plus grand, plus jouissif. Kurtz attend beaucoup de cette confrontation. Il veut une issue jubilatoire, à la dimension du génie qu'il pense être. Alors, il s'en tient à son plan.

Méthodiquement, il fouille les deux hommes et soulage l'arme de Rufus de ses munitions. Il vérifie celle d'Andréas, hésite un instant, puis décide de ne pas y toucher.

– Pas toi, Andy, murmure-t-il à l'oreille du dormeur. Notre soldat ne fera pas de mal à Kurtz. Ah, ça non ! Et puis, il faut bien que je te laisse la possibilité de te défendre contre le vilain poulet.

Au passage, il s'offre tout de même un petit plaisir d'artiste. Le tatouage d'Andréas est aussi impeccable que dans son souvenir. Kurtz est aux anges. Il pourrait demeurer ainsi, maître du destin de ces hommes trop confiants, pendant des heures. Mais il ne veut courir aucun risque. Il ignore quelle quantité de vin l'un et l'autre ont avalée. Pour Rufus, il ne s'inquiète pas. Le policier a une tendance à vider les bouteilles rapidement. Sa cure de désintoxication forcée sous l'œil vigilant de Craven n'a pas dû être très efficace. En ce qui concerne Andréas, en revanche, Kurtz ignore l'état de sa relation avec l'alcool. Aussi se dépêche-t-il d'en finir.

Il remonte au rez-de-chaussée et part fouiner sous l'évier de la cuisine, dans le placard réservé aux produits d'entretien. Là, dans un baril de lessive, il met la main sur une quantité impressionnante de munitions de tous calibres. Il le renverse sur le sol carrelé, sélectionne ce dont il a besoin et range l'excédent.

Il ne reste plus qu'à placer les répliques inertes dans les chargeurs et à compléter les boîtes, qu'il remet au fond des sacs, dans le coffre de la voiture.

Il pense un instant prendre une douche. Ses vêtements puent affreusement l'urine, mais il renonce. C'est le prix à payer pour que sa mise en scène soit couronnée de succès. On ne sait jamais, si Rufus se prenait d'envie de le faire sortir de sa cage, il faudrait qu'il ait l'habit du moine, jusqu'à la moindre molécule olfactive.

Une heure à peine après être sorti de la fosse, Kurtz s'y trouve de nouveau, de son plein gré. Il remet en place le panneau en trompe l'œil et part s'allonger. L'esprit serein, le ventre plein, il s'endort en un rien de temps.

102

– Rufus, réveille-toi ! s'écrie Andréas en secouant le corps inerte du policier.

Rufus est affalé comme il s'est endormi, sur la trappe, les lèvres écrasées dans une flaque de salive. C'est dans une position presque identique qu'Andréas a ouvert les yeux, quelques minutes plus tôt, avec la conscience aiguë que ce sommeil soudain ne pouvait être qu'artificiel. D'ailleurs, il aurait dû s'en douter avant de vider son verre. On ne dévalise pas impunément la réserve de vin d'un type comme Kurtz. Trop facile. Trop évident.

– On s'est fait piéger comme des bleus, Rufus. Il a foutu une merde dans le pinard.

– Quoi ? gémit Rufus en se tortillant, puis en se recroquevillant.

– Debout, je te dis.

Andréas aide Rufus à s'asseoir.

– Qu'est-ce qu'elle a foutu cette petite salope ?

– Des somnifères. Dans le vin.

Andréas frissonne. Il réalise tout à coup qu'à la place

des narcotiques, Kurtz aurait très bien pu mettre du poison et se débarrasser d'eux définitivement.

Encore faudrait-il que tu puisses sortir de ta cage… sinon nous tuer reviendrait à te condamner toi-même.

Ils ont été trop sûrs d'eux, incapables d'estimer correctement leur adversaire, qui est redoutable.

Rufus se redresse. Il se frotte longuement les yeux en bâillant. Andréas l'observe avec un petit regard en coin. Rufus n'a plus rien de l'inspecteur fin et intelligent, rencontré le jour de l'attentat au Stade de France. Plus rien de cet homme brillant et compatissant qui avait risqué sa carrière en le relâchant, afin de sauver la vie de Clara.

Rufus est une loque. Un alcoolique qui verse dans le sordide, qui glisse lentement vers la folie. Un fou avec des réflexes de flic. Andréas sait que pour le moment, il a plutôt intérêt à faire profil bas, s'il ne veut pas se retrouver avec deux ennemis à la fois. Mais les méthodes de Rufus, il les hait. Il ne veut pas rester ici des jours à torturer Kurtz. Ce qu'il veut, c'est en finir. Et vite.

Comme si les effets des somnifères se dissipaient tout à coup en lui rendant brutalement la notion de réalité, Rufus se précipite sur la trappe et l'ouvre.

– Kurtz ! hurle-t-il à pleine gorge.

Kurtz est allongé sur le lit, les bras installés derrière sa tête.

– Eh bien, on s'inquiète pour son papa Kurtz ! répond-il d'un air jovial. C'est bien, ça, c'est gentil. C'est délicat. Kurtz se réjouit d'avoir des élèves aussi doués.

Rufus est soulagé. Pendant une seconde, il a craint le pire.

– Laisse-le, chuchote Andréas en retenant Rufus, qui s'apprêtait à couvrir Kurtz d'injures. Viens !

Rufus se dégage de l'étreinte d'Andréas en lui lançant un regard mauvais et replace le panneau sur l'ouverture. Les deux hommes remontent en silence.

– Il faut faire des courses, propose Andréas. On n'a aucun moyen de savoir ce qui est drogué ou pas dans le stock.

– Vas-y, rétorque Rufus. Moi je ne bouge pas de là.

– Que tu crois, dit Andréas en se plantant devant lui. Je ne te laisse pas tout seul avec Kurtz.

– T'es jaloux ? demande Rufus, sarcastique.

– Pire que ça, Rufus. J'ai pas confiance. Kurtz ne peut pas sortir, alors on y va ensemble.

– Petit con. S'il y a quelqu'un ici qui te veut du mal, c'est pas moi.

Rufus attrape son blouson, les clés de la voiture et sort en claquant la porte.

103

Andréas est accroupi devant les placards de la cuisine. Il fait le tri entre les provisions rapportées d'Évian et ce qui était sur place. Rufus a eu la brillante idée de réserver à Kurtz les plats louches, afin qu'il goûte lui-même à ce qu'il a fourré dans le vin et probablement aussi dans la nourriture. Il n'y avait pas grand-chose dans les réserves, mais suffisamment pour tenir quelques jours. Pâtes, riz, conserves, vin, café, quinoa, sucre bio, guarana. Tous les produits ou presque sont issus du commerce équitable. Andréas détaille chaque boîte avec un sourie amusé. Il imagine aisément Kurtz en roi des hauts plateaux de Bolivie, menant son petit monde à la baguette et contribuant à construire des écoles pour les enfants.

– T'es assez furieux pour avoir des idées pareilles. Ce pourrait être ça, ton rêve de diriger une collectivité…

– Qu'est-ce que tu racontes ? demande Rufus en déboulant dans la cuisine.

– Rien, répond Andréas en se levant. Que fait-il ?

– Il pionce. Je crois que je vais aller le réveiller. Mais d'abord, donne-moi de quoi béqueter.

– J'ai pas fini de ranger. Il faudra que tu attendes un peu, répond Andréas agacé.

Rufus pousse un profond soupir. Il attrape une bouteille de whisky encore emballée et se dirige vers le couloir.

– Tu es pire qu'une gonzesse, maugrée-t-il. En attendant, je vais me détendre un peu.

Il sort de la cuisine en refermant la porte derrière lui.

Andréas, qui était resté accroupi, se relève et sort le paquet de cigarettes neuf de son blouson.

La première bouffée lui apporte un bien-être immédiat.

Andréas pousse la porte de la chambre de Kurtz avec violence.

Il a entendu de l'eau couler et des clapotis. D'abord il n'y a pas prêté attention, trop absorbé par le rangement et le nettoyage de la cuisine. Puis le bruit s'est amplifié et son origine lui est alors clairement apparue. Son sang n'a fait qu'un tour.

– Mais qu'est-ce que tu fabriques, dit-il en criant presque. Sors de là tout de suite !

Rufus est affalé dans la baignoire, sous un jet d'eau tiède. Ses affaires sont éparpillées dans la chambre de Kurtz. Il tient une bouteille de whisky dans la main droite et un verre dans l'autre. Un large sourire illumine son visage gris de fatigue et gonflé par l'alcool.

– Santé, mon vieil Andy ! Tu viens avec moi ?

Andréas serre les poings, ivre de colère et attrape l'automatique qu'il a coincé dans sa ceinture, contre ses reins. Il arme le pistolet et déverrouille la sécurité.

Rufus sursaute en entendant ce bruit familier.

– Mais qu'est-ce que tu branles ?

Lentement, Andréas braque l'arme vers Rufus qui arrondit ses yeux de stupeur.

– Sors de là tout de suite, Rufus.

– Fais pas chier, petit con.

Rufus avale une goulée de whisky et éclate de rire.

Andréas s'approche, le regard fixe, les mâchoires crispées. La vision de Rufus, nu et fin saoul dans la baignoire de Kurtz, dans sa partie de la maison, lui est insupportable.

– Dégage, t'as rien à faire ici ! hurle-t-il.

Il tire une première fois dans le mur, juste derrière Rufus, qui se redresse dans un fracas d'eau remuée, éclaboussant Andréas.

La bouteille et le verre s'échappent des mains du policier et se brisent sur le carrelage.

– Tu n'oseras pas, marmonne Rufus en fronçant les sourcils.

– Tu crois ça.

Les doigts d'Andréas tremblent sur la queue de détente. Il pose le canon du pistolet contre une oreille de Rufus.

– Pour la dernière fois. Sors d'ici !

– Va te faire foutre ! grogne Rufus en repoussant brutalement Andréas.

Le coup part.

Rufus hurle de douleur en se tenant la tête.

Il s'effondre en heurtant le bord de la baignoire et s'évanouit.

Les sifflements ne cessent pas. Il a beau se boucher les oreilles, secouer la tête, boire du whisky, hurler de toutes ses forces, ils sont toujours là. Stridents.

Le son ne varie ni d'intensité ni de fréquence. Tapi au creux de son oreille gauche, il semble indélogeable.

Rufus a repris connaissance assez vite après le choc. Le froid mordait sa peau. Il était encore nu, allongé à même le sol dans le bureau qui mène à la cave. Andréas l'a sorti de la baignoire et traîné sur plusieurs mètres. Il devait être sacrément remonté pour faire ça tout seul. Il a juste recouvert Rufus du plaid des sœurs gâteaux et a jeté ses affaires dans la pièce.

La brûlure causée par le canon de l'arme est douloureuse mais supportable. D'ailleurs, Rufus peut sentir du bout des doigts un pansement fixé sur le pavillon, à l'endroit de la blessure. Andréas a tout de même un cœur.

Mais Rufus est furieux. Il s'habille en vitesse et se précipite dans la cuisine où Andréas s'affaire autour des fourneaux. Une casserole d'eau bouillante attend les pâtes fraîches et le bœuf haché mijote dans un faitout au milieu des quartiers de tomates et des gousses d'ail.

En entendant les pas dans le couloir, il se tourne face à la porte, la main sur le pistolet.

– Tu fais plus jamais ça, Andréas, dit Rufus planté dans l'embrasure.

– Tu fais plus jamais ça, Rufus, rétorque Andréas, adossé contre l'évier, son arme bien en évidence.

– T'aurais pu me tuer, petit con.

– Je t'avais dit de dégager.

– Je te préviens. Je ne veux plus te voir en bas, t'as compris ?

Andréas grimace un sourire.

– T'es vraiment taré. Si tu ne me laisses pas descendre quand je veux, tu ne boufferas pas.

Rufus examine avec attention le visage d'Andréas. Quelque chose a changé dans son attitude. Son instinct de flic lui souffle qu'il ferait mieux de se méfier et de ne pas trop le pousser dans ses retranchements. S'il se croit incapable de tuer, c'est une chance pour Rufus, cela lui laisse un avantage. Mais maintenant, il sait qu'il peut tirer et faire mal. Il sait qu'avec une arme, on peut imposer sa volonté. Plus facilement.

– OK. On se retrouve en bas, marmonne Rufus à contrecœur en tournant les talons.

Andréas ne saurait dire s'il est satisfait. Mais pour la première fois, il a su s'imposer sans faire trop de dégâts.

104

Rufus calme son oreille douloureuse à grandes gorgées de whisky, du pur malt de vingt ans d'âge qu'il a acheté le jour même. Le bourdonnement est permanent et l'audition de ce côté est devenue difficile. Avec des symptômes pareils, Rufus sait qu'il risque de la perdre définitivement. Pour tenter de la sauver, il faudrait qu'il se rende dans un hôpital, qu'il y reste une semaine au moins pour y faire des infiltrations. Il n'en a ni l'envie, ni la possibilité. Son emploi du temps des mois à venir sera chargé. Combler son désir de vengeance va l'occuper à plein-temps.

C'est justement ce qu'il s'apprête à faire. Il rebouche la bouteille d'origine écossaise et ouvre la trappe.

– À nous deux, mon tout beau ! grogne-t-il en faisant descendre la corde.

Kurtz n'est pas sur le lit. Rufus glisse sa tête dans l'ouverture rectangulaire et l'aperçoit enfin. Son détenu est assis dans un coin, les jambes repliées sous lui, dans une position misérable.

« Qu'est-ce qu'il complote ? » se demande Rufus.

Il réfléchit un instant, puis se décide et se laisse glisser le long de la corde. L'alcool qui coule dans ses veines galvanise ses pulsions et atténue la brûlure du chanvre.

C'est moi qui tiens les flingues, songe-t-il pour finir de se persuader. *Maintenant, c'est moi le maître !*

Kurtz ne réagit pas tout de suite. Les yeux fermés, sa tête dodeline lentement, comme au rythme d'une musique qu'il est le seul à entendre.

Rufus saisit l'automatique glissé dans sa ceinture et l'arme.

Le cliquetis des pièces de métal rappelle Kurtz à la réalité.

– Oh, une visite, dit-il en ouvrant les paupières. C'est gentil ça.

Il a un tel air de sincérité que Rufus pourrait le croire inoffensif, s'il ne savait à quelle catégorie d'hommes il appartient.

– Debout ! ordonne Rufus. Dépêche-toi !

Kurtz secoue la tête sans un mot. Il prend un air de gamin buté.

– J'ai dit debout ! hurle Rufus.

Et il appuie sa phrase d'un puissant coup de pied dans les côtes.

Kurtz lâche un hurlement de douleur.

– Debout ! réitère Rufus. Ne m'oblige pas à continuer.

Kurtz émet un drôle de glapissement et part à quatre pattes dans un angle de la pièce où il se réfugie dans la position du fœtus.

Rufus décide alors que les choses ont assez duré. Il n'aime pas se trouver ainsi en présence du psychopathe. Il le sait redoutable, au moins intellectuellement, malin et roublard.

Il ignore s'il sait se battre et préfère ne pas l'apprendre à ses dépens.

Il s'approche de Kurtz, et, sans un mot, abat la crosse du pistolet sur la tempe de son ennemi.

*

Andréas pousse la porte du pied. Il a les bras encombrés d'un épais fagot de branches de sapins. Il a consacré l'heure écoulée à se promener dans la montagne, autour de la maison perchée au-dessus de Thollon. Marcher lui a fait du bien. Il en avait besoin.

Il pose la brassée de bois à côté de la cheminée et s'emploie à ranimer le feu dans l'âtre. Dès que les premières flammes monteront lécher la suie sur les parois, il y jettera les rameaux pour embaumer la maison. Ça lui rappellera son enfance. D'ailleurs, rien que l'odeur de la sève du conifère fait ressurgir des souvenirs de Noëls anciens.

Il n'en aura pas l'occasion.

Un cri inhumain vient de retentir depuis les fondations de la demeure.

Le cœur battant, Andréas se précipite vers les sous-sols. Dans le mouvement, l'automatique est passé de sa ceinture à sa main.

Quand il entre dans la cave, la vision qui l'attend le fait douter de son état.

Kurtz est suspendu au-dessus de la trappe par les chevilles et les poignets, fermement maintenus au bout de la corde. Son corps se balance lentement au-dessus du vide. Il est entièrement nu. Sa peau blanche est marbrée sur le haut des cuisses. Sur son flanc, trois longues estafilades courent depuis l'aisselle jusqu'à l'aine, libérant de minces filets de sang. Son dos est bleu de coups.

Rufus se trouve à ses côtés. Il tient dans la main un paquet de sel de table.

– Le secret, c'est de maintenir les plaies propres, est en train d'expliquer l'ex-policier. J'ai vu ça dans un documentaire sur la guerre du Vietnam. Ça doit te plaire ça, que mes connaissances viennent de conseils de Vietcongs, non ?

Kurtz tourne la tête. Il a une arcade ensanglantée et son œil disparaît en partie sous un bourrelet de chairs tuméfiées.

– Vraiment très heureux de l'apprendre, parvient-il à dire entre deux soubresauts.

– Fort bien, poursuit Rufus. Ils disaient aussi tout un tas de choses que je mettrai prochainement en pratique. Mais nous avons le temps. Oh, oui ! Nous avons tout notre temps.

Andréas ne sait trop ce qui le choque le plus : la scène en elle-même, ou le ton badin qu'emploient les deux hommes, que tout oppose en cet instant sordide.

– Non ! s'écrie-t-il enfin, alors que Rufus s'apprête à jeter une nouvelle poignée de sel sur les plaies. Tu n'as pas le droit de faire ça !

Rufus se retourne.

– V'la la gonzesse ! se plaint-il sur ce même ton courtois. Quoi ! J'ai pas le droit de faire quoi au juste ?

Andréas ouvre la bouche sans qu'aucun son n'en sorte. Il ne s'attendait pas à cette question. La réponse est trop évidente, pour lui en tout cas.

– Viens essayer, Andy, l'encourage Kurtz d'une voix déformée par la douleur. Tout homme devrait volontairement infliger une grande souffrance physique à un autre homme. Au moins une fois dans sa vie.

– Putain, mais c'est pas possible, grince Andréas en massant le coin de ses yeux. Vous êtes aussi cinglés l'un que l'autre. C'est quoi ça ?

– Ça ! s'insurge Rufus. C'est quoi, ça ! Mais c'est de sa faute à lui si on en est là, je te rappelle !

– Tu ne te rends pas compte, Rufus ! Tu es en train de te faire baiser. On est tous les deux en train de se faire avoir !

Kurtz tourne la tête pour tenter d'apercevoir Andréas. Le mouvement lui arrache un gémissement. Leurs yeux se croisent un instant. Un court instant.

– Quoi ? répond Rufus, surenchérissant dans les décibels. Qu'est-ce que tu racontes ! C'est qui le chef ici ? Qui contrôle la situation ? Hein ? Qui !

Andréas peut deviner un sourire sur les lèvres craquelées de Kurtz.

– Il nous attendait, tente Andréas en reculant, fuyant le regard de l'homme suspendu. Kurtz savait que nous viendrions. C'est pour ça qu'il m'a envoyé son manuscrit. Il nous a drogués ! Tu comprends ce que ça implique ?

– Non, je comprends rien, tu m'as niqué l'oreille !

– Il a le contrôle, Rufus ! Il a le contrôle !

Rufus éclate de rire.

– Le contrôle ? Le contrôle !

– Arrête ! hurle Andréas en braquant son pistolet sur le visage de Rufus. Arrête tout de suite ou je te… !

– Laisse-le, Andréas, murmure Kurtz dans un râle. Cette étape est nécessaire, tu verras.

Andréas regarde Kurtz sans le voir. Son esprit ne parvient plus à intégrer la situation. Tant de haine et de déviance le dépassent.

Hors de lui, il tourne les talons et sort de la cave précipitamment.

Il n'a même pas remarqué que Kurtz l'a appelé par son prénom, pour la première fois.

105

Andréas quitte aussitôt la maison. Il s'élance jusqu'à l'extrémité de la cour, là où commence l'à-pic qui domine la vallée. Le hurlement qui sort alors de sa gorge met longtemps à mourir complètement. Il rebondit sur les parois de la montagne avant de finir par disparaître, absorbé par la barrière minérale.

Là, Andréas demeure un long moment, les pieds flirtant avec le vide, les pensées tournées vers un endroit de sa psyché qui ne demande qu'à se laisser happer.

Le croassement d'un corbeau tout proche le fait sursauter.

Ses yeux perçoivent alors le scintillement du lac niché entre les montagnes et le vent qui joue dans les hautes cimes. Plus bas, ils distinguent un point rouge qui s'éloigne sur la route d'Évian. Ces autres, probablement insouciants et ignorants de son malheur dans leur petite voiture chérie, deviennent inutiles. Ainsi que tous ces humains grouillant dans la chaleur des bâtiments qui s'entassent sur les berges du Léman.

À cet instant précis, Andréas détruirait volontiers ces destins inconnus, les balayerait de la carte de son monde. À cet instant, il aimerait que rien de tout cela n'existe vraiment. Il voudrait tous les éliminer. Pour ne pas avoir à croiser un jour leur regard.

Andréas baisse la tête. Ses doigts sont serrés autour de la crosse de son pistolet. Il porte lentement le canon vers son visage, l'applique sur une joue, le passe sur ses lèvres, les doigts tremblant sur la détente.

Partir lui serait si facile. Il suffirait d'appuyer juste un peu plus. Pousser son index de quelques millimètres.

Mais non, tout va s'arranger.

Il n'a qu'à décider d'agir.

Il se relève brusquement, empli d'une volonté nouvelle.

Il va faire un carton, ça le défoulera. Ces idées noires ne lui conviennent décidément pas. Il va les laisser aux lâches.

Lors de sa promenade, il a vu qu'une gargouille tenait encore miraculeusement sur un mur de la chapelle en ruine. Cette figure de pierre est idéale. Laide, comme cet homme qui refuse d'assumer sa vraie nature.

Andréas gagne le lieu rapidement. Il se positionne à vingt mètres de son objectif et se met en position de tir. Bien campé sur ses pieds, les épaules dans l'axe, les bras tendus devant le visage, il choisit de viser le cou de la petite statue grimaçante. Ses mains tremblent légèrement. Il doit faire un important effort de concentration pour garder la cible en joue.

Andréas doit s'y prendre à deux fois avant de trouver la position idéale.

Il inspire calmement, dilatant ses narines au maximum puis expire longuement par la bouche.

Au moment où il appuie sur la queue de détente, un mouvement à la limite de son champ de vision attire son attention. Il suspend son geste, relève son arme et tourne lentement la tête. Un jeune cervidé vient de sortir des bois et s'est immobilisé à un jet de pierre de l'endroit où il se tient.

*

Le sel n'amuse plus Rufus. Il veut trouver une nouvelle façon de poursuivre son œuvre de déshumanisation. Une nouvelle façon de faire souffrir Kurtz. Le plus longtemps possible. L'image du corps d'Anna en putréfaction ne le quitte pas. Son cœur n'exprime plus que des pulsions sauvages, non contrôlables, non contrôlées.

Alors, il fait le tour de la maison et finit par dénicher dans la cuisine un rouleau à pâtisserie. Un vieux rouleau patiné par des générations de mains de femmes, sans doute abandonné là par les anciens occupants des lieux.

Il le palpe, le soupèse, estime ce qu'il va pouvoir en faire et se décide. Le bois est dur et sec. L'arbre dont il est issu doit être mort depuis longtemps. Ce rouleau fera parfaitement l'affaire. Une barre de fer provoquerait trop de dégâts.

Lorsqu'il retourne dans la cave, Kurtz a perdu connaissance. Son corps suspendu comme une vulgaire pièce de boucherie tourne lentement dans le vide.

Son sexe recroquevillé sur son pubis dégoutte encore. Une traînée d'urine roule sur la hanche et se perd dans le bas du dos pour former une flaque sur les pierres polies du sol de la cave.

Rufus a une grimace écœurée. Il s'approche avec prudence, persuadé que sa victime feint l'évanouissement.

– J'ai une surprise pour toi, petite merde, dit-il en taquinant le flanc ensanglanté du bout du rouleau.

L'absence de réaction de Kurtz l'agace d'abord.

Rufus tourne autour de sa victime, les yeux plissés, à l'affût du moindre signe de conscience.

– T'as la trouille. Tu te pisses dessus comme une fillette ! Mais t'as encore rien vu, assène-t-il soudain.

Il lève brusquement le rouleau au-dessus du corps meurtri et l'abat sur le côté de l'abdomen avec le geste du golfeur qui prépare son swing. Le bois frappe le gras avec un claquement mat.

– Plus haut maintenant et plus fort ! clame Rufus. Allez ! Deux petites côtes, juste fêlées !

*

Le chevreuil gît dans la neige. Une tache de sang se répand de son arrière-train. Il doit être paralysé.

Andréas est à genoux à côté de l'animal. Il a tiré et il ne sait même pas pour quelle raison il l'a fait. C'est la première fois qu'il vise une cible vivante.

La bête n'est pas encore morte. Son œil affolé s'agite en tous sens. Deux filets de vapeur chaude s'échappent de ses naseaux et s'évanouissent dans l'air glacé.

Andréas range son arme et se relève. Dans le coffre de la voiture, il y a un couteau de commando.

Lorsqu'il revient près de sa proie, il n'en mène pas large. Mais il est persuadé qu'apprendre à tuer fait partie des nécessités absolues. S'il veut survivre pour s'interposer entre Rufus et Kurtz, il doit s'endurcir.

Le couteau possède une lame incroyablement longue et coupante. Andréas observe un long moment son reflet déformé dans l'acier, puis élève lentement l'arme au-dessus de l'animal.

Des images sorties de son enfance se superposent à l'instant présent.

Il a vu chez ses grands-parents la mort d'un cochon énorme. Le paysan avait frappé d'un coup sec, juste à l'intersection de l'épaule et du cou.

Andréas se force à regarder seulement cet endroit. Les yeux affolés de l'animal le culpabilisent. La pauvre bête sent probablement sa dernière heure venue.

Son bras s'abat à toute vitesse. La lame s'enfonce de quinze centimètres dans la chair. Lorsqu'il la retire, le sang libéré par l'artère sectionnée se met à gicler. Andréas n'a pas le temps de plaquer sa main sur la plaie béante. La matière visqueuse l'éclabousse jusqu'au visage. L'odeur ferrugineuse qui assaille alors ses narines est insupportable. Une haine incontrôlable l'envahit. Cette terreur dans les yeux sombres, ces pattes qui s'agitent, cette langue qui s'échappe et ce poitrail qui halète, le rendent fou de rage.

Alors sa main se relève et s'abat de nouveau. Plusieurs fois, avec acharnement. Chacun de ses gestes s'accompagne d'un cri.

Andréas s'obstine, il frappe avec hargne, toujours

plus fort, toujours plus profond, lacérant les muscles, sectionnant les tendons et brisant les os.

Lorsqu'il s'arrête, la tête du chevreuil se détache presque du corps.

Andréas est couvert de sang et de lambeaux de chair, des manches à la racine des cheveux.

Mais il s'en moque.

Il ressent une paix intérieure comme jamais il n'en a connu.

106

Des heures après le carnage, Andréas se relève enfin. Le froid devient mordant, pénétrant. Il étire ses membres ankylosés avant de jeter un dernier regard indifférent vers le chevreuil. Son corps s'est rigidifié. Il gît comme une grosse peluche aux poils gluants, qu'un enfant lassé aurait abandonnée là.

La nuit a déjà envahi la vallée. Il rejoint la maison d'un pas hésitant mais tranquille.

Dans le salon plongé dans l'obscurité, le feu s'est éteint. Andréas se dirige dans la cuisine à tâtons. Il se frotte un instant les mains sous le robinet d'eau chaude, puis avale le fond d'une tasse de café froid, les yeux rivés sur la porte de la chambre. Il a une envie quasi irrésistible d'aller se coucher, mais l'image de Kurtz suspendu dans le vide, entièrement à la merci de Rufus, ne le quitte pas.

Il doit en avoir le cœur net.

Aussi prend-il le chemin des sous-sols. Il redoute d'y découvrir une scène encore plus abominable, bien qu'il ait implicitement cautionné les agissements de Rufus, en passant l'après-midi dehors.

Il ne peut, malgré tout ce qu'il sait de Kurtz, se résoudre à légitimer de tels actes. Peut-être justement parce que la victime est Kurtz.

Les derniers mètres sont les plus difficiles à accomplir. Rufus a fermé la porte, mais le son de sa voix lui parvient tout de même, derrière l'épais panneau de bois.

Andréas entrouvre la porte prudemment.

Rufus est sérieusement éméché. Assis sur la trappe, il ressasse un vieux souvenir de chanson de salle de garde. Mais sa mémoire semble lui faire défaut. Seul le refrain lui revient. Il le chantonne en une litanie scabreuse et obsédante.

L'extrémité de la corde maculée de sang se balance dans le vide. Rufus a certainement redescendu Kurtz dans sa geôle pour s'enivrer en toute tranquillité.

D'ailleurs, il ignore totalement l'irruption d'Andréas. Ses yeux glissent sur sa silhouette, éteints.

Andréas demeure un moment interdit, puis se retourne sans un mot et remonte en fermant la porte derrière lui.

La présence de Rufus complètement ivre du matin au soir lui est devenue insupportable. Il en prend à cet instant pleinement conscience.

Ses pas le conduisent dans le salon. Dépité, il s'assied au pied de l'âtre. De troublantes pensées l'assaillent, alors qu'il fait redémarrer le feu pour la seconde fois de la journée. Andréas a compris que Kurtz les attendait, qu'il avait même tout préparé pour leur arrivée. Étant donné la simplicité avec laquelle Rufus s'est emparé de lui, Andréas peut tout naturellement en déduire que Kurtz avait aménagé sa cage pour lui-même.

Et c'est précisément sur ce point qu'il bute. Pourquoi avoir fait une chose pareille ? Kurtz s'est fait refaire le visage pour échapper à la justice et à ses poursuivants. Il maîtrisait son destin, comme toujours. Mais, contre toute logique, il s'est de son propre chef placé dans une position impossible, où justement il ne contrôle plus rien. Où il est en danger absolu…

– Alors, c'est qu'il peut s'échapper quand il veut ! conclut Andréas en se levant. C'est ça !

Dans le coffre de la voiture, Andréas prend possession d'une torche de la police américaine, autre acquisition de Rufus.

Le rayon puissant balaie la neige scintillante. Andréas part du mur ouest de la maison, sous lequel il estime que la cave se trouve et commence ses investigations.

Le terrain est à peu près plat sur une dizaine de mètres, puis il s'élève lentement pour se creuser un peu plus loin en un fossé peu profond. Au passage, il marche sur ce qu'il devine être le toit de la cave. Le sol à cet endroit résonne curieusement. La cellule de Kurtz se trouve donc sous ses pieds.

Après un quart d'heure de recherche frénétique, Andréas finit par dénicher ce qu'il espérait. Entre deux sapins, il repère un trou sombre, trahi par une parcelle de neige piétinée.

Il jubile. Kurtz ne pouvait pas s'être livré à eux pieds et poings liés. Il avait obligatoirement prévu une issue de secours.

Andréas se demande un instant à quoi il a pu occuper son temps, quand Rufus et lui dormaient sans réveil possible pour avoir mangé et bu sur le stock de la maison.

Peut-être, mais nous sommes toujours en vie. Ce qui prouve que le but du jeu n'est pas notre mort…

Il abandonne son blouson matelassé et s'introduit dans le boyau étroit, en direction de la maison.

La progression d'Andréas est difficile, d'autant plus qu'il est sujet à la panique dans ce type de situation.

Dix mètres plus loin, le plafond s'abaisse dans des proportions alarmantes. À présent, il n'est plus question de marcher sur les mains et les genoux. Il doit ramper. Il a très vite la sensation de sentir les parois glacées se presser contre lui, comme si la terre voulait l'avaler.

Andréas est claustrophobe.

Pourtant, il tient bon.

S'il parvient jusqu'à Kurtz, il l'obligera à sortir, pour arrêter cette sombre farce sadomasochiste dont il imagine facilement l'issue.

Andréas s'accroche au faisceau lumineux comme s'il s'agissait d'une bulle d'oxygène. Effort après effort, mètre après mètre, Andréas avance en se surpassant. Il repousse les limites de la peur. Il combat ses angoisses les plus primales.

Il arrive enfin devant un mur. Stupéfait, il reste quelques secondes sans bouger. Puis, du bout de la torche, il touche une paroi qui sonne creux. Il la pousse sans difficulté. Sa tête heurte le treillage métallique d'un lit de soldat. Il rampe encore un peu, puis il parvient à se mettre debout.

La cellule est plongée dans l'obscurité. Andréas braque le rayon de la lampe sur le lit. Personne.

Kurtz a déplacé le matelas dans un coin de la minuscule pièce. À vue d'œil, elle est sensiblement plus petite que le four où Andréas a passé des semaines de séquestration.

Dans le rayon faiblissant, Andréas trouve Kurtz et cette vision lui noue les tripes.

Il s'est recroquevillé sur le matelas, le dos collé

contre le mur. L'abominable tueur a perdu de sa superbe. Sa nudité et ses blessures apparentes l'ont ramené au rang de simple être humain.

La lumière attire l'attention de Kurtz. Il se redresse péniblement. Son œil valide cherche le visage de l'intrus.

Au-dessus d'eux, Rufus continue d'égrener son refrain paillard. Sa voix éraillée et ses mots crus agacent immédiatement Andréas. Il lance un coup d'œil furieux au plafond et s'approche lentement de Kurtz qui a caché son visage dans ses mains. Juste avant de le toucher, il arme son automatique.

– Olivier, dit-il tout bas en poussant son épaule du bout du canon. Il faut sortir d'ici. Il faut arrêter tout ça…

Sans un mot, Kurtz tend un bras tremblant et abaisse la torche, dirigeant le faisceau lumineux vers le sol.

– On n'a pas beaucoup de temps, poursuit Andréas. Rufus peut ouvrir la trappe d'un instant à l'autre.

Kurtz ne bouge pas. Il secoue misérablement la tête, les mains toujours devant les yeux et renifle plusieurs fois.

Incrédule, Andréas relève son menton et écarte doucement ses doigts pour libérer son visage. Il découvre stupéfait que des larmes inondent ses joues.

Bouleversé, il pose alors son pistolet sur le sol et tente de le relever, mais Kurtz se laisse aller contre lui de tout son poids, apparemment incapable de se redresser.

Le silence envahit la salle qui les surplombe.

Puis la lumière du plafonnier les éblouit soudain.

Et la trappe s'ouvre avec fracas.

107

– Comment t'es arrivé là, toi ? hurle Rufus du haut de son perchoir.

Une poignée de secondes plus tard, il glisse le long de la corde et bondit sur ses pieds, les yeux injectés de sang, une telle haine sur le visage qu'il est devenu méconnaissable.

Andréas s'est relevé sans Kurtz, incapable de tenir sur ses jambes. Il fait face à Rufus, les poings serrés, prêt à en découdre.

– Je savais bien que tu me trahirais tôt ou tard, aboie le policier en chancelant.

Rufus est si imbibé d'alcool de malt qu'il fait une embardée et doit s'appuyer contre le mur pour se stabiliser. Andréas en profite pour se placer crânement devant Kurtz.

– Dégage ! hurle Rufus en postillonnant. Kurtz est à moi ! Je ne te le répéterai plus.

Il dégaine son pistolet tant bien que mal et le braque vers le visage d'Andréas.

– Vas-y, murmure Andréas en avançant d'un pas vers le canon, qu'est-ce que tu attends ?

– Tire-toi, bordel ! éructe Rufus. Putain, Tire-toi ! Je vais te buter, Andréas, je vais te buter !

Rufus agite son pistolet à quelques centimètres du front d'Andréas.

– Non ! Je ne bougerai pas, articule-t-il avec difficulté. Toi, tu vas remonter. C'est fini, Rufus, tu m'entends ? C'est terminé !

– Puisque c'est toi qui le dis…

Andréas regarde avec horreur le doigt de Rufus se poser sur la gâchette et se courber.

Il ferme les yeux.

Le chien retombe en émettant un claquement métallique.

Stupéfait, Rufus éjecte la douille manuellement et tire encore une fois.

Sans succès.

Andréas n'a pas bougé. Il est raide comme un piquet, les bras le long du corps et les paupières closes. Ses genoux tremblent et une larme roule sur sa joue.

À la troisième tentative, la détonation escomptée déchire l'air.

Andréas a instinctivement cherché à se protéger. Il s'est jeté au sol, les bras devant les yeux.

Au bout de quelques secondes il relève enfin la tête.

Il ne ressent aucune douleur.

Derrière lui, Kurtz tient son arme des deux mains. Le canon fume légèrement. Cette vision de lui est surréaliste. Il est debout, complètement nu, sale comme un porc. Son thorax se soulève calmement en émettant un léger sifflement. Il se tient droit, les jambes à peine écartées et il fixe d'un œil goguenard l'ancien policier qui titube devant lui.

Le pull écru de Rufus se teinte peu à peu de rouge.

Il porte les mains à son ventre et les regarde, étonné. Elles sont maculées de sang.

Rufus se laisse glisser contre le mur, un mot muet sur les lèvres.

– Mon petit poulet va passer à la casserole, ricane Kurtz en se mettant à quatre pattes pour s'approcher du blessé. C'est à nous, Andréas. Tu as une dernière chance pour renoncer.

Kurtz tend l'automatique à Andréas qui ne bouge toujours pas.

– Tu peux récupérer ton arme, si tu le décides. Tu peux aussi terminer le travail toi-même et disposer de moi.

Kurtz a posé l'arme et s'est approché si près qu'il peut sentir l'haleine chargée de Rufus. Il s'accroupit devant l'homme blessé et lui passe une main sur le front.

– Andréas ! souffle Rufus en détournant la tête. Tue-le.

Andréas fixe tour à tour Kurtz, qui ne dit rien, et Rufus effondré, baignant dans son sang. À cet instant, son regard trahit son désarroi.

– Non, répond-il seulement. Ni l'un. Ni l'autre.

Il attrape la corde et se hisse en dehors de la cellule, ignorant la plainte de Rufus.

– Andréas !

Andréas n'écoute déjà plus. Il se rue dans le couloir, les mains collées sur les oreilles. Il ne veut plus rien entendre, plus jamais.

Mais l'épaisseur de ses paumes n'empêchera pas l'énergie libérée par la seconde détonation de parvenir jusqu'à lui.

108

Kurtz laisse tomber son arme sur le sol, il n'en a plus besoin.

Un joli trou vient de créer un troisième œil au beau milieu du front de Rufus. La peur qui a défiguré ses traits au moment de l'impact restera inscrite à jamais sur son visage.

Kurtz observe le corps de son ennemi avec un léger sourire.

Puis il attrape la corde et tente de se hisser, mais la douleur est fulgurante. Impossible de sortir par là. Il doit se résoudre à passer par le boyau.

– Tu permets, Rufus ? murmure-t-il.

Il tire sur les manches du pull de Rufus et les fait glisser sur ses bras. Puis il passe le chandail par-dessus la tête du malheureux et le met aussitôt avec un frisson de dégoût.

Kurtz ne supporte pas le contact d'un corps étranger. Mais là, il n'a pas vraiment le choix, s'il ne veut pas mourir gelé dans le boyau.

Malgré l'horreur que lui inspirent ces vêtements

maculés du sang et de la sueur d'un autre, il ne peut s'empêcher de rire de lui-même. Il doit être ridicule ainsi vêtu, les fesses à l'air.

Ensuite, il délace les chaussures de Rufus, lui ôte son pantalon et l'enfile rapidement. Enfin, il se redresse, en se servant cette fois du soutien du mur.

Il a joué et il a gagné, même si, en suivant ses règles démentes, il a remporté la partie sur le fil du rasoir.

Ses côtes le lancent terriblement et chacune de ses inspirations lui fait mal. Mais ce détail n'est rien comparé à la satisfaction qu'il éprouve en cet instant. C'est sa plus belle pièce qui prend fin. Et une nouvelle, meilleure encore, est sur le point de débuter. Celle-là, Kurtz en est sûr, le propulsera au panthéon des manipulateurs.

Une demi-heure lui est nécessaire pour sortir du tunnel. Mais au bout de ces efforts quasi insupportables, une parfaite nuit étoilée l'attend au-delà des sapins.

Une nuit idéale où la lune jette une lumière argentée de carte postale sur la cour. Le 4 × 4 n'est plus là.

Andréas a quitté le navire. Et ça, Kurtz ne l'avait pas prévu.

Le cœur gros et les dents serrées, il gagne la porte d'entrée en claudiquant légèrement.

Dans la salle de bains, il ôte précipitamment les vêtements de Rufus. Il désinfecte ensuite ses plaies avec des gestes doux. Puis il s'enroule dans une épaisse couverture de laine et se laisse tomber sur son lit, où le sommeil l'emporte presque aussitôt.

Épilogue

La lumière qui se déverse à profusion par la fenêtre de la chambre le réveille vers neuf heures. Les rayons du soleil se sont posés sur l'oreiller, l'aveuglant presque. La journée promet d'être belle.

Kurtz quitte son lit en grimaçant. La douleur est encore vive. Ses côtes sont cassées et elles ne se ressouderont pas totalement avant des semaines. Il faudra qu'il se ménage un peu.

Il s'habille rapidement et gagne la cuisine. Au passage, il jette les vêtements de Rufus dans la cheminée. Il s'en débarrassera plus tard.

Là, il a envie d'un bon café et surtout, il a une faim de loup.

Pas question de se contenter de biscottes et de confitures. Il veut du solide, du goûteux.

Au fond du placard, Kurtz déniche une boîte de confits de canard. C'est exactement ce dont il a envie. Avec la roquette achetée par ses hôtes envolés, ce sera une merveille.

Un quart d'heure plus tard, il s'attable en salivant.

L'odeur de la chair rôtie se mêle à cet air délicieux si particulier à la montagne. Il a laissé la porte grande ouverte pour entendre le chant des oiseaux. Il écoutera Jim Morrison plus tard, devant une belle flambée.

Kurtz est aux anges. Il garnit copieusement une assiette et commence à manger de bel appétit. Le goût poivré de la salade avec cette petite vinaigrette au cumin et ce canard grillé à souhait…

Après dix minutes de mastication appliquée et silencieuse, Kurtz débarrasse et se sert une tasse de café frais.

Le bruit d'un moteur monte alors depuis le chemin.

Kurtz fronce les sourcils en trempant ses lèvres dans le liquide brûlant. Il arme son pistolet et le pose sur la table. Une ombre à son tableau n'est pas tolérable, mais il ne bouge pas et continue à déguster son café à petites lampées.

Le bruit de moteur s'intensifie avant de s'interrompre brutalement.

Une portière claque, puis des pas s'approchent en faisant crisser la neige.

Une silhouette s'encadre dans la porte d'entrée.

Kurtz retient son souffle, les yeux rivés sur la table.

La chaise en face de lui grince sur le vieux carrelage.

Sans dire un mot, il s'empare d'une tasse, la remplit et la fait glisser vers Andréas, qui le remercie d'un bref signe de tête.

Kurtz paraît heureux.

Il tourne sans y penser la cuiller dans sa tasse.

Un sourire presque enfantin fend d'une ligne courbe son visage un peu trop gras.

Table

Préface 9

Prologue 13

I. Tout le monde a le droit de disparaître ... 19

II. Ordre et désordre dans le chaos permanent du monde des hommes 187

III. Le monde est bien trop petit pour s'y cacher longtemps 437

Épilogue 593

Extrait du nouveau roman
de Jérôme Camut et Nathalie Hug

INSTINCT

Les Voies de l'ombre, 3

Éditions Télémaque

Prologue

Une ombre se déplace à l'orée du bois. Silencieuse et furtive.

À une vingtaine de mètres, trois jeunes gens montent la garde, camouflés par deux énormes souches déracinées. Ils sont armés de fusils à air comprimé et aussi discrets que l'ombre dissimulée de l'autre côté de la clairière. Manifestement, ils s'attendent à voir leur proie approcher par le versant qui leur fait face. Là se trouvent les ruines d'un village abandonné depuis des décennies. C'est l'endroit idéal pour se cacher.

L'ombre se tapit derrière le tronc d'un mélèze. La lumière rasante du soleil tire un rayon oblique sur ses joues.

L'ombre a un visage, mais il est couvert de boue. Elle a collé des feuilles et des brindilles pour casser l'ovale caractéristique de la silhouette humaine. Sur ses habits aussi traîne une parure végétale. La sclérotique de ses yeux ressemble à deux opales suspendues dans les airs.

Elle demeure immobile quelques secondes, les ailes de son nez palpitent. Puis un mouvement sur la droite attire son regard. Le trio de guetteurs l'imite aussitôt. Un chevreuil insouciant s'aventure hors de la forêt. Il dévale la colline en quelques bonds, jusqu'aux premières ruines.

L'ombre remercie muettement l'animal. Grâce à lui, elle vient de repérer ses ennemis. Elle retourne lentement sous le couvert des grands chênes. Le soleil se couchera bientôt. Elle pourra alors se mouvoir plus librement. Après trois jours de fuite éperdue et d'attente inquiète, elle a faim, une sensation dévorante plus intense que toutes celles qu'elle a connues jusqu'alors.

Pourtant, l'ombre vient de fêter ses dix ans. C'est même pour cette raison qu'elle se trouve à présent dans l'immense forêt du domaine du maître, seule, pourchassée par deux douzaines de silhouettes aussi sombres qu'elle.

Dès la fin du jour, l'ombre quitte le rocher qui l'a abritée des heures et s'approche de l'enceinte de la propriété. La franchir est interdit. Elle le sait, mais le démon de l'échec la titille depuis la veille. Et l'envie de gagner dépasse en cet instant tous les interdits de son monde. Elle sera celle qui aura tenu le plus longtemps.

Et elle vaincra. Après tout, peu importe la manière.

Elle s'accorde une dernière seconde de réflexion, puis s'élance et grimpe par-dessus la haute clôture. Franchir les barbelés n'est pas un problème. L'ombre maîtrise cet exercice depuis des années. Malgré son jeune âge, l'ombre sait faire beaucoup de choses.

Lorsqu'elle se laisse choir en terre étrangère, l'ombre ne peut retenir un sourire. C'est la première fois de sa vie qu'elle se retrouve ainsi livrée à elle-même en dehors des limites du domaine.

Alors elle s'élance. Sa course est souple. Son corps entraîné rebondit sur l'ancien chemin de ronde. Le périmètre du domaine mesure près de quatre-vingts kilomètres. Pour atteindre son objectif, elle devra en parcourir un peu plus de la moitié. Mais personne ne l'attendra de ce côté. Les falaises sont trop dangereuses, le jeu n'en vaut sans doute pas la chandelle.

Le cellulaire enfoui dans sa poche va décider à sa place.

L'ombre s'arrête et décroche sans même regarder l'écran.

La voix du maître résonne dans l'écouteur. L'ombre sent son sang refluer d'un coup.

– Tu as triché, dit la voix d'un ton très calme. Tu es allée dans l'autre monde et tu n'es pas prête pour ça ! Reviens au centre tout de suite.

L'ombre reste muette. Avec le maître, toute tentative d'explication est vaine. Le maître a toujours raison. L'ombre l'a déjà maintes fois expérimenté.

Lorsqu'elle parvient des heures plus tard au centre d'apprentissage, elle n'a pas été inquiétée une seule fois. Le jeu s'est arrêté au moment même où le maître a deviné sa traîtrise.

Elle a perdu et s'est couverte de honte.

Assis sur la terrasse, le maître la regarde avancer. Les autres ombres sont regroupées à une centaine de mètres de là, sur les terrains d'entraînement.

Plus loin, l'immense chaîne des Carpates étend déjà un voile gris sur la forêt voisine.

L'ombre approche du maître l'esprit inquiet. Elle ignore totalement le sort qu'il lui réserve mais elle marche malgré tout vers son destin. On n'échappe pas au maître. En aurait-elle envie, c'est là un rêve qu'elle ne pourrait s'offrir.

Elle s'immobilise à quelques mètres de l'homme assis. Elle a déjà repéré le fusil à lunette posé contre le fauteuil. Sa gorge se serre.

– Tu as triché.

Elle ne baisse pas la tête. Elle la garde au contraire bien droite, les yeux dans ceux du maître, comme elle a appris.

– Qu'arrive-t-il aux tricheurs ?

– Ils sont punis.

La voix de l'ombre est claire. Pourtant, son cœur bat à tout rompre. Et dans son regard se mêlent l'exaltation et la peur. Comme tous ses pairs, elle porte une admiration et une loyauté sans borne à celui qui les a sortis du néant.

– Ils sont punis, en effet, répète le maître en se levant. Y a-t-il ici une personne que tu préfères aux autres ?

L'ombre acquiesce d'un bref mouvement de tête.

– Bien, apprécie-t-il. Prends ce fusil, éloigne-toi et tue cette personne.

Elle s'éloigne alors sans broncher en direction du groupe.

Puis elle fait volte-face et vise le maître. Dans la lunette, sa figure ronde et chevelue occupe tout l'espace. Et sur son visage, l'ombre voit planer un doute.

La déflagration rebondit un long moment sur les falaises toutes proches.

Le maître n'a pas sourcillé. La balle a effleuré son crâne de quelques millimètres et une mèche de cheveux s'accroche sur la toile rugueuse de sa veste.

L'ombre a aussitôt retourné le fusil vers le groupe, cherché parmi eux son préféré et tiré.

Son doigt n'a pas hésité quand elle a appuyé sur la gâchette.

Un petit trou est apparu au centre du front du plus grand de tous. Son corps s'est affalé sur l'herbe du terrain de lutte. Il n'y a même pas eu un cri.

Le maître se redresse et se lève. Un léger tremblement agace ses jambes. Alors il s'approche pour ne pas se laisser trahir par l'émoi qui le gagne et pose une main sur les cheveux de l'enfant.

– Tu apprends, susurre-t-il d'une voix enjôleuse. Quand bien même c'est au détriment de la vie d'un autre, tu apprends, et c'est tout ce qui compte.

Des mêmes auteurs :

JÉRÔME CAMUT

Éditions Bragelonne

Le Trait d'union des mondes, Malhorne, tome 1, roman, 2004.
Les Eaux d'Aratta, Malhorne, tome 2, roman, 2004.
Anasdahala, Malhorne, tome 3, roman, 2005.
La Matière des songes, Malhorne, tome 4, roman, 2006.

JÉRÔME CAMUT ET NATHALIE HUG

Éditions Télémaque

Prédation, Les Voies de l'ombre, tome 1, roman, 2006.
Stigmate, Les Voies de l'ombre, tome 2, roman, 2007.
Instinct, Les Voies de l'ombre, tome 3, roman, 2008.

Éditions Calmann-Lévy

Les Éveillés, roman, 2008.
3 fois plus loin, roman, 2009.
Les yeux d'Harry, 2010.

Éditions Bragelonne

EspylaCopa, nouvelle, « Fantasy 2006 ».

Pour en savoir plus sur
Jérôme Camut et Nathalie Hug :

www.jeromecamut.com
www.nathaliehug.com